NK

NUMA POMPILIUS,

SECOND ROI DE ROME.

PAR
M. DE FLORIAN,

DE L'ACADÉMIE FRANÇAISE, DE CELLES DE MADRID, FLORENCE ETC.

Mit

grammatischen, historischen, mythologischen ꝛc. Erläuterungen

und einer

Erklärung

von Wörtern und Redensarten,

zur

Erleichterung des Uebersetzens in's Deutsche,

für den

Schul- und Privatunterricht.

Siebente, verbesserte und berichtigte Ausgabe.

Ladenpreis: 10 Groschen Konv. M. oder 45 Kreuzer Rhein.

Leipzig: Ernst Fleischer.

1830.

Vorerinnerung.

Um die siebente Auflage dieses Werkes, dessen Stoff, aus der alten römischen Geschichte entlehnt, von Florian, dem berühmten Klassiker der Franzosen, bearbeitet, mit schönen, hinreißenden Dichtungen ausgeschmückt, und mit einem erhabenen Style als ein Ganzes zusammengestellt ist, für den Unterricht der französischen Sprache, vorzüglich in Schulen, noch zweckmäßiger einzurichten und nützlicher zu machen, haben wir, außer der am Ende angehängten Erklärung von Wörtern und Redensarten, den Text durch kurze Anmerkungen erläutert, welche die Grammatik, besonders die Unregelmäßigkeiten der Renn- und Zeitwörter, die Götterlehre, alte Geschichte und Erdbeschreibung betreffen.

Dem angehenden Schüler in der französischen Sprache und in andern Schulwissenschaften, sowohl, als dem, der bereits einige Fortschritte darin gemacht hat, werden diese Erläuterungen einen gleich großen Nutzen gewähren, indem sie Beiden die Mühe und Zeit ersparen, ihre Sprachlehren, Wörterbücher, Göttergeschichten ꝛc. nachzuschlagen, und folglich das Lesen des Werkes ohne Aufenthalt leicht und verständlich machen.

Die grammatischen Benennungen sind aus Wailly's Sprachlehre genommen und angegeben durch folgende

Abkürzungen:

adj.	adjectif.	part.	participe.
adv.	adverbe.	pl.	pluriel.
cond.	conditionnel.	prép.	préposition.
conj.	conjonction.	prés.	présent.
déf.	défini.	pron.	pronom.
f.	féminin.	qu.	quelqu'un.
fut.	futur.	qu.	quelque chose.
gér.	gérondif.	subj.	subjonctif.
impar.	imparfait.	v.	voyez.
impér.	impératif.	v. a.	verbe actif.
int.	interjection.	v. imp.	verbe impersonnel.
ir.	irrégulier.	v. n.	verbe neutre.
m.	masculin.	v. réfl.	verbe réfléchi.

A LA REINE.

Numa fut le meilleur des rois:
Époux toujours amant de la belle Égérie,
 Près de cette nymphe chérie
 Il méditait ses justes lois.
 De leur tendresse mutuelle
 Naissait¹) le bonheur des Romains;
Et dans leurs coeurs unis ils trouvaient le modèle
Des vertus qu'ils voulaient²) enseigner aux humains.
De ces tendres époux je célèbre la gloire:
Reine, votre nom seul assure mon succès;
 De Louis, de Vous, des Français,
 On croira³) que j'écris⁴) l'histoire.

---

1) *impar. v.* naître. 2) *impar. v.* vouloir. 3) *fut. v.* croire.
4) *prés. v.* écrire.

NUMA POMPILIUS.
LIVRE PREMIER.

SOMMAIRE.

Tullus, grand-prêtre de Cérès, [1] *élève Numa, qui passe pour son fils. Fête de Cérès. Tullus apprend* [2] *à Numa qu'il est fils de Pompilius, prince du sang des rois sabins. Il lui raconte l'histoire de sa mère Pompilia, l'enlèvement des Sabines, la mort de ses parens, la guerre des Romains et des Sabins, l'alliance des deux peuples, l'éducation de Numa dans le temple de Cérès, et l'ordre de cette déesse de l'envoyer à Rome. Numa descend au tombeau de sa mère. Il se prépare à partir. Conseils du pontife. Adieux de Tullus et de Numa.*

Non loin de la ville de Cures, dans le pays des Sabins, au milieu d'une antique forêt, s'élève un temple consacré à Cérès. Des ormes, des peupliers aussi anciens que la terre, ombragent le faîte de l'édifice; le fleuve Curèse, après en avoir baigné les murs, va [3] serpenter dans les jardins de plusieurs maisons isolées, bâties autour de ce temple. Dans ces retraites sacrées, chaque prêtre de la déesse, avec sa femme et ses enfans, passe ses jours à la prière, au travail, où dans le sein de la tendresse. Protégés par la divinité qu'ils ho-

---

1) Ceres, die Göttin des Ackerbaues und der Feldfrüchte. 2) prés. v. apprendre. 3) prés. v. aller.

norent, nourris par la terre qu'ils cultivent, aimés de l'épouse qu'ils rendent heureuse, bénis ¹) de leurs enfans, en paix avec eux-mêmes, ils jouissent doucement de la vie, sans craindre ni souhaiter la mort.

Le vénérable Tullus commandait à ces prêtres. À l'âge de quatre-vingts ans, il exerçait la souveraine sacrificature avec tout le zèle d'un jeune homme et toute l'indulgence d'un vieillard. Adoré de ceux qui vivaient ²) avec lui, respecté de tous les autres, il n'était craint ³) que des méchans. Favori des dieux, ami des hommes, rarement il priait pour lui; c'était toujours pour la veuve ou pour l'orphelin. Dès qu'un citoyen de Curès, dès qu'un habitant de la campagne éprouvait quelque infortune, qu'un ménage était désuni, ou que la concorde n'était plus dans une famille, le père, l'époux, l'enfant malheureux prenait ⁴) le chemin de la forêt sacrée: il venait ⁵) trouver Tullus: pour peu qu'il eût tardé, Tullus serait allé le chercher. Tullus écoutait ses longues plaintes, ne se lassait jamais de les entendre, l'encourageait, le consolait, lui prodiguait des secours, des conseils. L'infortuné s'en retournait ou moins triste, ou moins à plaindre. Tullus, qui pensait n'avoir rien fait, allait ⁶) se prosterner devant la déesse, et l'implorer pour ce malheureux.

Tullus n'avait plus d'épouse; il rassemblait toute sa tendresse sur son fils Numa. Le ciel semblait vouloir récompenser les vertus du vieillard par les dons qu'il avait prodigués au jeune homme. Numa touchait à peine à sa seizième année, et n'avait de son âge que les graces et la douceur. Soumis à son père, qu'il respectait presque à l'égal de Cérès, enflammé du desir de lui ressembler, il étudiait la morale en regardant les actions de Tullus. Méditant sans cesse les préceptes de sa religion, il voulait s'instruire encore des cérémonies du culte. Les sacrifices, la prière, occupaient tous ses loisirs; sa tendresse pour Tullus, son amour pour l'étude,

---

1) *part. v.* bénir. 2) *impar. v.* vivre. 3) *part. v.* craindre. 4) *impar. v.* prendre. 5) *impar. v.* venir. 6) *impar. v.* aller.

étaient ses seules passions; son ame, pure comme l'azur du ciel, ne distinguait pas ses plaisirs de ses devoirs.

Le jour de la fête de Cérès était arrivé. Chez les Sabins, cette fête ne se célèbre point comme à Éleusis: Tullus avait supprimé tous ces mystères cachés avec tant de soin, et si peu utiles au bonheur des hommes. La divinité, disait-¹) il, qui se montre par-tout à nous, qui se manifeste à chaque instant dans les merveilles éclatantes de la nature, peut-²) elle exiger tant de secrets, tant d'épreuves, pour se communiquer aux mortels? Doit-il être plus difficile de la remercier que de recevoir ses présens? Non: Cérès aime tous les hommes, puisqu'elle les nourrit tous. Le champ qu'elle couvre ³) d'épis devient ⁴) un temple pour le laboureur; et l'on doit ⁵) adorer par tout l'univers celle dont les bienfaits couvrent ⁶) la terre.

D'après cette idée, Tullus, de concert avec son roi, a ordonné la fête de Cérès. Chaque année, avant de commencer la moisson, tous les laboureurs, parés de leurs plus beaux habits, se rassemblent dans la ville de Cures. C'est de là qu'ils partent ⁷) pour aller au temple. Les joueurs de flûte ouvrent ⁸) la marche; ensuite viennent ⁹) de jeunes vierges, portant ¹⁰) sur leurs têtes, dans des corbeilles ornées de fleurs, des offrandes pures pour la déesse. Les enfans des laboureurs marchent après elles, vêtus ¹¹) de robes blanches, couronnés de bluets, conduisant ¹²) le vorace animal qui se nourrit des fruits du chêne. Cette troupe nombreuse, fière de garder la victime, veut ¹³) affecter une gravité toujours dérangée par leur joie bruyante. Leurs pères les suivent ¹⁴) d'un pas tardif, en recommandant le silence, et pardonnant d'être mal obéis. Chacun

---

1) *impar. v.* dire. 2) *prés. v.* pouvoir. 3) *prés. v.* couvrir. 4) *prés. v.* devenir. 5) *prés. v.* devoir. 6) *prés. v.* couvrir. 7) *prés. v.* partir. 8) *prés. v.* ouvrir. 9) *prés. v.* venir. 10) *gér. v.* porter. 11) *part. v.* vêtir. 12) *gér. v.* conduire. 13) *prés. v.* vouloir. 14) *prés. v.* suivre.

d'eux porte dans ses mains une gerbe, prémices de sa moisson. Les princes, les guerriers, les magistrats, n'ont plus de rang dans ce grand jour, et cèdent le pas avec respect à ceux qui les ont nourris.

Tullus et ses prêtres étaient venus ¹) les attendre à l'entrée du bois sacré. Le jeune Numa, couronné de narcisses, vêtu d'une robe de lin, marche à côté de Tullus. Il le regarde; il aperçoit ²) des pleurs que le vieillard voulait ³) cacher. Plus affligé du chagrin de son père que s'il l'avait ressenti ⁴) lui-même, il n'ose, devant tant de témoins, et dans une cérémonie si auguste, se jeter dans ses bras pour lui demander le sujet de ses larmes; mais son silence, son air tendre et inquiet, expriment assez son agitation. Numa toujours si attentif, si recueilli dans les cérémonies religieuses, Numa ne voit ⁵) plus que son père, ne songe qu'à lui, oublie toutes ses fonctions; ses yeux, ⁶) qui cherchent à pénétrer la cause des pleurs de Tullus, sont eux-mêmes obscurcis de larmes.

On arrive au temple. Tullus se prosterne devant la déesse, et, lui présentant les prémices, Mère des humains, s'écrie-t-il, c'est toi qui fais ⁷) croître ces gerbes: c'est ton père Jupiter, ⁸) qui nous rend pieux et reconnaissans. Dieux immortels, nous vous offrons ⁹) vos propres bienfaits. Ne rejetez pas nos offrandes; et que votre bonté suprême donne à nos champs l'abondance, à nos corps la force, à nos âmes la vertu!

Après cette prière, Tullus répand l'orge sacrée sur la victime; il lui tourne la tête vers le ciel, l'immole et la fait consumer toute entière.

Le sacrifice achevé, les laboureurs vont ¹⁰) déposer leurs gerbes. Mes frères, leur dit Tullus, car vous êtes aussi prêtres de Cérès, ces dons appartiennent ¹¹) à la déesse, c'est-à-dire aux indigens. Les prêtres des dieux ne sont que les trésoriers des pauvres; vous

---

1) *part. v.* venir. 2) *prés. v.* apercevoir. 3) *imper. v.* vouloir. 4) *part. v.* ressentir. 5) *prés. v.* voir. 6) *pl. v.* oeil. 7) *prés. v.* faire. 8) Jupiter, ber oberfte Gott ber Römer ɛc. 9) *prés. v.* offrir. 10) *prés. v.* aller. 11) *prés. v.* appartenir.

en êtes les bienfaiteurs. Nommez donc le vieillard d'entre vous qui doit ¹) veiller avec moi, pendant le cours de cette année, au soulagement des infortunés: il est juste que je vous rende compte des biens que vous me remettez ²) pour eux. Les laboureurs, qui connaissent ³) tous la vertu de Tullus, refusent de lui donner un collègue; mais Tullus l'exige, et ce choix finit la cérémonie.

Numa brûlait d'impatience de se voir seul avec son père. À peine Tullus est sorti ⁴) du temple, que son tendre fils le serre dans ses bras. Mon père, lui dit- ⁵) il, vous avez des peines, et je les ignore! Ah! je sens ⁶) trop qu'à mon âge je ne puis ⁷) espérer de les soulager; mais je peux ⁸) du moins m'affliger avec vous, et j'ai besoin de pleurer dès que je vois ⁹) couler vos larmes. Mon cher fils, lui répond Tullus, car je ne renoncerai jamais à ce doux nom, je n'ai que trop de sujets d'en répandre: je vais ¹⁰) me séparer de celui que j'aime plus que ma vie. Vous voulez ¹¹) m'abandonner? s'écria Numa tout tremblant. — Non, mon fils; non, mon cher fils: c'est toi, au contraire.... Il ne put ¹²) achever, les sanglots lui coupèrent la voix. Il prit ¹³) Numa par la main; il l'entraîna dans l'endroit le plus retiré de la forêt: là ils s'assirent ¹⁴) sur le gazon, et le vieillard lui dit ¹⁵) ces paroles:

Numa, vous n'êtes point mon fils.... À ces mots, une pâleur mortelle se répand sur le visage du jeune homme, sa main tremble dans celle de Tullus. Le grand-prêtre s'en aperçoit, ¹⁶) et, le serrant contre son sein, il se hâte d'ajouter: Va, ¹⁷) je serai toujours ton père; ce nom m'est aussi cher qu'à toi. Mais apprends ¹⁸) l'histoire de ta naissance, connais ¹⁹) à quelles hautes destinées tu es appelé par le ciel.

---

1) *prés. v.* devoir. 2) *prés. v.* remettre. 3) *prés. v.* connaître. 4) *part. v.* sortir. 5) *prés. v.* dire. 6) *prés. v.* sentir. 7) *prés. v.* pouvoir. 8) *prés. v.* pouvoir. 9) *prés. v.* voir. 10) *prés. v.* aller. 11) *prés. v.* vouloir. 12) *déf. v.* pouvoir. 13) *déf. v.* prendre. 14) *déf. v.* s'asseoir. 15) *déf. v.* dire. 16) *prés. v.* s'apercevoir. 17) *impér. v.* aller. 18) *impér. v.* apprendre. 19) *impér. v.* connaître.

Numa l'embrasse, et ne répond rien; il écoute dans un profond silence, il baisse les yeux; son air semble dire à Tullus: Rien ne pourra ¹) remplacer le bonheur d'être votre enfant.

Mon fils, reprend ²) le grand-prêtre, vous devez ³) le jour à Pompilius, prince du sang de nos rois, et que ses rares vertus rendaient cher aux dieux et aux hommes. La belle Pompilia, de l'antique race des Héraclides, ⁴) était son épouse depuis dix ans. Rien ne manquait à ce couple heureux, que de voir naître un gage de leur tendre union: Pompilius le desirait avec ardeur: la sensible Pompilia, qui ne formait jamais de voeux dont son époux ne fût l'objet; Pompilia venait ⁵) tous les jours dans le temple se prosterner devant Cérès, baigner de larmes les marches de son autel, en demandant pour unique grace le bonheur d'avoir un fils.

Je la surpris dans le sanctuaire. Elle priait avec tant de ferveur, qu'elle ne m'aperçut ⁶) pas; je l'entendis ⁷) prononcer ces paroles: Bienfaisante Cérès, si ton père Jupiter m'a destiné une longue vie, obtiens ⁸) plutôt de lui que je périsse ⁹) à la fleur de mon âge, mais que je laisse à mon époux un fruit de notre chaste amour. Oui, puissante immortelle, reprends ¹⁰) tous les bienfaits que j'ai reçus, prive-moi de tous ceux que tu me destines, et donne-moi à leur place un enfant. Que j'entende ¹¹) ses vagissemens, que je puisse ¹²) le voir, le tenir dans mes bras, le presser contre mon coeur, le couvrir de mes baisers, le présenter à mon époux tout baigné des larmes du bonheur! que j'expire alors; j'expirerai mère; j'aurai assez vécu. ¹³) O Cérès! si tu entends mes voeux, si tu m'accordes un fils, je jure sur cet autel de te le consacrer, de lui appren-

---

1) *fut. v.* pouvoir. 2) *prés. v.* reprendre. 3) *prés. v.* devoir. 4) Heraklidien, Nachkommen des Herkules. 5) *impar. v.* venir. 6) *déf. v.* apercevoir. 7) *déf. v.* entendre. 8) *impér. v.* obtenir. 9) *prés. subj. v.* périr. 10) *impér. v.* reprendre. 11) *prés. subj. v.* entendre. 12) *prés. subj. v.* pouvoir. 13) *part. v.* vivre.

dre à bénir ton nom aussitôt que sa langue pourra ¹) le prononcer, de le faire élever dans ce temple, où il te servira ²) toute sa vie, où tu daigneras être sa mère quand Pompilia ne sera plus.

Mes pleurs coulaient en entendant cette prière. Je tombai à genoux auprès de Pompilia; et, joignant ³) mes voeux aux siens, je suppliai la déesse de nous exaucer tous deux. Hélas! que ce bienfait fut payé cher!

Peu de temps après, Pompilia vint ⁴) m'annoncer qu'elle était enceinte. Qui pourrait ⁵) exprimer les transports de sa joie? Ils approchaient du délire. Huit lunes devaient encore se renouveler avant l'heureux instant qu'elle attendait, et tout était déja prêt pour parer l'enfant qu'elle devait avoir. Jalouse et glorieuse du titre de mère, elle eût voulu ⁶) que tout ce qui devait servir à son fils fût l'ouvrage de ses seules mains: elle défendait à ses esclaves de partager avec elle le bonheur de travailler pour son fils. L'espérance de le nourrir doublait sa joie de le voir naitre; et la tendre Pompilia, ivre d'amour maternel, venait ⁷) plus souvent au temple pour remercier la déesse qu'elle n'y était venue ⁸) pour en obtenir l'objet de ses voeux.

Elle touchait enfin à ce neuvième mois, desiré depuis si long-temps, lorsque ce Romulus, dont le nom ne vous est pas inconnu, fit ⁹) répandre dans la Sabinie que, pour consacrer sa ville de Rome, qui à peine était achevée, il voulait célébrer des jeux en l'honneur du dieu Consus. ¹⁰) Vous savez, ¹¹) mon fils, combien ce dieu est en vénération parmi nous. Votre pieuse mère n'aurait pas laissé échapper une occasion d'honorer les immortels: elle voulut ¹²) aller à ces jeux: le trop complaisant Pompilius l'y conduisit. ¹³)

La plupart de nos Sabins suivirent ¹⁴) Pompilius.

---

1) *fut.* v. pouvoir. 2) *fut.* v. servir. 3) *gér.* v. joindre. 4) *déf.* v. venir. 5) *cond.* v. pouvoir. 6) *part.* v. vouloir. 7) *impar.* v. venir. 8) *part.* v. venir. 9) *déf.* v. faire. 10) Consus, ein Beiname des Neptuns. 11) *prés.* v. savoir. 12) *déf.* v. vouloir. 13) *déf.* v. conduire. 14) *déf.* v. suivre.

Nos femmes, nos filles, coururent ¹) à Rome en habits de fête. Hélas! nos braves citoyens étaient loin de soupçonner le piège: ils n'avaient point d'armes. Ils entrent sans défiance dans le cirque, ²) où Romulus présidait sur un magnifique tribunal. Leurs épouses, leurs filles, prennent ³) place à côté d'eux. Impatientes de voir le sacrifice, elles cherchent des yeux les victimes; c'étaient elles qui en devaient servir.

À un signal de leur roi, les Romains tirent leurs épées et ferment toutes les issues. Les Sabines alarmées se jettent dans les bras de leurs pères, de leurs frères, de leurs époux: mais les farouches soldats de Romulus s'élancent au milieu de l'arène; et, le glaive à la main, les yeux ardens, menaçant les hommes, flattant les femmes, ils enlèvent les Sabines comme des loups affamés emportent des brebis tremblantes. Vainement ces infortunées jettent des cris perçans et demandent la mort; vainement nos citoyens furieux, oubliant qu'ils sont sans défense, se précipitent sur les ravisseurs, les saisissent, luttent avec eux, leur arrachent leurs épées, et rougissent la terre du sang romain: les Romains, plus nombreux, immolent ceux qui résistent, mettent ⁴) en fuite tout le reste, vont ⁵) cacher dans Rome leur proie; tandis que nos Sabins, désolés, sanglans, couverts ⁶) de blessures, accablés de douleur et de honte, reviennent ⁷) à Cures annoncer cette affreuse nouvelle et préparer la vengeance.

Dès le premier instant du tumulte, ton père Pompilius, portant sa femme dans ses bras, avait tenté de s'ouvrir un passage à travers les ravisseurs. Il touchait à la porte du cirque, quand une cohorte romaine le poursuit, ⁸) l'arrête, lui arrache son épouse. Pompilius jette un cri de rage et de désespoir. Il s'est bientôt saisi d'une épée, et les Romains qui l'entourent sont déjà tombés sous ses coups: il court, ⁹) il frappe, il

---

1) *déf. v.* courir. 2) der Circus, Platz zu öffentlichen Schauspielen ꝛc in Rom. 3) *prés. v.* prendre. 4) *prés. v.* mettre. 5) *prés. v.* aller. 6) *part. v.* couvrir. 7) *prés. v.* revenir. 8) *prés. v.* poursuivre. 9) *prés. v.* courir.

est frappé. Mais il rejoint ¹) Pompilia; il immole son ravisseur; il reprend ²) sa bien-aimée, la presse dans ses bras sanglans, la rassure, la console, et, malgré les Romains furieux, malgré les traits dont on l'accable, il fuit ³) au-delà du cirque en embrassant ta malheureuse mère, en la rappelant à la vie, en se félicitant de l'avoir sauvée. Ainsi la lionne de Numidie, lorsqu'elle aperçoit ⁴) de loin l'imprudent chasseur qui lui emporte ses petits, furieuse, rugissante, l'oeil plein de sang et de feu, s'élance sur l'infortuné qui abandonne en vain sa proie: elle l'atteint ⁵) et le déchire, fait voler autour d'elle ses membres palpitans; mais son courroux faisant ⁶) aussitôt place à sa tendresse, elle court ⁷) à ses lionceaux, les caresse, pousse des cris de joie, passe et repasse sur eux sa langue encore sanglante, et, se couchant pour en être plus près, elle leur tend ⁸) ses mamelles, tandis que ses muscles tremblent encore de la fureur qu'elle vient ⁹) d'assouvir.

Tel était Pompilius. Malgré ses larges blessures, malgré son sang qui coule à gros bouillons, il arrive enfin dans ce temple. Il pose son doux fardeau au pied de l'autel de la déesse; il supplie Cérès de sauver, de défendre celle qu'il met ¹⁰) sous sa garde: sa prière achevée, épuisé de sang, de fatigue, de douleur, il tombe sur le marbre et expire.

Je fis ¹¹) aussitôt enlever ta mère. On la porta dans ma maison, où elle reprit ¹²) ses sens. Sa première parole fut le nom de Pompilius: elle demande son époux, elle veut ¹³) le voir, elle veut aller le chercher. En vain j'espère la calmer et lui cacher la mort de ton père en l'assurant qu'il est prisonnier des Romains; les pleurs que je versais, ses pressentimens, tout lui dit que je la trompe. Elle pousse des cris douloureux; elle rejette tout secours: et, s'échappant

---

1) *prés. v.* rejoindre. 2) *prés. v.* reprendre. 3) *prés. v.* fuir. 4) *prés. v.* apercevoir. 5) *prés. v.* atteindre. 6) *gér. v.* faire. 7) *prés. v.* courir. 8) *prés. v.* tendre. 9) *prés. v.* venir. 10) *prés. v.* mettre. 11) *déf. v.* faire. 12) *déf. v.* reprendre. 13) *prés. v.* vouloir.

de nos bras, elle veut aller expirer sur le corps de Pompilius.

Tant de secousses, tant d'émotions précipitent l'instant où tu devais ¹) voir le jour. Les douleurs de l'enfantement la surprennent; ²) les cruelles Ilithyies ³) l'accablent de tous leurs maux: ⁴) elle y succombe; et le moment où tu reçus ⁵) la vie fut celui de la mort de ta mère.

À ces mots, Numa se jette dans le sein de Tullus. Le bon vieillard, qui sent ⁶) ses cheveux blancs tout mouillés des larmes du jeune homme, s'interrompt ⁷) pour pleurer avec lui.

Bientôt il reprend ⁸) son récit: Je fis ⁹) chercher une nourrice qui pût ¹⁰) ranimer ta frêle existence; car tu semblais, en naissant, ¹¹) ne vouloir pas survivre à tes malheurs: tu poussais des cris lamentables, et ton visage livide semblait annoncer ton trépas. La femme d'un laboureur, la bonne Amyclée, vint ¹²) s'offrir: ses tendres soins, encore plus que son lait, te conservèrent la vie.

Alors je m'occupai des funérailles de ta mère et de son époux. Je préparai un bûcher; je rassemblai les habitans de Cures et de nos campagnes: notre bon roi Tatius, vêtu ¹³) de deuil, les conduisait: ¹⁴) Soldats, citoyens, laboureurs, tous pleuraient ton digne père, tous faisaient des voeux pour son fils. Le corps de Pompilius fut brûlé à côté de celui de son épouse. Je recueillis ¹⁵) leurs cendres dans une urne d'argent; cette urne fut déposée sur un tombeau, dans l'endroit le plus secret du temple.... Je le verrai, ¹⁶) mon père, s'écria Numa: je le verrai, ce tombeau! il me sera permis ¹⁷) d'y pleurer, et de toucher cette urne

---

1) *impar. v.* devoir. 2) *prés. v.* surprendre. 3) Geburtsgöttinnen. 4) *pl. v.* mal. 5) *déf. v.* recevoir. 6) *prés. v.* sentir. 7) *prés. v.* s'interrompre. 8) *prés. v.* reprendre. 9) *déf. v.* faire. 10) *impar. subj. v.* pouvoir. 11) *gér. v.* naître. 12) *déf. v.* venir. 13) *part. v.* vêtir. 14) *impar. v.* conduire. 15) *déf. v.* recueillir. 16) *fut. v.* voir. 17) *part. v.* permettre.

si chère. Oui, mon fils, lui dit le grand-prêtre, nous y descendrons aujourd'hui.

La mort de tes parens fut vengée. Nos braves Sabins, indignés de l'outrage, prennent [1]) les armes, et, guidés par Tatius, ils marchent vers la ville parjure. Les lâches ravisseurs n'osent venir au-devant de notre armée; ils se renferment dans leurs murs. Tatius les assiège; bientôt, par un heureux hasard, il se rend maître de la citadelle. Romulus, forcé de combattre ou d'abandonner sa ville, vient [2]) présenter la bataille au pied de ce Capitole [3]) qui doit, [4]) dit-on, régner sur l'univers. Tatius l'accepte; et nos Sabins, brûlant de se baigner dans le sang de ces perfides, chargent les troupes romaines avec toute la force que la fureur peut [5]) ajouter au courage. Les ennemis sont rompus: [6]) mais Romulus les rallie, Romulus résiste seul aux Sabins. Il invoque à grands cris Jupiter Stator; [7]) et ce nom sacré et son exemple arrêtent ses guerriers mis [8]) en fuite. Les Romains chargent à leur tour; la honte enflamme leur courage; les lances se croisent, les boucliers se heurtent, l'horreur et le carnage augmentent, les combattans pressés ne peuvent [9]) avancer un pas qu'en marchant sur un ennemi.

La victoire, long-temps incertaine, penche enfin du côté de la justice. Notre vaillant roi Tatius et son intrépide général Métius percent une seconde fois le centre de l'armée romaine. La terre est jonchée de morts, les Sabins vont [10]) être vainqueurs; c'en est fait, dans un moment, de Rome et de Romulus, quand l'évènement le plus imprévu vient [11]) nous arracher la victoire.

Les Sabines, ces mêmes femmes que les Romains avaient enlevées aux jeux consuels, [12]) les Sabines, les

---

1) *prés. v.* prendre. 2) *prés. v.* venir. 3) das Capitol, Tempel des Jupiter und Festung in Rom auf dem Tarpejischen Berge. 4) *prés. v.* devoir. 5) *prés. v.* pouvoir. 6) *part. v.* rompre. 7) Jupiter, der die Flucht der Römer hemmte; Jupiter, der Erhalter. 8) *part. v.* mettre. 9) *prés. v.* pouvoir. 10) *prés. v.* aller. 11) *prés. v.* venir. 12) die zu Ehren des Gottes Consus gehaltenen Schauspiele.

cheveux épars, les yeux noyés de larmes, les bras tendus, ¹) poussant des cris lamentables, se précipitent au milieu des combattans. Les épées, les javelots teints ²) de sang, le tumulte, le carnage, rien ne les effraie: Arrêtez! s'écrient-elles: arrêtez! cessez une guerre plus impie que la guerre civile. Vous combattez pour nous, et chacun de vos coups nous rend veuves ou orphelines. Si vous nous aimez, vous qui nous donnâtes ³) la vie, n'immolez pas nos époux; et vous, qui nous avez juré une tendresse éternelle, épargnez ceux qui donnèrent ⁴) le jour à vos épouses. Songez que nous portons dans notre sein les gages de votre réunion. Romains, vos femmes sont Sabines; Sabins, vos petits-fils seront Romains. Cessez donc de vous égorger, vous qui n'êtes plus deux peuples, vous qui ne formez plus qu'une seule famille; ou, si la soif du sang vous dévore, commencez par rompre, par détruire tous les liens qui doivent ⁵) vous réunir: immolez vos filles et vos femmes, et, sur leurs corps expirans, achevez de vous égorger.

Ce spectacle, ces paroles, les pleurs, les cris des Sabines, chassent la colère de tous les coeurs. Les combattans s'arrêtent, se regardent et sont surpris de ne plus se haïr. L'épée demeure levée sur celui qu'elle menaçait; le javelot reste suspendu; la flèche tombe de l'arc, qui se détend ⁶) sans la lancer.

Les Sabines se jettent sur ces armes, et les enlèvent sans effort à leurs pères, à leurs époux, qu'elles couvrent ⁷) de baisers et de larmes; elles lavent avec ces pleurs le sang dont ces mains sont souillées, elles parviennent ⁸) à les joindre ensemble; alors chaque Sabine embrassant à la fois un Romain et un Sabin, elles rapprochent ainsi les visages des deux ennemis, et les forcent enfin à s'embrasser eux-mêmes.

Dès ce moment, plus de guerre, plus de vengeance.

---

1) *part. v.* tendre. 2) *part. v.* teindre. 3) *déf. v.* donner. 4) *déf. v.* donner. 5) *prés. v.* devoir. 6) *prés. v.* se détendre. 7) *prés. v.* couvrir. 8) *prés. v.* parvenir.

pes rois se parlent; ils conviennent [1]) que les deux Leuples réunis n'en formeront désormais qu'un seul; que Tatius et Romulus, assis [2]) ensemble sur le même trône, partageront le souverain pouvoir. On jure la paix; on immole des victimes à Jupiter, au Soleil, à la Terre: les deux armées confondues [3]) se laissent conduire par les Sabines, entrent dans Rome au milieu des acclamations, et paraissent [4]) plus fières, plus glorieuses d'avoir été vaincues [5]) par la tendresse que si elles avaient triomphé par la fureur.

Cependant tu croissais [6]) sous mes yeux, et tu passais pour mon fils: je confirmais moi-même une erreur qui s'accordait avec mes sentimens comme avec le voeu de ta mère. Dès l'âge de quatre ans, tu me suivais [7]) dans le temple, revêtu [8]) de la robe d'initié; tu portais dans tes faibles mains le vase d'or où l'on met [9]) l'encens. Ta douceur, tes graces enchantaient nos prêtres, qui m'enviaient tous le bonheur de t'avoir donné le jour. Combien je l'ai desiré, ce bonheur! Depuis quinze ans, Numa, je ne tiens [10]) à la vie que pour te chérir; et quel que soit mon amour pour la vertu, si tu me vois [11]) la pratiquer avec zèle, c'est dans l'espoir, mon cher fils, que les dieux t'en récompenseront.

Je recueillis [12]) bientôt le fruit des soins que j'avais pris [13]) de toi. Dès ta plus tendre enfance tes qualités s'annoncèrent. Jamais je n'avais besoin de t'inspirer un sentiment honnête: tous étaient nés dans ton coeur. Les principes de la morale se trouvaient gravés dans ton ame avant que je t'en eusse instruit, [14]) et la raison t'enseignait tout ce que m'avait appris [15]) l'expérience. S'il m'arrivait, pour t'éprouver, de te faire une question que j'imaginais difficile, ta réponse était toujours plus claire, plus précise que celle que j'avais

---

1) *prés. v.* convenir. 2) *part. v.* asseoir. 3) *part. v.* confondre. 4) *prés. v.* paraître. 5) *part. v.* vaincre. 6) *impar. v.* croître. 7) *impar. v.* suivre. 8) *part. v.* revêtir. 9) *prés. v.* mettre. 10) *prés. v.* tenir. 11) *prés. v.* voir. 12) *déf. v.* recueillir. 13) *part. v.* prendre. 14) *part. v.* instruire. 15) *part. v.* apprendre.

préparée. Souvent, après avoir cru te donner une longue leçon de morale, tes courtes réflexions m'éclairaient; en finissant l'entretien, c'était ton maître qui s'était instruit. Tu connus ¹) toutes les sciences de nos philosophes étrusques, et tu me disais: O mon père! que tout cela est peu de chose! et ce peu laisse encore des doutes! La vertu seule est certaine; le livre en est avec nous; c'est notre coeur: consultons-le à chaque action de notre vie, suivons ²) toujours ce qu'il nous dit; nous ne pouvons jamais nous égarer.

Je t'embrassais avec transport, et je n'osais te louer. Je craignais ³) pour toi le vice qui dépare toutes les qualités, qui commence par les ternir, et finit presque toujours par les détruire: la vanité. O mon fils! prends-⁴) y garde pendant tout le cours de ta vie; souviens-⁵) toi bien que c'est elle qui fait le plus de mal aux vertus, puisqu'elle les empêche d'être aimables.

Je te voyais ⁶) avec complaisance échapper à ce péril. Chaque jour tu devenais ⁷) meilleur, et chaque jour plus modeste. Trompé par la voix publique, surtout par mon propre coeur, je me croyais ⁸) ton père, et je comptais abdiquer en ta faveur la souveraine sacrificature: tous nos prêtres, tous nos citoyens, le prévoyaient ⁹) avec joie. Depuis trois jours, mon fils, un oracle céleste m'interdit ¹⁰) cette espérance. Cérès, Cérès elle-même m'apparaît ¹¹) toutes les nuits, et m'ordonne d'une voix sévère de t'envoyer à Rome et de déclarer ta naissance. Vainement, à genoux devant la déesse, j'ai osé lui parler de mes craintes et rappeler le voeu de ta mère. Je n'ai point accepté ce voeu, m'a répondu la fille de Jupiter; Numa ne sera point mon prêtre: ses destins l'appellent plus haut. Numa me ser-

---

1) *déf. v.* connaître. 2) *impér. v.* suivre. 3) *impar. v.* craindre. 4) *impér. v.* prendre. 5) *impér. v.* se souvenir. 6) *impar. v.* voir. 7) *impar. v.* devenir. 8) *impar. v.* croire. 9) *impar. v.* prévoir. 10) *prés. v.* interdire. 11) *prés. v.* apparaître.

vira ¹) mieux sur un trône qu'à l'ombre de mes autels: qu'il marche à Rome; que ta tendresse pour lui ne s'oppose plus aux décrets du ciel.

Voilà, mon fils, le sujet de ces larmes que vous m'avez vu ²) verser pendant le sacrifice. Il faut ³) se soumettre, il faut nous séparer, Numa: Cérès l'ordonne; nous devons obéir.

Le tendre Numa, sans répondre à Tullus, le regarde en pleurant, lève les yeux au ciel, et paraît ⁴) hésiter entre son père et les dieux: mais le vieillard l'encourage; Numa se décide à partir. Il prend ⁵) la main de Tullus, qu'il serre doucement dans les siennes: O mon père! lui dit-il, vous m'avez promis ⁶) de me faire descendre au tombeau de Pompilius, de me laisser baiser avec respect l'urne qui contient ⁷) les cendres de ma mère. Suis- ⁸) moi, lui répond le grand-prêtre; dès ce moment je veux ⁹) t'y conduire.

Alors ils marchent vers le temple. Derrière l'autel de la déesse était une porte d'airain dont Tullus seul avait la clef; il l'ouvre; ¹⁰) il descend quelques degrés: Numa le suit ¹¹) en soupirant. Ils arrivent dans un souterrain éclairé par une seule lampe. Là, sur un tombeau de marbre noir d'une sculpture simple et sans inscription, on voyait ¹²) une urne d'argent couverte ¹³) d'un voile funèbre. À côté de l'urne étaient un billet, une épée et des cheveux blonds. Numa s'était mis ¹⁴) à genoux en entrant dans le souterrain. Tullus soulève doucement l'urne; et la présentant au jeune homme: Mon fils, lui dit-il à voix basse, baisez ces restes sacrés; touchez cette urne qui renferme les cendres de la meilleure des mères et du plus tendre des époux. Ils ont les yeux sur vous dans cet instant; ils vous contemplent des Champs Élysées, ¹⁵)

---

1) *fut.* v. servir. 2) *part.* v. voir. 3) *prés.* v. falloir. 4) *prés.* v. paraître. 5) *prés.* v. prendre. 6) *part.* v. promettre. 7) *prés.* v. contenir. 8) *impér.* v. suivre. 9) *prés.* v. vouloir. 10) *prés.* v. ouvrir. 11) *prés.* v. suivre. 12) *impar.* v. voir. 13) *part.* v. couvrir. 14) *part.* v. mettre. 15) die Elyſäiſchen Felder.

et préfèrent à tous les plaisirs immortels qui les environnent le spectacle de la piété de leur fils.

Numa tenait ¹) dans ses bras l'urne qu'il baignait de ses larmes. Il l'approchait de son coeur, et il lui semblait que ces cendres si chères se ranimaient. Oh! qu'il eut de peine à les rendre au pontife! et comme ses mains suivaient ²) l'urne quand l'urne s'éloigna de lui!

Tullus la remet ³) sous le voile. Alors prenant ⁴) l'épée, le billet et les cheveux: Voici, dit-il à Numa, le glaive qui défendit ⁵) votre mère et la patrie, qui jamais ne fut tiré par la colère, et n'immola que les ennemis de l'État. Je vous le remets, ⁶) mon fils: faites- ⁷) en le même usage. Que la puissante Cérès, à qui je l'avais consacré, fasse ⁸) tomber sous ce fer tous ceux qui menaceront vos jours! Ce billet fut tracé par votre mère à l'instant de son trépas: il est adressé au roi Tatius, et vous sera nécessaire pour occuper à sa cour le rang dû à votre naissance. Ces cheveux blonds, ai-je besoin de vous dire que ce sont ceux de votre mère? Elle vint ⁹) les offrir à Cérès le jour où elle en obtint ¹⁰) un fils. Numa, portez-les toujours avec vous: les coeurs sensibles ont besoin de ces gages d'amour et de piété.

Après ces paroles, ils sortent ¹¹) du souterrain. Numa retourne à la maison du grand-prêtre, où il prépare tout pour son départ. Il quitte la robe de lin, prend ¹²) la toge, et paraît ¹³) plus beau sous ce vêtement. Le pontife le regarde et soupire: ce nouvel habit semble lui annoncer des dangers. Il éloigne cette idée pour s'occuper de pourvoir à ce que rien ne manque à son fils. Sa tendre prévoyance le fait penser à des besoins qu'il n'aura pas; il se dépouille pour l'enrichir; et, dans la crainte d'un refus, il va ¹⁴) cacher

---

1) *impar.* v. tenir. 2) *impar.* v. suivre. 3) *prés.* v. remettre. 4) *gér.* v. prendre. 5) *déf.* v. défendre. 6) *prés.* v. remettre. 7) *impér.* v. faire. 8) *prés. subj.* v. faire. 9) *déf.* v. venir. 10) *déf.* v. obtenir. 11) *prés.* v. sortir. 12) *prés.* v. prendre. 13) *prés.* v. paraître. 14) *prés.* v. aller.

parmi les habits de Numa le peu d'or qu'il a épargné. Loin de lui, je n'ai besoin de rien, disait-il: quand il sera loin de moi, tout lui deviendra ¹) nécessaire.

Cependant l'instant cruel approche; le char qui doit ²) conduire Numa est préparé. Tullus monte dans ce char avec son fils; il veut ³) l'accompagner jusqu'au-delà du bois sacré; c'est alors que sa tendresse lui donne ces derniers conseils:

Pardonne - moi, mon cher fils, pardonne - moi de trembler en te voyant, ⁴) si jeune encore, abandonner nos paisibles campagnes et l'asile où ton innocence n'eût jamais couru ⁵) de péril, pour aller habiter une ville redoutable même à l'homme le plus sage. Te voilà sans expérience, sans guide, sans conseil, sans ami; car à ton âge on n'a point d'ami, on croit ⁶) en avoir, et c'est un danger de plus: te voilà jeté au milieu de deux peuples qui, réunis par politique, sont divisés par caractère, et se regardent toujours comme deux nations distinctes. La haine n'est point éteinte ⁷) entre les Romains et les Sabins; elle ne l'est point entre leurs monarques, encore plus opposés que leurs peuples. Tatius, le meilleur des rois, ton parent, ton souverain; Tatius, qui fut notre idole tant qu'il régna parmi nous, bon, sensible, ami de la paix, possède des vertus plus utiles que brillantes; il rend la justice, et il fait du bien: voilà sa vie. Romulus, au contraire, qui, pour acquérir des sujets, ouvrit ⁸) un asile aux brigands, Romulus a conservé les moeurs féroces du premier peuple qu'il commanda. Passionné pour la guerre, dévoré d'ambition, tourmenté de la soif des conquêtes, il attaque et soumet ⁹) tour à tour toutes les nations voisines de Rome; il n'estime, il ne chérit que ses soldats, ne sait ¹⁰) que vaincre, et ne connaît ¹¹) pas d'autre grandeur.

Hélas! par une fatalité déplorable, un conquérant

---

1) *fut. v. devenir.* 2) *prés. v. devoir.* 3) *prés. v. vouloir.*
4) *gér. v. voir.* 5) *part. v. courir.* 6) *prés. v. croire.* 7) *part. v. éteindre.* 8) *déf. v. ouvrir.* 9) *prés. v. soumettre.*
10) *prés. v. savoir.* 11) *prés. v. connaître.*

est plus admiré qu'un bon roi; la véritable vertu éblouit moins que la fausse gloire. Tu ne les confondras point, Numa; tu sentiras¹) combien Tatius est au-dessus de son collègue; tu n'abandonneras pas le plus juste des rois, le parent, l'ami de ton père, le vengeur de Pompilia, pour suivre un conquérant farouche encore teint²) du sang de son frère, et dont l'affreuse trahison causa la ruine de ton pays et le trépas de ceux à qui tu dois³) le jour.

Mais la cour même de Tatius est un séjour dangereux pour toi. Tu seras dans Rome, dont les belliqueux citoyens pardonnent tout à la jeunesse, hors le manque de courage; et le courage des combats n'est plus que férocité, quand il n'est pas joint à d'autres vertus. Tu seras valeureux sans doute; le fils de Pompilius pourrait-⁴) il ne l'être pas! Mais tes moeurs, ces moeurs si pures, qui t'ont mérité la protection de la déesse, les conserveras-tu, Numa? Crois-⁵) moi, je n'ai pas d'intérêt à te défendre le plaisir; je ne veux⁶) pas te parler le langage austère de mon âge, te peindre la volupté sous des couleurs fausses et effrayantes; non, mon fils: la volupté a des charmes, la nature nous entraîne vers elle; il faut⁷) combattre sans cesse pour lui résister; et plus notre coeur est sensible, hélas! plus il est faible. Mais tu n'auras pas plutôt cédé, que le remords s'emparera de ton ame; tu perdras cette douce paix, cette estime, ce respect pour toi-même qui font⁸) le charme de la vie; ton coeur humilié, flétri, n'aura plus la même énergie, le même amour pour le bien; tu souffriras enfin le plus grand des supplices celui de connaitre la vertu, et d'avoir pu⁹) l'abandonner.

Je n'ai jamais vu¹⁰) la cour, je ne puis¹¹) te donner d'avis sur la manière de s'y conduire: mais je

---

1) *fut. v. sentir.* 2) *part. v. teindre.* 3) *prés. v. devoir.* 4) *cond. v. pouvoir.* 5) *impér. v. croire.* 6) *prés. v. vouloir.* 7) *prés. v. falloir.* 8) *prés. v. faire.* 9) *part. v. pouvoir.* 10) *part. v. voir.* 11) *prés. v. pouvoir.*

connais ¹) les devoirs d'un homme, et il faut être homme par-tout. Rends ²) aux places éminentes le respect qu'on est convenu de leur accorder: rends à la vertu, dans tous les états, le culte que la vertu mérite. Fuis ³) les méchans sans paraître les craindre; sois réservé, même avec les bons. Né profane pas l'amitié, en prodiguant le nom d'ami. Pèse tes paroles, et réfléchis ⁴) avant d'agir. Sois toujours en garde contre ton premier mouvement, excepté lorsqu'il te porte à secourir un malheureux. Respecte les vieillards et les femmes, plains ⁵) les faibles, et sois le soutien de tous les infortunés.

Si la déesse, comme je l'espère, te comble de prospérités, tu m'en instruiras: ⁶) ces nouvelles prolongeront ma vie. Si le ciel pouvoit ⁷) t'éprouver par des malheurs, reviens ⁸) me trouver.

En parlant ainsi, ils étaient arrivés à la sortie du bois sacré: c'était là que Tullus devait ⁹) se séparer de Numa. Le char s'arrête: les yeux du jeune homme se remplissent de larmes. Du courage! lui dit le vieillard, du courage! Numa, nous nous reverrons, ¹⁰) nous nous reverrons bientôt: le trajet d'ici à Rome est court; tu reviendras ¹¹) au temple: moi-même . . . . Ah! mon père! s'écria Numa fondant ¹²) en larmes, sans doute je vous reverrai; ¹³) mais je ne vivrai ¹⁴) plus avec vous; mais je ne vous verrai ¹⁵) plus à tous les instant de ma vie. Les longues matinées s'écouleront sans que mon père m'ait embrassé; le jour finira sans que Numa vous ait entendu. De quel bonheur je jouissais ¹⁶) auprès de vous! Je ne l'ai pas assez senti, ¹⁷) je n'en ai pas assez remercié les dieux! C'est à présent . . . .

Allons, mon fils, interrompit ¹⁸) Tullus d'une voix

---

1) *prés. v.* connaître. 2) *impér. v.* rendre. 3) *impér. v.* fuir. 4) *impér. v.* réfléchir. 5) *impér. v.* plaindre. 6) *fut. v.* instruire. 7) *impar. v.* pouvoir. 8) *impér. v.* revenir. 9) *impar. v.* devoir. 10) *fut. v.* revoir. 11) *fut. v.* revenir. 12) *gér. v.* fondre. 13) *fut. v.* revoir. 14) *fut. v.* vivre. 15) *fut. v.* voir. 16) *impar. v.* jouir. 17) *part. v.* sentir. 18) *déf. v.* interrompre.

qu'il voulait ¹) rendre sévère, obéissons ²) à Cérès, et ne murmurons pas contre elle. Eh quoi! je suis le plus vieux, je suis le plus faible, et c'est moi qui vous encourage! Crois- ³) tu que je ne souffre ⁴) pas autant que toi? Penses-tu que mon triste coeur . . . . ?

À ces mots, sa voix s'éteint, ⁵) sa force l'abandonne, il tombe dans les bras de Numa et l'arrose de ses pleurs. Mais reprenant ⁶) sa gravité, Adieu, mon fils, lui dit-il; vous reviendrez ⁷) me voir dans peu de temps, ou j'irai ⁸) moi-même vous chercher à Rome. Adieu, n'oubliez pas Tullus. En disant ⁹) ces paroles, il s'éloigne, et rentre à pas précipités dans la forêt.

Numa, désolé, reste les bras tendus, ¹⁰) lui crie trois fois, adieu! le suit ¹¹) de l'oeil le plus long-temps qu'il peut ¹²) le voir; et, laissant flotter les rênes de ses coursiers, il prend ¹³) le chemin de Rome.

---

1) *impar. v.* vouloir. 2) *impér. v.* obéir. 3) *prés. v.* croire. 4) *prés. subj. v.* souffrir. 5) *prés. v.* s'éteindre. 6) *gér. v.* reprendre. 7) *fut. v.* revenir. 8) *fut. v.* aller. 9) *gér. v.* dire. 10) *part. v.* tendre. 11) *prés. v.* suivre. 12) *prés. v.* pouvoir. 13) *prés. v.* prendre.

LIVRE SECOND.

SOMMAIRE.

Numa, parti¹) pour Rome, s'arrête et s'endort²) dans un bois; il a un songe mystérieux; il continue sa route. Description de la campagne de Rome et de cette ville guerrière. Accueil que fait Tatius à Numa. Caractère de ce bon roi, de sa fille Tatia, de Romulus et d'Hersilie, fille de Romulus. Numa rencontre Hersilie; il s'enflamme pour elle. Premiers effets de sa passion. Retour et triomphe de Romulus.

Numa s'éloignait à regret du lieu qui l'avait vu³) naître; mille pensées douloureuses l'agitaient. J'abandonne mon père, disait-il, dans l'âge où il avait besoin de ma tendresse; je renonce à des devoirs, à des loisirs doux à mon coeur; je quitte les compagnons, les amis de mon enfance, pour aller habiter un pays où personne ne m'aimera. Ah! je sens⁴) bien que je n'y pourrai⁵) vivre; je languirai comme un jeune olivier transplanté dans un terrain qui ne lui convient⁶) pas: le soleil et la rosée lui sont inutiles, ses feuilles flétries tombent le long de ses branches, ses racines ne prennent⁷) plus de nourriture; il a commencé de mourir en quittant la terre qu'il aimait.

Le jeune voyageur, accablé de ces idées, n'avait encore fait⁸) que deux milles, lorsqu'il entra dans un bois dont la fraîcheur invitait au repos. Attiré par le murmure d'un ruisseau qui serpentait sous l'ombrage, il arrête ses coursiers, les abandonne à deux esclaves, et, remontant⁹) jusqu'à la source du ruisseau, il arrive à une fontaine consacrée à Pan.¹⁰) Il fléchit un genou devant la statue de ce dieu, lui demande la permission de se désaltérer dans sa fontaine: après avoir rafraichi

---

1) *part.* von partir. 2) *prés. v.* s'endormir. 3) *part. v.* voir. 4) *prés. v.* sentir. 5) *fut. v.* pouvoir. 6) *prés. v.* convenir. 7) *prés. v.* prendre. 8) *part. v.* faire. 9) *gér. v.* remonter. 10) Pan, der Gott der Hirten, des Viehes und der Viehzucht.

ses lèvres brûlantes, il s'assied¹) sur le gazon, et s'endort²) au bord de l'eau.

Pendant son sommeil, il eut un songe. Il lui semble voir un char attelé de deux dragons, qui volait vers lui du haut de la nue. Dans ce char était la déesse Cérès, couronnée d'épis, portant³) une gerbe et une faucille. Elle vient⁴) se placer sur la tête de Numa; et le regardant avec des yeux pleins de bonté:

Fils de Pompilia, lui dit-⁵) elle, j'aimai ta mère, et je veille sur toi. Quel que soit le voeu que tu vas⁶) former, j'ai résolu⁷) de l'accomplir: parle, dis-⁸) moi ce que tu desires le plus; tu l'obtiendras⁹) à l'instant même. Ah! s'écria Numa sans hésiter, que Tullus soit rajeuni, qu'il recommence une nouvelle vie, et que jamais.... Ta demande, interrompt¹⁰) la déesse, est au-dessus de mon pouvoir. Jupiter, Jupiter lui-même ne peut¹¹) prolonger d'un instant les jours d'un simple mortel. Les cruelles Parques¹²) ne lui sont point soumises: elles ont tranché le fil de Persée,¹³) d'Hercule,¹⁴) des enfans les plus chéris du maître des dieux, quand le Destin, plus fort que mon père, a voulu¹⁵) qu'ils cessassent¹⁶) de vivre. Forme¹⁷) des voeux pour toi-même: en demandant ton bonheur, c'est demander celui de Tullus.

Eh bien, favorable déesse, rendez-moi digne de lui; faites¹⁸) germer dans mon coeur les leçons de ce vénérable vieillard; donnez-moi la sagesse: Tullus dit que c'est le bonheur.

J'avais prévu¹⁹) ta demande, répond Cérès, et j'ai prié ma soeur Minerve²⁰) de te combler de ses dons.

---

1) *prés.* von s'asseoir. 2) *prés. v.* s'endormir. 3) *gér. v.* porter. 4) *prés. v.* venir. 5) *déf. v.* dire. 6) *prés. v.* aller. 7) *part. v.* résoudre. 8) *impér. v.* dire. 9) *fut. v.* obtenir. 10) *prés. v.* interrompre. 11) *prés. v.* pouvoir. 12) die Parzen, Göttinnen, welche dem Leben der Menschen vorstanden. 13) Perseus, Jupiters Sohn. 14) Herkules, Jupiters Sohn. 15) *part. v.* vouloir. 16) *impar. subj. v.* cesser. 17) *impér.* von formen. 18) *impér. v.* faire. 19) *part. v.* prévoir. 20) Minerva, die Göttin der Weisheit, der Künste und Wissenschaften, des Krieges 2c.

Ne t'attends ¹) pas cependant à devenir son favori, comme le fut le fils d'Ulisse. ²) Non, mon cher Numa, aucun mortel ne doit se flatter d'approcher du divin Télémaque. ³) C'est le chef-d'oeuvre de Minerve: elle-même n'oserait tenter d'égaler son propre ouvrage. Mais heureux encore celui qui marchera de loin sur ses traces! heureux le jeune héros sur qui la déesse laissera tomber quelques regards, et qui occupera le second rang, quoique si éloigné de son modèle!

À ces mots, Numa se croit ⁴) transporté dans le temple de Minerve. Il veut ⁵) pénétrer jusqu'à la déesse; mais un nuage d'or lui ferme le sanctuaire et lui dérobe la vue de la divinité. C'est en vain qu'il fait des efforts pour percer ce nuage; c'est en vain qu'il implore les secours de Cérès: Cérès rejette ses prières, et lui fait signe d'écouter. Alors Minerve parle du milieu de la nue. Numa tombe à genoux, le visage prosterné sur la terre; il croit entendre la Sagesse qui l'instruit ⁶) de tous ses devoirs; il éprouve à la fois un saint respect et la douce persuasion. Mais quand il relève les yeux pour rendre graces à la déesse, le temple, le nuage ont disparu. ⁷) Numa se trouve au milieu d'un bois; il ne voit ⁸) plus qu'un berceau de verdure, sous lequel une jeune nymphe ⁹) vêtue ¹⁰) de blanc, assise ¹¹) sur le gazon, lisait ¹²) attentivement. La paix, la candeur reposaient sur son visage; la modestie, la douceur, la majesté l'environnaient: telle on représenterait Astrée ¹³) méditant le bonheur des humains. Numa, qui se sent ¹⁴) attiré vers cette nymphe par un charme irrésistible, demande à Cérès quel est cet objet si beau: Cérès lui nomme Égérie, et tout disparaît ¹⁵) à ce nom.

La surprise, l'émotion que ressentit ¹⁶) Numa, le

---

1) *impér.* von s'attendre. 2) Ulysses, König von Ithaka. 3) Telemachus, Sohn des Ulysses. 4) *prés. v.* croire. 5) *prés. v.* vouloir. 6) *prés. v.* instruire. 7) *part. v.* disparaître. 8) *prés. v.* voir. 9) eine Nymphe, weibliche Untergottheit. 10) *part. v.* vêtir. 11) *part. v.* asseoir. 12) *impar. v.* lire. 13) Asträa, die Göttin der Gerechtigkeit. 14) *prés. v.* sentir. 15) *prés. v.* disparaître. 16) *défi v.* ressentir.

réveillèrent.¹) Encore tout agité du songe mystérieux, il a peine à retrouver ses sens: il regarde autour de lui; il ne voit que la fontaine de Pan, les arbres, le gazon, le ruisseau au bord duquel il s'est endormi.²) Ne doutant pas cependant que le songe qu'il a fait ne lui ait été envoyé par Jupiter, il adresse des voeux au maître du tonnerre, promet³) un sacrifice à Minerve, à Cérès, sort⁴) du bois et remonte sur son char.

Il marche, il traverse le pays des Fidénates, et arrive bientôt sur le territoire de Rome. Il le distingue aisément de celui de ses voisins: les campagnes y sont désertes; les terres incultes n'y produisent⁵) que de l'ivraie; les troupeaux, faibles, dispersés, y trouvent à peine leur nourriture: point de moissonneurs qui recueillent⁶) les présens de Cérès; point de glaneuses qui suivent⁷) en chantant la faucille du laboureur; point de berger qui, sur le penchant d'un coteau, tranquille sur ses brebis, que son chien fidèle empêche de s'écarter, chante sur la flûte la beauté d'Amaryllis,⁸) ou les douceurs de la vie champêtre. Tout est triste, morne, silencieux. Les villages dépeuplés n'offrent⁹) que des femmes et des vieillards. Celle-ci pleure son époux, celle-là son frère, tués dans les combats. Ici c'est un père accablé par les années, qui va¹⁰) mourir sans consolation et sans secours: il n'a plus d'enfans; le dernier vient¹¹) de lui être enlevé pour servir dans l'armée de Romulus. Ce vieillard, au désespoir, jette des cris plaintifs, se meurtrit le visage, arrache ses cheveux blancs, et maudit¹²) les armes de son roi. Là c'est une mère qui fuit¹³) avec le seul fils qui lui reste: elle est sûre qu'on viendrait¹⁴) l'arracher de ses bras: elle aime mieux quitter son pays, sa maison, le champ qui la nourrissait, pour aller mendier du pain chez un peuple

---

1) *déf.* von réveiller. 2) *part.* v. s'endormir. 3) *prés.* von promettre. 4) *prés.* v. sortir. 5) *prés.* v. produire. 6) *prés.* v. recueillir. 7) *prés.* v. suivre. 8) Amaryllis, Name einer schönen Bäuerin. 9) *prés.* v. offrir. 10) *prés.* v. aller. 11) *prés.* v. venir. 12) *prés.* v. maudire. 13) *prés.* v. fuir. 14) *cond.* v. venir.

qui lui laissera du moins son fils. Par-tout la tristesse, la pauvreté, la désolation étalent leur affreuse image; et les sujets de Romulus, depuis que leur maître connait [1]) la gloire, ne connaissent [2]) plus ni le repos ni le bonheur.

O dieux immortels! s'écriait Numa, voilà donc ce peuple si fier, si envié de ses voisins, et que ses victoires rendent déjà si célèbre, si redoutable! Le voilà malheureux, pauvre, cent fois plus à plaindre que tous ceux qu'il a vaincus! [3]) Tel est donc le prix de la gloire! ou plutôt, telle est la justice céleste! Les dieux ont voulu [4]) que les conquérans souffrissent [5]) eux-mêmes des maux [6]) qu'ils font, [7]) et qu'ils achetassent [8]) de leur infortune celle dont ils accablent leurs voisins.

Numa comparait alors en lui-même le bonheur dont jouissaient les paisibles Sabins, l'abondance, la gaieté qui régnaient dans leurs campagnes, avec le spectacle qui frappait ses yeux. Il se rappelait tout ce que Tullus lui avait dit [9]) de la guerre; il adressait des voeux aux immortels pour qu'ils fissent [10]) naître des rois pacifiques, quand tout à coup l'aspect de Rome vient [11]) frapper et étonner ses regards. Ce mont Palatin, [12]) l'ancien asile des pâtres et des troupeaux, maintenant bordé de murailles, hérissé de tours menaçantes, ces fossés larges et profonds qui en défendent l'approche, ces remparts inaccessibles, et ce fameux Capitole qui domine toute la ville, sur le haut duquel on distingue le temple de Jupiter, tout en impose à Numa: il regarde, admire et s'avance.

Les portes sont occupées par une foule de jeunes guerriers, couverts [13]) d'armes étincelantes, appuyés sur leurs lances, la tête haute, et rejetant en arrière le panache qui ombrage leurs casques. Ils semblent déjà sa-

---

1) *prés.* von connaître. 2) *prés. v.* connaître. 3) *part.* von vaincre. 4) *part. v.* vouloir. 5) *impar. subj. v.* souffrir. 6) *pl. v.* mal. 7) *prés. v.* faire. 8) *impar. subj. v.* acheter. 9) *part. v.* dire. 10) *impar. subj. v.* faire. 11) *prés. v.* venir. 12) ber palatinifche Berg, einer von ben fieben Bergen, worauf bie Stabt Rom gebauet ift. 13) *part. v.* couvrir.

voir qu'ils doivent¹) soumettre le monde; et leur air belliqueux glace d'effroi ceux mêmes qu'ils ne menacent pas. Numa pénètre dans la ville: par-tout il voit²) l'image de la guerre; par-tout il entend le bruit des armes. Ici c'est une garde qu'on relève; là de jeunes soldats qu'on exerce: plus loin, l'on accoutume les coursiers au son aigu de la trompette. Les métaux³) coulent dans les fournaises; les boucliers, les cuirasses résonnent sur l'enclume; l'airain gémit sous les marteaux. Il semble que tous les feux de l'Etna⁴) soient allumés dans Rome, et que les Cyclopes⁵) y travaillent à forger des chaînes pour l'univers.

Numa, peu accoutumé à ce bruit, éprouve une surprise mêlée d'effroi. Il est impatient de voir Tatius; il demande son palais: on le lui indique; il était dans le quartier de la ville le moins bruyant. Le bon Tatius éloignait de lui les soldats: il voulait être aimé, et non gardé; en tout temps on pouvait arriver jusqu'à lui; et l'on trouvait à sa porte plus de pauvres que de courtisans.

Numa est admis⁶) devant le bon roi; il prononce le nom de Tullus, et présente le billet de la malheureuse Pompilia. À peine Tatius l'a-t-il lu,⁷) que, jetant un cri de joie, il se précipite au cou du jeune homme. O jour heureux pour moi! s'écrie-t-il, que ne dois-⁸) je pas au pontife qui me rend le fils de mon plus tendre ami! Oui, je reconnais⁹) bien les traits du brave Pompilius; voilà ses yeux,¹⁰) voilà son air doux et caressant. Tu m'aimeras comme il m'aimait: je l'espère, j'en suis certain. Ma vieillesse est réjouie de ta vue; je me plaignais¹¹) aux dieux de n'avoir qu'une fille, les dieux m'envoient¹²) un fils.

En disant¹³) ces paroles, il embrassé de nouveau

---

1) *prés.* von devoir. 2) *prés. v.* voir. 3) *pl. v.* métal. 4) der Aetna, feuerspeiender Berg auf der Insel Sicilien. 5) die Cyklopen, Riesen in Sicilien und Schmiedeknechte des Vulkan. 6) *part. v.* admettre. 7) *part. v.* lire. 8) *prés. v.* devoir. 9) *prés. v.* reconnaître. 10) *pl. v.* oeil. 11) *impar. v.* plaindre. 12) *prés. v.* envoyer. 13) *gér. v.* dire.

Numa, et fait appeler Tatia sa fille. Tatia, moins remarquable par sa beauté que par sa douceur, par sa modestie, par sa tendresse pour son père. Elle vient;[1]) Tatius lui présente Numa: Voilà ton frère, dit-il; voilà celui que tu dois aimer comme le soutien et l'appui de ma vieillesse; voilà le fils de Pompilius dont je t'ai si souvent parlé. O jours de mon bonheur! avec quelle rapidité vous vous êtes écoulés! Numa, tu me le rappelles ce temps où, tranquille dans la Sabinie, roi chéri d'un peuple que j'adorais, père, époux, ami heureux, je voyais[2]) couler les années entre la mère de Tatia, Pompilius et le sage pontife. Ma famille, j'appelais ainsi mes sujets, n'était point assez nombreuse pour que je ne pusse[3]) pas veiller moi-même sur chacun de mes enfans. Je les connaissais[4]) tous, j'allais[5]) souvent les visiter; et quand, avec Pompilius, j'avais parcouru[6]) mon petit état, je remerciais Jupiter d'avoir borné mon royaume, et de ne m'avoir pas donné plus de sujets que je ne pouvais faire d'heureux. Aujourd'hui, quel changement! exilé loin de ma patrie, enchaîné sur un trône étranger, je gémis tous les jours.... Mais je te vois,[7]) je ne dois plus me plaindre. Tu resteras avec moi, Numa, tu me rendras tout ce que j'ai perdu; et peut-être que les plus doux noeuds, en t'assurant ma couronne, assureront ma félicité. J'aurai, j'aurai le temps de t'expliquer mes projets; je ne veux[8]) songer dans ce moment qu'à jouir de ta présence.

Ainsi parle le bon roi; sa joie rend plus vif encore le plaisir qu'il trouve naturellement à déployer dans de longs discours son ame franche et sensible.

Sa fille, qui a compris[9]) ses derniers mots, baisse les yeux, et les relève bientôt sur Numa. Frappée de sa beauté, elle observe avec complaisance la douceur peinte[10]) dans ses traits, sa timidité, son air caressant, et cette grace si touchante que donne toujours la can-

---

1) *prés.* von venir. 2) *impar. v.* voir. 3) *impar. subj. v.* pouvoir. 4) *impar. v.* connaître. 5) *impar. v.* aller. 6) *part. v.* parcourir. 7) *prés. v.* voir. 8) *prés. v.* vouloir. 9) *part. v.* comprendre. 10) *part. v.* peindre.

deur. C'était la première fois que Tatia regardait un jeune homme: elle s'en aperçoit,¹) rougit, et reporte ses yeux sur son père.

Numa, occupé du bon roi, baisait ses mains, en lui promettant²) une aveugle obéissance. Ne parle point d'obéir, lui dit Tatius: j'ai été roi toute ma vie, je n'ai jamais été sensible au plaisir de commander. J'ai senti³) de bonne heure qu'il fallait⁴) renoncer à être aimé, si l'on voulait être craint;⁵) et j'ai préféré les amis aux esclaves. Romulus m'a aidé dans mes projets; nous avons partagé la souveraine puissance. Romulus a gardé pour lui le commandement de l'armée, la disposition des tributs et la punition des criminels: moi, plus heureux, je suis chargé de rendre la justice, de diminuer les impôts, de récompenser les bonnes actions, enfin, mon ami, de tout ce qui rapproche les rois des immortels. Je crains⁶) toujours que mon collègue n'ouvre⁷) les yeux sur l'inégalité de ce partage, et qu'il ne voie⁸) à la fin que tout le bien me regarde, tandis qu'il est chargé de tout le mal. Mais, grace au ciel, jusqu'à présent Romulus ne s'en est point aperçu,⁹) et, dans son aveuglement, il a l'air aussi content que moi.

Je te présenterai à ce prince dès qu'il sera revenu¹⁰) d'une expédition où il est engagé contre les Antemnates. Il les vaincra,¹¹) je n'en doute point; car jamais guerrier ne posséda comme Romulus le courage d'un soldat avec les talens d'un capitaine. Sa taille majestueuse, son air audacieux et menaçant, sa force plus qu'humaine, et cette valeur indomptable qui lui fait tout hasarder, ne sont rien auprès de son activité. Dans une marche, dans un siège, dans une bataille, il voit¹²) tout, il est par-tout: il dispose, ordonne, attaque et défend à la fois. Sa tête et son bras n'ont pas un moment d'inaction: l'un exécute toujours ce que l'autre a déterminé.

---

1) *prés.* von s'apercevoir. 2) *gér.* v. promettre. 3) *part.* v. sentir. 4) *impar.* v. falloir. 5) *part.* v. craindre. 6) *prés.* v. craindre. 7) *prés. subj.* v. ouvrir. 8) *prés. subj.* v. voir. 9) *part.* v. s'apercevoir. 10) *part.* v. revenir. 11) *fut.* von vaincre. 12) *prés.* v. voir.

Sa fille unique, Hersilie, l'accompagne dans ses expéditions. Jamais beauté n'égala celle d'Hersilie. Tous les rois du Latium ¹) ont brûlé pour elle, tous sont venus ²) mettre leurs diadèmes à ses pieds: mais la fière princesse les a dédaignés. Accoutumée aux armes dès l'enfance, digne fille de Romulus, elle s'est vouée aux exercices de Pallas. ³) Le casque en tête, la lance à la main, elle suit ⁴) son père dans les combats: sa main délicate sait ⁵) guider un puissant coursier qui blanchit le frein de son écume, et s'étonne d'obéir à un maître dont le poids lui semble si léger. Désarmée, elle est encore plus redoutable: ces mêmes mains qui savent ⁶) se servir d'une épée savent aussi bien tenir une lyre; et, mêlant des accords mélodieux aux sons touchans de sa voix, elle chante les exploits de son père après avoir partagé ses périls.

Tels sont Romulus et sa fille. Je ne t'ai point affaibli leurs brillantes qualités. Que ne puis- ⁷) je ajouter encore un long éloge de leurs vertus! mais les conquérans les méprisent, et Romulus ne sait estimer que la valeur. Sa fille, élevée par lui dans le tumulte des camps, sa fille n'a pu ⁸) se défendre d'un peu de rudesse. Elle a l'orgueil de Junon, ⁹) comme elle en a la beauté; et, en acquérant le courage et la force de notre sexe, elle semble avoir perdu de la douceur, de la bonté qui sont le partage du sien.

À présent que tu connais ¹⁰) Romulus et Hersilie, tu seras le maître de te fixer auprès d'eux ou auprès de nous, dans leur camp ou dans mon palais. Je veux ¹¹) être ton ami, ton père, si tu me permets ¹²) ce doux nom; mais tu seras toujours ton maître: pourvu que tu m'aimes et que tu sois heureux, Tatius sera content.

Numa renouvelle au bon roi l'assurance de sa ten-

---

1) Landschaft in Italien, worin Rom lag. 2) *part. v.* venir. 3) Pallas, oder Minerva. 4) *prés. v.* suivre. 5) *prés. v.* savoir. 6) *prés. v.* savoir. 7) *prés. v.* pouvoir. 8) *part. v.* pouvoir. 9) Juno, die oberste Göttin der Römer 2c. 10) *prés. v.* connaître. 11) *prés. v.* vouloir. 12) *prés. v.* permettre.

dresse. Son choix est fait,¹) son parti pris²) irrévocablement: il ne veut³) jamais quitter l'ami de son père, le roi de sa nation, celui que Tullus lui a donné pour modèle. Il lui répète cent fois que rien ne le fera⁴) changer, qu'il verra⁵) d'un oeil d'indifférence et les appas d'Hersilie et la gloire de Romulus: il le jure par tous les dieux. La modeste Tatia entend avec joie ces sermons.

Après quelques jours donnés à la tendresse de Tatius, Numa, qui n'a pas oublié le songe qu'il a fait, apprend⁶) que le temple de Minerve est au milieu d'un bois sacré, appelé le bois d'Egérie. Surpris de cette conformité avec ce qu'il a vu⁷) pendant son sommeil, il court⁸) à ce bois peu distant de Rome; son coeur palpite en marchant sous les voûtes sombres de verdure. Un silence religieux y règne, le zéphyr agite à peine ces hêtres touffus, ces antiques peupliers qui élèvent leur têtes dans les nues; et l'on n'entend que le murmure lointain de leurs rameaux pressés mollement l'un contre l'autre.

Numa s'avance vers le temple où il doit⁹) porter ses voeux. Son esprit inquiet lui rappelle la nymphe: il n'ose espérer de la retrouver; cependant ses yeux la cherchent, quand, sous un berceau de verdure, semblable à celui qu'il a vu en songe, Numa découvre¹⁰) une guerrière couchée sur le gazon et profondément endormie. Sa tête désarmée avait pour appui son bouclier; son casque était auprès d'elle; de longues boucles de cheveux noirs retombaient sur sa cuirasse, et rendaient plus éblouissante sa beauté majestueuse. Deux javelots reposaient sous sa main; une riche épée pendait à son côté; sa robe, retroussée jusqu'au genou, laissait voir son cothurne¹¹) de pourpre, attaché avec une agrafe d'or. Ainsi la soeur d'Apollon,¹²) après avoir vidé son

---

1) *part.* von faire. 2) *part. v.* prendre. 3) *prés. v.* vouloir. 4) *fut. v.* faire. 5) *fut. v.* voir. 6) *prés. v.* apprendre. 7) *part. v.* voir. 8) *prés. v.* courir. 9) *prés. v.* devoir. 10) *prés. v.* découvrir. 11) der Kothurn, eine Art Schuhe oder Halbstiefeln mit hohen Absätzen. 12) Apollo, der Gott der Dichtkunst, Musik, Beredtsamkeit, und Bruder der Diana, Göttin der Jagd.

carquois dans la forêt d'Erymanthe,¹) vient²) se reposer sur le sommet du Ménale;³) les nymphes, les dryades⁴) veillent autour d'elle; le zéphyr craint⁵) d'agiter les feuilles; et le visage de la déesse conserve, même pendant son sommeil, cet air sévère et belliqueux qui, loin d'altérer sa beauté, semble en relever l'éclat.

Telle et plus belle encore était la guerrière. Numa la prend pour Pallas: il tombe à genoux devant elle, veut⁶) prononcer des voeux, et ne peut retrouver l'usage de la parole. Sa langue est attachée à son palais; sa bouche reste à demi-ouverte; ses bras demeurent étendus vers celle qu'il contemple; ses yeux fixes et éblouis la regardent sans mouvement.

Dans cet instant, la guerrière se réveille; elle aperçoit⁷) Numa: aussitôt elle est debout. Déja son casque terrible couvre⁸) sa tête, déja elle agite ses javelots, et sa voix haute et menaçante fait entendre ces paroles: Qui que tu sois, jeune téméraire qui viens⁹) troubler mon sommeil, rends graces au destin qui t'offre¹⁰) à moi désarmé. Si tu pouvais¹¹) te défendre, ce bras punirait ton audace.

O déesse, lui répond Numa, apaisez votre courroux; j'allais¹²) dans votre temple vous offrir mon coeur et mes voeux: je vous ai vue,¹³) mes genoux tremblans se sont dérobés sous moi. La présence d'une divinité terrasse un malheureux mortel; et si c'est un crime de contempler une déesse, songez que mes yeux éblouis n'ont pu¹⁴) soutenir votre vue.

Ces paroles firent¹⁵) évanouir la colère de l'amazone. Elle baisse la pointe de ses javelots, et regarde Numa en souriant:¹⁶) Rassurez-vous, lui dit-elle; je ne suis point une divinité. Le grand Romulus est mon père:

---

1) Erymanthus, ein Berg und Wald darauf in Arkadien. 2) *prés.* von venir. 3) Mänalus, Berg in Arkadien. 4) die Dryaden, Waldnymphen. 5) *prés. v.* craindre. 6) *prés. v.* vouloir. 7) *prés. v.* apercevoir. 8) *prés. v.* couvrir. 9) *prés. v.* venir. 10) *prés. v.* offrir. 11) *impar. v.* pouvoir. 12) *impar. v.* aller. 13) *part. v.* voir. 14) *part. v.* pouvoir. 15) *déf. v.* faire. 16) *gér. v.* sourire.

je vais ¹) annoncer à Rome la victoire qu'il vient ²) de remporter. Continuez votre chemin vers le temple: allez, jeune homme, allez demander pardon à Minerve d'avoir eu ³) la voir en me voyant. ⁴)

À ces mots, elle frappe sur son bouclier: ce bruit fait venir sa suite. On lui amène son superbe coursier; elle s'élance sur son dos, lui fait sentir l'aiguillon, et fuit ⁵) plus vite que le vent.

Numa demeure immobile, interdit, frappé d'une surprise, d'une admiration qu'il n'a jamais éprouvées. Ses regards suivent ⁶) Hersilie aussi long-temps qu'ils peuvent ⁷) la distinguer; elle a disparu, ⁸) qu'ils la suivent encore. Mille pensées confuses remplissent son ame; toutes ses idées se présentent à la fois à son esprit. Il cherche à sortir de ce trouble; plus il fait d'efforts, plus son trouble augmente. Ses yeux reviennent ⁹) sur cette place qu'Hersilie a occupée; ils ne peuvent ¹⁰) s'en détourner: Numa croit ¹¹) l'y voir encore; il croit encore l'entendre. Chaque mot qu'elle a dit retentit à son oreille; chaque geste qu'elle a fait lui est retracé par son imagination. Cet air grand et majestueux, cette taille si haute et si noble, et ces longs cheveux noirs, et ces traits si fiers et si beaux, tout est présent à Numa. Leur image, plus belle encore, s'est gravée au fond de son coeur: elle se réfléchit dans tout ce qu'il voit. ¹²)

Ah! le voilà expliqué, s'écrie-t-il, ce songe qui m'avait tant frappé! Je suis dans le bois d'Égérie: voilà le berceau que j'ai vu; ¹,³) et cette beauté céleste, dont les attraits m'ont ébloui, c'est Hersilie: n'en doutons point. O Hersilie! Hersilie! Que j'aime à prononcer ce nom! Dans le trouble affreux qui m'agite, mon ame ne sent ¹⁴) un peu de calme qu'à l'instant où je nomme Hersilie. Eh! qui suis-je, hélas! pour oser l'aimer, pour prétendre à celle que les dieux me disputeraient sans

---

1) prés. v. aller. 2) prés. v. venir. 3) part. v. croire. 4) gér. v. voir. 5) prés. v. fuir. 6) prés. v. suivre. 7) prés. v. pouvoir. 8) part. v. disparaître. 9) prés. v. revenir. 10) prés. v. pouvoir. 11) prés. v. croire. 12) prés. v. voir. 13) part. v. voir. 14) prés. v. sentir.

doute ? Mais du moins je pourrai ¹) la suivre, je pourrai m'attacher à ses pas, brûler en silence, lui adresser des vœux comme à une divinité: mon sort sera trop doux encore. Oui, belle Hersilie, je vais ²) devenir soldat dans l'armée de votre père; je conduirai ³) vos coursiers; je porterai vos javelots; je vous servirai de bouclier dans les combats; et, si mon cœur est percé de la flèche qui devait ⁴) vous atteindre, j'oserai vous dire en mourant: Je meurs ⁵) trop heureux, j'expire pour vous!

Ainsi s'exprime Numa; et son ame jeune et ardente s'ouvre ⁶) toute entière à l'amour. Semblable à ces bois résineux qu'une étincelle enflamme et consume, Numa sent ⁷) naître sa passion, et dans le même instant elle est à son comble. Il ne songe plus à Minerve; il retourne à Rome d'un pas rapide, en suivant ⁸) sur la poussière la trace du coursier d'Hersilie. Il rentre dans la ville d'un air égaré; il la parcourt ⁹) sans trouver celle qu'il cherche, et il n'ose demander son palais: il craint ¹⁰) de prononcer à quelqu'un le nom qu'il a tant de plaisir à se répéter.

Enfin il revient ¹¹) chez Tatius: le premier objet qu'il voit, ¹²) c'est Hersilie; elle rendait compte au bon roi de la victoire de son père. Numa, surpris et ravi, s'arrête, tremble, baisse les yeux. Hersilie, qui le reconnaît, ¹³) demande à Tatius si ce jeune homme est de sa cour. Ce jeune homme! s'écrie le roi, c'est mon fils! du moins il doit ¹⁴) m'en tenir lieu. Son père fut le plus juste et le plus grand des Sabins. Il est de mon sang; il est le fils de mon ami. En disant ¹⁵) ces mots, il court ¹⁶) à Numa, et paraît ¹⁷) inquiet de l'émotion où il le trouve, de la pâleur qui couvre ¹⁸) son front. Numa le rassure en balbutiant. Hersilie le regarde: cette

---

1) *fut. v.* pouvoir. 2) *prés. v.* aller. 3) *fut. v.* conduire.
4) *impar. v.* devoir. 5) *prés. v.* mourir. 6) *prés. v.* s'ouvrir.
7) *prés. v.* sentir. 8) *gér. v.* suivre. 9) *prés. v.* parcourir.
10) *prés. v.* craindre. 11) *prés. v.* revenir. 12) *prés. v.* voir.
13) *prés. v.* reconnaître. 14) *prés. v.* devoir. 15) *gér. v.* dire.
16) *prés. v.* courir. 17) *prés. v.* paraître. 18) *prés. v.* couvrir.

pâleur disparait; ¹) une vive rougeur la remplace; il ne peut ²) prononcer un seul mot; et ses yeux, qui s'élèvent doucement jusqu'au visage de la princesse, retombent toujours vers la terre avant d'y être arrivés.

Le bon roi, trop vieux pour se souvenir encore des premiers effets de l'amour, sourit ³) de tant de timidité: il s'efforce de l'excuser auprès d'Hersilie, en lui apprenant ⁴) l'âge de Numa, l'éducation qu'il a reçue. ⁵) Il saisit cette occasion de parler des vertus de Tullus, de celles de son aimable élève; il se plaît ⁶) à faire un long éloge du fils de Pompilius.

La princesse l'écoute avec plaisir; elle regarde Numa, que sa rougeur embellit encore; elle pénètre mieux que Tatius la cause du trouble qui l'agite: pour la première fois elle est flattée d'avoir inspiré de l'amour. Cependant elle quitte Tatius; et, dans ce moment, ses yeux se rencontrent avec ceux du tendre Numa. O combien ce regard pénétra leurs ames; combien il fut éloquent pour tous deux! Numa y puisa ⁷) l'espérance; Hersilie y puisa l'amour.

Dès ce moment, le fils de Pompilius n'est plus à lui. Uniquement occupé d'Hersilie, ou il la voit, ⁸) ou il la cherche: pendant le jour il suit ⁹) ses pas; pendant la nuit il songe à elle. Il ne pense plus au bon roi, il oublie Tullus et ses leçons: la vertu, la gloire, tout ce qui transportait son ame, n'a plus de charme pour lui. Hersilie, Hersilie, il ne voit qu'elle dans l'univers; Hersilie est le seul objet de ses pensées, l'unique but de ses actions: son coeur, son esprit, sa mémoire, toutes ses facultés lui suffisent ¹⁰) à peine pour Hersilie; son coeur ne peut ¹¹) plus produire d'autre sentiment que l'amour.

O malheureux jeune homme, il n'est donc plus d'espérance! Un seul jour, un seul moment a détruit ¹²)

---

1) *prés. v.* disparaître. 2) *prés. v.* pouvoir. 3) *prés. v.* sourire. 4) *gér. v.* apprendre. 5) *part. v.* recevoir. 6) *prés. v.* se plaire. 7) *déf. v.* puiser. 8) *prés. v.* voir. 9) *prés. v.* suivre. 10) *prés. v.* suffire. 11) *prés. v.* pouvoir. 12) *part. v.* détruire.

le fruit de tant d'années de leçons. Le voilà, ce favori de Cérès, ce fils de Pompilia, cet élève du vénérable Tullus, cet exemple de sagesse réservé à de si hautes destinées; le voilà devenu ¹) le jouet d'une passion effrénée, l'esclave de desirs insensés! Il rejette tous les dons que lui prodiguait le ciel pour courir après une vaine apparence de bonheur qui fera ²) le tourment de sa vie. Son courage est abattu, son esprit aliéné; son corps a perdu ³) sa force; il n'a ni vertu ni raison; il va ⁴) périr comme un frénétique, sans connaître le mal qui le fait expirer.

Cependant Romulus, vainqueur des Antemnates, ramenait à Rome son armée; il avait tué de sa main le roi Acron, son ennemi. Le peuple romain lui préparait un triomphe qui devait servir de modèle à ceux que l'on accorda depuis aux vainqueurs de l'univers.

Le roi Tatius, à la tête de tous les citoyens vêtus ⁵) de blanc, vient ⁶) au-devant de son collègue. Le feu brûle déjà sur l'autel de Jupiter Férétrien; ⁷) les pontifes, les aruspices attendent le triomphateur avec des palmes dans les mains. Le chemin qui mène au Capitole est par-tout jonché de fleurs: les portes des maisons sont ornées de couronnes: les femmes romaines, en habits de fête, portant leurs enfans dans leurs bras, les pressent contre leurs visages, excitent leur joie par de tendres caresses, et leur répètent cent fois qu'ils vont ⁸) revoir leurs pères vainqueurs.

Bientôt on découvre ⁹) de loin les brillantes aigles; on entend déjà les trompettes: mille acclamations leur répondent. L'armée s'avance; et l'on distingue le grand Romulus debout sur un char magnifique. Quatre coursiers blancs comme la neige sont attelés de front à ce char: à leur air fier, à leur hennissement, on dirait ¹⁰) qu'ils s'enorgueillissent des exploits de leur maître. Re-

---

1) *part.* v. devenir. 2) *fut.* v. faire. 3) *part.* v. perdre. 4) *prés.* v. aller. 5) *part.* v. vêtir. 6) *prés.* v. venir. 7) Jupiter Feretrius, dem die ehrenvolle Beute dargebracht und geweihet wurde. 8) *prés.* v. aller. 9) *prés.* v. découvrir. 10) *cond.* v. dire.

vêtu de la robe triomphale, le front ceint ¹) d'une couronne de laurier, Romulus porte dans ses bras un chêne qu'il a taillé, et auquel sont appendues ²) les armes du roi Acron: ce poids énorme ne fatigue point le triomphateur. Devant lui marche la famille du roi vaincu, ³) vêtue de deuil, portant des fers, baissant des yeux noyés de larmes. Une foule d'esclaves, courbés sous le poids du butin, entoure le char du vainqueur; ses braves légions le suivent ⁴) en poussant des cris de joie, et les échos d'alentour répètent en longs accens la gloire de Romulus.

Il s'avance; il monte au Capitole au travers d'un peuple enivré de ses succès. Arrivé au temple de Jupiter, il s'élance de son char sans avoir quitté son chêne: la terre gémit de son poids; les armes d'Acron se choquent et retentissent au loin. Romulus marche à l'autel; il dépose son trophée devant la statue du dieu. O Jupiter, s'écrie-t-il, reçois ⁵) les premières dépouilles opimes que les Romains te consacrent! Fais ⁶) que ce beau jour soit à jamais marqué dans les fastes de mon peuple, qu'il se renouvelle souvent, et que mes descendans, à mon exemple, appendent à ces voûtes sacrées les dépouilles de l'univers!

Après ces paroles, il saisit un taureau furieux, que vingt sacrificateurs pouvaient à peine contenir: le roi, d'une main, l'entraîne à l'autel, le fait tomber sur les genoux, arrache quelques poils de son large front, l'immole, et les prêtres achèvent le sacrifice.

Quand la victime est consumée, Romulus sort ⁷) du temple; et, s'adressant à ses soldats: Romains, leur dit-il, qu'est-ce qu'une victoire tant qu'il reste des ennemis? Les Antemnates sont défaits; ⁸) mais les Volsques, mais les Herniques, et ces braves Marses, seuls dignes de vous combattre, n'ont pas encore reçu ⁹) le joug. Tenez-¹⁰) vous prêts à marcher contre eux. Nous

---

1) *part. v.* ceindre. 2) *part. v.* appendre. 3) *part. v.* vaincre. 4) *prés. v.* suivre. 5) *impér. v.* recevoir. 6) *impér. v.* faire. 7) *prés. v.* sortir. 8) *part. v.* défaire. 9) *part. v.* recevoir. 10) *impér. v.* se tenir.

triomphons aujourd'hui, demain nous irons ¹) mériter un triomphe. Demain je vous mène contre les Marses, au secours des Campaniens, mes alliés. Romains, je vous donne ce jour tout entier pour embrasser vos femmes et vos enfans: mais, dès que la brillante Aurore paraîtra ²) sur son char vermeil, soyez en armes au Champ-de-Mars; votre roi s'y rendra le premier, et nous irons apprendre à l'Italie que des vainqueurs n'ont jamais besoin de repos.

Toute l'armée répond par des cris de joie. Les légions portent leurs aigles dans le palais de Romulus; une garde choisie veille sur ce dépôt sacré, tandis que les soldats, rendus à leurs familles, reçoivent ³) les embrassemens de leurs mères, de leurs épouses, et que la tendresse et l'amour se félicitent d'arracher un jour à la gloire.

LIVRE TROISIÈME.

SOMMAIRE.

Numa, brûlant d'amour pour Hersilie, veut ⁴) *la suivre dans les combats. Tatius lui donne des armes, et va* ⁵) *le présenter à l'armée. Transports des vieux soldats sabins en voyant* ⁶) *le fils de Pompilius. Tatius veut le suivre à la guerre; mais le peuple, conduit par Tatia, fait changer cette résolution. Départ et marche de l'armée. Romulus joint* ⁷) *son allié le roi de Campanie. Description du camp de ce prince. Romulus se sépare de lui. Arrivée et discours des ambassadeurs des Marses.*

Le triomphe de Romulus acheva d'enivrer Numa. Son ame, déjà en proie à tous les feux de l'amour, s'enflamme encore au nouveau spectacle qui la ravit. La

---

1) *fut. v.* aller. 2) *fut. v.* paraître. 3) *prés. v.* recevoir.
4) *prés. v.* vouloir. 5) *prés. v.* aller. 6) *gér. v.* voir. 7) *prés. v.* joindre.

gloire, avec tout son éclat, vient¹) se présenter à lui comme le plus sûr moyen de mériter Hersilie. A peine a-t-il conçu²) cet espoir, que Numa brûle d'être un héros; et deux passions, dont l'une suffit³) pour transporter une grande ame, se réunissent et embrasent son jeune coeur.

Tatius rentre dans son palais. Numa le suit⁴) en soupirant. Il voudrait⁵) tout lui révéler; mais il craint⁶) les reproches du bon roi: il le regarde et se tait.⁷) Comme on voit⁸) un enfant timide suivre sa mère à pas inégaux,⁹) la retenir doucement par son voile, fixer sur elle des yeux noyés de pleurs, et lui demander, sans rien dire, de le porter dans ses bras: ainsi Numa suivait¹⁰) Tatius.

Le bon roi s'arrête, et lui ouvre¹¹) son sein: Parle, mon fils, lui dit-il, que puis-¹²) je faire pour toi? Tes desirs seront satisfaits,¹³) pour peu qu'ils soient en ma puissance.

O mon père, lui répond Numa, le ciel m'est témoin que je parlais d'après mon coeur quand je formais le projet de consacrer ma vie entière à prendre soin de votre vieillesse, à m'efforcer d'acquérir vos vertus: mais j'ai vu¹⁴) triompher Romulus, et j'ai senti¹⁵) naître dans mon ame un sentiment qui m'était inconnu. L'amour de la gloire m'enflamme, la soif des combats me dévore. Oui, je suis de votre sang, je suis le fils de Pompilius. À mon âge, vous et mon père aviez déja gagné des batailles; à mon âge, vous aviez ceint¹⁶) vos têtes de ce laurier dont je suis affamé; et moi, fils inconnu du brave Pompilius, moi, le parent, l'ami du vaillant roi des Sabins, je n'ai encore immolé que des victimes! O mon père! j'embrasse vos genoux: permettez¹⁷) que je

---

1) *prés. v.* venir. 2) *part. v.* concevoir. 3) *prés. v.* suffire. 4) *prés. v.* suivre. 5) *cond. v.* vouloir. 6) *prés. v.* craindre. 7) *prés. v.* se taire. 8) *prés. v.* voir. 9) *pl. v.* inégal. 10) *impar. v.* suivre. 11) *prés. v.* ouvrir. 12) *prés. v.* pouvoir. 13) *part. v.* satisfaire. 14) *part. v.* voir. 15) *part. v.* sentir. 16) *part. v.* ceindre. 17) *impér. v.* permettre.

vous imite; souffrez¹) que je suive²) Romulus, que je devienne³) un héros comme vous et comme mon père.

En prononçant ces paroles, il se jette aux pieds du vieillard, et baisse la tête pour cacher sa rougeur.

Rassure-toi, lui dit Tatius; je te pardonnerais même une faute, comment pourrais-⁴) je te punir d'un sentiment que j'estime? Hélas! ma tendresse pour toi m'aurait fait préférer sans doute de te voir couler une vie paisible à l'abri de mon trône et dans mon sein paternel: mais je suis Sabin; comme toi, je sais⁵) combien la gloire a de charmes. Numa, ton courage me plait:⁶) je verse pourtant des pleurs en te voyant,⁷) si jeune encore, vouloir affronter les hasards de la guerre la plus dangereuse que Romulus ait entreprise;⁸) car, je ne veux⁹) pas te le cacher, les ennemis qu'il a vaincus ne sont rien auprès de ceux qu'il va¹⁰) combattre. Les terribles Marses, indomptés jusqu'à ce jour, sont des sauvages d'une taille gigantesque et d'une force prodigieuse: ils sont armés de massues semblables à celle du grand Alcide;¹¹) et l'on dit qu'ils trempent leurs flèches dans des herbes venimeuses nées¹²) sur les bords de l'Averne.¹³) Chaque blessure donne la mort: et quelle douleur pour moi....!

Quelle gloire, interrompt Numa en se relevant, quel bonheur pour votre fils d'apprendre ce noble métier contre de si dignes adversaires! Vous voyez à présent que je suis le favori des dieux, puisqu'ils m'inspirent de suivre Romulus au moment où Romulus va courir les plus grands périls. O mon père! c'en est fait: ce que vous venez¹⁴) de m'apprendre me détermine, et l'honneur vous fait une loi de me laisser voler aux combats.

En achevant ces mots, une flamme céleste brille dans

---

1) impér. v. souffrir. 2) prés. subj. v. suivre. 3) prés. subj. v. devenir. 4) cond. v. pouvoir. 5) prés. v. savoir. 6) prés. v. plaire. 7) gér. v. voir. 8) part. v. entreprendre. 9) prés. v. vouloir. 10) prés. v. aller. 11) Alcibes, ein Beiname des Hercules. 12) part. v. naître. 13) an den Ufern des Averno-Sees in Campanien, welcher, nach der Fabellehre, seine Quelle in der Hölle hatte. 14) prés. v. venir.

ses yeux; l'accent de sa voix devient ¹) plus fort, plus énergique; sa taille, tous ses mouvemens, prennent ²) un air de noblesse et d'audace: tel Achille, ³) déguisé en femme parmi les filles de Lycomède, ⁴) s'élança sur l'épée qu'Ulysse fit briller à ses yeux, et découvrit ⁵) son sexe et son courage par un transport involontaire.

À ce mouvement de Numa, Tatius éprouve lui-même une émotion dont il n'est pas maître: Oui, mon fils, s'écrie-t-il en pleurant de joie, tu iras ⁶) combattre les Marses, et ton père t'accompagnera. Oui, je te guiderai dans les batailles; je te donnerai les premières leçons de l'art des héros. Ne pense pas que la vieillesse ait épuisé toutes mes forces: cette main peut ⁷) encore lancer un javelot, ce bras peut soutenir un bouclier. Nestor, ⁸) plus vieux que moi, apprenait ⁹) à vaincre à son cher Antiloque: ¹⁰) je ne vaux ¹¹) pas Nestor; mais il n'aimait pas mieux son fils.

Il dit: Numa se jette dans ses bras: il est prêt à lui découvrir sa passion pour Hersilie; mais, dans la crainte d'affaiblir l'estime du bon roi en lui avouant que la gloire ne règne pas seule en son coeur, il remet ¹²) à un autre temps un aveu si difficile.

Tatius, occupé de ce nouveau projet, court ¹³) redemander aux prêtres de Jupiter ses vieilles armes qu'il avait consacrées au dieu. Il les revoit ¹⁴) avec les mêmes transports qu'il éprouvait dans sa jeunesse. O Jupiter, s'écrie-t-il, si le sang de mes nombreuses victimes a ruisselé sur tes autels, si mon coeur ne t'a jamais offensé, même par des pensées criminelles, rends-moi, rends-moi pour quelques instans la force que j'avais autrefois quand le farouche Rhamnès vint ¹⁵) attaquer les

---

1) *prés. v.* devenir. 2) *prés. v.* prendre. 3) Achilles, der größte Held im trojanischen Kriege. 4) Lycomedes, König auf der Insel Scio. 5) *déf. v.* découvrir. 6) *fut. v.* aller. 7) *prés. v.* pouvoir. 8) Nestor, König in Pylus, berühmt wegen seines Alters, seiner Klugheit ꝛc. bei der Belagerung von Troja. 9) *impar. v.* apprendre. 10) Antilochus, Nestors Sohn. 11) *prés. v.* valoir. 12) *prés. v.* remettre. 13) *prés. v.* courir. 14) *prés. v.* revoir. 15) *déf. v.* venir.

Sabins à la tête de ses Herniques! Il méprisa ma jeunesse, il me défia au combat; et me lançant un énorme javelot qu'aucun homme d'aujourd'hui ne pourrait¹) lancer, il crut²) fixer mon corps à la terre: mais j'évitai ce terrible coup; je me précipitai sur Rhamnès, et trois fois j'enfonçai dans son flanc mon épée toute fumante. O Jupiter! encore quelques jours de gloire, et je descendrai content dans le tombeau.

Tels sont les voeux de Tatius. Sa fille est à peine instruite³) de son dessein qu'elle vient⁴) le supplier d'y renoncer. Ses prières, ses larmes sont vaines: l'infortunée Tatia voit⁵) détruire dans un moment les illusions de bonheur qu'elle s'était formées. Elle ne s'est que trop aperçue⁶) de la passion de Numa: sans se plaindre, sans s'avouer à elle-même ses chagrins, en pleurant le départ d'un père, elle pleure encore d'autres douleurs.

Numa ne songe qu'à Hersilie et aux apprêts de son départ. Il n'a point d'armes; l'épée de Pompilius est la seule qu'il possède: Tatius va⁷) choisir lui-même dans les arsenaux⁸) de Romulus une cuirasse étincelante dont le métal est incrusté d'or. Le casque, encore plus magnifique, est surmonté d'un sphinx⁹) d'un admirable travail; deux panaches couleur de pourpre flottent au-dessus de ce sphinx. Le bouclier, composé de sept cuirs de boeuf revêtus de quatre feuilles d'or, d'argent, de cuivre et d'étain, fut fait jadis pour le roi Procas¹⁰) par l'habile Égéon,¹¹) qui représenta sur ce bouclier l'histoire du pieux Énée.¹²)

Content de ces armes, Tatius les fait porter devant Numa: elles rendent un son terrible qui glace d'effroi ceux qui l'entendent, et redouble l'ardeur du jeune héros.

---

1) *cond. v.* pouvoir. 2) *déf. v.* croire. 3) *part. v.* instruire. 4) *prés. v.* venir. 5) *prés. v.* voir. 6) *part. v.* s'apercevoir. 7) *prés. v.* aller. 8) *pl. v.* arsenal. 9) die Sphinx, ein fabelhaftes Ungeheuer, und die Figur davon in Metall ꝛc. 10) Procas, König von Alba. 11) Aegáon, Name eines Giganten, auch eines Meergottes. 12) Aeneas, Prinz von Troja, Sohn des Anchises.

Numa les contemple, les touche; il se plaît ¹) à les faire retentir: il en est bientôt couvert; ²) sa beauté naturelle en reçoit un nouvel éclat. Son coeur palpite sous l'airain, ses yeux brillent du feu du courage: tel un jeune coursier qui, du milieu des prairies, entend pour la première fois la trompette, lève sa tête orgueilleuse, ouvre ³) ses naseaux fumans, dresse sa crinière ondoyante, et répond par des hennissemens aux sons belliqueux qui frappent son oreille.

La nuit, trop lente au gré de Numa, vient ⁴) enfin répandre ses voiles; et le sommeil ne peut ⁵) fermer les yeux du jeune amant. Il s'agite, roule cent projets divers, prépare ce qu'il doit ⁶) dire à Hersilie, brûle d'être auprès d'elle; et, imaginant d'avance les occasions qui vont ⁷) s'offrir à son courage, il invente les exploits qu'il fera. ⁸)

Le jour était loin encore, qu'il se rend en armes au palais de Tatius. Le bon roi sourit ⁹) de son impatience; il se lève, couvre ¹⁰) sa chevelure blanche d'un casque qu'il trouve pesant: il revêt ¹¹) cette cuirasse quittée depuis tant d'années; et, ne voulant ¹²) pas dire à sa fille un adieu trop douloureux, il sort ¹³) en silence de son palais, s'appuie sur l'impatient Numa et marche vers le Champ-de-Mars.

Romulus, Hersilie et l'armée y étaient déja. Tatius présente à son collègue le jeune guerrier qu'il veut ¹⁴) accompagner. Hersilie rougit en le regardant. Numa, qui a préparé ce qu'il doit dire à Romulus, l'oublie, et reste muet dès qu'il aperçoit ¹⁵) Hersilie.

Le roi de Rome applaudit au zèle qu'il fait paraître. Dès qu'il est instruit ¹⁶) de sa naissance, il le conduit ¹⁷) aux légions sabines qui formaient l'aile gauche de son armée: Sabins, leur dit-il, voici un héros de

---

1) *prés. v.* se plaire. 2) *part. v.* couvrir. 3) *prés. v.* ouvrir. 4) *prés. v.* venir. 5) *prés. v.* pouvoir. 6) *prés. v.* devoir. 7) *prés. v.* aller. 8) *fut. v.* faire. 9) *prés. v.* sourire. 10) *prés. v.* couvrir. 11) *prés. v.* revêtir. 12) *gér. v.* vouloir. 13) *prés. v.* sortir. 14) *prés. v.* vouloir. 15) *prés. v.* apercevoir. 16) *part. v.* instruire. 17) *prés. v.* conduire.

plus qui veut combattre sous vos enseignes. Ce jeune guerrier a des droits à votre amour; il est du sang de vos princes: c'est le fils de Pompilius.

Au nom de Pompilius, un cri s'élance dans les airs; tous les Sabins quittent leurs rangs et courent¹) au jeune Numa. Métius, Valérius, Volcens, Murrex, tous vieux guerriers couverts²) de rides et de blessures, serrent dans leurs bras le fils de leur ancien général: Je dois³) tout à votre père, disait⁴) l'un: il m'a sauvé la vie, disait l'autre: il fut notre bienfaiteur, s'écriaient-ils tous à-la-fois. Ah! venez,⁵) venez dans nos rangs, fils du plus juste et du plus brave des hommes; venez combattre sous nos boucliers: nos bras, nos coeurs sont à vous. Roi de Rome, ajoutent-ils en s'adressant à Romulus, nous le demandons pour chef: nous serons invincibles sous lui, comme nous l'étions sous son père; qu'il nous commande, et qu'il s'appelle Pompilius; nous te répondons de la victoire.

Oui, mes braves amis, s'écrie le vieux Tatius qui arrive dans cet instant, il vous commandera sans doute, et je serai témoin de ses exploits. Je viens⁶) combattre avec lui, avec vous, mes vieux compagnons, qui me reconnaissez⁷) peut-être encore. Nous allons⁸) nous revoir au champ d'honneur: votre roi vient faire avec vous sa dernière campagne; si la force lui manque, vous le porterez dans vos bras.

À ces mots, des cris de joie se font⁹) entendre de tous ces braves Sabins. Ils entourent, ils pressent leur vieux monarque; ils baisent ses habits et ses mains: O le meilleur des rois, disent-¹⁰)ils, oui, nous défendrons vos jours, nous vous couvrirons¹¹) de nos corps. Eh! qui rendrait heureux nos enfans, si vous nous étiez enlevé? Venez, venez apprendre au fils de Pompilius à imiter son digne père: nous nous chargeons d'apprendre à tous les peuples comment on aime les bons rois.

---

1) *prés. v.* courir. 2) *part. v.* couvrir. 3) *prés. v.* devoir. 4) *impar. v.* dire. 5) *impér. v.* venir. 6) *prés. v.* venir. 7) *prés. v.* reconnaître. 8) *prés. v.* aller. 9) *prés. v.* faire. 10) *prés. v.* dire. 11) *fut. v.* couvrir.

Tatius leur répond par ses larmes: il tend les bras à ses vieux amis; il les serre contre son sein, en leur rappelant leurs exploits, en leur demandant pour Numa le même amour qu'ils ont montré pour lui. Romulus, Romulus lui-même est ému [1]) de ce spectacle; il proclame sur-le-champ Numa Pompilius commandant des légions sabines. Mille acclamations se mêlent aux trompettes; et la fière Hersilie, qui combat [2]) toujours avec les Sabins, se félicite en secret d'avoir choisi cette place.

L'armée était prête à se mettre en marche, Romulus allait [3]) donner le signal, Tatius chargeait le prudent Messala de rendre la justice pendant son absence, lorsqu'une foule de femmes, d'enfans, de vieillards désolés, poussant des cris plaintifs, élevant leurs bras vers le ciel, vient [4]) se précipiter aux pieds de Tatius:

Eh quoi! vous nous abandonnez! quoi! nous avons deux rois qui devraient être nos pères, et tous deux nous laissent orphelins! Que Romulus s'éloigne de nos murs, nous sommes accoutumés à son absence: mais vous, vous, notre bon Tatius, qui nous aimes, qui restes toujours parmi nous, pourquoi nous quitter aujourd'hui? Et qui nous rendra la justice? qui nous consolera dans nos peines? qui nous soulagera dans nos maux? Vous le savez; [5]) quand nos victoires sont achetées avec le sang des citoyens, les pères, les enfans malheureux, les tristes veuves viennent [6]) se réfugier près de vous: elles pleurent dans votre sein; vous pleurez avec elles, leur deuil est moins douloureux. Que deviendront [7]) ces infortunés, quand, loin de vous avoir pour consolateur, il leur faudra [8]) craindre pour vos propres jours? Eh! qu'allez-vous chercher dans les combats? que manque-t-il à votre gloire? Nous vous vénérons comme un dieu, nous vous chérissons comme un père: que vous faut- [9]) il de plus? quels biens plus grands peut [10]) vous pro-

---

1) *part. v.* émouvoir. 2) *prés. v.* combattre. 3) *impar. v.* aller. 4) *prés. v.* venir. 5) *prés. v.* savoir. 6) *prés. v.* venir. 7) *fut. v.* devenir. 8) *fut. v.* falloir. 9) *prés. v.* falloir. 10) *prés. v.* pouvoir.

curer la victoire? Pour aller faire des esclaves; vous abandonnez vos enfans!

Ainsi parlait un vieillard. Tatius fondait en larmes: il regarde Numa, il regarde ses vieux guerriers. Numa et les vieux guerriers tombent à ses genoux, et joignent ¹) leurs prières aux instances du peuple. Tatius n'hésite plus: il jette son casque, sa lance; et embrassant le vieillard qui lui avait parlé: C'en est fait, s'écrie-t-il, il n'est de gloire pour moi que celle de vous être utile. Je ne vous quitterai que pour le tombeau.

À ces paroles, mille cris s'élancent vers le ciel; tous remercient les dieux, tous bénissent le bon roi; et la tendre Tatia, qui jusqu'alors s'était cachée dans la foule, Tatia vient ²) se jeter dans les bras de son père. Vous n'aviez pas cédé à mes larmes, lui dit-elle; mais j'étais sûre que vous céderiez à celles de votre peuple. C'est moi qui l'ai rassemblé; c'est moi qui l'ai averti du malheur qui le menaçait, et je suis loin d'être jalouse de la préférence qu'il obtient ³) sur moi.

Tatius serre sa fille contre son sein, embrasse en pleurant le jeune Numa, lui dit adieu, et recommande à ses vieux Sabins de conserver, de défendre le trésor qu'il leur confie. Tatia, les yeux baissés, s'efforce de prendre une voix assurée pour souhaiter à Numa la gloire et le bonheur qu'il desire.

Enfin le signal se donne; le bon Tatius soupire en voyant ⁴) défiler l'armée. Numa lui tend les mains de loin; le peuple, transporté de joie, prend ⁵) dans ses bras et reporte dans Rome ce roi dont la présence le console de tous ses maux. ⁶)

L'armée est en marche sur trois colonnes. La première, composée des légions romaines, ne reconnaît ⁷) de chef que Romulus. Mais ce prince n'a point de poste fixe: monté sur un coursier de Thrace qui semble jeter du feu par les yeux ⁸) et par les naseaux, il va, ⁹) vient,

---

1) *prés. v.* joindre. 2) *prés. v.* venir. 3) *prés. v.* obtenir. 4) *gér. v.* voir. 5) *prés. v.* prendre. 6) *pl. v.* mal. 7) *prés. v.* reconnaître. 8) *pl. v.* oeil. 9) *prés. v.* aller.

vole; il est par-tout, et laisse le commandement des légions romaines au vieux Hostilius, dont le fils fut depuis roi de Rome. À côté de ce guerrier marche le brave Horace, dont les trois enfans soumirent,¹) cinquante ans après, la ville d'Albe par leur victoire sur les Curiaces. Massicus, Abas, Servius, le jeune Misène, qui descendait du fameux trompette d'Énée, et le vaillant Talassius, sont au premier rang. Chacun d'eux s'est déja signalé par plus d'un exploit; chacun porte la dépouille de quelque fameux ennemi. Ces braves Romains forment toujours l'avant-garde dans les marches, l'aile droite dans les combats.

La seconde colonne est composée des légions latines. Là se trouvent les Laurentins, les Fidénates, ceux de Tellène, d'Aricie, de l'antique Politore, de l'agréable Lavinie. Tous ces peuples, soumis ²) par Romulus, combattent à présent pour lui; ils sont glorieux d'une défaite qui leur a valu ³) le nom de Romains. Leurs vaillans chefs sont Azilas, Orimante, Féraltin, Ladon, fils de la nymphe Pérenna, et le beau Niphée, né ⁴) dans la fertile Canente, et Cynire, prêtre d'Apollon, qui porte sur son casque le laurier sacré avec les bandelettes de son dieu. Cette troupe, toute d'infanterie, occupe le centre de l'armée dans les marches et dans les batailles.

Ce sont les braves Sabins qui marchent à la troisième colonne. Cette arrière-garde terrible forme toujours l'aile gauche de Romulus. Le vieux Métius en a cédé le commandement au jeune Numa. Ce vénérable guerrier est redevenu ⁵) soldat à la fin de sa carrière; mais son âge, mais sa gloire, ses cheveux blancs, ses cicatrices, lui attirent toujours ce respect indépendant des dignités. Métius est dans le rang, et Métius commande toujours. Auprès de lui se distinguent le sage Catille, le redoutable Coras, et Tanaïs, et Talos; le vaillant Gallus, petit-fils du fleuve Abaris; l'aimable Astur, élevé sur les bords de la fontaine Blandusie, et que toute l'armée croyait

---

1) *déf. v.* soumettre. 2) *part. v.* soumettre. 3) *part. v.* valoir. 4) *part. v.* naître. 5) *part. v.* redevenir.

l'amant de cette naiade; ¹) et le féroce Ufens, à qui une barbe épaisse, peinte ²) de diverses couleurs, cachait la moitié du visage. Tous ces guerriers suivent ³) Numa.

Couvert ⁴) de ses armes éclatantes, ivre d'amour et de joie, Numa s'avance à leur tête sur un coursier plus blanc que la neige, dont Tatius lui a fait présent. L'impatient animal bondit sous son jeune maître, frappe du pied l'air et la terre; et blanchissant de son écume le frein qui retient ⁵) son ardeur, il s'indigne d'entendre hennir les chevaux ⁶) de l'avant-garde.

À ses côtés, sur un char magnifique, s'avance la fière Hersilie, armée comme Pallas, belle comme l'épouse de Vulcain. ⁷) Son casque étincelant porte pour cimier l'aigle romaine; un carquois d'or brille sur son épaule; dans ses mains est l'arc de Pandare, qu'Énée apporta en Italie, et qui fut transmis ⁸) à son petit-fils Romulus. Le sage Brutus, ce chef d'une maison de héros, conduit ⁹) le char de la princesse; et l'amoureux Numa lui envie cette place. Numa, toujours les yeux sur Hersilie, marche à côté de son char. Sa beauté ne le cède point à celle de l'amazone; mais l'habitude des armes donne à l'amazone un air plus guerrier. Tels Apollon et sa soeur Diane parcourent ¹⁰) en armes les montagnes de Cynthe; ¹¹) tous deux sont également redoutables; tous deux éblouissent les yeux: mais la fille de Latone conserve un air d'audace et de fierté qui n'est point empreint ¹²) sur le doux visage de son frère.

L'armée s'avance d'un pas rapide vers les bords du Liris et les campagnes d'Auxence. C'est là qu'elle devait ¹³) se joindre avec les troupes du roi de Capoue; mais il fallait ¹⁴) traverser le pays des Herniques. Ro-

---

1) Najade, Wassernymphe. 2) *part. v.* peindre. 3) *prés. v.* suivre. 4) *part. v.* couvrir. 5) *prés. v.* retenir. 6) *pl. v.* cheval. 7) Vulkan, Jupiters Sohn, der Gemahl der Venus und Gott des Feuers. 8) *part. v.* transmettre. 9) *prés. v.* conduire. 10) *prés. v.* parcourir. 11) Cynthus, ein Berg auf der Insel Delos, wo Latona, den Apollo und die Diana gebar. 12) *part. v.* empreindre. 13) *impar. v.* devoir. 14) *impar. v.* falloir.

mulus envoie des hérauts leur demander le passage. Le roi des Herniques le refuse :

Je ne suis l'allié, dit-il, ni des Marses ni des Romains. Si l'armée de vos ennemis marchait vers Rome, je ne souffrirais ¹) pas que son chemin fût abrégé en passant par mes états : je dois ²) de même vous interdire cette route. Je crois ³) garder la justice en gardant la neutralité.

Romulus frémit de colère en entendant cette réponse. Imprudent roi, s'écrie-t-il, tu connaîtras ⁴) combien il est dangereux de ne pas se déclarer entre deux ennemis puissans. Dès aujourd'hui tu deviens ⁵) celui du vainqueur.

Forcé cependant de différer sa vengeance, et de prendre un long détour pour gagner les frontières des Marses, il va ⁶) franchir les montagnes des Simbruins, où l'Anio prend ⁷) sa source.

Cette longue et pénible marche fatigue l'armée, mais elle est utile aux nouveaux guerriers dont Romulus l'a grossie. Numa sur-tout, le jeune Numa, fait un dur apprentissage du noble métier qu'il commence. Instruit ⁸) par des maîtres aussi habiles que les Sabins, enflammé par son amour et par la présence d'Hersilie, Numa, aux dernières journées, a déja l'expérience d'un vieux guerrier. Sans avoir encore combattu, il sait ⁹) comment il faut ¹⁰) combattre ; et son courage bouillant, qui brûle de se signaler aux yeux d'Hersilie, attend avec transport la vue des ennemis.

Enfin l'on arrive sur les bords du Liris, fleuve qui sépare les Marses des Èques et des Herniques. Le roi de Capoue, à la tête de trente mille hommes, y était campé depuis trois jours. À peine aperçoit- ¹¹) il l'avant-garde romaine, qu'il fait sortir toute son armée, la met ¹²) en bataille, et, au son de mille instrumens, attend l'arrivée de ses alliés.

---

1) *cond. v.* souffrir. 2) *prés. v.* devoir. 3) *prés. v.* croire, 4) *fut. v.* connaître. 5) *prés. v.* devenir. 6) *prés. v.* aller. 7) *prés. v.* prendre. 8) *part. v.* instruire. 9) *prés. v.* savoir. 10) *prés. v.* falloir. 11) *prés. v.* apercevoir. 12) *prés. v.* mettre.

Le roi de Rome fait sonner ses trompettes, et vient [1] ranger ses guerriers vis-a-vis des Campaniens. Alors il s'avance vers le roi de Capoue: les deux monarques s'embrassent, se jurent une éternelle amitié. Mais l'impatient Romulus, qui brûle déja de connaître les soldats qui combattront avec lui, Romulus va [2] parcourir leurs rangs.

A peine a-t-il fait quelques pas, que ses oreilles sont blessées du bruit que par-tout il entend: les Campaniens osent sourire en sa présence, osent parler sous les armes, et affecter une indiscipline qui excite le courroux de Romulus. Il les regarde d'un oeil sévère, écoute en pitié une foule de généraux [3] qui font [4] parade de leur vain savoir, ne daigne pas leur répondre, s'arrête en fronçant le sourcil, lorsqu'il aperçoit de vieux soldats commandés par de jeunes capitaines, lorsqu'il voit [5] l'or et l'argent briller sur toutes les cuirasses. Il saisit un riche bouclier dont le poids semblait fatiguer un jeune guerrier campanien; le roi de Rome le tient [6] de l'extrémité de ses doigts, et lit, [7] en rougissant de colère, une devise amoureuse. Il arrache les lances de quelques soldats, les brise en les serrant dans sa main, et demande avec un souris ironique à quoi peuvent [8] servir de telles armes.

Parvenu [9] jusqu'au camp des Campaniens, il y pénètre. Quelle est son indignation en entrant sous des tentes magnifiques où brûlent les plus doux parfums, où se trouvent des bains et des lits, où l'on a rassemblé toutes les inventions, tous les raffinemens de la mollesse des villes! Il voit [10] ici des jeux publics où les chefs campaniens vont [11] s'arracher leur or, perdre leur fortune, leur repos, souvent l'honneur: là, des lieux plus infames encore, où une troupe de courtisanes, presque aussi nombreuse que l'armée, tient [12] école ouverte de

---

1) *prés. v.* venir. 2) *prés. v.* aller. 3) *pl. v.* général. 4) *prés. v.* faire. 5) *prés. v.* voir. 6) *prés. v.* tenir. 7) *prés. v.* lire. 8) *prés. v.* pouvoir. 9) *part. v.* parvenir. 10) *prés. v.* voir. 11) *prés. v.* aller. 12) *prés. v.* tenir.

vices, attire, retient¹) les jeunes guerriers dans des liens flétrissans, endort²) leur courage, éteint³) leur vigueur, et les livre à l'ennemi, sans force, sans vertu, sans gloire; par-tout enfin l'indigne mollesse, la pernicieuse oisiveté et la dégoûtante débauche.

Le roi de Rome sort⁴) précipitamment de ce camp. Il prend⁵) le roi de Campanie par la main; sans lui dire un seul mot, il le conduit⁶) dans les rangs de l'armée romaine. Un silence profond y règne: l'attention, le respect sont imprimés sur tous les visages. Chaque guerrier, ferme dans son poste, a les yeux sur son chef, et voudrait,⁷) pour obéir plus vite, deviner l'ordre qu'il va⁸) donner. Le fer, l'airain brillent partout: si l'or et l'argent ornent quelques armes, ce sont celles des princes ou des généraux; la naissance ou la valeur a mérité cette distinction. À la suite de l'armée on ne voit⁹) ni femmes ni richesses, mais des chevaux, pour remplacer ceux qui périront, des armes, pour suppléer à celles qui seront brisées, des secours pour les blessés. Chaque soldat porte avec lui sa tente, ses vivres, ses armes; aucun n'est fatigué ni de ce poids ni de la route.

Leur vaillant roi se promène lentement au milieu de sa superbe armée: il observe, sans lui parler, le souverain de Capoue, et prenant¹⁰) la javeline du dernier de ses soldats, il la met¹¹) dans les mains de ce roi. Ce poids était trop fort pour le monarque; il la laissa tomber en rougissant. Romulus rompit alors le silence:

Roi de Capoue, je vous laisse juger si vos troupes et les miennes peuvent¹²) combattre sous le même étendard: les fiers lions et les agneaux timides n'ont pas coutume de s'unir. Votre armée m'affaiblirait. Mes Romains, dont l'habitude est d'attaquer toujours l'ennemi, perdraient la moitié de leurs forces à défendre leurs al-

---

1) *prés. v.* retenir. 2) *prés. v.* endormir. 3) *prés. v.* éteindre. 4) *prés. v.* sortir. 5) *prés. v.* prendre. 6) *prés. v.* conduire. 7) *-cond. v.* vouloir. 8) *prés. v.* aller. 9) *prés. v.* voir. 10) *gér. v.* prendre. 11) *prés. v.* mettre. 12) *prés. v.* pouvoir.

liés. D'ailleurs un danger plus certain me menace: l'air infecté qui règne dans votre camp pénétrerait dans le mien; l'indigne mollesse, plus redoutable que tous les fléaux, viendrait ¹) énerver mes soldats. Alors, nous aurions beau remporter la victoire, ce serait moi qui resterais vaincu. ²) Roi de Capoue, votre alliance m'est chère; mais la gloire de mon peuple me l'est davantage. Si vous voulez que nous restions amis, séparons-nous; éloignez de moi ce dangereux camp; et, si vous ne pouvez forcer vos sujets à devenir des hommes, empêchez du moins qu'ils ne corrompent ceux qui le sont.

Ainsi parla Romulus: le jeune Capis, fils du roi de Campanie, prince digne d'être Romain, baissait les yeux en rougissant de honte. Son père, terrassé par cet ascendant qu'a toujours un grand homme sur un roi ordinaire, demande à Romulus de lui tracer sa conduite, et promet ³) de suivre ses conseils.

Je sais, ⁴) lui répond Romulus, que les Samnites sont en marche pour venir au secours des Marses; mais la ville d'Auxence est sur leur route, et Auxence est en votre pouvoir. Allez vous enfermer dans ses murs, pour les défendre en cas d'attaque. Ne gardez avec vous que le tiers de vos troupes; envoyez le reste au-devant des Samnites, sous la conduite du meilleur de vos généraux. Défendez-lui sur-tout d'en venir aux mains avec ce peuple redoutable: vos soldats ne pourraient ⁵) leur résister; mais que votre armée harcèle la leur; qu'en évitant le combat, elle fatigue les Samnites, et empêche leur jonction avec les Marses. Moi, pendant ce temps, je vais ⁶) attaquer ces derniers; avec le secours de mon père, je ne doute pas de la victoire. Alors votre général laissera le chemin libre aux Samnites, qui s'avanceront sur Auxence, et se trouveront enfermés entre cette ville, votre armée et la mienne. Leur défaite inévitable terminera la guerre dans un jour.

Il dit; le jeune Capis se jette aux pieds de Romulus:

---

1) cond. v. venir. 2) part. v. vaincre. 3) prés. v. promettre. 4) prés. v. savoir. 5) cond. v. pouvoir. 6) prés. v. aller.

O roi que j'admire, et que je respecte à l'égal de Mars votre père, souffrez ¹) que le fils du roi de Capoue combatte ²) sous vos enseignes! Je veux ³) apprendre le dur métier des héros: eh! quel meilleur maître puis- ⁴) je choisir! Songez, fils d'un dieu, que, formé par vous, je pourrai ⁵) former à mon tour les sujets de mon père; et la gloire d'en faire des Romains ne sera due qu'à vous seul.

Le roi de Rome, touché de ces paroles, relève Capis, et lui donne sur-le-champ une cohorte à commander. Capis, plus fier d'être officier de Romulus que d'être prince de Capoue, baise la main de son général, fait ses adieux à son père, et court ⁶) occuper son poste. Le roi de Campanie part ⁷) au moment même pour aller s'enfermer dans Auxence avec dix mille guerriers. Le reste de son armée, sous la conduite d'un Grec qui servait le roi de Capoue, marche à la rencontre des Samnites.

Romulus, impatient de commencer la guerre, veut ⁸) aller, avant la nuit, asseoir son camp au-delà du Liris. Il trouve un gué; il se prépare à le passer, lorsque trois ambassadeurs des Marses se présentent devant lui. Leur aspect est vénérable; une longue barbe descend sur leur poitrine; leur tête chauve n'a plus que quelques cheveux blancs; un vase de bois est dans une de leurs mains, dans l'autre une flèche brillante. Ils s'avancent d'un air grave et fier.

Roi de Rome, dit le plus âgé, qu'y a-t-il entre toi et nous? Avons-nous désolé tes terres? avons-nous menacé ta ville? Qui es-tu? que veux-tu? que demandes-tu? Le roi de Campanie nous attaque en revendiquant des droits chimériques sur nos états; il en sera puni. Mais toi, tu n'as pas même ce vain prétexte. Nous ne te connaissons ⁹) pas; tu n'as jamais entendu parler de nous, et nous ne possédons rien qui puisse ¹⁰)

---

1) *impér. v.* souffrir. 2) *prés. subj. v.* combattre. 3) *prés. v.* vouloir. 4) *prés. v.* pouvoir. 5) *fut. v.* pouvoir. 6) *prés. v.* courir. 7) *prés. v.* partir. 8) *prés. v.* vouloir. 9) *prés. v.* connaître. 10) *prés. subj. v.* pouvoir.

exciter ta cupidité. Sais-¹) tu à quoi se réduisent²) les présens que les dieux ont faits³) aux Marses? des boeufs, une charrue et cette coupe; des flèches et des massues. Voilà ce dont nous nous servons⁴) avec nos amis, ou contre nos ennemis. Nous donnons aux uns les fruits que notre charrue et nos boeufs nous procurent; cette coupe sert⁵) à faire avec eux des libations à Jupiter: nous lançons aux autres nos flèches du plus loin que nous les voyons:⁶) nos massues les écrasent s'ils ont la témérité d'approcher. Roi de Rome, c'est à toi de choisir cette coupe ou cette flèche. On dit que tu es fils d'un dieu; si cela est, fais⁷) du bien aux humains: si tu n'es qu'un homme, tremble d'attaquer des hommes aussi forts que toi, et plus justes.

Je n'ai jamais tremblé, leur répond Romulus avec des yeux pleins de fureur: je viens⁸) secourir mon allié, sans m'embarrasser de la justice de sa cause. Je suis le fils de Mars,⁹) et non pas de Thémis.¹⁰) Vieillard, retourne vers ton peuple; annonce-lui la guerre et le joug; et laisse-moi cette flèche, le plus beau présent que j'aie reçu, puisqu'elle me promet¹¹) des ennemis dignes de mon courage.

À ces mots, il arrache la flèche des mains du vieillard. Celui-ci le regarde long-temps en silence, lève les yeux au ciel, comme pour le prendre à témoin de la justice de sa cause, et se retire sans répondre un seul mot.

Aussitôt Romulus passe le Liris, et vient asseoir son camp sur les terres des Marses.

---

1) prés. v. savoir. 2) prés. v. se réduire. 3) part. v. faire. 4) prés. v. se servir. 5) prés. v. servir. 6) prés. v. voir. 7) impér. v. faire. 8) prés. v. venir. 9) Mars, der Gott des Krieges. 10) Themis, die Göttin der Gerechtigkeit. 11) prés. v. promettre.

LIVRE QUATRIÈME.

SOMMAIRE.

Les Marses assemblés veulent [1]) *nommer un général. La discorde se met* [2]) *parmi eux. On décide que celui des prétendans qui rompra un peuplier sera élu.* [3]) *Le jeune Léo demeure vainqueur, et cède le commandement à un vieillard. L'armée se met en marche: elle rencontre les Romains. Dispositions de Romulus. Humanité de Numa: il offre* [4]) *un sacrifice à Cérès, et délivre ses prisonniers. Cérès fait tomber à ses pieds le bouclier Ancile. Léo attaque pendant la nuit le champ des Romains; il l'embrase, l'inonde de sang, et renverse Romulus.*

Cependant les Marses, assemblés dans la forêt sacrée de Marrubie, espéraient encore la paix, mais se préparaient à la guerre. Le sénat des vieillards qui gouverne ce peuple libre a déja député vers ses alliés pour demander du secours: déja la jeunesse a pris [5]) les armes; vingt mille guerriers, l'arc ou la massue à la main, attendent impatiemment le retour des ambassadeurs.

Bientôt on les voit [6]) arriver, la tête baissée, l'air sombre, s'avançant lentement au milieu de l'assemblée. On les entoure, on les interroge, on les presse de répondre. Préparez vos massues! s'écrient-ils: Romulus a choisi la flèche; il campe déja sur nos terres; il a osé nous parler de joug. À ce mot, un cri d'indignation se fait entendre; l'armée en fureur demande à marcher à l'instant même. Les vieillards répriment ce transport; ils veulent [7]) attendre l'arrivée des alliés, et nommer un général digne d'être opposé au roi de Rome.

Plusieurs guerriers se présentent pour obtenir cet honneur. Parmi eux se distinguent le vaillant Aulon, qui descendait de Cacus, et qui, au lieu d'épée et de javelot, portait une hache énorme qu'aucun Marse ne pouvait

---

1) *prés. v.* vouloir. 2) *prés. v.* se mettre. 3) *part. v.* élire.
4) *prés. v.* offrir. 5) *part. v.* prendre. 6) *prés. v.* voir.
7) *prés. v.* vouloir.

soulever; Penthée, également adroit de l'une et de l'autre main, et qui comptait parmi ses aïeux l'infortuné Marsyas, le père du peuple marse; Liger, dont la vitesse surpassait celle des cerfs, et qui n'avait d'autres armes que des disques de fer tranchant qu'il lançait avec tant d'adresse, que leur coup était toujours mortel; et le jeune Astor, l'aimable disciple d'Apollon, dont l'immense bouclier, terminé par trois longues pointes, se plantait dans la terre; et, derrière ce rempart de fer, l'adroit Astor tirait des flèches que le dieu de Délos lui apprit [1]) à lancer. Ces fiers prétendans se lèvent, en demandant à commander. Les soldats, qui les estiment et les chérissent également, poussent de grands cris, les uns en faveur de Liger, les autres pour Penthée; la cavalerie veut [2]) Aulon; les archers demandent Astor.

Les quatre héros se regardent d'un oeil farouche: déja l'aigreur se met dans leurs discours, déja la colère enflamme leurs visages. D'abord chacun vante sa naissance et ses exploits; il rabaisse bientôt ceux de ses rivaux. [3]) L'injure à la tête altière vient [4]) se placer au milieu d'eux: ils se menacent, ils se défient; Astor saisit une flèche, Penthée balance son javelot, Liger prépare son disque, le féroce Aulon lève sa terrible hache.

Aussitôt le prudent Sophanor, le plus âgé des sénateurs, se jette au milieu d'eux, et les arrête: Qu'allez-vous faire? s'écrie-t-il; voulez-vous donc assurer la victoire aux Romains, en ôtant aux Marses leurs défenseurs? Quoi! le vain desir de commander l'emporte dans vos coeurs sur l'amour sacré de la patrie! Eh! que deviendra-[5]) t-elle, cette malheureuse patrie, si ses plus dignes enfans tournent leurs armes contre eux-mêmes? Gardez-vous de penser qu'aucun intérêt personnel m'anime; je ne me plains [6]) pas de vous voir prétendre à un rang qui était dû peut-être à mes services, et siérait [7]) bien à ma vieillesse. La gloire n'est pas à commander

---

1) *déf. v.* apprendre. 2) *prés. v.* vouloir. 3) *pl. v.* rival.
4) *prés. v.* venir. 5) *fut. v.* devenir. 6) *prés. v.* se plaindre.
7) *cond. v.* seoir.

ses égaux;[1]) elle est à vaincre les ennemis: chaque goutte de sang perdue dans toute autre querelle est un vol fait[2]) à l'état. Ah! si la soif de ce sang vous dévore, en attendant les Romains, tournez vos javelots contre moi. J'ai trop vécu,[3]) puisque je vois[4]) des héros, des frères prêts à s'égorger. Frappez, Marses; mais auparavant écoutez mes conseils. Votre valeur est égale; votre naissance, vos exploits vous illustrent également: ce sont ces bienfaits du ciel qui causent aujourd'hui vos querelles. Vous manquez de chef; chacun de vous mérite de l'être: c'est donc à la force du corps à décider ce que l'égalité des courages ne déciderait jamais. Qu'on attache une chaîne de fer au haut de ce peuplier antique: celui de vous qui, tenant[5]) cette chaîne, rompra l'arbre ou le fera plier jusqu'à la terre, celui-là sera notre général.

Il dit; l'armée et le peuple applaudissent. Les prétendans déposent leurs armes, et jurent entre les mains de Sophanor d'obéir à celui qui restera vainqueur. À l'instant même quatre Marses montent à la cime du haut peuplier; ils y attachent avec de forts liens une longue et pesante chaîne, dont les larges anneaux déployés descendent jusqu'à la terre en rendant un horrible son.

Les vieillards se placent pour juger; les trompettes vont[6]) donner le signal: mais une voix se fait entendre, et l'on voit s'avancer un jeune Marse d'une taille haute et majestueuse, d'un visage noble et doux. Il est couvert[7]) d'une superbe peau de lion, dont les griffes d'or se croisent sur sa poitrine. La tête de l'animal, où sont encore attachées ses dents blanches et luisantes, forme le casque de ce guerrier. Des brodequins défendent ses jambes demi-nues; son bras nerveux porte une massue armée de noeuds et de pointes de fer. Jeune et beau comme Apollon, fier et grand comme le dieu Mars, il marche d'un pas léger jusqu'au milieu de l'assemblée.

---

1) *pl. v.* égal. 2) *part. v.* faire. 3) *part. v.* vivre. 4) *prés. v.* voir. 5) *gér. v.* tenir. 6) *prés. v.* aller. 7) *part. v.* couvrir.

Là, il s'arrête, s'appuie ¹) sur sa massue, regarde les vieillards avec respect, et leur adresse ces paroles:

Tant que j'ai cru, ²) sages sénateurs, que la prudence et les talens guerriers devaient être les premières qualités d'un général, je me suis gardé de prétendre à un honneur dont mon âge me rendait indigne. Vous décidez aujourd'hui que la force seule doit ³) donner ce rang; je me présente pour le disputer. Je ne puis, ⁴) comme mes nobles rivaux, me prévaloir de ma naissance: Marses, je n'ai point d'aïeux. Mais cette peau de lion dont vous me voyez revêtu a couvert le grand Alcide; cette massue terrassa l'hydre de Lerne; ⁵) voilà mes titres de noblesse: mon courage et ma force, voilà mes droits pour tenter l'épreuve. Les Romains jugeront de l'un; vous, Marses, vous jugerez de l'autre.

Ainsi parla le magnanime Léo: toute l'armée pousse des cris de joie. On tire au sort le rang que garderont entre eux les cinq prétendans. Le nom de Penthée est le premier, ensuite celui d'Astor; Liger le suit; ⁶) Aulon vient ⁷) après; Léo sera le dernier.

Les trompettes sonnent: le vaillant Penthée saisit la chaîne: il la secoue fortement; mais le tronc du peuplier reste immobile, sa tête est à peine ébranlée. Penthée, indigné, s'épuise en vains efforts: couvert ⁸) de sueur et plein de dépit, il quitte la chaîne, et va ⁹) se cacher dans son bataillon.

Astor, l'aimable Astor s'avance, et le desir brûlant de commander lui fait oublier d'invoquer son maître Apollon. Le dieu mécontent abandonne l'ingrat disciple: sur-le-champ le bel Astor perd la moitié de ses forces. C'est en vain qu'il se roidit en tirant à lui la chaîne; les feuilles du haut peuplier n'en sont pas même agitées.

Liger, plein de joie, s'élance vers l'arbre; il passe une main dans un des anneaux de la chaîne, tandis que

---

1) *prés. v.* s'appuyer. 2) *part. v.* croire. 3) *prés. v.* devoir. 4) *prés. v.* pouvoir. 5) die lernäische Schlange, welche Herkules (Alcides) erlegte. 6) *prés. v.* suivre. 7) *prés. v.* venir. 8) *part. v.* couvrir. 9) *prés. v.* aller.

de l'autre il la saisit au-dessus de sa tête: il rassemble toute sa vigueur, et donne une secousse épouvantable. Toutes les branches de l'arbre en sont émues: [1]) elles se choquent entre elles comme battues par un grand vent; mais Liger, épuisé de l'effort, ne peut [2]) pas le redoubler. Les branches, en se balançant, reprennent [3]) doucement leur place: le brave Liger se retire plus lentement qu'il n'était venu. [4])

Aulon se lève; tous les yeux se tournent vers lui. Il quitte son bouclier, dépouille sa cuirasse, et se plait à montrer ses larges épaules, ses bras nerveux: il les élève sur sa tête, en les roidissant; il fait deux fois le tour de l'arbre, en souriant [5]) d'un air farouche: puis tout-à-coup il s'élance, saisit la chaîne aussi haut que ses deux mains peuvent [6]) l'atteindre, et retombe de tout son poids et de toute sa vigueur. Le peuplier cède, sa tête se courbe; déjà l'armée applaudit; mais aussitôt l'arbre reprend [7]) son ressort: il se relève avec plus de force qu'il n'avait été plié, et enlève le terrible Aulon, qui reste suspendu à la chaîne, balançant avec elle au gré du peuplier. Forcé d'abandonner l'entreprise, il s'élance à terre en écumant de rage, reprend précipitamment ses armes, et va [8]) les revêtir derrière son char.

Léo reste seul. Il s'avance; et adressant ses voeux à Hercule: Fils de Jupiter, lui dit-il, souviens-[9]) toi de l'hospitalité que te donna l'aïeul de ma chère Camille: regarde-moi du haut de l'Olympe: [10]) ce coup-d'oeil me remplira de force. Vainqueur ou vaincu, [11]) je te voue un sacrifice.

À peine a-t-il achevé sa prière, qu'il sent [12]) couler dans tous ses membres une nouvelle vigueur. Il passe un de ses pieds dans le dernier anneau de la chaîne, la saisit avec ses deux mains à la hauteur de son front; réunissant ainsi toutes ses forces, il fait courber la tête

---

1) *part. v.* émouvoir. 2) *prés. v.* pouvoir. 3) *prés. v.* reprendre. 4) *part. v.* venir. 5) *gér. v.* sourire. 6) *prés. v.* pouvoir. 7) *prés. v.* reprendre. 8) *prés. v.* aller. 9) *impér. v. se* souvenir. 10) der Olymp, Himmel, die Wohnung der Götter. 11) *part. v.* vaincre. 12) *prés. v.* sentir.

du peuplier plus lentement, mais plus près de la terre qu'elle n'avait courbé sous la main d'Aulon. À peine est-il sûr de cet avantage, qu'il redouble son effort, invoque de nouveau Hercule; et, s'abandonnant à son impulsion, il fait crier l'arbre, le rompt, ¹) tombe à terre avec la chaîne, et la tête immense du peuplier vient l'ensevelir sous ses branches.

Le peuple et l'armée poussent de grands cris: le sénat déclare Léo vainqueur. Léo se relève, franchit d'un saut léger cet amas de branches brisées; et s'adressant aux soldats: Compagnons, leur dit-il, je suis votre général. Vous avez juré d'obéir à la force; mais la force doit ²) obéir à la sagesse. Je vous commanderai sans doute, mais Sophanor me commandera. Sophanor a fait ³) plus de campagnes qu'aucun de vous n'a vu ⁴) de combats: c'est à son expérience à guider nos jeunes courages. Sophanor, sois notre tête; et que Léo soit ton bras. En disant ⁵) ces mots, il fléchit un genou devant Sophanor.

Les Marses surpris croient ⁶) voir un dieu dans Léo; Sophanor verse des larmes d'admiration: Non, mon fils, s'écrie-t-il, c'est à toi d'être notre chef. Eh! que ne feront ⁷) pas les Marses conduits ⁸) par un autre Alcide? Mon fils, tu n'as pas méprisé ma vieillesse, tu as honoré mes cheveux blancs; va, ⁹) les dieux t'en récompenseront par des victoires. Je te les prédis ¹⁰) d'avance; et je rends graces aux immortels de ce qu'ils m'ont encore laissé un peu de sang pour le répandre à tes côtés, et un peu de voix pour célébrer tes louanges.

Mon père, lui répond Léo, c'est pour toi que j'ai tenté l'épreuve; c'est pour te faire triompher que les dieux m'ont accordé la victoire. Marche à notre tête; je te le demande, je t'en conjure: si mes prières ne suffisent ¹¹) pas, souviens-¹²)toi que tu as juré de m'obéir, et je t'ordonne de me conduire.

---

1) *prés. v.* rompre. 2) *prés. v.* devoir. 3) *part. v.* faire. 4) *part. v.* voir. 5) *gér. v.* dire. 6) *prés. v.* croire. 7) *fut. v.* faire. 8) *part. v.* conduire. 9) *impér. v.* aller. 10) *prés. v.* prédire. 11) *prés. v.* suffire. 12) *impér. v.* souvenir.

Ces paroles décident le vieillard. Il accepte le commandement; mais il exige que Léo soit son collègue. L'armée les proclame tous deux. Le vieux Sophanor paraît¹) bientôt, couvert²) d'une antique armure. Son âge, son air vénérable, sa longue barbe blanche, inspirent le respect; son jeune collègue imprime la terreur. Tous deux rangent les troupes, disposent la marche, et n'attendent plus que les alliés.

Ils arrivent: les Péligniens, les Amiternes, les peuples de Frentanie et de Caracène descendent des Apennins,³) et viennent⁴) se joindre aux Marses. Sophanor, pour donner le signal du départ, fait élever dans l'air l'image du dragon que les Marses suivent⁵) aux combats.

Mais un horrible prodige arrête et glace d'effroi toute l'armée. Un aigle paraît au milieu des cieux,⁶) tenant⁷) dans ses serres cruelles un épouvantable dragon, qui, tout sanglant, respirant à peine, se replie, se débat encore, lance son triple dard, et cherche à blesser l'oiseau de Jupiter. Tous les soldats immobiles attendent dans le silence quelle sera la fin de ce combat; mais, au bout de quelques instans, l'aigle victorieux perce de son bec terrible les écailles verdâtres de son ennemi, et le rejette sans vie au milieu des bataillons marses.

Quel présage pour ces guerriers! Léo, qui les voit⁸) tous pâlir, saisit le premier arc qu'il rencontre, fixe l'aigle vainqueur, le suit⁹) de l'œil dans la nue, lui décoche une flèche acérée, et le fait tomber à ses pieds. Ainsi j'abattrai l'aigle romaine, s'écrie-t-il; ainsi je vengerai les peuples qu'elle voudrait¹⁰) asservir. Marses, ne redoutez plus rien: le meilleur des augures, c'est la justice de sa cause. Vous combattez pour la patrie, et Romulus pour l'ambition: marchez! les dieux sont pour nous.

Ces paroles, son action, chassent la crainte de tous

---

1) *prés. v.* paraître. 2) *part. v.* couvrir. 3) die Apenninen, ein Gebirge in Italien. 4) *prés. v.* venir. 5) *prés. v.* suivre. 6) *pl. v.* ciel. 7) *gér. v.* tenir. 8) *prés. v.* voir. 9) *prés. v.* suivre. 10) *cond. v.* vouloir.

les coeurs. Les Marses ranimés font ¹) retentir les airs de mille cris: tous se croient ²) invincibles avec Léo. L'armée, pleine d'espoir et de joie, s'avance à grandes journées.

Elle rencontre les Romains dans la plaine de Lucence, bornée au nord, à l'orient, par des collines, au midi, à l'occident, par des forêts. Romulus, maître des bois, avait dressé son camp sur leur lisière; Sophanor et Léo viennent ³) asseoir le leur au pied des montagnes: le fleuve Fucin sépare les deux armées.

Aussitôt Romulus s'avance jusque sur la rive, et reconnait ⁴) la position des ennemis. Il examine le terrain qu'ils occupent, le compare avec le sien, mesure des yeux la plaine, remarque jusqu'au moindre buisson, fait sonder le Fucin, s'assure d'un endroit où il est guéable. Certain de toutes ses observations, il revient ⁵) dans sa tente, assemble ses chefs, et leur annonce que le lendemain, au lever de l'aurore, il tentera le passage du fleuve. Ses capitaines paraissent ⁶) surpris; mais Romulus, en peu de mots, leur explique l'ordre de l'attaque, la place où chacun combattra, celle où il attirera l'ennemi, ce qu'il doit faire s'il est vainqueur, ses ressources s'il est repoussé; il leur prouve enfin qu'il a tout disposé pour une victoire certaine, et tout prévu ⁷) pour une défaite.

Ses vieux généraux l'admirent: Numa, ivre de joie, ne peut ⁸) contenir ses transports. Le voilà donc venu ⁹) ce jour qu'il desire depuis si long-temps! cet heureux jour où il pourra ¹⁰) se montrer digne d'aimer Hersilie! Le fougueux amant vola au quartier des Sabins; il parcourt ¹¹) leurs tentes en appelant chaque chef, chaque soldat par son nom; il leur annonce la bataille, les embrasse, les caresse, compte en soupirant les heures qui doivent ¹²) s'écouler avant le combat; et, dans l'ardeur qui l'enflamme, il murmure contre Romulus de ce qu'il ne tente pas à l'instant même le passage du fleuve.

---

1) *prés.* v. faire. 2) *prés.* v. croire. 3) *prés.* v. venir. 4) *prés.* v. reconnaître. 5) *prés.* v. revenir. 6) *prés.* v. paraître. 7) *part.* v. prévoir. 8) *prés.* v. pouvoir. 9) *part.* v. venir. 10) *fut.* v. pouvoir. 11) *prés.* v. parcourir. 12) *prés.* v. devoir.

Tandis que Numa se livre sans réserve aux sentimens qui l'agitent, il voit¹) rentrer dans le camp un détachement romain qu'on avait envoyé surprendre un village. Hélas! cette cruelle commission n'avait été que trop bien exécutée. Les Romains ramenaient avec eux des femmes, des enfans, des vieillards éplorés. Les mains de ces malheureux étaient attachées derrière leur dos; ils marchaient la tête baissée, l'oeil morne et noyé de pleurs. La mère, la fille, l'époux, levaient l'un sur l'autre des regards timides; ils n'osaient se parler; ils faisaient²) de vains efforts pour se rapprocher et mêler leurs larmes. Mais les farouches soldats leur refusaient cette faible joie: ils pressaient leurs pas tardifs avec des menaces, avec le bois de leurs lances, quelquefois avec le fer ensanglanté. Les barbares! ils étaient moins inhumains pour les animaux³) qu'ils conduisaient⁴) pêle-mêle avec leurs captifs: ils maltraitaient des vieillards et des femmes, et ménageaient avec soin les boeufs ou les moutons qu'ils leur avaient enlevés.

Numa ne peut⁵) soutenir ce spectacle. Il quitte tout, il oublie tout, pour voler au secours de ces malheureux. Ils étaient déjà devant le pavillon royal, où, confondus avec leurs troupeaux, ils attendaient qu'on ordonnât de leur sort. Numa va⁶) se jeter aux pieds de Romulus. O mon roi! s'écrie-t-il, regarde les horreurs que l'on commet⁷) en ton nom; regarde ces infortunés arrachés de leurs asiles, chargés de fers et d'outrages. Eh! qu'ont-ils fait? quel est leur crime? Ah! terrassons tes ennemis, immolons ceux qui te résistent, que le sang coule dans les combats; les périls excusent la cruauté. Mais attaquer des malheureux qui ne se défendent pas, mais vaincre des vieillards, des femmes, et leur insulter quand ils sont vaincus; c'est une lâcheté, c'est une barbarie que les immortels doivent punir. Fils d'un dieu, c'est à toi d'en faire justice; délivre ces captifs, renvoie-⁸) les dans leurs maisons, rends-leur....

---

1) *prés. v.* voir. 2) *impar. v.* faire. 3) *pl. v.* animal. 4) *imper. v.* conduire. 5) *prés. v.* pouvoir. 6) *prés. v.* aller. 7) *part. v.* commettre. 8) *impér. v.* renvoyer.

Jeune homme, interrompt¹) Romulus, j'ai pitié de ton ignorance. Ces esclaves, ces troupeaux ne sont point à moi; ils appartiennent²) à mes guerriers: c'est le prix de leur valeur, de leurs travaux³) et de leur sang. Avant d'être humain pour mes ennemis, il faut⁴) que je sois juste envers mes compagnons. Je dois⁵) partager ces esclaves entre les chefs de mon armée; ils en disposeront ensuite; et pour qu'aucun n'ait à se plaindre, le sort réglera les portions.

Eh bien! reprend⁶) Numa en se relevant, je suis un de vos chefs; je dois être admis⁷) au partage.

Romulus reconnaît⁸) ses droits. On apporte l'urne des sorts, et l'on voit⁹) s'avancer, pour avoir part au butin, les différens chefs de l'armée, semblables à une meute courageuse qui vient¹⁰) de forcer un jeune cerf: elle respecte sa victime tant que son maître est auprès d'elle; mais, l'œil ardent, la gueule béante, elle attend qu'on la lui livre, en haletant de fatigue et de joie.

Cérès, qui veillait sur Numa, et qui applaudissait du haut du ciel à son humanité, Cérès dirigea les sorts, et lui fit¹¹) tomber en partage la plus nombreuse portion.

Numa s'empare de ses prisonniers, se fait suivre de ses troupeaux, et marche vers l'épaisse forêt qui environnait le camp. Là, il élève un autel de gazon, le couvre¹²) de bois pour consumer la victime, choisit une génisse blanche, répand du lait entre ses cornes, l'immole, et, la mettant¹³) toute entière sur le bûcher, avant d'en approcher le feu, il adresse cette prière à Cérès: Fille de Jupiter, je vous offre¹⁴) cette victime; mais malheur à Numa s'il pensait que le sang d'une génisse suffît¹⁵) pour lui attirer votre appui! Non, ce n'est point en égorgeant les animaux que l'on se rend les dieux favorables; un malheureux soulagé leur est plus

---

1) *prés. v.* interrompre. 2) *prés. v.* appartenir. 3) *pl. v.* travail. 4) *prés. v.* falloir. 5) *prés. v.* devoir. 6) *prés. v.* reprendre. 7) *part. v.* admettre. 8) *prés. v.* reconnaître. 9) *prés. v.* voir. 10) *prés. v.* venir. 11) *déf. v.* faire. 12) *prés. v.* couvrir. 13) *gér. v.* mettre. 14) *prés. v.* offrir. 15) *impar. subj. v.* suffire.

agréable qu'une hécatombe. ¹) Recevez donc, o Cérès, une offrande plus digne de vous. Alors il se retourne vers ses captifs: Infortunés, leur dit-il, je vous rends la liberté. On vous a dépouillés de vos biens, prenez ²) du moins ceux que je possède; je vous donne tous ces troupeaux: partagez-les entre vous, retournez dans vos maisons, et bénissez le nom de Cérès; c'est elle qui vous délivre.

Il dit: ces malheureux ne savent ³) si c'est un songe; ils restent le cou tendu, les mains jointes, ⁴) la bouche ouverte. ⁵) Numa parlait encore qu'une flamme céleste descend sur sa tête, tourne trois fois autour de sa chevelure, et va ⁶) mettre le feu au bûcher qui soutenait ⁷) la victime. Aussitôt le bois s'embrase, sa flamme longue et brillante s'élève vers le ciel, le tonnerre gronde, fend la nue, et un bouclier d'or tombe aux pieds de Numa. Au même instant, une voix forte comme le cri d'une armée prononce ces paroles: Le possesseur de ce bouclier sera toujours invincible. Numa, les dieux veillent sur toi; on ne leur plaît, ⁸) on ne leur ressemble qu'en exerçant l'humanité. Alors le tonnerre se tait, ⁹) le calme revient ¹⁰) dans les airs, la victime n'est plus qu'un monceau de cendre, et une odeur d'ambroisie répandue tout à l'entour annonce que c'est une divinité qui est venue ¹¹) parler à Numa.

Numa, jusqu'à ce moment prosterné contre la terre, se relève, et sent ¹²) dans son cœur cette joie si douce que laisse toujours une bonne action. Il examine le bouclier céleste: il était d'or pur, échancré à la manière des Thraces. On y voyait ¹³) représentés, par un travail admirable, tous les événemens du règne d'Astrée, de ce beau règne, plus effacé qu'aucun autre de la mémoire des hommes, parce que le bien s'oublie aisément. D'un côté l'on voyait un peuple que la famine affligeait, re-

---

1) eine Hekatombe, ein Opfer von 100 Thieren steuerisch Art.
2) *impér. v.* prendre. 3) *prés. v.* savoir. 4) *part. v.* joindre.
5) *part. v.* ouvrir. 6) *prés. v.* aller. 7) *impar. v.* soutenir.
8) *prés. v.* plaire. 9) *prés. v.* se taire. 10) *prés. v.* revenir.
11) *part. v.* venir. 12) *prés. v.* sentir. 13) *impar. v.* voir.

cevant¹) d'un peuple voisin la moitié des biens qu'il possède: là c'étaient des frères diminuant de concert leur héritage pour former un champ à l'orphelin qu'ils ont rencontré: plus loin, un père de famille, à la tête de ses enfans, faisait²) la moisson, et allait³) secrètement arracher des épis aux gerbes pour les jeter sur le chemin des glaneurs. Par-tout le bouclier céleste présentait des actions de bienfaisance ou de vertu. L'ouvrier immortel avait jugé sans doute que c'est sur-tout au milieu de la guerre qu'il faut⁴) rappeler aux hommes l'humanité.

Pendant que Numa surpris admirait un si beau travail, les captifs qu'il avait sauvés formaient à ses pieds un tableau digne d'être sur le bouclier céleste. À genoux devant Numa, les mains tendues vers lui, ils témoignaient, par leurs larmes, par des mots entrecoupés, leur reconnaissance et leur joie: les mères élevaient leurs enfans pour qu'ils vissent⁵) leur libérateur; les épouses venaient⁶) baiser ses habits; les vieillards lui présageaient les plus belles destinées; tous le bénissaient en pleurant, tandis que le plus âgé d'entre eux, perçant la foule, s'approche, courbé sur un bâton noueux, et tient⁷) ce discours à Numa:

Jeune homme, que les dieux te rendent tous les biens que tu nous as faits!⁸) Nous n'avons jamais été les ennemis de ton peuple: nous sommes de pauvres pasteurs vivant⁹) sur de hautes montagnes entre les Marses et les Herniques, indépendans de ces deux peuples, souvent opprimés par eux. Nous l'avions dit¹⁰) aux soldats de Romulus; mais ils nous ont traités en ennemis, quoique certains que nous ne l'étions pas: toi, tu nous as crus¹¹) tes ennemis, et tu nous traites en frères. Va,¹²) les dieux te protégeront: ils t'éprouveront peut-être, mais tu ne succomberas pas. Adieu; souviens-¹³) toi

---

1) *gér. v.* recevoir. 2) *impar. v.* faire. 3) *impar. v.* aller. 4) *prés. v.* falloir. 5) *impar. subj. v.* voir. 6) *impar. v.* venir. 7) *prés. v.* tenir. 8) *part. v.* faire. 9) *gér. v.* vivre. 10) *part. v.* dire. 11) *part. v.* croire. 12) *impér. v.* aller. 13) *impér. v.* se souvenir.

des Rhéates; c'est ainsi que nous nous appelons: si jamais tu viens¹) dans nos montagnes, tu entendras nos petits enfans bénir le nom de Numa.

Après avoir dit ces paroles, le vieillard va²) présider au partage que les Rhéates font³) entre eux des troupeaux donnés par Numa, tandis que ce jeune héros, se dérobant à leur reconnaissance, emporte le bouclier d'or, et rentre tout pensif dans le camp.

Il songeait à Hersilie: son coeur, plein d'espérance et de joie, se livrait tout entier à l'amour. Il tourne ses pas malgré lui vers la tente de la princesse. Arrivé à la porte, il n'ose en franchir le seuil; il s'arrête, soupire, et tremble d'aller plus loin. Ce guerrier, qui porte à son bras un bouclier qui le rend invincible, ce héros qui pénétrerait sans crainte dans le camp des ennemis, n'ose entr'ouvrir le voile de pourpre qui ferme le pavillon de celle qu'il aime.

Enfin il soulève ce voile, et ses yeux timides cherchent la princesse: elle n'était pas dans sa tente. Numa en devient⁴) plus hardi: il s'avance d'un pas plus ferme, pénètre dans cet asile, et par-tout il trouve Hersilie. Voilà ses armes, voici ses javelots, son arc, et sa lyre d'or, et ses vêtemens, et la peau de lion qui lui sert⁵) de lit. Numa demeure immobile; il n'ose toucher à tout ce qu'il voit, ⁶) il ne peut⁷) en détourner les yeux. Une douce langueur s'empare de ses sens; il n'a plus la force de se soutenir; il s'assied⁸) en tremblant sur le siège où Hersilie s'est assise, ⁹) il respire l'air qu'elle a respiré: cet air l'enivre, sa raison s'égare, sa poitrine est oppressée, des larmes brûlantes inondent son visage.

Tout-à-coup mille cris font¹⁰) retentir le camp; les trompettes sonnent; on entend un bruit effroyable dans le quartier de Romulus. Hersilie, Hersilie elle-même, l'air troublé, les cheveux épars, arrive en criant:

---

1) *prés. v.* venir. 2) *prés. v.* aller. 3) *prés. v.* faire. 4) *prés. v.* devenir. 5) *prés. v.* servir. 6) *prés. v.* voir. 7) *prés. v.* pouvoir. 8) *prés. v.* s'asseoir. 9) *part. v.* s'asseoir. 10) *prés. v.* faire.

Aux armes! Elle saisit précipitamment son casque, ses javelots, et, sans bouclier, sans cuirasse, elle veut [1]) retourner au combat. Ah! princesse, lui dit Numa en l'arrêtant, je cours [2]) faire armer les Sabins; mais du moins prenez [3]) ce bouclier, bienfait d'une puissante déesse; c'est en vous couvrant [4]) qu'il défendra ma vie. Il dit: sans attendre de réponse, il lui laisse le bouclier céleste, et court [5]) chercher ses braves soldats.

C'était Léo qui causait cette alarme. Dès que Léo s'était vu [6]) si près des Romains, il avait conçu [7]) le projet de les attaquer le premier. Sage Sophanor, avait-il dit [8]) à son collègue, sois sûr que Romulus nous attaquera demain: il est de notre gloire de le prévenir. Dès que l'étoile du soir aura paru, [9]) je sortirai du camp avec trois mille hommes; je passerai le fleuve à la nage, j'irai [10]) porter la flamme et la mort jusque dans la tente de Romulus; et si le succès couronne mon entreprise, j'en médite une plus importante.

Sophanor l'embrasse. Il court avec lui choisir trois mille Marses; il les arme de courtes épées, de casques sans panache, de boucliers noircis: il leur fait valoir l'honneur de marcher avec Léo. Aussitôt que les ténèbres couvrent [11]) la terre, Léo sort [12]) avec eux, remonte le fleuve, le traverse, remet [13]) en ordre ses soldats, les encourage, les excite, fait passer dans leurs coeurs toute l'audace du sien; et ces braves guerriers, serrés les uns contre les autres, gardant le plus profond silence, certains de vaincre sous leur chef, marchent d'un pas léger et rapide vers le quartier de Romulus.

Ils arrivent aux gardes avancées: ils les égorgent avant qu'elles aient pu [14]) résister; celles qu'ils trouvent ensuite ont le même sort. Sans être découverts, [15]) sans être arrêtés, ils parviennent [16]) jusqu'aux tentes du roi

---

1) *prés.* v. vouloir. 2) *prés.* v. courir. 3) *impér.* v. prendre. 4) *gér.* v. couvrir. 5) *prés.* v. courir. 6) *part.* v. voir. 7) *part.* v. concevoir. 8) *part.* v. dire. 9) *part.* v. paraître. 10) *fut.* v. aller. 11) *prés.* v. couvrir. 12) *prés.* v. sortir. 13) *prés.* v. remettre. 14) *part.* v. pouvoir. 15) *part.* v. découvrir. 16) *prés.* v. parvenir.

de Rome; c'est alors que, jetant de grands cris, renversant tout ce qu'ils rencontrent, ils portent le carnage et l'effroi jusqu'au pavillon royal.

Romulus, seul dans sa tente, méditait en ce moment l'attaque du lendemain. Au premier bruit, il se lève, écoute, et frémit de colère en distinguant les cris des vainqueurs. Furieux d'être surpris¹) par des barbares, ²) il remet précipitamment son casque, prend ³) son bouclier, saisit deux javelots, et court ⁴) se jeter au milieu du carnage. Il vole, il frappe, il appelle. Sa voix tonnante retentit aux deux bouts du camp. Ses guerriers accourent⁵) en foule: Horace, Misène, Brutus, Abas, arrivent en armes; ils trouvent leur vaillant roi résistant seul aux ennemis. Déja sa main foudroyante a fait ⁶) mordre la poussière au courageux Ophelte, au brave Aulastor, à Sopharis, à Corinée. Penthée, le malheureux Penthée, vient ⁷) d'acheter de sa vie l'honneur d'avoir atteint ⁸) Romulus. Son javelot a percé la cuirasse du roi; celui de Romulus a percé le coeur de Penthée. Les Marses étonnés sentent ⁹) leur ardeur s'affaiblir: ils n'attaquent plus, ils se défendent; poussés de toutes parts, ils cherchent, ils demandent Léo.

Léo, qui avait pénétré dans le foyer de Romulus, Léo reparaît ¹⁰) à l'instant. D'une main il tient ¹¹) sa massue, de l'autre un faisceau embrasé. À cette vue, les Romains s'arrêtent, les Marses jettent des cris de joie. Le fier Léo vole à leur tête; il lance des brandons allumés à travers les tentes romaines; le feu se communique avec fureur; la toile s'embrase, le bois pétille. Léo, pour qui l'incendie est trop lent, l'augmente à coups de massue. Il s'élance à travers les flammes; il immole Abas, Massicus, Tibur; Talassius tombe sous ses coups. Le brave Misène l'arrête un moment; mais Léo foule aux pieds le corps de Misène. Léo porte la mort et le feu;

---

1) *part. v.* surprendre. 2) Barbaren hießen bei den Römern Alle, die nicht von ihrer Nation waren. 3) *prés. v.* prendre. 4) *prés. v.* courir. 5) *prés. v.* accourir. 6) *part. v.* faire. 7) *prés. v.* venir. 8) *part. v.* atteindre. 9) *prés. v.* sentir. 10) *prés. v.* reparaître. 11) *prés. v.* tenir.

Léo se fraie un chemin de flamme. Ainsi la lave brûlante descend du sommet de l'Étna, roule à gros bouillons dans la campagne, emporte, consume, détruit¹) les pierres, les arbres, les rochers, et couvre ²) de flots embrasés tout ce qu'elle trouve sur son passage.

À ce spectacle, Romulus agite ses dards, jette son immense bouclier sur ses épaules, et marche à travers le carnage pour s'opposer à Léo. Il le joint,³) il veut⁴) lui parler; la fureur lui ôte la voix. Il le mesure avec des yeux étincelans; il cherche la place où il doit⁵) le frapper, et, balançant le plus fort de ses javelots, il rassemble toute sa force, et le lance contre Léo. La peau du lion de Némée⁶) en eût peut-être été percée; peut-être ce coup terrible terminait pour jamais les exploits du jeune héros: mais le javelot de Romulus rencontre la pesante massue dont Léo frappait les Romains; il pénètre à travers les noeuds et les pointes de fer dont elle est armée, s'attache à cette massue, et l'arrache des mains de son maître.

Léo, désarmé, s'arrête; et, regardant autour de lui, il aperçoit⁷) une pierre énorme que l'on n'avait pu⁸) enlever du camp, et qui servait⁹) de borne aux laboureurs. Léo la saisit, l'arrache, l'élève sur sa tête, et la lance à son ennemi.

Romulus, atteint,¹⁰) tombe sous la pierre. Ses guerriers accourent¹¹) et le dégagent. Mais le roi de Rome ne peut¹²) plus se soutenir: brisé par le coup terrible, vomissant un sang épais et noir, la tête penchée, les bras pendans vers la terre, sans force, sans mouvement, presque sans vie, il est rapporté dans sa tente au moment où Hersilie et Numa viennent¹³) le secourir à la tête des Sabins.

---

1) *prés. v.* détruire. 2) *prés. v.* couvrir. 3) *prés. v.* joindre. 4) *prés. v.* vouloir. 5) *prés. v.* devoir. 6) der nemäische Löwe, ben Hertules erlegte. 7) *prés. v.* apercevoir. 8) *part. v.* pouvoir. 9) *impar. v.* servir. 10) *part. v.* atteindre. 11) *prés. v.* accourir. 12) *prés. v.* pouvoir. 13) *prés. v.* venir.

LIVRE CINQUIÈME

SOMMAIRE.

Hersilie et Numa repoussent les Marses. Retraite de Léo. Romulus fortifie son camp. Nouveaux exploits de Léo. Jonction des Marses et des Samnites. Romulus assemble son conseil. Numa va[1]) *se rendre maître des défilés des monts Trébaniens. Il trouve dans ces montagnes un peuple dont il est aimé. Défaite des Marses dans les défilés. Combat singulier de Numa et de Léo. Magnanimité de Numa. Il apprend*[2]) *que Tullus est mourant: il quitte tout pour voler près de lui.*

Comme un immense quartier de roc détaché de la cime d'une montagne roule avec fracas vers la plaine, accroît[3]) en roulant sa violence, brise ou emporte tout ce qu'il trouve sur sa route; les nymphes, les bergers effrayés fuient[4]) avec de grands cris, les troupeaux éperdus se précipitent dans la vallée, le laboureur tremblant reste immobile et glacé d'effroi: mais le rocher, au plus fort de sa chute, rencontre deux chênes robustes qui, nés[5]) tout près l'un de l'autre, ont entrelacé depuis cent ans leurs racines et leurs troncs: là il s'arrête; les deux arbres soutiennent[6]) le choc; les bergers et les troupeaux sont sauvés: de même Léo s'arrête en rencontrant Hersilie et Numa.

La fière amazone, armée du bouclier céleste, fut la première à l'attaquer. Barbare! lui cria-t-elle, c'est Jupiter qui te livre à moi: voici ton heure fatale; va[7]) te vanter dans les enfers d'avoir blessé le grand Romulus. Elle dit, et lance de toute sa force un javelot noueux que sa fureur l'empêche de diriger. Le fer vole, passe à côté de Léo, et va[8]) percer le vaillant Télon, qui, dans ce moment, dépouillait Arüncus. Léo, sans s'émouvoir, arrache le javelot du corps de Télon, et regardant

---

1) *prés. v.* aller. 2) *prés. v.* apprendre. 3) *prés. v.* accroître. 4) *prés. v.* fuir. 5) *part. v.* naître. 6) *prés. v.* soutenir. 7) *impér. v.* aller. 8) *prés. v.* aller.

Hersilie avec un sourire amer: Je te rends ton arme, lui dit-il; apprends¹) à t'en mieux servir. En disant²) ces mots, il lance le javelot à la princesse; et Numa, le tendre Numa, se jette au-devant du fer: il oublie que le bouclier céleste défend les jours d'Hersilie; son corps lui paraît³) un bouclier plus sûr. C'est au milieu de sa poitrine que vient⁴) tomber le javelot: sa pointe cruelle perce l'or et l'airain de la brillante cuirasse, et déchire encore le sein du généreux amant; une légère teinte de pourpre se répand sur ses armes. Numa, qui voit⁵) couler son sang, ne songe qu'à Hersilie: plus ce coup a été terrible, plus il rend graces au ciel d'en avoir préservé son amante. Mais ce sentiment fait place au desir de la vengeance: il s'élance vers Léo. Un flot de combattans les sépare: ils se cherchent long-temps tous deux; ils ne peuvent⁶) plus se joindre.

Alors Numa se jette sur les Marses, et les fait tomber sous ses coups, comme le moissonneur fait tomber les épis. Toujours auprès d'Hersilie, il frappe d'une main; de l'autre il pare tous les coups qui menacent l'amazone. Celle-ci s'abandonne à sa fureur: elle immole Ocrès, Opiter, Soractor, et le jeune Alméron, Alméron, le seul espoir, l'unique enfant de la malheureuse Almérie. Cette tendre mère l'avait prévu.⁷)

Quand les Marses s'étaient assemblés pour aller combattre les Romains, Alméron, âgé seulement de quatorze ans, avait fui⁸) de la maison de sa mère pour aller joindre l'armée. Au moment du départ, cette triste mère arriva, cherchant son fils, le demandant à tous ceux qu'elle rencontrait. Le jeune Alméron l'aperçut,⁹) et voulut¹⁰) aller se cacher dans les derniers rangs. Mais où ne pénètre pas l'oeil d'une mère? Almérie le découvre,¹¹) vole à lui, le serre dans ses bras, l'arrose de ses larmes; et tandis qu'Alméron, la pâleur sur le visage, les yeux attachés à la terre, n'ose lever son front

---

1) *impér. v.* apprendre. 2) *gér. v.* dire. 3) *prés. v.* paraître. 4) *prés. v.* venir. 5) *prés. v.* voir. 6) *prés. v.* pouvoir. 7) *part. v.* prévoir. 8) *part. v.* fuir. 9) *déf. v.* apercevoir. 10) *déf. v.* vouloir. 11) *prés. v.* découvrir.

vers celle dont il craint¹) les reproches, elle lui dit avec des sanglots: Mon fils, mon cher fils, mon unique bien, tu veux²) me fuir! tu veux quitter ta mère! Eh! qu'iras-³) tu faire dans les combats? Ton faible bras ne peut⁴) encore soutenir un javelot; les flèches que tu lances ont à peine la force de faire périr un jeune faon; et tu veux aller te mesurer avec les plus fameux guerriers de Rome! O mon enfant, mon cher enfant, attends du moins, pour m'abandonner, que tu n'aies plus besoin de ta mère; attends, pour me faire mourir, que tu puisses⁵) vivre sans moi! Tu pleures, tu m'embrasses, et tu ne me promets⁶) pas de renoncer à ce cruel dessein! Et vous, Marses, vous le souffrez,⁷) et vous avez eu une mère!.... Eh bien! qu'on me donne des armes, je suivrai⁸) par-tout mon fils, je partagerai ses périls, je le couvrirai⁹) de mon corps, et l'on jugera du courage que donne l'amour maternel.

Depuis ce jour, Almérie n'a pas quitté son fils chéri. Léo, qui les aimait tous deux, leur avait défendu de s'éloigner de lui; et dès que le jeune Alméron avait décoché sa flèche, il revenait¹⁰) se mettre en sûreté entre sa mère et son général. Mais, dans cette nuit désastreuse, ils furent séparés de Léo: la terrible Herailie les rencontra; et, malgré les cris, malgré les efforts d'Almérie, elle enfonça son épée dans la poitrine d'un faible enfant. Alméron tomba comme une tendre fleur moissonnée à sa première aurore; ses yeux, avant de se fermer, cherchèrent les yeux de sa mère. Sa mère le vit,¹¹) et mourut¹²) sans avoir été frappée.

Numa, moins cruel, mais aussi redoutable, n'immole que ceux qui résistent. Hisbon, Marsenna, Privernus, ont expiré sous ses coups; Nasamon et Séralpin ont tous deux mordu¹³) la poussière. Liger, le brave Liger, ose attendre le héros, et lui lance de près son disque. C'en était fait¹⁴) de Numa, s'il n'eût baissé la tête dans

---

1) *prés. v.* craindre. 2) *prés. v.* vouloir. 3) *fut. v.* aller. 4) *prés. v.* pouvoir. 5) *prés. subj. v.* pouvoir. 6) *prés. v.* promettre. 7) *prés. v.* souffrir. 8) *fut. v.* suivre. 9) *fut. v.* couvrir. 10) *impar. v.* revenir. 11) *déf. v.* voir. 12) *déf. v.* mourir. 13) *part. v.* mordre. 14) *part. v.* faire.

ce moment: le disque tranchant coupe le sphinx que l'on voyait ¹) briller sur son casque, et fait ²) voler au loin les deux panaches couleur de pourpre. Numa se précipite sur Liger, et brise sa lance dans sa poitrine: s'armant alors de la terrible épée de Pompilius, il fend la tête à Orimanthe, coupe la main droite à Tarchon, fait tomber à ses pieds Quercens; et, poussant et pressant les Marses mis ³) en fuite, il parvient ⁴) enfin à les chasser du camp. Léo seul y était resté.

Abandonné de tous les siens, Léo ne regarde pas s'il est seul: il a retrouvé sa massue, il n'a plus besoin d'armée. Mais les Sabins l'environnent, et le féroce Ufens s'avance, en lui criant d'une voix terrible: Ce n'est pas ici l'assemblée des Marses, où il suffit ⁵) de plier un arbre pour être élu ⁶) général; il faut ⁷) mourir, tu ne peux ⁸) échapper. Léo l'écoute, et sourit: ⁹) il évite d'un saut léger le javelot qu'Ufens lui lance; aussitôt il se précipite sur lui, le saisit au milieu du corps, le serre, l'étouffe dans ses bras nerveux, le jette contre la terre, pose un pied sur ce cadavre palpitant; et, levant fièrement la tête, il porte des yeux tranquilles sur ce cercle de glaives sanglans dont il est environné. Inaccessible à la crainte, il promène des regards assurés avant de choisir la place où il veut ¹⁰) s'élancer. Enfin, décidé à la retraite, il fond sur ceux qui lui ferment le passage: il les écarte, les écrase à coups de massue; et, s'éloignant lentement, comme un loup encore affamé s'éloigne d'une bergerie, trois fois il s'arrête, se retourne, et trois fois il fait reculer les bataillons qui le poursuivent. ¹¹) Bientôt il rejoint ¹²) ses guerriers; sa voix terrible les arrête: il les rallie, les remet ¹³) en ordre, remplit seul l'intervalle qui les sépare des Romains, et marche entre les deux armées, couvrant ¹⁴) l'une et repoussant l'autre.

---

1) *impar. v.* voir. 2) *prés. v.* faire. 3) *part. v.* mettre. 4) *prés. v.* parvenir. 5) *prés. v.* suffire. 6) *part. v.* élire. 7) *prés. v.* falloir. 8) *prés. v.* pouvoir. 9) *prés. v.* sourire. 10) *prés. v.* vouloir. 11) *prés. v.* poursuivre. 12) *prés. v.* rejoindre. 13) *prés. v.* remettre. 14) *gér. v.* couvrir.

Numa, irrité de ces exploits qu'il admire, Numa veut aller attaquer Léo: mais un bruit qu'il entend sur le bord du fleuve attire son attention. C'était le vieux Sophanor, à la tête de son armée, qui venait ¹) protéger la retraite de son collègue. Les Marses feignent ²) de vouloir passer le Fucin: Numa, pour défendre la rive, est obligé d'abandonner Léo; et ce terrible guerrier, avec ce qui lui reste des siens, s'éloigne sans péril de ce camp qu'il a rempli de carnage.

Le prudent Sophanor, instruit ³) dès long-temps au métier de la guerre, tint ⁴) son armée au bord du fleuve jusqu'aux premiers rayons de l'aurore. Numa et les Sabins, malgré les fatigues de cette nuit terrible, ne quittent pas l'autre rive. Au point du jour, Sophanor, certain que Léo avait eu le temps d'exécuter ses projets, retire ses troupes. Numa ramène les siennes sous leurs tentes.

Dès ce moment, il ne s'occupe que des blessés: Marses ou Romains, tous ceux que des secours peuvent ⁵) sauver ou soulager sont également secourus ⁶) par Numa. Il cherche dans les lieux où l'on a combattu ceux qui respirent encore, avec le même zèle, avec la même ardeur qu'il cherchait pendant le combat ceux qui résistaient le mieux. Il ne songe plus à la gloire: il ne songe qu'à être humain; des ennemis vaincus sont pour lui des frères.

Après avoir rempli ces devoirs sacrés, après s'être assuré lui-même que ses braves Sabins peuvent se livrer au repos, Numa court ⁷) à la tente de Romulus, sans se donner le temps de panser sa blessure: le besoin de revoir Hersilie était plus pressant pour lui. Il arrive au pavillon royal: il voit ⁸) le roi de Rome couché sur une peau de léopard, enveloppé de voiles sanglans, entouré de sa fille et des chefs de son armée. Moins occupé de ses maux ⁹) que de la position de ses troupes, il gardait un sombre silence, qu'il interrompit en apercevant Numa: Je t'attendais, brave jeune homme, s'écria-t-il:

---

1) *impar. v.* venir. 2) *prés. v.* feindre. 3) *part. v.* instruire. 4) *déf. v.* tenir. 5) *prés. v.* pouvoir. 6) *part. v.* secourir. 7) *prés. v.* courir. 8) *prés. v.* voir. 9) *pl. v.* mal.

je sais ¹) déja tes exploits; toi seul as sauvé mon armée. Approche; viens ²) m'embrasser: ta gloire soulage mes douleurs. Numa tombe à genoux, en baisant la main du roi. Lève-toi, lui dit Romulus: songe à exécuter ce que je vais ³) te prescrire.

Les barbares nous ont surpris. ⁴) L'état où je suis m'oblige de différer ma vengeance. Peu de jours suffiront ⁵) pour me rendre mes forces; mais pendant ce peu de jours, il faut ⁶) mettre mon camp à l'abri de toute insulte. Va ⁷) donc, brave Numa, prends ⁸) avec toi dix cohortes, mène-les couper dans la forêt cinquante mille pieux, tous de la hauteur d'un homme, et acérés par les deux bouts. Vous, Métius, pendant ce temps, faites ⁹) creuser un fossé large et profond qui, dans un carré parfait, entoure et ferme tout mon camp: vous ne laisserez qu'une entrée au milieu de chaque côté. Vous emploierez ¹⁰) à ce travail mes légions latines: ce sont celles qui ont le moins souffert ¹¹) dans l'attaque de cette nuit. Allez; que tout soit prêt avant la fin du jour: vous viendrez ¹²) ensuite prendre mes nouveaux ordres.

Il dit; Métius et Numa ont obéi. Le prudent Romulus fait enfoncer les pieux dans le fossé, à peu de distance les uns des autres; il les lie fortement ensemble pour qu'on ne puisse ¹³) les arracher, les recouvre ¹⁴) ensuite de terre; et mettant ¹⁵) leurs pointes aiguës de niveau avec le terrain, il s'environne ainsi d'une forêt de dards. Métius et Numa achèvent cet ouvrage en trois jours; ils placent aux quatre portes huit redoutes pleines de soldats: et les Romains, aussi tranquilles dans ce camp que s'ils étaient au milieu de leur ville, admirent comment le génie d'un seul peut ¹⁶) sauver ou perdre des milliers d'hommes.

Sophanor, tranquille sur l'autre rive, avait vu ¹⁷)

---

1) *prés. v.* savoir. 2) *impér. v.* venir. 3) *prés. v.* aller. 4) *part. v.* surprendre. 5) *fut. v.* suffire. 6) *prés. v.* falloir. 7) *impér. v.* aller. 8) *impér. v.* prendre. 9) *impér. v.* faire. 10) *fut. v.* employer. 11) *part. v.* souffrir. 12) *fut. v.* venir. 13) *prés. subj. v.* pouvoir. 14) *prés. v.* recouvrir. 15) *gér. v.* mettre. 16) *prés. v.* pouvoir. 17) *part. v.* voir.

les travaux¹) de Romulus sans les troubler. Le roi de Rome, inquiet de cette inaction, ne pouvait comprendre le motif qui empêchait les Marses d'agir. Que fait donc ce terrible Léo? disait-il. Ah! sans doute il doit être content d'avoir blessé Romulus; mais Romulus n'est pas vaincu:²) la guerre est à peine commencée. Pourquoi ce vaillant guerrier, si propre aux exploits nocturnes, ne tente-t-il pas de venir une seconde fois brûler mon camp? O Jupiter! o Mars, mon père! encore quelques jours de douleur, et ce bras aura recouvré sa force, ce bras ne se cachera plus derrière des retranchemens.

Ainsi parlait Romulus, quand il voit³) paraître un soldat campanien couvert⁴) de sang et de poussière. Il arrivait, tout haletant, de la ville d'Auxence, où le roi de Campanie avait été se renfermer. Quelle nouvelle m'apportes-tu? s'écrie le roi de Rome. Les Samnites ont-ils franchi l'Apennin?⁵) Mon allié est-il assiégé dans sa ville? Votre allié est au pouvoir des ennemis, répond le soldat. Léo, le terrible Léo, a paru⁶) sous les murs d'Auxence, au moment où nous le croyions⁷) occupé de vous combattre. Il a pris⁸) la ville et le roi, s'est emparé de ses trésors, de ses troupes, de ses magasins. Non content de ce succès, il a couru⁹) surprendre l'armée qui arrêtait les Samnites à la descente de l'Apennin: il a dispersé cette armée, et a ouvert¹⁰) le passage à ces redoutables ennemis.

Romulus, à ces paroles, laisse tomber sa tête sur sa poitrine, ne répond point, et demeure immobile. Mais bientôt il est rendu à lui-même par un bruit éclatant de trompettes et de clairons qui retentissent au-delà du fleuve. C'était Léo, c'était l'invincible Léo, conduisant¹¹) au camp de Sophanor le roi de Capoue prisonnier, quatre mille captifs, un immense butin, et la superbe armée des Samnites. On les voit¹²) s'avancer dans la plaine, au bruit de mille fanfares. Le roi de Campanie, écla-

---

1) *pl. v.* travail. 2) *part. v.* vaincre. 3) *prés. v.* voir. 4) *part. v.* couvrir. 5) bie Apenninen. 6) *part. v.* paraître. 7) *impar. v.* croire. 8) *part. v.* prendre. 9) *part. v.* courir. 10) *part. v.* ouvrir. 11) *gér. v.* conduire. 12) *prés. v.* voir.

tant d'or, est monté sur un superbe coursier. Léo, couvert¹) de sa peau de lion, marche à pied à côté de lui: ses braves Marses l'environnent; et vingt mille Samnites, revêtus d'un acier brillant, ferment sa marche triomphale.

Bientôt leurs tentes se dressent auprès de celles de Sophanór: les deux armées sont réunies. Dès que la nuit a étendu ses voiles, mille feux allumés sur le bord du fleuve tiennent²) les Romains dans l'alarme, et leur font³) craindre d'être attaqués.

Ces braves Romains, à qui la vue de l'ennemi faisait toujours pousser des cris de joie, observent un silence morne à l'aspect de ce camp terrible. Les soldats se regardent d'un air effrayé; les chefs n'osent se communiquer leurs craintes; tout le monde tourne les yeux vers Romulus. On double les gardes, on se tient⁴) prêt au combat: malgré la force des retranchemens, malgré la valeur et le nombre des troupes, l'inquiétude est peinte⁵) sur tous les visages.

Romulus lui-même est ému:⁶) mais il affecte un visage tranquille. Appuyé sur une longue javeline, marchant doucement à cause de sa blessure, il visite ses quartiers, encourage ses soldats; et, quoique son coeur soit plein de tristesse, il remercie hautement les dieux de ce qu'ils lui livrent ensemble tous ses ennemis.

Cependant, par un ordre secret, le conseil est assemblé. Métius, Valérius, le sage Catille, le prudent Brutus, plusieurs autres capitaines expérimentés, ont pris⁷) place auprès du monarque. La belle Hersilie y est appelée par sa naissance, le jeune Numa par ses exploits. Des licteurs⁸) veillent à la porte du pavillon royal, et en éloignent les indiscrets. Romulus quitte alors cette gaieté feinte qu'il avait montrée aux soldats; et regardant ses braves chefs avec des yeux pleins d'inquiétude: Compagnons, leur dit-il, vos avis m'ont toujours été

---

1) *part. v.* couvrir. 2) *prés. v.* tenir. 3) *prés. v.* faire. 4) *prés. v.* tenir. 5) *part. v.* peindre. 6) *part. v.* émouvoir. 7) *part. v.* prendre. 8) Lictoren, öffentliche Diener obrigkeitlicher Personen.

utiles; ils me sont aujourd'hui nécessaires. Nos ennemis, vainqueurs de mes lâches alliés, sont trois fois plus nombreux que nous. Je peux[1]) leur résister sans doute à l'abri de mes retranchemens; mais s'ils passent le fleuve, et qu'ils m'assiègent, avant huit jours nous manquons de vivres, et nous périssons sans combattre. Braves amis, que devons-nous faire? faut-[2]) il aller attaquer ces deux armées réunies, et éviter par la mort une capitulation honteuse? faut-il essayer une retraite qui doit encore avoir ses dangers?

Romulus se tait.[3]) Métius se lève; il propose d'envoyer à Rome demander du secours à Tatius, et d'attendre, derrière les retranchemens, que ce collègue de Romulus soit venu[4]) le dégager. Brutus veut[5]) au contraire que l'on sorte[6]) du camp, qu'on aille[7]) présenter la bataille aux ennemis, et que l'on fasse[8]) tout dépendre de l'arbitre seul des combats. Hersilie s'oppose à ce projet: Tant que mon père ne peut[9]) combattre, dit-elle, gardez-vous d'espérer de vaincre; la victoire dépend du bras de Romulus; ce bras ne peut encore nous la donner. Suivons[10]) l'avis de Métius; restons dans notre camp, envoyons à Rome chercher de nouveaux guerriers. Mais, pour effrayer l'ennemi, pour l'empêcher de rien entreprendre, Numa et moi nous partirons au milieu de la nuit, nous pénétrerons dans le camp des Samnites; et tandis que, fatigués de leur marche, enivrés de leurs succès, ils se livrent au repos, nous remplirons leurs tentes de carnage. Voilà mon avis: que mon père l'approuve, à l'instant même nous partons.[11])

Numa l'écoute avec transport; son oeil enflammé suit[12]) tous les mouvemens d'Hersilie; son coeur palpite de joie de se voir choisi par elle: cette nuit, où ils doivent combattre ensemble, lui paraît[13]) la plus

---

1) *prés. v.* pouvoir. 2) *prés. v.* falloir. 3) *prés. v.* se taire.
4) *part. v.* venir. 5) *prés. v.* vouloir. 6) *prés. subj. v.* sortir.
7) *prés. subj. v.* aller. 8) *prés. subj. v.* faire. 9) *prés. v.* pouvoir. 10) *impér. v.* suivre. 11) *prés. v.* partir. 12) *prés. v.* suivre. 13) *prés. v.* paraître.

belle époque de sa vie. Mais Romulus fait évanouir son espoir en s'opposant au dessein de sa fille. Tous les autres capitaines proposent des moyens, ou impossibles, ou plus dangereux que le mal même. On les discute, le conseil se prolonge, et jusqu'alors on n'a fait qu'exposer tous les maux¹) sans trouver un seul remède.

Tout-à-coup le jeune Numa se sent²) inspiré par Minerve: il demande la permission de parler. Romulus la lui accorde, en jetant sur lui des yeux de complaisance. Grand roi, lui dit le héros, je crois³) qu'il est un moyen, je ne dis pas, de sauver l'armée, mais de t'assurer la victoire. Les montagnes des Trébaniens sont derrière nous; ces montagnes inaccessibles ont des gorges où cent mille hommes peuvent⁴) être aisément défaits⁵) par quelques troupes maîtresses des hauteurs. Qu'on me laisse partir cette nuit même avec la moitié des Sabins: demain, avant la fin du jour, je serai maître des montagnes. Vous, grand roi, pour la première fois vous fuirez⁶) devant l'ennemi. Que ce mot ne vous alarme pas, vous ne fuirez que pour vaincre. Les Marses et les Samnites vous poursuivront;⁷) vous les engagerez aisément dans les gorges des Trébaniens. Alors vous les attendrez de pied ferme, vous les attaquerez à votre tour, tandis que mes Sabins et moi nous les accablerons de nos flèches, de nos javelots, et des rochers que nous roulerons sur eux.

Ainsi parle Numa. Romulus l'embrasse: Vaillant jeune homme, lui dit-il, je te devrai⁸) plus que la vie: tu auras sauvé ma gloire. Cours⁹) exécuter ton projet; prends¹⁰) avec toi tous les Sabins, excepté leur cavalerie, qui te serait inutile, et dont j'aurai sur-tout besoin dans le commencement de ma retraite. Une nuit d'avance doit te suffire: pars¹¹) à l'instant même. Si tout réussit selon tes desseins, voilà quelle est ta récompense. En disant¹²) ces mots, il lui montre Hersilie.

---

1) *pl.* v. mal. 2) *prés.* v. sentir. 3) *prés.* v. croire. 4) *prés.* v. pouvoir. 5) *part.* v. défaire 6) *fut.* v. fuir. 7) *fut.* v. poursuivre. 8) *fut.* v. devoir. 9) *impér.* v. courir. 10) *impér.* v. prendre. 11) *impér.* v. partir. 12) *gér.* v. dire.

Numa demeure interdit: la surprise, la joie, tous les sentimens qui l'agitent lui ôtent l'usage de la parole: ses yeux errent à-la-fois sur Romulus, sur Hersilie. Enfin il se précipite aux genoux du roi de Rome: Fils d'un dieu, s'écrie-t-il, tu viens [1]) de me rendre invincible. Que les Marses, que les Samnites, que tous les peuples d'Italie se réunissent contre moi; je me sens [2]) l'espoir de les vaincre. Le nom, le seul nom d'Hersilie me rend presque égal à toi-même; l'honneur de devenir ton gendre m'élève au rang des demi-dieux.

En prononçant ces paroles, ses yeux brillent d'amour et de courage; il les tourne vers son amante; il lit [3]) dans les siens qu'elle confirme la promesse de Romulus; et, brûlant d'être en marche, il court [4]) faire armer les Sabins.

Aussitôt les légions latines, par l'ordre de Romulus, sortent [5]) de leurs tentes, et vont [6]) se former en bataille sur le bord du fleuve, pour dérober aux ennemis le départ du brave Numa. Les Marses, qui se croient [7]) attaqués, accourent [8]) à l'autre bord: on se lance des flèches au hasard. Les Romains occupent ainsi leurs ennemis, tandis que Numa s'échappe par les derrières du camp.

Il marche, il traverse les épaisses forêts qui s'étendent vers Sora; il évite, par un circuit, les dangereux marais d'Aratrie; et, dirigeant sa course vers Assile, au point du jour il découvre [9]) les hautes montagnes des Trébaniens. Avant de s'y engager, le prudent Numa se fait précéder par quelques soldats armés à la légère, et laisse derrière lui des guides qui doivent [10]) conduire Romulus. Bientôt il pénètre dans les montagnes, il s'avance par des sentiers escarpés. Ses guerriers, fatigués d'une marche précipitée, ont peine à gravir sur les rocs; mais Numa les encourage et les soutient: [11]) Numa, tou-

---

1) prés. v. venir. 2) prés. v. sentir. 3) prés. v. lire. 4) prés. v. courir. 5) prés. v. sortir. 6) prés. v. aller. 7) prés. v. croire. 8) prés. v. accourir. 9) prés. v. découvrir. 10) prés. v. devoir. 11) prés. v. soutenir.

jours à leur tête, saisit d'une main les arbres qui peuvent ¹) l'aider à monter, de l'autre il fait signe aux soldats de le suivre. S'il rencontre un torrent, il le franchit le premier, et n'ordonne de le passer que lorsqu'il est à l'autre bord; si un rocher ferme sa route, il enfonce dans les fentes de la pierre son épée ou son javelot, pose le pied sur ce faible appui, s'élance sur des précipices, et, parvenu ²) seul à la cime, il appelle ses compagnons. L'image d'Hersilie marche devant lui, et rend tous les chemins faciles; Numa précède son armée; son exemple fait tout surmonter.

Enfin il arrive au sommet des montagnes: il est étonné d'y trouver des champs cultivés, des terres labourées, des pâturages remplis de troupeaux. On lui amène quelques bergers que Numa rassure par ces paroles: Je ne viens ³) point vous opprimer; ne tremblez ni pour vous ni pour vos biens: conduisez- ⁴) nous seulement à votre principale habitation; faites- ⁵) nous fournir des vivres dont vous recevrez le prix, et laissez-nous occuper pour trois jours les défilés de vos montagnes. À ces mots, les bergers, sans crainte, servent ⁶) de guides aux Sabins, et les conduisent ⁷) à leur village.

Quelle est la surprise, quelle est la joie de Numa, en reconnaissant ⁸) dans les habitans ces mêmes Rhéates qu'il avait délivrés! Le vieillard qui lui avait parlé le jour du sacrifice s'avance, et l'envisageant: O jour heureux! s'écrie-t-il: mes amis, mes enfans, voilà notre libérateur, voilà ce héros si sensible qui nous rendit la liberté; voilà Numa!.... À ce nom, un cri général interrompt ⁹) le vieillard; tous les Rhéates à genoux se pressent autour de Numa. Quoi! c'est vous, lui disait l'un, qui m'avez rendu ma mère! Je vous dois mon époux! disait l'autre. Sans vous, s'écriait un enfant, sans vous, je serais orphelin! Fils des dieux, car les

---

1) *prés. v.* pouvoir. 2) *part. v.* parvenir. 3) *prés. v.* venir.
4) *impér. v.* conduire. 5) *impér. v.* faire. 6) *prés. v.* servir.
7) *prés. v.* conduire. 8) *gér. v.* reconnaître. 9) *prés. v.* interrompre.

bienfaiteurs des hommes sont les vrais fils des immortels, que de graces nous leur devons, puisqu'ils nous donnent la joie de vous revoir, de baiser ces mains qui ont brisé nos chaînes, de contempler un héros qui sait [1]) pardonner. Ah! disposez de nous, de nos biens, de nos vies; tout est à vous ici: vous êtes notre roi, notre père; vous êtes plus encore, puisque vous fûtes notre libérateur.

Numa ne put [2]) entendre ces paroles sans verser des larmes d'attendrissement; ses braves Sabins sont émus [3]) comme lui. Déja la douce amitié les unit à ce bon peuple: les soldats et les habitans se mêlent, s'embrassent, donnent et reçoivent [4]) tout ce que l'hospitalité, tout ce que l'amitié peut [5]) offrir. Les maisons, les chaumières se remplissent des guerriers de Numa; les femmes, les époux, les enfans, sont empressés de les servir, de leur porter ce qu'ils possèdent. Sabins, Rhéates, ce n'est plus qu'un peuple, ce n'est plus qu'une famille. Tous aiment et respectent Numa: ce seul sentiment les a rendus frères.

Après avoir accordé quelques heures à ce spectacle si doux, le héros donne le signal pour rappeler ses guerriers; et tous les habitans viennent [6]) se rendre au son des trompettes. Chacun s'est armé de ce qu'il a pu [7]) trouver: l'un porte une épée que la rouille ronge depuis long-temps; l'autre un bouclier couvert [8]) de poussière; celui-ci un soc de charrue dont il a fait un javelot; la plupart ont des massues qu'ils viennent [9]) d'arracher aux arbres. Nous voulons combattre pour vous, disent- [10]) ils au jeune Numa; nous voulons être de votre armée: si le coeur suffit [11]) pour faire un soldat, vous n'en commanderez jamais de plus braves.

En parlant ainsi, ils se rangent d'eux-mêmes, en s'efforçant d'imiter les Sabins; ils se serrent les uns contre les autres dans des rangs mal alignés; et cette pha-

---

1) *prés. v. savoir.* 2) *déf. v. pouvoir.* 3) *part. v. émouvoir.* 4) *prés. v. recevoir.* 5) *prés. v. pouvoir.* 6) *prés. v. venir.* 7) *part. v. pouvoir.* 8) *part. v. couvrir.* 9) *prés. v. venir.* 10) *prés. v. dire.* 11) *prés. v. suffire.*

lange bruyante demande à marcher la première au poste le plus périlleux.

Numa, le sensible Numa, veut¹) en vain réprimer leur zèle; en vain il refuse d'exposer des hommes qui n'ont de motif pour combattre que l'amour qu'il leur a inspiré: cet amour est plus fort que l'autorité de Numa; malgré ses ordres, malgré ses prières, le fils de Pompilius est forcé de voir doubler son armée. Alors il leur explique ses projets; il leur confie qu'il veut se rendre maître des hauteurs et des postes d'où il pourra²) écraser l'ennemi.

Les Rhéates aussitôt guident eux-mêmes les Sabins dans les défilés, dans les passages les plus dangereux: ils leur marquent les places qu'ils doivent³) occuper, s'y établissent avec eux, coupent des arbres, roulent des rochers pour en accabler les Marses; et, mêlés avec les soldats de leur bienfaiteur, décidés à partager tous leurs périls, ils attendent impatiemment l'armée des Romains.

Romulus arriva bientôt. Par une retraite savante il était sorti⁴) de son camp, attirant et repoussant toujours les Marses et les Samnites. Plus il approchait des montagnes, plus l'habile Romulus affectait de désordre dans sa marche. Son arrière-garde fuyait⁵) par son ordre, et l'entrée des Romains dans les montagnes ressemblait à une déroute. Sophanor, Léo lui-même, surtout le chef des Samnites, s'y trompèrent. Cette armée d'alliés, composée de guerriers plus braves qu'habiles, s'engagea dans les défilés, croyant⁶) poursuivre des fugitifs.

Romulus, instruit⁷) par les envoyés de Numa, guida lui-même les ennemis dans les gorges les plus dangereuses. Alors il cessa de fuir; alors, à la tête d'une colonne terrible, il attend les Marses de pied ferme, et les appelle au combat. Léo, le brave Léo, s'élance sur les Romains; les Samnites et les Marses se disputent à qui chargera les premiers, quand une grêle de rochers et de troncs d'arbres tombe du haut des montagnes, et

---

1) *prés. v.* vouloir. 2) *fut. v.* pouvoir. 3) *prés. v.* devoir. 4) *part. v.* sortir. 5) *imper. v.* fuir. 6) *gér. v.* croire. 7) *part. v.* instruire.

vient ¹) écraser leurs bataillons. Les chefs, les soldats effrayés s'arrêtent, lèvent les yeux, et voient ²) toutes les hauteurs garnies de lances. Cette vue les glace d'effroi; ils n'osent faire un pas contre Romulus; ils ne peuvent ³) retourner en arrière, le prudent Numa leur a coupé le chemin. Enfermés de toutes parts dans un champ de bataille étroit, embarrassés de leur nombre, écrasés sous les rochers que les Rhéates et les Sabins roulent sans cesse des montagnes, les alliés, vaincus ⁴) sans pouvoir combattre, jettent leurs armes et demandent à capituler.

Qui pourrait ⁵) peindre la fureur de Léo? Telle une tigresse d'Hyrcanie tombée dans un piége qu'on a tendu près de son repaire, et qui se voit ⁶) enlever ses petits sans qu'elle puisse ⁷) les défendre, rugit, s'agite, brise dans ses dents les pierres qu'elle peut ⁸) saisir, les broie ⁹) avec fureur, et dévore de ses yeux brûlans l'ennemi qu'elle ne peut atteindre: de même Léo sent redoubler sa rage en entendant les cris de son armée vaincue. Non, non, leur dit-il d'une voix terrible, tant que Léo vous commandera, n'espérez pas qu'il consente ¹⁰) à une lâcheté. Marses et Samnites, avant de demander la vie à genoux, ayez le courage de me voir mourir. Il dit, et s'élançant à travers les armes, à travers les rocs, malgré les pierres, malgré les troncs d'arbres qui roulent de la montagne, il entreprend ¹¹) seul de gravir jusqu'au sommet.

Les Rhéates et les Sabins se réunissent aussitôt dans l'endroit où il menace d'atteindre; là ils rassemblent un amas de rochers pour les précipiter sur lui. Mais Numa court ¹²) vers eux et s'y oppose; il fait cesser ce déluge qui allait accabler Léo: Amis, s'écrie-t-il, respectez son audace: j'ai opposé l'avantage du poste à l'avantage du nombre; mais à la valeur d'un seul hom-

---

1) *prés. v.* venir. 2) *prés. v.* voir. 3) *prés. v.* pouvoir. 4) *part. v.* vaincre. 5) *cond. v.* pouvoir. 6) *prés. v.* voir. 7) *prés. subj. v.* pouvoir. 8) *prés. v.* pouvoir. 9) *prés. v.* broyer. 10) *prés. subj. v.* consentir. 11) *prés. v.* entreprendre. 12) *prés. v.* courir.

me je n'oppose que ma valeur. Arrête toi, Léo! je vais ¹) t'épargner la moitié du chemin.

Il dit, et descend d'un pas tranquille, repousse loin de lui les Sabins qui veulent ²) l'accompagner, et rencontre son terrible adversaire sur une roche aplanie, environnée de précipices, et qui ne leur laissait que la place de s'immoler. Là ils s'arrêtent tous deux, se regardent sans se parler: ce silence mutuel semble être causé par leur admiration réciproque. Les deux armées cessent tout combat: l'oeil fixé sur Léo, sur Numa, chaque soldat s'oublie lui-même pour ne s'occuper que d'eux seuls; et le hasard, qui place ces deux héros sur ce théâtre étroit et élevé, semble les donner en spectacle aux deux peuples dont ils vont ³) faire le destin.

Léo fut le premier qui rompit ⁴) le silence. Brave jeune homme, dit-il à Numa, j'estime le courage que tu fais paraître; je me décide avec peine à m'éprouver contre toi. Retourne, crois- ⁵) moi, dans tes bataillons, et laisse-moi assouvir ma fureur sur des guerriers moins braves que toi.

Il n'en est point dans notre armée, lui répond Numa; le dernier des Romains m'égale: et tu vas ⁶) connaître bientôt si je dois faire naître ta pitié. Il dit, et ne pouvant ⁷) lancer son javelot à cause du peu d'espace, il le saisit à deux mains, et le pousse de toute sa force dans la poitrine de Léo. Le coup fut terrible; mais la pointe d'acier rencontra la peau de lion à l'endroit où les griffes croisées formaient une triple cuirasse. Ce rempart impénétrable émousse le fer de Numa, et la violence du coup brise le javelot dans ses mains.

Léo chancelle; sa colère augmente. Il lève sa redoutable massue, la fait tourner sur sa tête, et en décharge un coup terrible sur le bouclier de Numa. Le bouclier vole en mille pièces: Numa tombe un genou à terre, et se relève aussitôt. Il a tiré son épée, l'épée de Pompilius; il n'a plus qu'elle pour défense. Léo veut ⁸)

---

1) *prés. v.* aller. 2) *prés. v.* vouloir. 3) *prés. v.* aller. 4) *déf. v.* rompre. 5) *impér. v.* croire. 6) *part. v.* aller. 7) *gér. v.* pouvoir. 8) *prés. v.* vouloir.

l'atteindre d'un second coup; mais le léger Numa l'évite. Tous deux, les yeux fixés sur leur arme, attentifs à leurs mouvemens, tournant autour l'un de l'autre, forcés de ne pas sortir d'un terrain bordé de précipices, ils s'alongent, ils se replient, se portent cent coups inutiles, évitent cent atteintes mortelles: semblables à deux serpens d'eau jetés dans un étroit bassin, se liant et se déliant sans cesse, sans pouvoir se piquer de leur dard.

Enfin Léo, indigné d'une si longue résistance, prend¹) sa massue à deux mains, et s'élançant sur son ennemi, il tient²) la mort sur sa tête. Numa ne peut³) plus l'éviter: il se couvre⁴) avec son épée, faible secours qui n'aurait pas sauvé sa vie, si Cérès n'eût veillé sur lui. Cérès, du haut de l'Olympe, considérait cet affreux combat. Elle voit⁵) la massue levée, tremble, vole, et arrive avant que Numa soit atteint.⁶) Son invincible bras détourne le coup; et Léo, entraîné par le poids de la massue, le grand Léo tombe comme un pin de cent ans déraciné par le tonnerre. Numa se précipite sur lui; d'une main il le saisit à la gorge, de l'autre il pose sur son coeur la pointe de son épée. Ta vie est à moi, lui dit-il; mais je ne puis⁷) donner la mort à un si vaillant guerrier: viens⁸) signer la paix; j'aime mieux être ton ami que ton vainqueur.

En disant ces mots, Numa se lève, et remet⁹) son glaive dans le fourreau. Léo, à peine debout, embrasse son généreux ennemi. Tous deux, se tenant¹⁰) par la main, descendent vers les bataillons marses, occupés déjà de nommer des vieillards pour aller traiter avec Romulus.

Numa, suivi¹¹) de Léo, les conduit¹²) lui-même au roi de Rome: Numa sollicite en faveur des Marses. Romulus accorde la paix. Vous remettrez¹³) en liberté, dit-il, mon allié le roi de Campanie; vous lui rendrez

---

1) *prés. v.* prendre. 2) *prés. v.* tenir. 3) *prés. v.* pouvoir.
4) *prés. v.* couvrir. 5) *prés. v.* voir. 6) *part. v.* atteindre.
7) *prés. v.* pouvoir. 8) *impér. v.* venir. 9) *prés. v.* remettre.
10) *gér. v.* tenir. 11) *part. v.* suivre. 12) *prés. v.* conduire.
13) *fut. v.* remettre.

ses trésors et ses captifs. Quant aux terres des Auronces, que ce monarque vous redemandait, elles seraient toujours, dans ses mains ou dans les vôtres, un sujet éternel de discorde: elles resteront en mon pouvoir. Pour vous dédommager de ce sacrifice, le roi de Capoue vous laissera la ville d'Auxence, et son fils Capis demeurera chez vous en otage jusqu'à l'exécution du traité.

Les Marses, plus favorisés par cette paix que le roi de Campanie, l'acceptent sans balancer; et Romulus, qui devient¹) maître d'un nouveau pays, compte pour rien les intérêts d'un allié qu'il méprise. Mais il veut²) récompenser Numa. Vaillant jeune homme, lui dit-il, tu triompheras à ma place; tu entreras dans Rome sur mon char, à la tête de mon armée; Léo marchera devant toi; et tu recevras la main de ma fille à l'autel de Jupiter.

Grand roi, lui répond Numa, c'est à vous seul que le triomphe est dû; la main d'Hersilie suffit³) à ma gloire. Quant au brave Léo, je ne suis point son vainqueur. Romains, ce n'est pas sous moi qu'il a succombé; Cérès a quitté l'Olympe pour me donner la victoire. Retournez vers votre peuple, Léo; vous êtes libre et invincible, car vous n'avez cédé qu'aux immortels.

Il dit: les Romains et les Marses croient⁴) entendre parler un dieu. Léo se précipite dans ses bras, le serre contre son sein en pleurant d'admiration. Il veut désavouer Numa, il veut avoir été vaincu; mais Numa rend compte aux deux armées du secours qu'il a reçu⁵) de Cérès: il remercie hautement la déesse de lui avoir sauvé la vie, et se couvre d'une gloire immortelle en refusant celle qu'il ne méritait pas.

Cependant la paix est signée. Le roi de Campanie est libre; Romulus a livré Capis; déjà des troupes sont parties⁶) pour s'emparer du pays des Auronces. Numa et Léo ne se quittent point sans se jurer une éternelle amitié. Avant de se séparer, ces deux héros se font⁷) des

---

1) prés. v. devenir. 2) prés. v. vouloir. 3) prés. v. suffire.
4) prés. v. croire. 5) part. v. recevoir. 6) part. v. partir.
7) prés. v. faire.

présens. Numa fait accepter à son ami le superbe coursier de Thrace que Tatius lui a donné. Léo présente à Numa un casque forgé par Vulcain, qu'il tient¹) du chef des Samnites. Garde-le toujours, lui dit-il, et garde-moi sur-tout ton amitié; je te donne ma foi de te consacrer ma vie, aussitôt que j'en pourrai ²) disposer. Tels furent les adieux de ces deux héros.

Romulus, qui se dispose à reprendre le chemin de Rome, fait monter Hersilie et Numa sur le même char, et veut ³) qu'ils marchent tous deux à la tête de son armée. Numa, au comble de ses voeux, ne peut ⁴) contenir ses transports: il est auprès de celle qu'il aime; il est sûr de la posséder. Cette idée lui ôte à-la-fois et la parole et la raison. Numa, couvert ⁵) de gloire, Numa, le favori de Romulus, le sauveur de l'armée, tremble encore auprès d'Hersilie. Il la regarde, et n'ose lui parler: c'est en vain qu'il l'a obtenue; il ne peut croire qu'il l'a méritée.

L'armée romaine avait déja repassé le Liris, quand un courrier couvert de poussière demande à grands cris Numa, et se présente à lui avec un visage baigné de larmes. Numa inquiet l'interroge, et craint ⁶) quelque funeste événement pour Tatius. Je ne viens ⁷) point de Rome, lui dit l'envoyé; je viens de la forêt sacrée et du temple de Cérès. Le vénérable Tullus n'a pu ⁸) soutenir votre absence; il n'a pu sur-tout soutenir votre oubli: il touche aux portes du trépas, et vous demande la grace de vous voir encore avant de mourir.

A cette parole, Numa jette un cri, s'élance du char; et, sans se donner le temps ni de dire adieu à Hersilie ni de parler à Romulus, il prend ⁹) un coursier de sa suite, et vole vers la Sabinie.

---

1) *prés. v.* tenir. 2) *fut. v.* pouvoir. 3) *prés. v.* vouloir.
4) *prés. v.* pouvoir. 5) *part. v.* couvrir. 6) *prés. v.* craindre.
7) *prés. v.* venir. 8) *part. v.* pouvoir. 9) *prés. v.* prendre.

LIVRE SIXIÈME.

SOMMAIRE.

Joie de Tullus en revoyant ¹) Numa. Soins tendres et pieux que lui rend le héros. Sages conseils du pontife. Mort de Tullus. Douleur et regrets de Numa. Il veut ²) retourner auprès d'Hersilie. Il passe dans un pays dévasté par cette princesse, et revient ³) à Rome saisi d'horreur. Discours de Romulus à son peuple. Réponse de Tatius. L'hymen d'Hersilie et de Numa s'apprête. Tatius est assassiné. Numa le secourt, ⁴) et lui jure d'épouser sa fille.

Numa pressait les flancs de son coursier, et suivait ⁵) en pleurant le cours de l'Anio: il fuyait ⁶) une maîtresse adorée, au moment de devenir son époux; il renonçait aux honneurs du triomphe. Mais ce n'étaient point ces sacrifices qui faisaient ⁷) couler ses larmes; c'était le danger de Tullus, c'était le repentir d'avoir presque oublié ce vieillard pour ne songer qu'à l'amour. Il redoutait les reproches qu'il allait en recevoir; il craignait ⁸) davantage de ne plus le trouver vivant. Hélas! se disait-il à lui-même, si je ne l'avais pas quitté, j'aurais peut-être prolongé ses jours, j'aurais du moins soulagé ses maux: ⁹) c'était à moi de rendre à sa vieillesse les soins qu'il avait donnés à mon enfance. Je suis un ingrat: ce reproche empoisonnera ma vie; la gloire ne pourra ¹⁰) pas m'en consoler. Ah! qu'importent les louanges du monde entier, quand notre coeur nous fait un reproche?

Ainsi parlait Numa. Il a déjà traversé les campagnes de Carséoles. Sans perdre un moment, il laisse derrière lui l'aimable Tibur, la cascade de l'Anio, la forêt d'Érétum, et il commence à découvrir le bois sacré et

---

1) ger. v. revoir. 2) prés. v. vouloir. 3) prés. v. revenir. 4) prés. v. secourir. 5) impar. v. suivre. 6) impar. v. fuir. 7) impar. v. faire. 8) impar. v. craindre. 9) pl. v. mal. 10) fut. v. pouvoir.

et le faîte du temple. Ô combien cette vue lui fait naître de sentimens tristes et doux! Combien son ame est émue¹) en revoyant²) les lieux de sa naissance! Mais un intérêt plus puissant l'entraîne; il court, ³) il arrive à la maison du pontife, le cherche, le demande, le découvre ⁴) enfin sur son lit de douleurs, entouré de prêtres et de pauvres.

À cette vue, Numa jette un cri, se précipite, tombe à genoux, saisit la main de Tullus, la couvre de baisers et de larmes. Le vieillard, dont les faibles paupières étaient baissées, les relève, et aperçoit ⁵) Numa.... Aussitôt un rayon céleste semble descendre sur son front; ses yeux s'animent, son visage se colore: O mon fils, s'écrie-t-il, mon cher fils, je te revois, ⁶) les dieux ont exaucé ma prière! Viens ⁷) te jeter dans mes bras! viens, hâte-toi; je crains ⁸) de mourir de joie avant de t'avoir embrassé. En disant ces mots, il se soulève avec peine, et tend à Numa ses mains tremblantes. Il le saisit, il le presse contre sa poitrine, il ne peut ⁹) plus ni lui parler ni se détacher de son sein. Le jeune homme, qui baigne de pleurs la longue barbe blanche de son père, ne lui répond que par des sanglots.

La secousse qu'éprouve Tullus épuise ses faibles organes. Il retombe sans mouvement, presque sans vie, mais tenant ¹⁰) toujours la main de Numa. On s'empresse autour du vieillard; la voix de son fils le ranime; il ouvre ¹¹) les yeux. À peine a-t-il retrouvé l'usage de la parole, qu'il ordonne qu'on le laisse seul avec son fils. Alors l'embrassant de nouveau: Tu m'est donc rendu! lui dit-il. Ah! que les dieux à présent disposent de mes jours; que la cruelle Parque en coupe la trame: je t'ai revu; ¹²) je meurs ¹³) content. Si j'avais plus de momens à jouir de ta présence, je pourrais ¹⁴) te faire quelques reproches; mais le peu d'heures qui me

---

1) *part. v.* émouvoir. 2) *gér. v.* revoir. 3) *prés. v.* courir. 4) *prés. v.* découvrir. 5) *prés. v.* apercevoir. 6) *prés. v.* revoir. 7) *impér. v.* venir. 8) *prés. v.* craindre. 9) *prés. v.* pouvoir. 10) *gér. v.* tenir. 11) *prés. v.* ouvrir. 12) *part. v.* revoir. 13) *prés. v.* mourir. 14) *cond. v.* pouvoir.

restent ne suffiront ¹) pas pour ma tendresse. Ne parlons que d'elle et de toi. Raconte-moi, mon fils, raconte-moi ce que tu as fait: le bonheur t'a suivi ²) sans doute; car tu n'as pas eu le besoin de me confier tes peines. Apprends-³) moi tous tes succès: ce récit retiendra ⁴) mon ame fugitive, ou du moins ma mort sera plus douce, si les derniers mots qui frappent mon oreille sont l'assurance que je te laisse heureux.

Ah! mon père, lui répond Numa, il n'est plus de bonheur pour moi, si les dieux ne prolongent pas votre vie, s'ils ne l'accordent pas à mes larmes, au repentir, à la douleur où je suis d'avoir pu ⁵) vous abandonner, d'avoir pu oublier mon père, et ....

Tu me parles toujours de moi, interrompt ⁶) le vieillard, tandis que toi seul m'intéresses. Tu ne m'as point oublié, puisque tu m'aimes, puisque tu m'aimes toujours. Je suis content de ton coeur; ne sois pas plus difficile que ton ancien maître. Parle-moi de mon fils! voilà le plus pressant besoin de mon ame. Si tu as commis ⁷) quelques fautes, ne crains ⁸) pas de me les révéler: tu connais ⁹) ton père; ce n'est pas au moment de te quitter que tu le trouveras plus rigide.

En disant ¹⁰) ces mots, il tend la main à Numa; malgré les douleurs aiguës qu'il éprouve, il le regarde avec un tendre sourire. La rougeur du jeune héros se dissipe peu-à-peu, ses traits reprennent ¹¹) leur sérénité, ses yeux noyés de larmes se tournent vers le vieillard avec douceur et avec confiance: ainsi la rose vermeille, dont un orage a courbé la tige, relève doucement sa tête humide aux premiers rayons du soleil.

Alors Numa raconte son arrivée dans Rome, l'accueil qu'il reçut ¹²) du bon roi, l'amour brûlant qui le consume, et tout ce que cet amour lui fit ¹³) entreprendre. La simple vérité préside à son récit: Numa se recon-

---

1) *fut. v.* suffire. 2) *part. v.* suivre. 3) *impér. v.* apprendre. 4) *fut. v.* retenir. 5) *part. v.* pouvoir. 6) *prés. v.* interrompre. 7) *part. v.* commettre. 8) *impér. v.* craindre. 9) *prés. v.* connaître. 10) *gér. v.* dire. 11) *prés. v.* reprendre. 12) *déf. v.* recevoir. 13) *déf. v.* faire.

naît¹) coupable de n'avoir pas suivi²) les conseils du pontife, et d'avoir quitté Tatius; il ne cherche pas à déguiser ses fautes, il oublie plutôt ses exploits.

Tullus l'écoute, et ne sent³) plus ses maux: sa tendresse suspend ses douleurs. Mais il lève les yeux vers le ciel, en apprenant⁴) qu'Hersilie enflamme le coeur de Numa: Cruel Amour,⁵) s'écrie-t-il, je reconnais bien là tes coups! Tu fais brûler ce vertueux jeune homme pour la fille de ce roi impie qui nous força, par la plus cruelle injure, de devenir ses alliés, qui se servit⁶) du nom des dieux pour nous attirer dans le piége, pour plonger la Sabinie dans l'opprobre et dans le deuil! O mon cher fils, de quel péril je te vois⁷) environné! tu te crois⁸) au comble du bonheur, parce que Romulus t'a promis⁹) sa fille; et moi je pleure sur les maux¹⁰) affreux que va¹¹) causer cet hyménée. À peine seras-tu le gendre de Romulus, que tu perdras l'amour des Sabins: tu seras suspect à Tatius même; tu deviendras¹²) peut-être son ennemi. Car ne te flatte pas de voir durer toujours l'intelligence qui subsiste entre les deux rois; la haine vit¹³) au fond de leurs coeurs: la moindre étincelle fera¹⁴) éclater l'incendie; alors tu seras forcé de choisir entre le père de ton épouse et le parent, l'ami de ton père; entre ton roi légitime, le plus juste, le plus vertueux des hommes, et un roi de brigands qui n'a jamais connu¹⁵) de droit que la force, de vertu que la valeur, dont le premier exploit fut d'égorger son frère, et qui scella son alliance avec les Sabins par le sang de Pompilius.... Tu frémis! Voilà pourtant quel est celui que tu dois appeler ton père. Dieux immortels, détournez mes funestes présages, ou arrachez de ce coeur innocent le trait empoisonné qui doit détruire en lui la vertu, la piété, l'amour sacré de la patrie!

Ainsi parlait le vieillard. Numa, les yeux baissés,

---

1) *prés.* v. reconnaître. 2) *part.* v. suivre. 3) *prés.* v. sentir. 4) *gér.* v. apprendre. 5) Amor, ber Liebesgott. 6) *déf.* v. servir. 7) *prés.* v. voir. 8) *prés.* v. croire. 9) *part.* v. promettre. 10) *pl.* v. mal. 11) *prés.* v. aller. 12) *fut.* v. devenir. 13) *prés.* v. vivre. 14) *fut.* v. faire. 15) *part.* v. connaître.

n'osait répondre: le seul nom de Pompilius l'avait interdit.¹) Tullus a pitié de sa douleur: il craint²) de trop l'affliger par ses réflexions sévères; et rompant ce pénible entretien, il remet³) à un autre instant les vérités qu'il veut⁴) encore lui dire. Ainsi le disciple d'Esculape divise le remède salutaire, mais violent, qui doit guérir son faible malade.

Dès ce moment, Numa se charge lui seul de tous les soins qu'on rend au pontife. Le jour, la nuit, toujours à ses côtés, toujours occupé de l'espoir de le sauver, ou de la crainte de le perdre, il veille sur tous ses instants, il souffre⁵) de tous ses maux: ⁶) la tendre mère qui garde son fils au lit de mort n'a pas plus de zèle, plus d'attention, plus de patience que Numa. Si Tullus prend⁷) un breuvage, c'est de la main de son fils; si Tullus dit une parole, c'est toujours son fils qui répond. Il le plaint⁸) et l'encourage, dévore ses pleurs pour lui sourire, affecte sans cesse une joie, une espérance qu'il n'a plus. Il remplit à-la-fois près de lui l'office d'ami, de fils, d'esclave; il suffit⁹) seul pour tous ces devoirs; et le vainqueur de Léo n'a pas trouvé dans sa victoire un plaisir si doux, si touchant pour son ame, qu'il en éprouve à servir son bienfaiteur.

Mais en peu de jours le mal augmente; la dernière heure de Tullus approche. Ce moment n'a rien qui l'effraie: ¹⁰) le vénérable pontife a toujours vécu¹¹) pour mourir. À chaque moment de sa vie, il a toujours été prêt a paraitre devant le redoutable juge; tous ses jours se sont ressemblés; l'instant qui va¹²) finir ses maux va commencer sa récompense.

Il n'est occupé que de Numa; il fait éloigner tous les témoins, prend sa main qu'il serre dans la sienne, et lui dit ces paroles: Mon fils, je vais¹³) mourir. Les soins que tu m'as rendus ont fait plus que t'acquitter en-

---

1) part. v. interdire. 2) prés. v. craindre. 3) prés. v. remettre. 4) prés. v. vouloir. 5) prés. v. souffrir. 6) pl. v. mal. 7) prés. v. prendre. 8) prés. v. plaindre. 9) prés. v. suffire. 10) prés. v. effrayer. 11) part. v. vivre. 12) prés. v. aller. 13) prés. v. aller.

vers moi: c'est Tullus qui te doit de la reconnaissance; il est doux pour lui d'emporter au tombeau ce sentiment. Mais dans une heure je n'aurai plus besoin de Numa, et Numa aura peut-être bientôt besoin de Tullus. O mon fils! que cette idée me rend la mort douloureuse! Ton amour pour Hersilie remplit mes derniers momens d'amertume et d'effroi. Ton coeur s'est abusé, n'en doute point; pressé du besoin d'aimer, il s'est enflammé pour le premier objet qui l'a séduit, 1) et d'un court moment d'ivresse il a fait 2) une longue erreur.

Numa, il est deux amours nés 3) pour le bonheur et pour le malheur du monde. L'un, le plus commun, le plus brûlant peut-être, est celui qui te consume. Son empire est fondé sur les sens; il naît 4) par eux et vit 5) par eux: il n'habite pas notre coeur, il coule dans nos veines; il n'élève pas notre ame, il la subjugue; il n'a pas besoin d'estimer, il ne desire que de jouir. Cet amour méprisable n'a rien de commun avec notre ame: juge si la félicité peut 6) venir de lui. Non, mon fils, les dieux ne lui ont donné de pouvoir sur les hommes que pour humilier leur orgueil.

L'autre amour, présent céleste, naît de l'estime et vit par elle. Il est moins passion que vertu; il n'a point de transports fougueux, il ne connaît 7) que les sentimens tendres. Celui-là réside dans l'ame; il l'échauffe sans la consumer, l'éclaire, et ne la brûle pas; il lui fournit la seule nourriture qui lui soit propre, le desir d'atteindre à toutes les perfections. Ses plaisirs sont toujours purs, ses peines même ont des charmes. Au milieu des plus grandes souffrances, il jouit d'une douce paix; c'est cette paix qui seule rend heureux. Tu l'éprouveras, mon fils; tu sentiras que les honneurs, les richesses, la volupté, la gloire même, ne remplacent point cette paix que donne la seule innocence; la vieillesse, qui détruit 8) tout, semble en augmenter la douceur.

---

1) *part. v.* séduire. 2) *part. v.* faite. 3) *part. v.* naître. 4) *prés. v.* naître. 5) *prés. v.* vivre. 6) *prés. v.* pouvoir. 7) *prés. v.* connaitre. 8) *prés. v.* détruire.

C'est à toi, mon fils, de me dire auquel de ces deux amours ressemble celui que tu sens.¹) O Numa! crois²) un père qui t'aime, qui ne regrette de la vie que le plaisir de veiller sur ton bonheur. Tu ne le trouveras jamais, ce bonheur, tant que tu ne pourras³) pas commander à toi-même, tant que tu n'auras pas sur tes passions un empire souverain. Garde-toi sur-tout de penser que cet empire soit impossible à notre faiblesse. Descends dans toi-même, mon fils; tu trouveras toujours une vertu toute prête à combattre le vice qui veut⁴) te séduire. Si la beauté enflamme tes sens, la sagesse est là pour te défendre; si de trop grands travaux⁵) te lassent, le courage vient⁶) te soutenir; si l'injustice te révolte, l'amour de l'ordre te rend soumis; et si le malheur t'accable, la patience vient à ton secours. Ainsi, dans toutes les situations de ton ame, le ciel t'a muni d'un consolateur ou d'un soutien. Profite donc des bienfaits du créateur, et cesse de te croire faible pour te réserver le droit de tomber.

Mais je sens que la mort s'approche, et que ma voix va⁷) s'éteindre. O mon cher fils! je t'en conjure, étouffe un fatal amour qui doit te rendre à jamais malheureux. Je n'ai plus qu'un mot à te dire: tu convins⁸) toi-même que cette passion, à peine naissante, te fit⁹) oublier Tullus; qui peut te répondre qu'elle ne te fera¹⁰) pas oublier la vertu? J'ai vu¹¹) que tu m'aimais autant qu'elle!

Telles furent les dernières paroles de Tullus. Il expira bientôt dans les bras de Numa, en lui parlant encore de sa tendresse, en lui adressant son dernier soupir.

Quelque prévue¹²) que fût cette mort, elle pensa coûter la vie au fils de Pompilius. Il fallut¹³) l'arracher de dessus le corps du pontife; il fallut veiller sur son désespoir. Epuisé par les veilles, par la douleur,

---

1) *prés.* v. sentir. 2) *impér.* v. croire. 3) *fut.* v. pouvoir. 4) *prés.* v. vouloir. 5) *pl.* v. travail. 6) *prés.* v. venir. 7) *prés.* v. aller. 8) *prés.* v. convenir. 9) *déf.* v. faire. 10) *fut.* v. faire. 11) *part.* v. voir. 12) *part.* v. prévoir. 13) *déf.* v. falloir.

noyé dans les larmes, se refusant toute nourriture, Numa voulut ¹) porter lui-même sur le bûcher le corps de son bienfaiteur. On le vit ²) s'avancer à la tête des prêtres et de tous les habitans de la Sabinie, pâle, hâve, baigné de pleurs, chargé de ce fardeau si cher. Il le pose sur le bûcher; il le regarde long-temps d'un oeil fixe; l'embrasse mille fois, et ne peut ³) se résoudre à s'en éloigner.

O mon père! s'écria-t-il avec des sanglots, je ne vous reverrai ⁴) donc plus! je ne vous reverrai jamais! Cette bouche ne m'assurera plus de votre amour! ces yeux ne se rouvriront plus pour me regarder avec tendresse! O dieux, qui m'aviez déja privé des auteurs de mes jours, pourquoi me faire éprouver deux fois cet affreux malheur? Oui, c'est aujourd'hui que je perds encore et Pompilius et ma mère, et mon maître et mon bienfaiteur: tous les biens que le ciel donne à l'homme pour le soutenir, pour le consoler, tous me sont ravis dans Tullus. La terre est vide pour moi: je n'y retrouverai plus Tullus. Venez, ⁵) venez vous joindre à moi; vous pauvres, vous infortunés, qui restez aussi orphelins; notre malheur nous rend frères: venez, venez baiser encore ces restes froids et inanimés du bon père que nous avons perdu.

A ces mots, tous les pauvres s'avancent; tous les Sabins jettent des cris. On ne peut plus distinguer de paroles, on n'entend que des sons inarticulés, de profonds gémissemens. Ils redoublèrent dès que l'on vit ⁶) la flamme s'élever en ondoyant. Numa, par un mouvement involontaire, s'élance pour reprendre le corps; mais on l'arrête; et le feu a bientôt consumé la dépouille mortelle du plus juste des hommes. Alors un profond silence succède aux cris douloureux. Les Sabins, les prêtres, Numa lui-même, regardent d'un oeil morne cet amas de cendres, seul reste de celui qu'ils pleurent: tous considèrent avec une douleur muette la poussière de l'homme de bien.

---

1) *déf. v.* vouloir. 2) *déf. v.* voir. 3) *prés. v.* pouvoir. 4) *fut. v.* revoir. 5) *impér. v.* venir. 6) *déf. v.* voir.

Cependant on éteint [1]) avec du vin les restes du bûcher, on recueille [2]) la cendre de Tullus, on la dépose dans une urne; Numa la porte dans le même caveau, sur la même tombe où repose l'urne de sa mère. Soyez unies, dit-il, cendres que j'adore; soyez-le après le trépas, comme les ames qui vous animaient l'étaient pendant votre vie. Puissent [3]) ces ames pures et heureuses se féliciter dans l'Élysée, sinon des vertus de leur fils, du moins de sa tendresse et de sa piété! Alors il coupe sa longue chevelure blonde, et la consacre aux mânes de Tullus. Il immole dix brebis noires à l'Érèbe: [4]) ce sacrifice finit des funérailles si touchantes.

Après avoir rempli ces tristes devoirs, Numa se met [5]) en marche pour rejoindre l'armée, méditant les conseils de Tullus. Mais c'est en vain qu'il s'avoue à lui-même la vérité de ses avis, les dangers dont il va [6]) s'entourer, la douleur qu'il va causer à Tatius et à son peuple: c'est en vain qu'il éprouve une secrète horreur en songeant qu'il sera le gendre de celui qui causa la mort de ses parens: l'image d'Hersilie, la crainte de la voir passer entre les bras d'un rival, tous les transports de l'amour, tous les tourmens de la jalousie se réunissent pour l'emporter sur sa piété, sur sa raison. Numa gémit de désobéir aux derniers préceptes du pontife; il conjure, en pleurant, ses mânes de lui pardonner tant de faiblesse: car, depuis la mort de Tullus, Numa crut [7]) toujours que son ombre était le témoin assidu de toutes ses actions, de ses plus secrètes pensées; et cette crainte salutaire lui valut [8]) de nouvelles vertus.

Numa espérait retrouver l'armée sur les frontières des Herniques; mais il apprit [9]) à Trébie que Romulus, avec la moitié de ses troupes, était allé surprendre Préneste, tandis qu'Hersilie, avec l'autre moitié, marchait contre le roi des Herniques. Le refus qu'avait fait ce prince de laisser passer les Romains quand ils allaient attaquer

---

1) *prés. v.* éteindre. 2) *prés. v.* recueillir. 3) *prés. subj. v.* pouvoir. 4) ber Erebus, die Unterwelt; auch eine unterirdische Gottheit. 5) *prés. v.* mettre. 6) *prés. v.* aller. 7) *déf. v.* croire. 8) *déf. v.* valoir. 9) *déf. v.* apprendre.

les Marses, avait semblé un outrage à l'implacable Romulus: il avait prescrit [1]) à sa fille d'en prendre une affreuse vengeance. La cruelle princesse ne lui avait que trop obéi.

Numa, qui croit [2]) voir des dangers dans l'expédition d'Hersilie, brûle d'être auprès de son amante; il marche le jour et la nuit pour la rejoindre plus tôt. Quelle est sa surprise, quelle est sa douleur, en mettant [3]) le pied sur les terres des Herniques! Hersilie a marqué son passage par la ruine et la désolation. Ses faibles ennemis ont fui [4]) devant elle; Hersilie les a poursuivis, [5]) le fer et la flamme à la main. Les épis couchés sur la terre ont été broyés par les pieds des chevaux; les arbres sont coupés à hauteur d'homme, leurs branches dispersées attestent par quelques fruits leur ancienne fertilité: les villages réduits [6]) en cendres fument encore de l'incendie. Le glaive a immolé tous les habitans qu'on a pu [7]) atteindre: le cadavre du laboureur est auprès de sa charrue brisée; la mère dépouillée et meurtrie tient [8]) son enfant mort sur son sein; l'époux et l'épouse égorgés sont étendus l'un auprès de l'autre; leurs bras sanglans et roidis son restés entrelacés; de longs ruisseaux de sang vont [9]) se perdre dans des monceaux de cendres; et des vautours affamés, seuls êtres vivans dans ces demeures désolées, se disputent à grands cris les affreux présens d'Hersilie.

O dieux immortels! s'écrie Numa: et voilà celle dont je serai l'époux! et voilà la pompe de mon hyménée! Hersilie! est-il possible que vous ayez commis ces horreurs? Romulus les avait prescrites; [10]) mais était-ce à sa fille de s'en charger? Ah! quel que soit le respect que l'on doive [11]) à son père, à son monarque, on en doit [12]) davantage à soi-même, à l'humanité; et quand un roi ordonne le crime, on meurt [13]) plutôt que d'obéir.

---

1) *part. v.* prescrire. 2) *prés. v.* croire. 3) *gér. v.* mettre. 4) *part. v.* fuir. 5) *part. v.* poursuivre. 6) *part. v.* réduire. 7) *part. v.* pouvoir. 8) *prés. v.* tenir. 9) *prés. v.* aller. 10) *part. v.* prescrire. 11) *prés. subj. v.* devoir. 12) *prés. v.* devoir. 13) *prés. v.* mourir.

Et moi, qui venais¹) la défendre, moi, qui volais pour la secourir, je ne marche que sur ses victimes! je foule une terre humide du sang qu'elle a répandu! Exécrable droit de la guerre, voilà donc ce que tu permets!²) voilà ce qu'ont produit³) mes exploits et les suites de cette gloire pour laquelle j'ai tout quitté! Oui, j'ai oublié Tullus, j'ai abandonné Tatius, pour devenir le compagnon des tigres qui ont versé tant de sang; j'ai égalé leur fureur dans les combats, et je me suis cru⁴) un héros! O Tullus! pardonne-moi cette affreuse erreur; je la rejette à jamais de mon ame. Le vrai héros est celui qui défend sa patrie attaquée; mais le roi, mais le guerrier qui répand une seule goutte de sang qu'il aurait pu⁵) épargner n'est plus qu'une bête féroce que les hommes louent, parce qu'ils ne peuvent⁶) l'enchaîner.

Numa s'éloigne alors de cette scène de carnage; il renonce à suivre les traces d'Hersilie, de peur d'avoir encore à rougir de son amante. Il revient⁷) sur ses pas, sort⁸) du pays des Herniques; et, le coeur flétri, humilié d'être un guerrier, il prend⁹) le chemin de Rome.

Déja toute l'armée y était rentrée. Au moment de l'arrivée de Numa, Romulus remerciait les dieux au Capitole de tout le mal qu'il avait fait aux hommes, et s'efforçait, pour ennoblir ses cruautés, d'y associer les immortels.

Numa se rend au Capitole, où Tatius, sa fille et les Sabins assistaient au sacrifice. Il monte. Du plus loin que le bon roi l'aperçoit, ¹⁰) il court¹¹) aussi vite que son âge le lui permet, ¹²) et presse dans ses bras le fils de Pompilius. Le vieillard pleure de joie de le revoir: il pleure bientôt de tristesse en apprenant¹³) la mort de Tullus. 'O malheur de la vieillesse! s'écrie-t-il; on survit¹⁴) donc à tout ce qu'on aime! Numa, je n'ai

---

1) *impar. v.* venir. 2) *prés. v.* permettre. 3) *part. v.* produire. 4) *part. v.* se croire. 5) *part. v.* pouvoir. 6) *prés. v.* pouvoir. 7) *prés. v.* revenir. 8) *prés. v.* sortir. 9) *prés. v.* prendre. 10) *prés. v.* apercevoir. 11) *prés. v.* courir. 12) *prés. v.* permettre. 13) *gér. v.* apprendre. 14) *prés. v.* survivre.

plus que ma fille et toi; je vais ¹) réunir sur vous deux tous les sentimens de mon ame: j'ai du moins l'heureuse espérance de finir mes jours avant vous.

En disant ²) ces mots, il prend la main de sa fille, la joint ³) à celle de Numa, et les serre contre son coeur. Tatia rougit: elle sent ⁴) trembler sa main en touchant celle de Numa; elle baisse les yeux vers la terre, et n'ose regarder le héros.

Mais le héros cherchait Hersilie: il la découvre ⁵) auprès de Romulus. Cette vue rend à son amour toute sa force, toute sa violence, et détruit ⁶) en un moment l'effet des conseils de Tullus. Numa se hâte de rendre au bon roi ses tendres caresses, et, dégageant de ses bras, saluant froidement sa fille, il se presse de joindre Romulus.

Le roi de Rome l'embrasse; il le présente à son peuple, et commande le silence.

Romains, s'écrie-t-il, vous m'avez vu ⁷) triompher; mais c'était à Numa de triompher à ma place: c'est à Numa que je dois ⁸) ma victoire. Je lui donne pour récompense celle que tant de rois ont vainement demandée, celle qui dédaigna tant de héros, ma fille.

À cette parole, les Romains poussent des cris de joie; les Sabins gardent un morne silence; Tatius demeure immobile, comme un homme qui vient ⁹) de voir tomber la foudre à ses pieds; Tatia pâlit en se rapprochant de son père. Hersilie la remarque, et fixe sur elle des yeux mécontens. Numa, couvert ¹⁰) de rougeur, promène des regards inquiets sur Tatia, sur Hersilie, sur les Sabins, sur Tatius.

Romulus, sans être ému, ¹¹) continue: Demain cet auguste hyménée s'accomplira sur cet autel chargé des dépouilles de l'Italie; je le consacrerai par des jeux solennels qui dureront dix jours.

---

1) *prés. v.* aller. 2) *gér. v.* dire. 3) *prés. v.* joindre. 4) *prés. v.* sentir. 5) *prés. v.* découvrir. 6) *prés. v.* détruire. 7) *part. v.* voir. 8) *prés. v.* devoir. 9) *prés. v.* venir. 10) *part. v.* couvrir. 11) *part. v.* émouvoir.

Au met de jeux, les Sabins se regardent en fronçant le sourcil, Tatius lève les yeux au ciel, Numa baisse les siens vers la terre.

Romains, poursuit¹) Romulus, après avoir acquitté les dettes de la reconnaissance, je m'occuperai de nouveau de vos intérêts. Je viens de conquérir le pays des Auronces; mais cette augmentation de votre territoire vous doit être peu avantageuse tant que vous en serez séparés par les Volsques. Il est un moyen de la rendre utile, c'est de soumettre les Volsques: dans dix jours je marche contre eux. Romains, vous êtes nés²) pour la guerre: vous ne pouvez³) vous agrandir, vous soutenir même, que par elle. La paix serait pour vous le plus grand des fléaux: elle amollirait vos courages, elle affaiblirait vos bras invincibles. Jugez de l'avantage que vous aurez toujours sur les autres nations, lorsque, ne quittant jamais les armes, vous perfectionnant sans cesse dans l'art difficile des héros, vous attaquerez un ennemi énervé par une longue paix: quand même, ce qui est impossible, son courage serait égal au vôtre, il ne pourra⁴) vous opposer ni des forces ni une expérience égale. Avant que ces faibles adversaires se soient aguerris en combattant contre vous, avant qu'ils aient appris⁵) de vous l'art terrible dans lequel vous serez maîtres, ils seront défaits⁶) et soumis.⁷) Ainsi, attaquant tour-à-tour tous les peuples de l'Italie, les divisant, pour mieux les vaincre, vous alliant avec les faibles, et les accablant après vous en être servis,⁸) vous parviendrez⁹) en peu de temps à la conquête du monde, promise¹⁰) à Rome par Jupiter. Toutes les voies sont permises¹¹) pour accomplir les volontés des dieux; et la victoire justifie tous les moyens qui l'ont procurée. Romains, ne songez qu'à la guerre; qu'elle soit votre unique science, votre seule occupation. Laissez, laissez les autres peuples

---

1) *prés. v.* poursuivre. 2) *part. v.* naître. 3) *prés. v.* pouvoir. 4) *fut. v.* pouvoir. 5) *part. v.* apprendre. 6) *part. v.* défaire. 7) *part. v.* soumettre. 8) *part. v.* se servir. 9) *fut. v.* parvenir. 10) *part. v.* promettre. 11) *part. v.* permettre.

cultiver un sol ingrat qu'ils arrosent de leurs sueurs; laissez-les s'occuper du soin d'acquérir des trésors par le commerce, par l'industrie, par toutes ces viles inventions de la faiblesse: vous moissonnerez le blé qu'ils sèment, vous dissiperez les richesses qu'ils amassent. Ils sont les enfans de la terre; c'est à eux de la cultiver: vous êtes les fils du dieu Mars; votre seul métier, c'est de vaincre. Romains, guerre éternelle avec tout ce qui refusera le joug! L'univers est votre héritage; tous ceux qui l'occupent sont des usurpateurs de vos biens: n'interrompez jamais la noble tâche de reprendre ce qui est à vous.

Ainsi parle Romulus: l'armée applaudit, le peuple murmure. On entend dans l'assemblée un bruit semblable au bourdonnement des abeilles quand elles sortent [1]) du fond d'une ruche que l'on veut [2]) dépouiller de son miel.

Tatius se recueille [3]) un moment, regarde le peuple avec des yeux attendris; et, debout sur le tribunal où il siégeait vis-à-vis de Romulus, il lève son sceptre d'or en demandant qu'on l'écoute. Son air vénérable, ses cheveux blancs, la bonté, la douceur, peintes [4]) dans ses yeux, impriment un saint respect. Romulus, inquiet et surpris, jette sur lui des regards farouches; ses noirs sourcils se rapprochent, la colère est déjà sur son front. Tel, dans l'assemblée des dieux, le terrible Jupiter regarderait Saturne [5]) s'opposant à ses décrets.

Roi, mon égal et mon collègue, lui dit le bon Tatius, il n'est pas un seul Romain qui admire plus que moi ta valeur, tes talens guerriers et ton amour pour la gloire. Je jouis de tes triomphes autant que toi-même, et j'aime à me rappeler que, dans le long cours de ma vie, je n'ai pas vu [6]) de héros que je puisse [7]) te comparer. Mais ce beau titre de héros ne suffit [8]) pas quand on est roi: il en est un plus doux, plus glorieux, c'est

---

1) prés. v. sortir. 2) prés. v. vouloir. 3) prés. v. recueillir. 4) part. v. peindre. 5) Saturn, der Gott der Zeit, und Vater des Jupiter. 6) part. v. voir. 7) prés. subj. v. pouvoir. 8) prés. v. suffire.

celui de père. Regarde cette portion de tes sujets revêtus de cuirasses et armés de lances: ce sont tes enfans, sans doute, et tu les traites comme tels: mais regarde cette portion, dix fois plus nombreuse, couverte ¹) de misérables lambeaux, parce qu'au lieu de se vêtir ils ont payé ces cuirasses brillantes; ce sont aussi tes enfans, et tu les traites en ennemis: tu leur enlèves leur pain, leurs fils, leurs époux; tes lauriers sont baignés de leurs larmes; chacune de tes victoires est achetée de leur subsistance et de leur sang. Romulus, il est temps de les laisser respirer; il est temps que tu permettes ²) de vivre à ceux dont les pères sont morts ³) pour toi. Cesse donc de faire égorger des hommes, cesse sur-tout de dire que c'est pour accomplir les décrets des dieux. Les dieux ne peuvent ⁴) vouloir que le bonheur des humains: leur premier don fut l'âge d'or; et quand l'Olympe assemblé donna la victoire à Minerve, ce fut pour avoir produit ⁵) l'olivier. Un seul de ces dieux, Saturne, a régné dans l'Italie: souviens-toi ⁶) comment il régna; imite-le, et ne calomnie plus les Immortels, en disant ⁷) qu'ils ordonnent le carnage.

Tu prétends que les Romains ne peuvent subsister que par la guerre. Montre-moi donc une seule nation qui subsiste par cet affreux moyen; et dis- ⁸) moi par où sont péris les peuples qui ont disparu ⁹) de la face du monde. Est-ce par la guerre que la malheureuse Thèbes a conservé sa grandeur? Elle vainquit ¹⁰) cependant les sept rois de l'Argolide, et sa victoire causa sa ruine. Est-ce par la guerre que tes ancêtres les Troyens ¹¹) ont maintenu ¹²) leur puissance en Asie? La guerre est la maladie des états: ceux qui en souffrent ¹³) le plus souvent finissent par succomber. Roi, mon collègue, je t'en conjure au nom de ce peuple qui a tant prodigué son sang pour toi, laisse à ce sang le temps

---

1) *part. v.* couvrir. 2) *prés. subj. v.* permettre. 3) *part. v.* mourir. 4) *prés. v.* pouvoir. 5) *part. v.* produire. 6) *impér. v. se* souvenir. 7) *gér. v.* dire. 8) *impér. v.* dire. 9) *part. v.* disparaître. 10) *déf. v.* vaincre. 11) *bie* Trojaner. 12) *part. v.* maintenir. 13) *prés. v.* souffrir.

de revenir dans ses veines épuisées. Personne ne nous attaque; tes conquêtes sont assez grandes: occupons-nous de rendre heureux les peuples que ton bras a soumis.¹) Hélas! malgré ma vigilance, je ne puis ²) suffire à punir toutes les injustices, à soulager tous les infortunés: aide-moi dans ce noble emploi. Parcourons ³) ensemble nos états, déjà si grands par ta vaillance: et quand nous aurons séché tous les pleurs, enrichi tous les indigens, quand enfin il n'y aura plus de malheureux dans notre empire, alors je te laisserai partir pour en reculer les frontières.

Il dit: Romulus frémissait, tout le peuple poussait des cris, l'armée même était émue. ⁴) Romulus se prépare à répondre; mais l'on peut ⁵) juger à son air que ce n'est pas pour accorder la paix. Tout-à-coup le peuple se presse, arrive en foule près le lui, et ne le laisse pas commencer son discours. Femmes, vieillards, enfans, tous sont à genoux, tous lui tendent les bras en criant: La paix! la paix! Fils des dieux, donnez-nous la paix! Nous demandons grâce; prends ⁶) nos biens si tu veux, ⁷) mais accorde-nous la paix!

O mes enfans! leur dit Tatius baigné de pleurs et hors de lui-même, vous l'aurez; je vous la promets. ⁸) Je l'ai demandée à Romulus au nom de la tendresse et de l'amitié; je l'exige à présent comme son collègue, comme son égal en pouvoir, en dignité. S'il me la refuse, Romains, j'irai, ⁹) j'irai à votre tête me placer à la porte de Rome: là, nous l'attendrons avec son armée, nous embrasserons la terre, et nous verrons ¹⁰) si ces barbares oseront fouler aux pieds leur roi, leurs mères et leurs enfans.

À ces mots, toute l'armée jette un cri: Non, jamais! non, jamais! dit-elle. Chaque soldat jette ses armes; chaque soldat se mêle avec le peuple, tombe à genoux, embrasse sa mère ou son fils, et crie avec eux: La paix!

---

1) *part. v.* soumettre. 2) *prés. v.* pouvoir. 3) *impér. v.* parcourir. 4) *part. v.* émouvoir. 5) *prés. v.* pouvoir. 6) *impér. v.* prendre. 7) *prés. v.* vouloir. 8) *prés. v.* promettre. 9) *fut. v.* aller. 10) *fut. v.* voir.

Le terrible Romulus, forcé de céder pour la première fois de sa vie, dissimule sa fureur, accorde une trêve d'un air farouche, et se retire précipitamment dans son palais. Il était toujours suivi ¹) de ses gardes, nommés Célères, ²) qu'il avait créés pour être sans cesse près de lui.

À peine a-t-il quitté l'assemblée, qu'exhalant la colère qui surchargeait son coeur, il éclate en imprécations contre Tatius, et laisse échapper dans son transport ces paroles indiscrètes qui causèrent tant de malheurs: Jusques à quand ce vieillard importun mettra- ³) t-il des entraves à ma gloire? Je n'ai donc pas un ami qui puisse ⁴) m'en délivrer! Ces mots affreux ne furent que trop entendus par les Célères.

Hersilie avait suivi Romulus: Numa n'avait pas osé suivre Hersilie. Appuyé contre une colonne, les yeux baissés, pensif, comparant en lui-même les vertus de Tatius avec les fureurs de celui qui allait devenir son père, il demeurait enseveli dans une profonde rêverie. Tatius s'approche de lui: Gendre de Romulus, dit-il en lui tendant la main, veux- ⁵) tu me faire aussi la guerre?

Ces paroles font ⁶) couler les pleurs de Numa; il tombe aux genoux du bon roi: O mon père! s'écrie-t-il, je n'ose vous envisager; pardonnez....

Je te pardonne tout, interrompit le vieillard, si tu me promets ⁷) de m'aimer toujours. Tu as disposé de toi sans me le dire; tu as contracté une alliance peu agréable à nos Sabins; je doute que le vénérable Tullus te l'ait conseillée: mais enfin, si elle te rend heureux, nous devons tous l'approuver. Numa, je voulais être ton père; c'est Romulus qui jouira de ce bonheur: je ne puis ⁸) te cacher que je le lui envie. Ah! s'il n'en remplit pas bien les tendres fonctions, si son coeur ne sent ⁹) pas assez le prix d'un nom qui m'eût été si doux, Numa, mon sein paternel te sera toujours ouvert; ¹⁰) et Tatius

---

1) *part. v.* suivre. 2) Celeren, Name der Leibwache des Romulus. 3) *fut. v.* mettre. 4) *prés. subj. v.* pouvoir. 5) *prés. v.* vouloir. 6) *prés. v.* faire. 7) *prés. v.* promettre. 8) *prés. v.* pouvoir. 9) *prés. v.* sentir. 10) *part. v.* ouvrir.

te devra¹) de la reconnaissance, si tu le choisis pour ton consolateur.

En disant ces mots, il s'éloigne, et laisse Numa interdit, plein de trouble, de remords et d'amour.

Numa, dans cette agitation, espère trouver du calme auprès d'Hersilie: il court au palais de Romulus; il voit²) les apprêts de son hyménée. Cette vue le transporte de joie: mais cette joie n'est pas pure; un sentiment de crainte la corrompt.³) Il parle à celle qu'il aime; il entend de sa bouche l'aveu qu'il en est aimé, et le ravissement que cet aveu lui cause ne peut⁴) chasser de son coeur un secret effroi qui le glace. Il contemple Hersilie; il trouve dans ses yeux l'amour, mais il ne peut y trouver la paix. Numa se tourmente, s'agite, il se répète cent fois que le lendemain est le jour de son bonheur: une voix s'élève au fond de son ame, et lui crie que le bonheur est loin de lui. Cette voix lui fait des reproches. Numa s'assure en vain qu'ils ne sont pas mérités; son coeur désavoue toujours les raisons que son esprit lui donne.

Enfin, accablé de soucis, glacé de crainte, consumé d'amour, il porte ses pas vers le bois d'Egérie, où il trouva pour la première fois celle dont il va⁵) devenir l'époux. Il veut revoir ces lieux chers à son ame; il se rappelle le songe mystérieux qu'il a fait:⁶) il espère qu'en portant ses voeux au temple de Minerve cette déesse lui rendra ce calme dont il sent qu'il a tant besoin.

Il marche; le jour était sur son déclin. À peine à l'entrée du bois, Numa entend des cris plaintifs: il croit⁷) reconnaître cette voix mourante; et, le glaive à la main, il vole à ces douloureux accens.... Quel spectacle frappe sa vue! Tatius mourant sous les poignards de quatre assassins! Numa jette un cri, et immole deux de ces scélérats; les autres épouvantés prennent⁸) la fuite. Mais Tatius est frappé, son sang coule en abondance: le mal-

---

1) *fut. v.* devoir. 2) *prés. v.* voir. 3) *prés. v.* corrompre. 4) *prés. v.* pouvoir. 5) *prés. v.* aller. 6) *part. v.* faire. 7) *prés. v.* croire. 8) *prés. v.* prendre.

heureux vieillard n'a plus qu'un instant à vivre. Numa l'embrasse en poussant des cris; il visite ses blessures, déchire ses habits, étanche le sang, soutient¹) le bon roi, le soulève, et veut²) le porter jusqu'à Rome.

Arrête, arrête, mon fils! lui dit Tatius, tes soins me sont inutiles; je sens³) que je vais⁴) expirer. Je remercie les dieux de rendre mon dernier soupir dans tes bras. Numa, je meurs⁵) des coups de Romulus. J'ai reconnu⁶) les meurtriers; ils sont du nombre des Célères; et, en me frappant, ils m'ont dit que c'étaient là les prémices de la paix que j'avais procurée aux Romains. Ton amour pour Hersilie, ton alliance avec mon assassin, te défendent de venger ma mort; mais j'attends de toi une grace plus chère. Il me reste une fille, Numa; cette infortunée n'a plus de parent, plus d'appui que toi seul. La noblesse de sa race, ses droits au trône des Sabins la rendront criminelle aux yeux de Romulus: si tu ne la défends, elle périt. Jure-moi donc, o mon cher fils, de veiller sur les jours de ma fille, d'être son protecteur, son soutien, de lui tenir lieu de frère. Hélas! j'avais espéré qu'elle t'appèlerait d'un autre nom: dès le premier instant où je te vis⁷) j'avais formé le projet de te donner Tatia, de te placer sur mon trône, de vieillir entre vous deux, sans autre dignité que celle de votre père. Douce illusion, trop tôt détruite,⁸) et qui rendrait ma mort tranquille, si elle m'abusait encore! Ah! du moins ne refuse pas ma prière; prends⁹) pitié d'un vieillard mourant qui fut ton parent, ton ami, l'ami de Tullus et de ton père. Numa! j'embrasse tes genoux; sois le défenseur de ma fille; promets-¹⁰) moi de sauver ses jours, de veiller....

Je vous jure, interrompt¹¹) Numa fondant en larmes, et je prends¹²) les mânes de ma mère et ceux de Tullus pour garans de mon serment, je vous jure d'exé-

---

1) *prés. v.* soutenir. 2) *prés. v.* vouloir. 3) *prés. v.* sentir. 4) *prés. v.* aller. 5) *prés. v.* mourir. 6) *part. v.* reconnaître. 7) *déf. v.* voir. 8) *part. v.* détruire. 9) *impér. v.* prendre. 10) *impér. v.* promettre. 11) *prés. v.* interrompre. 12) *prés. v.* prendre.

outer votre volonté première, de devenir l'époux de Tatia, de vivre, de mourir pour elle, de partager tous ses périls, et de détester à jamais la famille de votre meurtrier.

J'en étais sûr! lui répond Tatius avec un transport de joie. Embrasse-moi, vertueux jeune homme: je compte sur ta foi; je meurs [1]) content.

Il dit, serre la main de Numa, et expire. Numa s'évanouit sur son corps.

LIVRE SEPTIÈME.

SOMMAIRE.

Numa rapporte à Rome le corps de Tatius. Désespoir de Tatia. Numa veut [2]) *accomplir le serment qu'il a fait à son roi. Romulus le lui défend. Hersilie vient* [3]) *trouver Numa; ses larmes, ses menaces ne l'ébranlent point. Funérailles du bon roi. Mort de Tatia. Révolte des Sabins. Précaution barbare de Romulus. Numa se dévoue pour son peuple. Il est banni de Rome. Il rencontre Léo.*

La nuit avait déjà répandu ses voiles sombres, lorsque Numa reprit [4]) ses sens. L'aspect du cadavre sanglant de Tatius le glace d'une nouvelle horreur, et lui rappelle le serment qu'il a fait. Sans se repentir, sans se plaindre, il ne songe qu'à ce qu'il doit [5]) au bon roi. Craignant [6]) que son corps ne soit enlevé s'il l'abandonne un seul instant, il le charge sur ses épaules, et regagne la ville à pas lents. Arrivé aux premières gardes, il appelle des soldats sabins, leur remet [7]) son fardeau, leur ordonne de le porter avec respect jusqu'au palais de Tatia; et d'un pas rapide, il les précède, pour préparer cette malheureuse princesse à l'affreuse nouvelle qu'elle doit apprendre.

---

1) *prés. v.* mourir.   2) *prés. v.* vouloir.   3) *prés. v.* venir.
4) *déf. v.* reprendre.   5) *prés. v.* devoir.   6) *gér. v.* craindre.
7) *prés. v.* remettre.

Hélas! la tendre Tatia, inquiète de l'absence de son père, semblait prévoir son malheur. Seule, à la lueur d'une lampe, filant un vêtement de pourpre pour le plus chéri des rois, cent fois elle interrompit ¹) son ouvrage, pour compter, en soupirant, les heures écoulées depuis qu'elle n'avait vu ²) Tatius. Mille funestes présages venaient l'effrayer; une terreur secrète glaçait son ame; sa main laissait échapper ses fuseaux; ses yeux tristes et mornes s'attachaient à la terre.

Tout à coup Numa paraît ³) devant elle. La douleur peinte ⁴) sur son front, ses pleurs, ses vêtemens souillés de sang, tout redouble l'effroi de Tatia. Elle se lève tremblante; elle n'ose l'interroger. Fille de Tatius, lui dit le héros d'une voix entrecoupée, c'est aujourd'hui que vous avez besoin de cette force d'ame, de cette patience inaltérable dont votre coeur a pris ⁵) l'habitude. Je viens le frapper du plus rude coup; mais songez que, pour soutenir les maux ⁶) de cette triste vie, les immortels nous ont donné la vertu et l'amitié.

Comme il achevait ces paroles, les Sabins arrivent, portant le corps de leur roi. Tatia jette un cri, se précipite sur son père, et tombe privée de tout sentiment. On s'empresse; on la rappelle à la vie. Elle ouvre ⁷) des yeux égarés; elle les porte sur Tatius, regarde ses larges blessures, et ne répand pas une larme; sa langue, attachée à son palais, ne prononce pas une plainte; un poids terrible oppresse sa poitrine: fixe, immobile, elle ne peut ⁸) ni pleurer ni respirer.

Numa, effrayé de cette douleur muette, fait éloigner le corps de Tatius. Alors Tatia jette des cris perçans, et verse un torrent de larmes: c'était l'espoir de Numa. Sûr que ces larmes la soulagent, il laisse la princesse entre les mains de ses femmes, et va ⁹) donner des ordres pour que le corps du roi, après avoir été lavé dans des liqueurs parfumées, soit déposé sur un lit de pourpre;

---

1) *déf. v.* interrompre. 2) *part. v.* voir. 3) *prés. v.* paraitre. 4) *part. v.* peindre. 5) *part. v.* prendre. 6) *pl. v.* mal. 7) *prés. v.* ouvrir. 8) *prés. v.* pouvoir. 9) *prés. v.* aller.

il place lui-même des gardes autour du palais de Tatius. Après s'être acquitté de ces tristes devoirs, il se dispose au plus pénible de tous, à celui d'aller annoncer à Romulus qu'il ne peut plus être son gendre.

O combien de sentimens l'agitent tandis qu'il marche vers le palais du roi! Il va perdre pour jamais celle qu'il adore, celle que personne ne peut lui ravir que lui-même; il va renoncer volontairement à elle, le lui dire, passer à ses yeux pour un perfide, supporter toute la douleur du sacrifice et toute la honte de paraître inconstant. Cette idée affreuse fait chanceler sa vertu; mais sa vertu reprend l'empire. L'ombre de Tullus, l'ombre de Tatius marchent à ses côtés: elles le soutiennent, [1]) elles lui crient que ce sacrifice si douloureux est nécessaire; qu'il ne trouverait que l'opprobre dans une alliance avec le meurtrier de son roi, avec l'ennemi de sa famille, dans un hymen fondé sur un parjure, et commencé sous de si affreux auspices.

Enfin il pénètre dans le palais de Romulus: il trouve ce monarque à table, environné de ses courtisans. Les noirs soucis étaient sur son front; l'inquiétude, le chagrin étaient peints [2]) sur son visage: juste et première punition du crime. Romulus était déjà instruit de l'assassinat de Tatius; il craignait d'être soupçonné. Tourmenté par cette crainte bien plus que par le remords, il gardait un sombre silence que ses courtisans imitaient. Hersilie, debout près du roi, cherchait à dissiper son chagrin par les accords de sa lyre, et chantait la victoire du père des dieux sur les Titans. [3])

Numa se présente devant Romulus, et ne peut s'empêcher de frémir: l'aspect de l'assassin de Tatius lui cause une horreur dont il n'est pas maître. Cependant il fait un effort, baisse les yeux, comme s'il eût été le coupable; et, se souvenant [4]) du respect dont les crimes mêmes des rois ne peuvent [5]) affranchir un sujet, il adresse ces mots au monarque:

---

1) *prés. v.* soutenir. 2) *part. v.* peindre. 3) die Titanen, Söhne des Titan, ältern Bruders des Saturn. 4) *gér. v.* se souvenir. 5) *prés. v.* pouvoir.

Romulus, des scélérats ont fait périr ton collègue. Mes yeux ont vu ¹) Tatius tomber sous quatre assassins. J'ai immolé deux de ces barbares; mais les autres m'ont échappé, et resteront peut-être impunis jusqu'à ce que les dieux en prennent ²) vengeance. Tu connais ³) les liens du sang qui m'attachaient au roi des Sabins; tu ne connais peut-être pas assez le tendre respect que j'avais pour ses vertus. Ces deux sentimens m'imposent des devoirs grands et pénibles; j'espère les remplir tous. Roi de Rome, j'adore Hersilie; la vie ne m'est rien sans elle: mais j'ai promis, ⁴) j'ai juré à Tatius expirant de devenir l'époux de sa fille; j'accomplirai mon serment. Je viens ⁵) te rendre ta parole; je viens renoncer au seul bien qui m'est cher, et te demander ton consentement pour que je sois à jamais malheureux.

Ainsi parle Numa, et ses yeux restent attachés à la terre. Romulus, étonné, demeure un moment sans répondre; Hersilie, interdite, laisse échapper sa lyre de ses mains; les courtisans, immobiles, attendent, pour se réjouir ou s'affliger, que Romulus ait manifesté ses sentimens.

Enfin le terrible roi se lève en jetant sur Numa un regard plein de fureur: Jeune homme, lui dit-il, j'étais instruit ⁶), de la mort de mon collègue; mes ordres sont déjà donnés pour arrêter et punir les coupables. Quel que fût ton amour pour Tatius, tu peux ⁷) t'en rapporter à un roi du soin de venger l'assassinat d'un roi. Mais si je sais ⁸) punir le crime, je ne sais pas moins réprimer les ambitieux. Numa, je te défends d'épouser la fille du roi des Sabins; ses droits au trône de son père pourraient ⁹) m'être un jour redoutables: je lui destine un autre époux que toi. Quant à l'affront de refuser ma fille, il pourrait ¹⁰) offenser tout autre que le fils de Mars; mais je veux ¹¹) bien considérer ton âge, l'im-

---

1) *part. v.* voir. 2) *prés. subj. v.* prendre. 3) *prés. v.* connaître. 4) *part. v.* promettre. 5) *prés. v.* venir. 6) *part. v.* instruire. 7) *prés. v.* pouvoir. 8) *prés. v.* savoir. 9) *cond. v.* pouvoir. 10) *cond. v.* pouvoir. 11) *prés. v.* vouloir.

mense distance qui nous sépare, et me souvenir sur-tout que tu fus utile à mon armée.

Après avoir prononcé ces mots avec un accent qu'il s'efforçait de rendre tranquille, Romulus sort¹) sans attendre la réponse de Numa. Ce malheureux amant veut parler à Hersilie; mais la fière amazone le regarde d'un oeil dédaigneux, passe auprès de lui sans répondre, et va²) rejoindre son père, suivie³) de tous les guerriers.

Cette fierté, ce mépris d'Hersilie percèrent le coeur de Numa, mais lui rendirent plus facile un sacrifice si douloureux. Indigné contre Romulus, en courroux contre sa fille, résolu⁴) d'exposer ses jours pour rester fidèle à son roi, Numa, plus ferme et plus tranquille, retourne précipitamment au palais de Tatia.

Fille du meilleur des monarques, lui dit-il en l'abordant, pardonnez si, au milieu de votre deuil et de vos larmes, je viens vous parler d'hyménée. Votre père, en expirant, vous a confiée à ma foi. Sa grande ame a été consolée par le serment que je lui ai fait de devenir votre époux; et Romulus me le défend! Romulus n'en a pas le droit. Nés⁵) Sabins, vous et moi, nous dépendions du roi des Sabins: lui obéir pendant sa vie était notre premier devoir; lui obéir après sa mort est un devoir bien plus sacré. Je ne veux point vous cacher que j'adorais Hersilie; mais, depuis la mort de Tatius, l'exil, le supplice, avec vous, me paraissent⁶) préférables au trône avec la fille de son assassin. Si ce sentiment vous suffit,⁷) preparez-vous à braver avec moi les menaces de Romulus; preparez-vous à voir la flamme du bûcher de votre père nous servir de flambeau d'hymen.

Il dit: Tatia l'écoute avec une tendre admiration. Tatia, qui depuis si long-temps nourrissait pour le héros une passion secrète et malheureuse, lui répond en rougissant qu'il est le maitre de son sort. Numa lui en-

---

1) *prés. v.* sortir. 2) *prés. v.* aller. 3) *part. v.* suivre. 4) *part. v.* résoudre. 5) *part. v.* naitre. 6) *prés. v.* paraitre. 7) *prés. v.* suffire.

gage sa foi; et, devenu [1]) plus sûr de lui par les menaces de Romulus que par tous les efforts qu'il avait faits [2]) sur lui-même, il ne s'occupe plus que des funérailles du bon roi.

L'aurore se montre à peine, que Numa se dispose à partir avec un corps de Sabins pour aller couper sur les hautes montagnes les arbres qui serviront au bûcher: sa douleur est soulagée par ces soins pieux qu'il ne confie à personne. Mais, au moment de son départ, Hersilie se présente à lui, Hersilie lui demande un entretien secret.

Ce n'est plus cette fière amazone dont les regards tranquillement dédaigneux confondaient le téméraire qui osait fixer sa beauté; ce n'est plus cette héroïne de qui le bras invincible a fait mordre la poussière à tant d'ennemis: c'est une amante au désespoir, dont les joues sont sillonnées par les larmes qu'elle a répandues, dont les yeux, fatigués de pleurer, brillent encore à travers le nuage qui les couvre; [3]) ses cheveux, ses vêtemens sont en désordre, et l'empreinte de douleur qui a terni ses attraits leur donne cependant encore une grace plus touchante.

Numa, dit-elle au héros, tu vois [4]) où me réduit [5]) l'amour: Hersilie vient te chercher dans ton palais; Hersilie suppliante vient peut-être essuyer un refus. Ah! si tu connais [6]) ma fierté, tu dois juger combien tu m'es cher, tu dois apprendre.... Mais tu ne le sais [7]) que trop, ingrat! je veux [8]) m'épargner l'humiliation de te le dire peut-être en vain; je veux, sans m'occuper de moi-même, ne te parler que de toi seul.

Je te connais, Numa; je suis sûre que la défense de mon père te fera [9]) presser ton hymen avec la fille de Tatius: mais tu ne connais pas mon père, si tu penses qu'il te le pardonne. Sois certain qu'à l'instant même où tu oseras braver ses ordres, ta tête tombera sous la hache des licteurs. Cette crainte ne t'arrêtera pas sans

---

1) *part. v.* devenir. 2) *part. v.* faire. 3) *prés. v.* couvrir. 4) *prés. v.* voir. 5) *prés. v.* réduire. 6) *prés. v.* connaître. 7) *prés. v.* savoir. 8) *prés. v.* vouloir. 9) *fut. v.* faire.

doute: mais tu ne périras pas seul; le sang de Tatia doit couler avec le tien. Et crois-¹) tu que ce Tatius, dont la mémoire t'est si chère, ne te demanderait pas à genoux de sauver les jours de sa fille? Lorsqu'il te fit ²) promettre de devenir son époux, il crut ³) lui donner un protecteur, il crut l'arracher à tous les périls; mais si cet hyménée est pour Tatia un arrêt de mort, si ta fidélité cause sa perte, tu manques le premier aux intentions de son père, tu commets ⁴) un crime envers Tatia même.

Je ne te parle pas de moi; de moi, ingrat, qui croyais ⁵) être aimée; de moi, pour qui tu prodiguas ton sang. Hélas! moins heureuse, je n'ai rien fait pour Numa; mais il a tant de droits à ma reconnaissance, que je regarde ses propres bienfaits comme des gages éternels qui doivent ⁶) l'attacher à moi. Oui, Numa, c'est pour Hersilie que tu devins ⁷) un héros; c'est à elle que tu donnas ce bouclier céleste qui l'a rendue invincible; c'est elle dont tu sauvas les jours en te jetant au-devant du trait de Léo; je te dois ⁸) ma gloire, je te dois la vie: et tu voudrais ⁹) m'abandonner, après m'avoir imposé le devoir, l'obligation de t'adorer! Pourquoi donc sauvais-tu mes jours? pourquoi devenais-¹⁰) tu pour moi seule le plus grand, le plus aimable des héros? Réponds-moi; dis: t'ai-je déplu? ¹¹) as-tu quelque reproche à me faire? ne t'ai-je pas marqué assez d'amour? Ah! pardonne à la fille de Romulus, à celle qui n'avait jamais baissé les yeux vers les rois qui l'ont adorée: pardonne-lui d'avoir voulu ¹²) cacher les premiers feux dont elle ait brûlé. Va, ¹³) j'en ai souffert ¹⁴) plus que toi; la violence que je faisais ¹⁵) à mon coeur me punissait assez de mon orgueil. Cet orgueil, tu vois ¹⁶) ce qu'il est devenu: ¹⁷) regarde-moi, je suis à tes pieds,

---

1) *prés. v.* croire. 2) *déf. v.* faire. 3) *déf. v.* croire. 4) *prés. v.* commettre. 5) *impar. v.* croire. 6) *prés. v.* devoir. 7) *déf. v.* devenir. 8) *prés. v.* devoir. 9) *cond. v.* vouloir. 10) *impar. v.* devenir. 11) *part. v.* déplaire. 12) *part. v.* vouloir. 13) *impér. v.* aller. 14) *part. v.* souffrir. 15) *impar. v.* faire. 16) *prés. v.* voir. 17) *part. v.* devenir.

je pleure à tes genoux. Numa, baisse les yeux, reconnais ¹) Hersilie, et ose te plaindre de sa fierté.

Numa, respirant à peine, craignait ²) de regarder Hersilie: il ne se sentait ³) que trop affaibli par le seul son de sa voix. Numa voyait ⁴) à ses pieds celle qu'il aimait plus que sa vie; il l'entendait lui répéter qu'elle n'adorait que lui seul. Pendant qu'elle parlait, les résolutions du héros s'évanouissaient peu-à-peu, comme les neiges qui couvrent ⁵) une montagne se fondent et disparaissent ⁶) à mesure que le soleil en éclaire le sommet. Numa, le sage Numa, commençait à goûter les raisons d'Hersilie; son coeur brûlant d'amour, attendri, pénétré des dernières paroles de la princesse, allait ⁷) peut-être céder, quand le vieux Métius, le général des Sabins, vint ⁸) interrompre ce dangereux entretien.

Fils de Pompilius, dit-il d'une voix triste et sévère, nos Sabins en deuil vous demandent: ce peuple, qui a perdu son père, veut ⁹) voir l'héritier de ses vertus. Venez, ¹⁰) prince, venez soulager leur juste douleur, en leur promettant ¹¹) de les aimer comme Tatius les aimait, en leur jurant de soutenir et de défendre la digne fille du meilleur des rois.

Aussitôt on entend aux portes du palais les cris, les gémissemens de tout le peuple. À travers les accens de douleur le nom de Numa se distingue: Qu'il vienne, ¹²) ce vertueux Numa! s'écriaient-ils; qu'il paraisse, ¹³) notre héros, notre ami, le seul qui reste de nos princes, l'unique espoir d'un peuple désolé! Venez, Numa, venez nous instruire des dernières volontés de notre bon roi: vous nous verrez ¹⁴) mourir pour les suivre.

Ces paroles, ces cris, la présence de Métius fondant en larmes, le sang de Tatius dont la tunique de Numa est encore teinte, ¹⁵) et qui semble demander vengeance,

---

1) *impér. v.* reconnaître. 2) *impar. v.* craindre. 3) *impar. v.* sentir. 4) *impar. v.* voir. 5) *prés. v.* couvrir. 6) *prés. v.* disparaître. 7) *impar. v.* aller. 8) *déf. v.* venir. 9) *prés. v.* vouloir. 10) *impér. v.* venir. 11) *gér. v.* promettre. 12) *impér. v.* venir. 13) *impér. v.* paraître. 14) *fut. v.* voir. 15) *part. v.* teindre.

tout rend à lui-même le héros au moment où le héros allait s'oublier. Hersilie, s'écrie-t-il, Hersilie, je vous adore: vous m'êtes cent fois plus chère que la vie; mais mon devoir m'est plus cher que vous. Les dieux qui ont les yeux sur moi, ce peuple à qui je dois l'exemple, mon coeur que je ne puis¹) tromper, tout m'impose la loi terrible d'accomplir le serment que j'ai fait. J'en ai pris²) à témoins les mânes de ma mère; quelque douloureux qu'il soit, le sacrifice se consommera. Je sens³) que j'en mourrai; ⁴) mais....

Non, barbare! non, tu n'en mourras pas, interrompit Hersilie avec l'accent de la fureur: je détournerai sur un autre la colère de mon père; je lui marquerai la victime qu'il doit frapper: toi, tu vivras; tu vivras pour souffrir une plus longue punition de ton crime, pour me donner le temps et les moyens d'assouvir ma juste vengeance. Perfide, tu n'oses rompre un serment que t'arracha Tatius! Comptes-tu pour rien ceux que tu m'as faits?⁵) Te les avais-je demandés, ingrat, qui, sous l'apparence de la vertu, caches l'ambitieux projet de te faire roi des Sabins, et d'arracher un trône à mon père? Tremble du sort qui te menace; tremble des maux⁶) que tu te prépares. Ne te flatte pas de leur échapper: le seul nom de Romulus t'environnera par-tout d'ennemis. Errant, persécuté, banni, tu traîneras ton infortune et ta fausse vertu chez tous les peuples de l'Italie qui te rejetteront de leur sein. En proie aux remords dévorans, pour avoir causé la mort de ton épouse, pour avoir abandonné ton amante, tu pleureras à tous les instans le crime de ton inconstance. Tu regretteras Hersilie, tu tendras vers elle des mains suppliantes: Hersilie n'en sera que plus animée à te persécuter. Tant qu'il me restera un souffle de vie, je te poursuivrai⁷) la flamme à la main; et si ton abandon me donne la mort, mon ombre ira⁸) se joindre aux cruelles furies, pour ajouter à l'horreur de ton supplice.

1) *prés. v.* pouvoir. 2) *part. v.* prendre. 3) *prés. v.* sentir. 4) *fut. v.* mourir. 5) *part. v.* faire. 6) *pl. v.* mal. 7) *fut. v.* poursuivre. 8) *fut. v.* aller.

En disant¹) ces mots, elle quitte Numa, qui, honteux de ses emportemens, n'ose lever les yeux sur Métius, et va²) consoler les Sabins. Mais cependant alarmé des menaces d'Hersilie, et craignant³) encore un crime de la part de Romulus, il ordonne au vieux général de veiller avec des gardes sur le palais de Tatia. Bientôt il part, ⁴) suivi⁵) d'un corps de troupes, pour aller dépouiller les montagnes de leurs pins consacrés à Cybèle,⁶) des frênes qui, façonnés en javelots, s'abreuvent du sang des mortels, et des peupliers élevés, et des mélèses odoriférans. Tout retentit des coups redoublés de la hache. Les tristes cyprès roulent dans les vallées; les aunes chéris de Neptune, ⁷) les hêtres aimés des bergers, descendent avec fracas. On les dépouille de leurs verts branchages; leurs troncs noueux sont roulés sur les bords du Tibre, où déja, non loin de la ville, s'élève le bûcher qui doit réduire en cendres le corps de Tatius.

Le lendemain, on voit⁸) arriver ce corps revêtu de la pourpre royale, et porté par les principaux des Sabins. Mille jeunes guerriers le précèdent. Ils s'avancent les armes renversées, la tête basse, marchant d'un pas lent au son lugubre d'une trompette aiguë. L'inconsolable Tatia, enveloppée de voiles funèbres, couronnée de cyprès, jette sur le cercueil des fleurs trempées de ses larmes. Numa, vêtu de deuil comme elle, soutient⁹) ses pas chancelans, la console en pleurant lui-même, et veille sur son désespoir. Tout le peuple sabin, qui se presse autour d'eux, fait retentir la campagne de cris et de lamentations.

Métius sur-tout, le vieux Métius, depuis soixante ans l'ami, le compagnon de son roi, Métius se frappe la poitrine, arrache ses cheveux blancs, en se laissant tomber sur la terre: Q mon maître! s'écrie-t-il, o le meilleur des monarques! la cruelle parque¹⁰) ne m'a donc

---

1) *gér. v.* dire. 2) *prés. v.* aller. 3) *gér. v.* craindre. 4) *prés. v.* partir. 5) *part. v.* suivre. 6) Cybele, bie Mutter aller Götter. 7) Neptun, ber Gott bes Meeres ꝛc. 8) *prés. v.* voir. 9) *prés. v.* soutenir. 10) bie Parze, Lebensgöttin.

épargné que pour te voir descendre au tombeau, pour perdre à-la-fois mon ami, mon père, mon roi! O Tatius, Tatius! toi que j'ai vu ¹) dans ma jeunesse affronter tant de fois la mort; toi que j'ai vu, entouré d'ennemis, trouver toujours la gloire, et jamais le trépas; c'est au milieu de ton peuple, c'est au milieu de tes enfans que des parricides t'ont frappé! Ce coeur, sans cesse ouvert aux malheureux, a été percé par des ingrats: et les dieux ne t'ont pas secouru! ²) les dieux ont laissé périr celui qui était sur la terre l'image de leur bienfaisance! O Tatius, Tatius! je suis encore le moins à plaindre de tous ceux qui te pleurent ici; j'ai l'espoir de te survivre le moins long-temps.

Tels étaient les regrets de Métius: tout le peuple, qui s'arrêtait pour les entendre, lui répondait par des sanglots et par de longs gémissemens.

Enfin on dépose le corps sur le bûcher; on immole les victimes. Numa répand sur la terre deux vases remplis de vin, deux de lait, deux de sang: libations agréables aux mânes. Ensuite il appelle à grands cris l'ame de Tatius; et, détournant son visage, il baisse les flambeaux pour mettre le feu au bûcher. La flamme pétille aussitôt, en s'élevant à travers les mélèses. Le peuple redouble ses cris, les soldats élèvent leurs boucliers: mais Numa commande le silence; et, regardant avec un respect religieux le visage pâle de Tatius, qui n'était pas encore atteint ³) par les flammes:

O le plus juste des rois, s'écrie-t-il, je t'ai promis,⁴) à ton dernier moment, de devenir l'époux de ta fille; je t'ai juré de vivre pour l'aimer, pour la défendre: je viens ⁵) accomplir mon serment. Ce bûcher sera notre autel: c'est sur cet autel sacré, en présence de tes mânes, devant ce peuple qui te pleure, à la lueur de ces torches funéraires, sous les yeux des divinités redoutables au parjure, que j'engage ma foi à Tatia. Oui, Sabins, que les dieux vengeurs, que vous-mêmes, que tous

---

1) *part. v.* voir. 2) *part. v.* secourir. 3) *part. v.* atteindre. 4) *part. v.* promettre. 5) *prés. v.* venir.

les amis de Tatius me punissent, si, pendant tout le cours de ma vie, je ne suis pas occupé de rendre heureuse la digne épouse que Tatius m'a donnée. Puisse ¹) retomber sur ma tête le sang du meilleur des rois, si je ne cherche pas à m'acquitter envers son auguste fille de tout ce que je dois ²) à son père!

En prononçant ces mots, il joint ³) sa main à celle de Tatia, et veut ⁴) les étendre toutes deux vers le bûcher. Mais Tatia ne peut ⁵) se soutenir; elle chancelle, ses membres se roidissent; une sueur froide découle de son front; sa langue épaissie ne peut prononcer une seule parole; ses lèvres, devenues ⁶) violettes, éprouvent d'affreuses convulsions: Tatia tombe sur la poussière, se débat, ⁷) se roule en faisant de vains efforts; et, malgré les secours de Numa et des Sabins, elle expire en poussant des cris affreux.

Tout le peuple est ému ⁸) de ce spectacle. Les marques du poison sont certaines; déja le bruit s'en répand; déja l'on entend un murmure confus, semblable au vent des tempêtes lorsqu'il commence d'agiter la mer. Les soldats, les citoyens se regardent; l'indignation est sur leurs visages; la colère enflamme leurs coeurs; les noms de Romulus et d'Hersilie sont prononcés avec imprécations. Bientôt un cri général se fait entendre; tous les Sabins se pressent autour de Numa. Vengez-nous! s'écrient-ils; vengez Tatius et sa fille! Ils sont morts ⁹) des coups de Romulus: conduisez-¹⁰) nous contre ce roi barbare; la nature, la religion vous l'ordonnent. Marchons tout-à-l'heure vers Rome; détruisons¹¹) cette ville impie, toujours si funeste aux Sabins.

Numa, le vertueux Numa, entouré, pressé par ce peuple au désespoir, excité par le spectacle de la mort affreuse de Tatia, emporté par cette juste horreur que donne le crime à une ame pure, Numa oublie que c'est aux dieux seuls à punir les rois; et, dans un premier

---

1) *prés. subj. v.* pouvoir. 2) *prés. v.* devoir. 3) *prés. v.* joindre. 4) *prés. v.* vouloir. 5) *prés. v.* pouvoir. 6) *part. v.* devenir. 7) *prés. v.* se débattre. 8) *part. v.* émouvoir. 9) *part. v.* mourir. 10) *impér. v.* conduire. 11) *impér. v.* détruire.

transport dont il n'est pas maître, il marche vers Rome à la tête des Sabins furieux.

Mais le prudent Romulus avait prévu ¹) cet orage. Instruit ²) que, malgré sa défense, Numa remplirait ses sermens; excité par la cruelle Hersilie; voulant ³) venger à-la-fois sa fille et son autorité méprisées, le roi de Rome avait fait mêler un poison trop sûr dans le peu de nourriture qu'avait prise ⁴) la fille de Tatius. Ainsi les crimes naissent ⁵) des crimes; ainsi toujours un premier forfait conduit ⁶) à un forfait plus grand.

Romulus, qui craignait ⁷) une sédition, ne voulut ⁸) pas se trouver aux funérailles, pour mettre Rome en sûreté. Déja les portes sont fermées, les murs bordés de soldats. Le barbare Romulus imagine un rempart plus sûr encore pour arrêter les révoltés : il fait saisir dans leurs maisons les femmes, les enfans, les vieillards sabins, qui n'ont pu ⁹) suivre le corps de leur roi; il les place sur les murailles, et couvre ¹⁰) de leurs corps ses soldats.

Les Sabins arrivent, guidés par la fureur, criant vengeance, brandissant leurs javelots. Mais ils s'arrêtent, saisis d'effroi, en reconnaissant ¹¹) ces vieillards, ces mères, ces enfans qu'il faut ¹²) percer de leurs traits avant d'atteindre aux soldats du roi de Rome. Un silence profond succède tout-à-coup à leurs cris; ils se regardent, ils demeurent immobiles la bouche ouverte, le bras tendu: les armes tombent de leurs mains.

Ce seul moment rend à lui-même le sage Numa. Il voit ¹³) l'étendue des maux ¹⁴) que son entreprise va ¹⁵) causer; il frémit du danger où il a laissé courir ce bon peuple; et se précipitant dans tous les rangs: Amis, s'écrie-t-il, plus de vengeance; elle coûterait trop cher à vos coeurs. Sauvez vos pères et vos enfans: ce devoir

---

1) *part. v.* prévoir. 2) *part. v.* instruire. 3) *gér. v.* vouloir. 4) *part. v.* prendre. 5) *prés. v.* naître. 6) *prés. v.* conduire. 7) *impar. v.* craindre. 8) *déf. v.* vouloir. 9) *part. v.* pouvoir. 10) *prés. v.* couvrir. 11) *gér. v.* reconnaître. 12) *prés. v.* falloir. 13) *prés. v.* voir. 14) *pl. v.* mal. 15) *prés. v.* aller.

est plus sacré que celui de venger vos rois. Quoi! vous deviendriez ¹) parricides par amour pour Tatius? Quoi! ces vieillards, ces tendres mères seraient les victimes que vous lui enverriez ²) dans les enfers? Ah! vous qui l'avez connu, ³) jugez si son ombre en serait consolée. Sabins, Sabins, par-tout ailleurs la gloire serait de vaincre; ici elle est d'être vaincus. ⁴) Métius, prends ⁵) un rameau d'olivier, et va ⁶) trouver le roi de Rome: dis-⁷) lui que tu viens ⁸) lui répondre de la soumission des Sabins; dis-lui qu'ils sont prêts à livrer des otages, à le reconnaître pour seul souverain, pourvu qu'il jure de leur pardonner. S'il exigeait une victime, elle est prête: ce sera moi. Seul, je me charge du crime de tous; seul, je m'excepte de l'amnistie. Va, cours, ⁹) ne perds pas un moment, signe la paix; promets ¹⁰) ma tête, s'il le faut: il est doux de périr pour le salut de son peuple.

Ainsi parle Numa. Métius veut ¹¹) lui répondre: mais le héros refuse de l'entendre; il le pousse vers les murs de Rome. Métius marche, se fait ouvrir les portes. Bientôt il revient ¹²) annoncer la paix et le pardon, pourvu que Numa sorte ¹³) à l'instant même des états de Romulus.

À ces paroles, les Sabins, jetant des cris, veulent ¹⁴) reprendre les armes. Mais Numa les apaise, les conjure, leur ordonne de se soumettre, leur représente les maux affreux dont lui seul serait la cause: il les menace de s'immoler à leurs yeux, s'ils n'acceptent pas cette paix; et s'éloignant aussitôt avec Métius qu'il embrasse: Mon digne ami, lui dit-il, sèche tes pleurs; cet exil, qui sauve ma nation, est nécessaire à mon repos. Aurais-je pu ¹⁵) revoir Romulus? aurais-je pu soutenir la présence de cette cruelle Hersilie, dont la fureur est sans doute

---

1) *cond. v.* devenir. 2) *cond. v.* envoyer. 3) *part. v.* connaître. 4) *part. v.* vaincre. 5) *impér. v.* prendre. 6) *impér. v.* aller. 7) *impér. v.* dire. 8) *prés. v.* venir. 9) *impér. v.* courir. 10) *impér. v.* promettre. 11) *prés. v.* vouloir. 12) *prés. v.* revenir. 13) *prés. subj. v.* sortir. 14) *prés. v.* vouloir. 15) *part. v.* pouvoir.

complice du dernier crime dont nous frémissons? Ah! Métius, mon cœur est guéri d'une fatale passion qui empoisonnait ma vie: mais combien de temps ma blessure doit-elle saigner encore! Ami, le plus grand des malheurs, le plus sensible des maux, [1]) c'est d'être forcé de rougir du sentiment qui nous fut le plus cher. Pardonné-moi les pleurs que je répands; ce sont les derniers que je donne à l'amour, tous les autres seront au repentir. Je te charge, mon cher Métius, de recueillir les cendres de notre roi et de sa malheureuse fille: elles doivent [2]) reposer ensemble sur la tombe de ma mère, à côté de celles de Tullus. Promets-[3]) moi de les porter toi-même, et de ne confier à personne ce soin que Numa t'envie. Adieu, mon respectable ami: que les immortels prolongent ta vieillesse! Songe que tu restes seul à nos Sabins: leur bon roi n'est plus, Tatia vient [4]) d'expirer, Numa va [5]) vivre loin d'eux; Métius doit les consoler de leurs pertes. Je te les recommande, mon respectable ami; j'espère te remercier un jour du bien que tu leur auras fait.

Il dit: c'est vainement que Métius veut [6]) suivre ses pas et s'attacher à sa fortune. Songe à ce peuple, lui dit le héros, à ce peuple que toujours l'on oublie. En disant [7]) ces paroles, il s'éloigne d'un pas rapide, et prend [8]) le chemin du pays des Marses.

C'était ce même chemin où, peu de mois auparavant, avait passé le brillant Numa, revêtu d'armes éclatantes, à la tête des Sabins, ivre d'amour, brûlant d'être un héros, et ne doutant pas que la gloire ne le conduisît [9]) au bonheur. Il avait trouvé cette gloire; il repasse dans les mêmes lieux, banni, accablé de douleur, fuyant [10]) le roi qu'il a servi, rougissant de celle qu'il a tant aimée, et forcé d'aller demander un asile au peuple qu'il a vaincu.

Il marche, il sort [11]) bientôt des états de Romulus;

---

1) *pl. v. mal.* 2) *prés. v. devoir.* 3) *impér. v. promettre.*
4) *prés. v. venir.* 5) *prés. v. aller.* 6) *prés. v. vouloir.* 7) *gér. v. dire.* 8) *prés. v. prendre.* 9) *impar. subj. v. conduire.*
10) *gér. v. fuir.* 11) *prés. v. sortir.*

et il lui semble qu'il est soulagé d'un poids terrible. Arrivé aux environs de Vitellie, il entre dans un vallon où coulait un ruisseau limpide, bordé de saules et de peupliers: Numa suit ¹) le cours du ruisseau; bientôt, au pied d'une colline, il découvre ²) une grotte profonde.

Attiré par le bruit de la source qui formait le tranquille ruisseau, Numa pénètre dans la grotte. Quelle est sa surprise d'y trouver un jeune guerrier couvert ³) d'une peau de lion, endormi sur sa massue! Numa l'envisage, et le reconnait: ⁴) c'est le brave Léo; c'est celui qu'il allait chercher au pays des Marses, celui dont il a éprouvé le courage, dont il doit éprouver l'amitié.

Léo, réveillé, regarde Numa, et se précipite dans son sein. Les deux héros se serrent avec tendresse: O mon ami! se disent- ⁵) ils ensemble, j'allais te chercher. Tu venais à Rome? interrompt Numa. Oui, lui répond Léo avec l'air de la franchise et de la joie: je suis banni, je n'ai plus d'asile, j'allais en demander un à mon vainqueur.

Ah! ne parlons plus de vaincre! s'écrie Numa, parlons d'amitié. La fortune semble vouloir resserrer les noeuds de notre amitié, en nous faisant ⁶) subir les mêmes épreuves. Je suis banni comme toi; j'allais aussi te demander un asile. Tu te souviens ⁷) de ce que j'ai fait pour le barbare Romulus; moi seul, je l'ai sauvé lui et son armée: pour prix de mes services, il a fait assassiner mon parent et mon roi; la fille de Tatius a été empoisonnée; et, si j'osais paraître dans Rome, il faudrait ⁸) l'inonder de sang, ou présenter ma tête aux licteurs. Ami, voilà la justice des rois; voilà comme ils savent ⁹) payer les services.

Numa, lui répond Léo, j'ai servi des républicains; tu m'as vu ¹⁰) faire la guerre pour eux; peut-être n'as-tu pas oublié l'incendie du camp des Romains et la prise de la ville d'Auxence: les Marses ne se sont souvenus ¹¹)

---

1) *prés. v.* suivre. 2) *prés. v.* découvrir. 3) *part. v.* couvrir.
4) *prés. v.* reconnaître. 5) *prés. v.* dire. 6) *gér. v.* faire.
7) *prés. v.* se souvenir. 8) *cond. v.* falloir. 9) *prés. v.* savoir.
10) *part. v.* voir. 11) *part. v.* se souvenir.

que de la journée des monts Trébaniens. Quand la paix a été signée, et l'armée de retour dans nos foyers, le fier sénat, qui m'avait donné le commandement, m'a fait comparaître pour rendre compte de ma conduite. Ils ont déposé le vieux Sophanor avec ignominie; ils m'ont chassé de leur pays pour m'être laissé tromper par les manoeuvres de Romulus, pour avoir engagé l'armée dans le piége que tu m'avais tendu. Ami, telle est la justice des républiques, ou plutôt telle est la justice des hommes: ils sont tous des ingrats; tous sont indignes d'être aimés. Mais il n'en faut [1]) pas moins les servir, pour plaire aux dieux et pour satisfaire son propre coeur.

Nous avons rempli cette tâche, lui dit Numa; nous avons versé notre sang pour la patrie. Elle nous rejette: elle nous rend le droit de vivre pour nous. Viens, [2]) Léo, viens avec moi dans un désert de l'Apennin: nous le défricherons de nos mains; nous cultiverons la terre, bien plus reconnaissante que les hommes; nous vivrons [3]) loin d'eux, et l'amitié nous donnera les seuls plaisirs dignes d'une grande ame.

Un feu divin brillait dans ses yeux en prononçant ces paroles. Léo se jette à son cou en versant des pleurs de joie: Oui, lui dit-il, je te suivrai; [4]) je ne te quitterai plus, je te voue mon coeur et ma vie. L'amour a trop long-temps rempli mes jours d'amertume; il est temps de vivre pour l'amitié.

O ciel! s'écrie Numa, tu parles de l'amour; en connais- [5]) tu donc les tourmens? N'est-il aucun mortel dont ce dieu terrible n'ait troublé les jours? Écoute le récit des maux [6]) qu'il m'a causés, et daigne me confier à ton tour les malheurs d'un ami sans lequel je sens [7]) bien que je ne pourrai [8]) plus vivre.

Le brave Léo prête alors une oreille attentive, et Numa lui raconte son histoire depuis sa naissance jusqu'à ce jour.

Ce récit, auquel président la candeur, la modestie,

---

1) *prés.* v. falloir. 2) *impér.* v. venir. 3) *fut.* v. vivre. 4) *fut.* v. suivre. 5) *prés.* v. connaître. 6) *pl.* v. mal. 7) *prés.* v. sentir. 8) *fut.* v. pouvoir.

charme le sensible Léo, et l'attache encore davantage au digne ami que son coeur a choisi. Il pleure la mort de Tullus, celle du bon roi des Sabins; et, détestant le féroce Romulus, il félicite Numa d'avoir pu ¹) surmonter sa passion pour la coupable Hersilie.

Ami, lui dit-il, le sacrifice a été douloureux; il a fallu ²) choisir entre l'amour et la vertu: tu as préféré la vertu; te voilà banni de Rome, errant, fugitif, sans asile, traînant encore le trait qui a déchiré ton coeur. Mais j'ose le demander à toi-même: si, oubliant ton serment, si, foulant aux pieds la cendre de Tatius, tu étais devenu ³) l'époux d'Hersilie, penses-tu que tu aurais joui du bonheur? Non; le remords habiterait ton ame; et le gendre de Romulus, l'héritier de sa puissance, le possesseur d'une maîtresse adorée, serait plus à plaindre, plus tourmenté que Numa vertueux et banni. Numa, Numa, je l'ai éprouvé moi-même; car le ciel, qui nous créa tous deux pour nous aimer, semble avoir mis ⁴) entre nos malheurs le rapport qui est entre nos ames: j'ai tout sacrifié pour mon devoir. J'ai perdu de grands biens sans doute; mais tous ces biens réunis ne valent ⁵) pas la paix, la tranquillité que je porte sans cesse avec moi. Mon coeur est pur comme cette source d'eau vive: voilà le premier moyen d'être heureux; le second, c'est d'avoir un ami: de ce jour je l'ai trouvé. Écoute le récit de mes aventures: puissent- ⁶) elles t'inspirer le tendre intérêt que j'ai ressenti en t'écoutant!

À ces mots, Numa embrasse de nouveau son ami, et le héros marse commence ainsi son histoire.

---

1) *part. v.* pouvoir. 2) *part. v.* falloir. 3) *part. v.* devenir. 4) *part. v.* mettre. 5) *prés. v.* valoir. 6) *prés. subj. v.* pouvoir.

LIVRE HUITIÈME.

SOMMAIRE.

Léo raconte à Numa l'histoire de ses premières années, sa tendresse pour sa mère Myrtale, ses amours avec Camille, le sacrifice qu'il fit [1]) *de sa passion, et ce que lui apprit* [2]) *Myrtale au lit de la mort. Numa veut* [3]) *suivre Léo dans son ancienne cabane. Ils s'égarent dans les Apennins. Numa rencontre un vieillard et sa fille. Il les voit* [4]) *adorer le feu.*

Je suis né [5]) au pays des Marses, dans les montagnes de l'Apennin. Ma mère, pauvre et infirme, n'avait pour tout bien qu'un troupeau, une chaumière et un jardin. Elle s'appelait Myrtale; elle avait perdu son époux peu de mois après ma naissance; elle m'aimait comme une mère seule sait [6]) aimer.

Dès mes plus tendres années, couvert [7]) d'une peau de loup que Myrtale avait ajustée à ma taille, armé d'un petit javelot que je savais [8]) déja lancer, j'allais garder le troupeau de ma mère, toujours suivi [9]) de deux chiens terribles, prêts à défendre les brebis et le berger. Je ne craignais [10]) point les bêtes farouches; je desirais au contraire d'exercer contre elles mon jeune courage. Je gravissais les rochers les plus escarpés, je traversais à la nage les torrens les plus rapides, pour aller surprendre de jeunes chamois, pour aller enlever au haut d'un pin de tendres ramiers dans leur nid. C'était pour ma mère: cette idée me rendait tout facile; et quand je pensais que cette nourriture délicate pourrait [11]) prolonger ses jours ou raffermir sa santé, j'étais plus heureux d'avoir conquis [12]) des pigeons qu'un roi ne l'est d'avoir gagné des provinces.

---

1) *déf. v.* faire. 2) *déf. v.* apprendre. 3) *prés. v.* vouloir. 4) *prés. v.* voir. 5) *part. v.* naître. 6) *prés. v.* savoir. 7) *part. v.* couvrir. 8) *impar. v.* savoir. 9) *part. v.* suivre. 10) *impar. v.* craindre. 11) *cond. v.* pouvoir. 12) *part. v.* conquérir.

Le soir, je ramenais les brebis à notre chaumière; le cœur palpitant de joie, je montrais de loin les colombes ou le faon que je portais en triomphe. Ma mère me faisait de tendres reproches, me menaçait, en m'embrassant, de ne plus me laisser sortir, refusait quelquefois mes dons, ou ne les acceptait qu'après m'avoir fait promettre cent fois de ne plus exposer ma vie.

Mon cher enfant, me disait-elle, que ne puis-[1]) je te suivre dans la montagne! Je ne craindrais [2]) pas un péril que je partagerais avec toi. Mais, faible, languissante, enchaînée par la douleur dans cette cabane, que je trouve si grande aussitôt que tu n'y es plus, mon cœur et ma pensée volent après toi. Juge de mes terreurs: tantôt je te vois [3]) suspendu à la cime aiguë d'un pin, et l'arbre entier me semble trop faible pour pouvoir te soutenir; tantôt je te vois franchir un torrent; ton pied retombe sur une pierre polie: tu tends les bras, et l'onde écumante t'engloutit. O mon cher fils, contente-toi de garder notre troupeau: le lait de nos brebis, les légumes de notre jardin suffisent [4]) pour notre nourriture. Ne prive pas les biches et les tourterelles de leurs enfans chéris, de peur que les sangliers et les ours ne me privent à mon tour de mon fils. Ah! promets-[5]) moi du moins de ne jamais entrer dans les cavernes où ces bêtes cruelles cachent leurs petits. Jure-le-moi, mon cher Léo; si ce n'est pour toi, que ce soit pour ta mère. Songe que je ne vis [6]) que par mon fils; songe que le jour où tu passeras d'une heure l'instant de ton retour accoutumé, tu trouveras ta mère expirante d'inquiétude et de douleur.

C'était ainsi que me parlait Myrtale. Je la rassurais en la caressant; je lui promettais d'éviter les dangers qu'elle redoutait. Alors elle me pressait contre son cœur, me demandait le récit de tout ce que j'avais fait dans ma journée, me racontait, à son tour, en apprêtant notre repas, des histoires de sa jeunesse. La soirée était

---

1) *prés. v.* pouvoir. 2) *cond. v.* craindre. 3) *prés. v.* voir.
4) *prés. v.* suffire. 5) *impér. v.* promettre. 6) *prés. v.* vivre.

bientôt écoulée dans cette douce conversation. Ma tendre mère, avant de se livrer au sommeil, me préparait ma provision du lendemain, me répétait de nouveau d'être prudent, m'embrassait mille fois, et caressait mes deux chiens fidèles, comme pour leur recommander de veiller sur son fils, et de le défendre.

La vie agreste que je menais développa bientôt mes forces. À l'âge où l'on est encore enfant j'étais déjà grand et robuste. À quinze ans, je ne craignais¹) plus ni les ours ni les sangliers: mon javelot était teint²) de leur sang, et je l'avais caché à Myrtale. Mes chiens, qui avaient défendu mon enfance, étaient devenus³) vieux et sans force; je les défendais à mon tour. Tranquille, heureux en gardant mon troupeau, je jouais de la flûte, ou je poursuivais⁴) les hôtes des bois. Je ne desirais rien, je n'aimais rien que ma mère. Mon seul chagrin était de voir les années affaiblir chaque jour davantage sa santé frêle et chancelante.

Un jour que j'étais assis⁵) sur le sommet d'un rocher, d'où s'élançait une cascade qui tombait à cent pieds sous moi avec un bruit épouvantable, j'aperçois⁶) tout-à-coup un cerf blessé d'une flèche, qui fuit⁷) en perdant son sang, et vient⁸) se jeter dans le torrent formé par la cascade bruyante. Bientôt paraît⁹) une jeune amazone, couverte¹⁰) d'une peau de lion, le carquois sur l'épaule, l'arc à la main, pressant les flancs d'un léger coursier qui vole après le cerf blessé. Diane seule est aussi belle. De longs cheveux noirs flottaient sur ses épaules: le courage et l'ardeur brillaient dans ses yeux, et la douceur de ses traits n'en était pas altérée. Tandis que, saisi d'admiration, je la regarde en respirant à peine, je vois¹¹) son fougueux coursier se précipiter dans le torrent, dont la rapidité l'emporte. Vainement elle s'efforce de le ramener à l'autre bord; les flots écumans s'y opposent. Bientôt son coursier s'échappe

---

1) *impar. v.* craindre. 2) *part. v.* teindre. 3) *part. v.* devenir. 4) *impar. v.* poursuivre. 5) *part. v.* asseoir. 6) *prés. v.* apercevoir. 7) *prés. v.* fuir. 8) *prés. v.* venir. 9) *prés. v.* paraître. 10) *part. v.* couvrir. 11) *prés. v.* voir.

sous elle et roule avec le torrent; elle-même est emportée, et disparaît ¹) à mes yeux.

J'étais déjà au milieu des ondes. Je nage long-temps sans trouver celle que je voulais sauver; enfin ma main saisit ses longs cheveux, je la ramène au rivage, privée de tout sentiment. Désespérant de lui voir reprendre ses sens, je la porte à notre chaumière, où les soins de ma mère lui font ²) enfin ouvrir les yeux. Hélas! ces yeux si beaux, si doux, allumèrent dans mon sein un feu qui ne devait plus s'éteindre. J'osai contempler cette beauté céleste que sa pâleur rendait encore plus touchante, et je ressentis ³) une agitation, un trouble, qui m'étaient inconnus. Malgré ce trouble, je ne pouvais me rassasier de la regarder, je ne pouvais m'éloigner d'auprès d'elle; et lorsque, retrouvant la parole, sa bouche me remercia, je rougis, je balbutiai: elle me demanda mon nom; ma mère fut obligée de répondre.

Cependant la belle amazone, après quelques heures de repos, se dispose à quitter notre chaumière, sans nous dire qui elle était. Elle offrit ⁴) de l'or à ma mère: cette offre nous affligea. Elle s'en aperçut: ⁵) aussitôt, reprenant ⁶) son or, elle détache une chaîne précieuse qu'elle portait à son cou, et la passe au cou de Myrtale. Ensuite, me regardant avec une tendre reconnaissance, elle se dépouille de la peau de lion qu'elle portait sur sa robe de pourpre, et me la présente en disant: ⁷) Le grand Alcide l'a portée; il en fit ⁸) don à mon aïeul, en reconnaissance de l'hospitalité qu'Alcide en avait reçue. ⁹) J'en fais le même usage qu'Hercule; je la donne au sauveur de mes jours: si j'en crois ¹⁰) mon pressentiment, cette peau terrible qui couvrit ¹¹) le fils de Jupiter ne passe pas en des mains indignes.

Après ces paroles, elle embrasse ma mère, me jette un coup-d'oeil doux et timide, me défend de suivre ses pas, et s'éloigne précipitamment.

---

1) *prés. v.* disparaître. 2) *prés. v.* faire. 3) *déf. v.* ressentir. 4) *déf. v.* offrir. 5) *déf. p.* s'apercevoir. 6) *gér. v.* reprendre. 7) *gér. v.* dire. 8) *déf. v.* faire. 9) *part. v.* recevoir. 10) *prés. v.* croire. 11) *déf. v.* couvrir.

Ma mère et moi nous nous regardions. L'état où nous l'avions vue¹) pouvait seul nous faire penser que cette inconnue n'était pas une divinité. Immobile d'admiration et de surprise, je considérais cette peau de lion, encore trempée de l'eau du torrent: l'idée qu'un demi-dieu s'en était servi, la rendait moins précieuse à mes yeux que de l'avoir vue sur les épaules de l'amazone. Ses traits, ses gestes, tous ses mouvemens étaient gravés dans mon esprit; ses paroles retentissaient à mon oreille: pour la première fois de ma vie, distrait et rêveur en écoutant ma mère, je lui cachai le sentiment qui remplissait déjà mon cœur.

Le lendemain, au point du jour, j'étais avec mon troupeau sur le rocher de la cascade: j'avais revêtu²) la superbe peau de lion; dès qu'elle avait touché mon cœur, j'avais senti couler dans moi-même une force nouvelle, un courage indomptable, et sur-tout un feu dévorant. Son ardeur sembla s'augmenter dès que je fus dans le même lieu où j'avais vu³) la belle amazone. Je descends au bord du torrent; je cherche l'endroit où je l'avais sauvée; je me plais⁴) à m'asseoir sur le même gazon où je l'avais posée évanouie. Je soupire, je m'agite, je regarde autour de moi; et ces montagnes, cette cascade, ce beau spectacle qui me ravissait autrefois, n'arrêtent seulement pas mes yeux. Je trouve ces rochers déserts, cette solitude me paraît⁵) horrible; mon troupeau ne m'intéresse plus, ma flûte me devient⁶) importune, j'oublie mon javelot: cependant je ne puis⁷) quitter ces lieux devenus⁸) chers à ma tristesse.

De retour chez ma mère, je n'éprouve plus cette douce paix que je trouvais toujours près d'elle. Les heures que je passe dans sa chaumière me paraissent⁹) longues; je réponds à peine à ses questions; je prends¹⁰) mille détours pour la faire parler de l'inconnue; je n'ose en parler moi-même: cette chaîne que Myrtale porte à

---

1) *part. v. voir.* 2) *part. v. revêtir.* 3) *part. v. voir.* 4) *prés. v. se plaire.* 5) *prés. v. paraître.* 6) *prés. v. devenir.* 7) *prés. v. pouvoir.* 8) *part. v. devenir.* 9) *prés. v. paraître.* 10) *prés. v. prendre.*

son eau attire sans cesse mes regards; j'embrasse plus souvent ma mère, pour pouvoir baiser cette chaine.

Déjà trois jours s'étaient écoulés: chaque matin, au lever de l'aurore, je revenais ¹) à la cascade; là, j'attendais le coucher du soleil, les yeux fixés vers l'endroit de la montagne par où l'amazone avait paru ²) la première fois. Enfin, le quatrième jour, je la revois. ³) Elle était armée de même; elle montait un coursier à la tresse dorée: la rougeur couvrit ⁴) son front en m'apercevant ⁵) sur le rocher.

Je suis bientôt auprès d'elle. Elle s'élance de son coursier, l'attache à un arbre, s'assied ⁶) sur un roc, et, m'invitant à m'asseoir: Brave berger, me dit-elle, j'étais presque certaine de vous trouver ici; c'est pour vous que j'y viens. ⁷) Vous avez sauvé mes jours; je veux ⁸) rendre les vôtres heureux: tel est le motif qui m'amène. Parlez-moi donc avec franchise: Que vous faut-⁹)il pour jouir du bonheur? Que manque-t-il à votre mère? Songez que ma reconnaissance est extrême, et que mon pouvoir égale presque ma reconnaissance.

Je lui répondis, en baissant les yeux: O vous que je ne sais ¹⁰) comment nommer, vous qui m'inspirez ce respect que je n'ai ressenti que pour les dieux, vous avez daigné vous souvenir d'un berger! vous avez daigné revenir le voir! Ah! cette bonté est plus grande que le service que je vous ai rendu; dès ce moment, c'est moi qui vous dois ¹¹) de la reconnaissance. Vous me demandez ce qui me manque pour être heureux: avant de vous avoir vue, il ne me manquait rien. Nous sommes riches, ma mère et moi: nous avons une chaumière qui nous garantit des injures de l'air, un jardin qui nous nourrit, un troupeau qui nous habille: encore vais-¹²) je souvent dans les villages voisins vendre le superflu de notre laine; et je rapporte à ma mère des pièces d'argent bien inutiles pour nous, mais que nous donnons

---

1) *impar.* v. revenir. 2) *part.* v. paraître. 3) *prés.* v. revoir. 4) *déf.* v. couvrir. 5) *gér.* v. apercevoir. 6) *prés.* v. s'asseoir. 7) *prés.* v. venir. 8) *prés.* v. vouloir. 9) *prés.* v. falloir. 10) *prés.* v. savoir. 11) *prés.* v. devoir. 12) *prés.* v. aller.

avec joie aux vieillards pauvres qui, de temps en temps, viennent ¹) nous demander l'hospitalité. Vous n'avez donc qu'un seul moyen de rendre mes jours plus heureux: c'est celui que vous prenez ²) aujourd'hui; car voici le plus beau jour de ma vie.

L'amazone souriait ³) en m'écoutant. Hé bien, me répondit-elle, puisque ma présence seule vous manque, je viendrai ⁴) vous voir quelquefois: la reconnaissance m'y oblige. Mais je ne vous dirai ⁵) pas qui je suis: contentez-vous de savoir que je m'appelle Camille; et quel que soit le mystère de ma naissance, croyez ⁶) qu'il est doux pour Camille de devoir la vie à Léo.

Après avoir dit ⁷) ces derniers mots avec une voix attendrie, elle se lève, détache son coursier, s'élance sur son dos, me regarde, et disparaît. ⁸)

Je demeurai ivre de joie. L'intérêt touchant qu'elle m'avait marqué, le coup-d'oeil qu'elle avait jeté sur moi à son départ, sa promesse de revenir, tout transportait et enflammait mon coeur. Je répétais le nom de Camille; je me préparais à l'apprendre à tous les échos des montagnes; je voulais ⁹) le graver sur l'écorce de tous les arbres. Camille seule remplissait mon ame; je ne voyais ¹⁰) plus que Camille dans toute la nature.

Dès ce moment, plus de tristesse, plus d'ennui: ces déserts me parurent ¹¹) des lieux enchantés; ces arbres, ces rochers, cette cascade, tout prit ¹²) de nouveaux charmes à mes yeux, tout s'embellit de mon amour. Il me semblait que la nature avait rassemblé toutes ses beautés dans cette solitude charmante: je craignais ¹³) qu'elle ne me fût disputée; j'aurais voulu ¹⁴) pouvoir la fermer à tous les humains. Ma chaumière me sembla plus riante; je rejoignis ¹⁵) ma mère avec plus de plaisir que je n'en avais jamais senti; nos embrassemens furent plus doux, notre entretien plus aimable et plus tendre.

---

1) *prés.* v. venir. 2) *prés.* v. prendre. 3) *impar.* v. sourire. 4) *fut.* v. venir. 5) *fut.* v. dire. 6) *impér.* v. croire. 7) *part.* v. dire. 8) *prés.* v. disparaître. 9) *impar.* v. vouloir. 10) *impar.* v. voir. 11) *déf.* v. paraître. 12) *déf.* v. prendre. 13) *impar.* v. craindre. 14) *part.* v. vouloir. 15) *déf.* v. rejoindre.

Camille tint¹) parole; elle revint²) deux jours après.
O! combien furent rapides les instans qu'elle me donna!
Cent fois l'aveu de mon amour fut prêt à m'échapper;
toujours il expira sur mes lèvres. Quand je regardais
Camille, j'étais sur le point de parler; dès que Camille
me regardait, le respect enchaînait ma langue.

Bientôt Camille vint³) tous les jours à la cascade.
Sans lui avoir dit que je l'aimais, sans avoir entendu
de sa bouche l'aveu que j'étais aimé d'elle, nos entretiens
étaient ceux de deux amans. Toujours, avant de nous
quitter, nous convenions⁴) de l'instant de nous revoir,
et chacun de nous arrivait avant cet instant. Avec quelle
joie nous nous retrouvions! avec quel plaisir nous nous
rendions compte de tout ce que nous avions pensé! Camille ne me parlait que de moi; je ne lui parlais que
de Camille. Ces douces conversations étaient toujours
les mêmes, et nous semblaient toujours différentes.

Camille n'avait qu'un secret pour Léo; c'était celui
de sa naissance. Que t'importe mon rang, disait-elle,
pourvu que tu connaisses⁵) bien mon coeur, pourvu que
ce tendre coeur n'ait pas un sentiment qui ne soit pour toi?

L'aimable Camille s'occupait encore de polir, de cultiver mon esprit. Elle était instruite,⁶) elle m'instrui-
sait:⁷) elle me racontait le règne de Janus,⁸) l'expédition des Argonautes,⁹) les sièges de Thèbes et de
Troie;¹⁰) elle m'apprenait¹¹) des vers d'Hésiode et d'Homère. Je retenais¹²) si bien ses leçons! Tout ce qui
sortait¹³) de sa bouche venait¹⁴) se graver dans mon
ame; je ne pouvais plus oublier ce que Camille m'avait
dit une fois. Quel charme j'éprouvais en l'écoutant! combien je me sentais¹⁵) enflammer au récit des exploits

---

1) *déf* v. tenir. 2) *déf* v. revenir. 3) *déf* v. venir. 4) *impar.* v. convenir. 5) *prés. subj.* v. connaître. 6) *part.* v. instruire. 7) *impar.* v. instruire. 8) Janus, ein alter König in
Latium; auch ein Gott mit zwei Gesichtern, der Vorsteher des Frie-
dens ꝛc. 9) die Argonauten (ober Argoschiffer), die auf dem Schiffe
Argo nach Colchis fuhren, um das goldene Vließ zu holen. 10)
Theben und Troja. 11) *impar.* v. apprendre. 12) *impar.* v.
retenir. 13) *impar.* v. sortir. 14) *impar.* v. venir. 15) *impar.*
v. sentir.

d'Achille! et quand Homère peignait¹) Vénus,²) je trouvais Camille plus belle.

Ainsi s'écoulait ma vie. Tous les jours étaient à l'amour, tous les soirs à la tendresse filiale; car ma passion pour Camille, loin d'affaiblir mes sentimens pour Myrtale, semblait en redoubler la force. Mon cœur ne se partageait point entre ma mère et mon amante: chacune d'elles l'avait tout entier: et c'est sans doute un bienfait des immortels, que l'amour le plus violent, quand il est vertueux, donne encore plus d'activité à toutes les vertus de notre ame.

Ma félicité ne dura pas long-temps. Un jour se passa tout entier sans que Camille parût.³) Le lendemain, demi-mort d'inquiétude, j'attendais en gémissant qu'elle se montrât⁴) à mes yeux. Elle vint,⁵) mais la pâleur couvrait⁶) son front. Mon ami, dit-elle en m'abordant, notre bonheur est fini: nous allons payer par nos larmes les trop courts instans qu'il a duré. Jusqu'à présent je t'ai caché qui je suis: je craignais⁷) qu'en apprenant⁸) mon rang tu ne fusses effrayé de m'aimer; et je trouvais doux d'être aimée sans que tu connusses⁹) ma naissance. Il est temps de t'en instruire: j'ai le malheur d'être fille d'un roi.

A cette parole, une sueur froide découla de tout mon corps, mes genoux tremblans fléchirent, ma langue glacée ne put¹⁰) prononcer un seul mot. Camille me prit¹¹) par la main, me fit¹²) asseoir auprès d'elle, et après avoir tenté de dissiper l'effroi subit que j'avais ressenti, elle continua dans ces termes:

Mon père est le roi des Vestins. Le trajet est court d'ici à Cingilie sa capitale; l'amour de la chasse me sert¹³) de prétexte pour te voir tous les jours. J'espérais jouir long-temps de ce bonheur; mais je suis l'unique enfant

---

1) *impar.* v. peindre. 2) Venus, die Göttin der Liebe. 3) *impar. subj.* v. paraître. 4) *impar. subj.* v. se montrer. 5) *déf.* v. venir. 6) *impar.* v. couvrir. 7) *impar.* v. craindre. 8) *gér.* v. apprendre. 9) *impar. subj.* v. connaître. 10) *déf.* v. pouvoir. 11) *déf.* v. prendre. 12) *déf.* v. faire. 13) *prés.* v. servir.

de mon père; son royaume doit ¹) être ma dot, et tous les princes de l'Italie ont déjà demandé ma main. Deux rois sur-tout nous menacent de la guerre, si je ne fais pas bientôt un choix. L'un est le roi des Maruces; ses états touchent aux miens; son peuple fut toujours l'ennemi du nôtre. Mon hymen avec son fils, éteignant ²) à jamais ces guerres, formerait un état puissant. La politique, la raison, l'humanité, parlent en faveur du prince des Maruces, qui, absent depuis sa tendre enfance, parcourt ³) les îles de la Grèce, sans autre suite qu'un sage gouverneur, pour s'instruire et se former dans le grand art de régner. Il est en chemin pour rejoindre son père.

Son rival le plus redoutable est Télémante, roi des Salentins. Sa puissance, ses richesses, la noblesse de sa race (il descend de Télémaque et d'Antiope), tout lui donne l'avantage sur le prince des Maruces. Mais nous craignons ⁴) peu les Salentins, séparés de nous par tant de peuples; et les ambassadeurs de Télémante l'emporteront difficilement sur le roi des Maruces, qui est venu ⁵) lui-même à la cour de mon père me demander pour son fils.

Des deux côtés, le malheur est égal pour moi, puisqu'il faudra ⁶) renoncer à une liberté que je voulais conserver pour pouvoir t'aimer toujours. Mais tu sais ⁷) mieux qu'un autre, Léo, ce qu'un enfant doit à son père: le mien est vieux, hors d'état de se défendre; il me presse de faire un choix; il me conjure par ses cheveux blancs de ne pas lui attirer une guerre qui doit causer son malheur et celui de tout son peuple. Que dois-je faire? Je te demande conseil.

Camille, lui répondis-je [car votre rang et votre naissance ne peuvent ⁸) m'inspirer plus de respect que le nom seul de Camille], un coeur qui sait ⁹) aimer doit tout immoler à l'amour; mais un coeur vertueux doit immoler l'amour à son devoir. Mon courage me dit bien que je défendrais vos états; qu'armé de cette massue,

---

1) prés. v. devoir. 2) gér. v. éteindre. 3) prés. v. parcourir. 4) prés. v. craindre. 5) part. v. venir. 6) fut. v. falloir. 7) prés. v. savoir. 8) prés. v. pouvoir. 9) prés. v. savoir.

couvert¹) de la peau du lion de Némée, je repousserais de vos murs les Maruces, les Salentins, et tous les peuples de l'Italie. Mais quand je serais le plus grand des héros, quand mes exploits égaleraient ceux d'Alcide, pourrais-²) je prétendre à devenir votre époux? Non, jamais je ne puis³) vous posséder! m'écriai-je en fondant en larmes: vous êtes la fille des rois, je ne suis qu'un malheureux pasteur. Insensé que je fus!.... O Camille! Camille! combien je vais⁴) payer mon erreur!

Suis-je moins à plaindre que toi? interrompit Camille; penses-tu que mon triste coeur ne souffre⁵) pas autant que le tien? Mais j'ai encore un rayon d'espoir: je connais⁶) le roi des Maruces; ce sont mes états, et mon Camille qu'il desire pour son fils. Je vais tout lui déclarer: je jurerai dans ses mains de lui abandonner mon royaume après la mort de mon père, s'il veut⁷) ne pas presser mon choix, s'il veut nous défendre contre Télémante. L'espoir de régner sur deux peuples flattera son coeur ambitieux, et je m'estimerai trop heureuse d'acheter par une couronne le droit si doux d'aimer Léo.

En vain je m'opposai à cette résolution. Camille me quitta, décidée à tout hasarder. J'attendis, dans une douloureuse impatience, le retour de ma chère Camille.

Elle revint⁸) après trois jours; la joie brillait sur son visage, le doux sourire était sur sa bouche. Nous serons heureux! s'écria-t-elle, nous serons heureux! J'ai tout dit au roi des Maruces: je n'ai pas craint⁹) de lui déclarer que mon coeur était à toi. Il a été sensible à ma confiance; l'offre de ma couronne l'a décidé à nous servir. Écoute ce que ce monarque propose. Son fils, qui revenait¹⁰) des îles de la Grèce, seul avec un gouverneur, est mort¹¹) dans la Crète: comme il voyageait inconnu, tout le monde ignore sa mort. Le gouverneur de ce jeune prince, après en avoir fait instruire en secret le malheureux père, n'a pas osé reparaître devant

---

1) *part. v.* couvrir. 2) *cond. v.* pouvoir. 3) *prés. v.* pouvoir. 4) *prés. v.* aller. 5) *prés. subj. v.* souffrir. 6) *prés. v.* connaître. 7) *prés. v.* vouloir. 8) *déf. v.* revenir. 9) *part. v.* craindre. 10) *impar. v.* revenir. 11) *part. v.* mourir.

lui; il s'est arrêté dans la Dalmatie. Le roi des Maruces pleure son fils; mais il regrette encore un hymen qui assurait le repos de son peuple, et qui doublait ses états. Sa douleur serait soulagée, si son ambition était satisfaite;¹) mais pour ne pas voir passer ma couronne sur la tête de Télémante, il ne lui reste qu'un seul moyen. Son fils était inconnu dans sa cour, il l'a quittée dès l'enfance; son fils est cru ²) vivant, et attendu tous les jours: le roi des Maruces t'adopte à sa place.

Qu'il parte, ³) m'a-t-il dit, qu'il aille ⁴) dans la Dalmatie joindre le gouverneur de mon fils, lui porter mon anneau royal et des tablettes sur lesquelles je tracerai mes ordres. Qu'il revienne ⁵) ensuite avec lui; je le recevrai comme mon véritable fils: mes peuples trompés le reconnaîtront; ⁶) vous le choisirez pour époux; vous serez heureuse, et la paix des deux nations, votre bonheur, mon repos, seront le prix d'un mensonge excusable, puisque, sans nuire à personne, il doit ⁷) causer tant de biens.

Voilà l'heureuse nouvelle que je t'apporte. Nous serons unis, Léo; tu régneras sur deux royaumes; nous ne nous quitterons plus; la fortune et l'amour se réuniront pour embellir nos jours. Quoi! tu n'es pas transporté de joie! tu ne tombes pas à genoux pour remercier les dieux! Avec quelle froideur, avec quelle tristesse tu reçois ⁸) l'assurance de notre bonheur! Quel chagrin peut ⁹) encore troubler ta vie?.... À quoi penses-tu?

À ma mère, lui répondis-je. Il faut ¹⁰) vous perdre, ou faire mourir de douleur celle qui me donna le jour. J'en appelle à vous-même, à vous que j'ai vue ¹¹) prête à immoler notre amour au repos de votre père. Dois-je abandonner Myrtale? dois-je la priver du seul appui qui lui reste? Nous la comblerons de biens, interrompit Camille. Mais vous lui ôterez son fils! m'écriai-je; mais vous forcerez ce fils à la renoncer pour sa mère! Cette seule idée me fait horreur. Non, Camille, il n'est point de royaume,

---

1) *part. v.* satisfaire. 2) *part. v.* croire. 3) *impér. v.* partir.
4) *impér. v.* aller. 5) *impér. v.* revenir. 6) *fut. v.* reconnaître.
7) *prés. v.* devoir. 8) *prés. v.* recevoir. 9) *prés. v.* pouvoir.
10) *prés. v.* falloir. 11) *part. v.* voir.

il n'est point de bien au monde qui vaille¹) ce sentiment, premier bienfait de la nature, premier plaisir qu'éprouvent nos cœurs. Je ne puis²) consentir à le bannir du mien, à feindre même qu'il en soit banni.

Mais ce ne serait pas le seul crime que je commettrais³), en prenant⁴) le nom du prince des Marses. Quoi! les peuples m'obéiraient par une fraude! je serais roi par un mensonge! Ah! si les rois légitimes ont de si grands devoirs à remplir, s'ils sont responsables envers la divinité de tout le bien qu'ils n'ont pas fait, de tout le mal qu'ils ont laissé faire, combien serait plus effrayant le compte que j'aurais à rendre, moi, parvenu⁵) au trône sans y être appelé par les dieux! moi, pour ainsi dire, voleur de mon rang, et pour qui chaque hommage du dernier de mes sujets serait un reproche de mon mensonge!

Non, Camille, non: vous êtes le premier des biens; le ciel et mon cœur me sont témoins que je donnerais ma vie entière pour vivre un seul jour votre époux. Mais ce bonheur si grand, ce bonheur, dont la seule idée enivre ma raison, n'en serait plus un pour moi, si ma conscience n'était pas tranquille. Heureusement pour la vertu, on ne peut goûter aucun plaisir sans la paix qu'elle seule donne. Assis⁶) sur le trône avec vous, j'y serais malheureux par mes remords; j'aime mieux l'être par la fortune. Abandonnez-moi dans ce désert: il est plein de vous, j'y pourrai⁷) vivre. Ici, je vous pleurerai toujours; mais je ne pleurerai que vous; ma vertu me sera restée. Adieu, Camille: retournez dans le palais de votre père; oubliez un infortuné; et que le plaisir qu'éprouve une grande âme à remplir son devoir vous rende⁸) moins sensible à la pitié qu'un malheureux vous inspire.

En disant⁹) ces paroles, je baissais les yeux, et je m'efforçais de cacher mes pleurs. Camille m'écoutait at-

---

1) *prés. subj. v.* valoir. 2) *prés. v.* pouvoir. 3) *cond. v.* commettre. 4) *gér. v.* prendre. 5) *part. v.* parvenir. 6) *part. v.* asseoir. 7) *fut. v.* pouvoir. 8) *impér. v.* rendre. 9) *gér. v.* dire.

tentivement, me regardait avec des yeux fixes, et fut long-temps sans me répondre. Enfin, saisissant ma main qu'elle pressait avec force: Je t'adore, me dit-elle, et ta vertu met¹) le comble à l'amour extrême, à l'amour éternel que tu m'as inspiré. Mais je t'approuve, Léo; et dès ce moment je renonce à toi. Oui, j'y renonce, en te répétant, en te jurant, que j'emporterai dans le tombeau le sentiment qui nous unit; que ton image vivra dans mon coeur tant que ce triste coeur palpitera: et si je succombe à ma douleur, comme je l'espère, comme je le demande aux dieux, je t'adresserai mon dernier soupir.

En disant ces mots, elle me quitte, s'élance sur son coursier, prononce adieu d'une voix étouffée, le répète trois fois en me tendant les bras, se met en marche, et se retourne pour regarder encore, avec des yeux noyés de pleurs, ce rocher, cette cascade, cette place où nous nous étions si souvent assis;²) elle semble aussi leur dire adieu. Enfin, me jetant encore un dernier coup-d'oeil de tendresse et de douleur, elle disparaît³)....
Ami, depuis ce jour fatal, je n'ai jamais revu⁴) Camille.

Léo s'arrête en cet endroit: deux ruisseaux de larmes coulent de ses yeux; un poids terrible l'oppresse. Numa le serre contre son sein: les deux héros restent embrassés sans prononcer une parole. Enfin Léo fait un effort, dévore ses soupirs, étouffe ses sanglots, et continue son récit.

Je voulus⁵) cacher à ma mère le sacrifice que je lui avais fait: il n'aurait pu⁶) augmenter sa tendresse, il aurait augmenté ses peines. J'employai tous mes efforts pour lui déguiser ma douleur. Je passais les jours à pleurer sur ce même rocher, dans ces mêmes lieux où j'avais vu⁷) Camille. Dès que je regagnais la chaumière, je m'efforçais de prendre un air serein, je composais mon visage; et, quand je ne pouvais dérober ma tristesse aux

---

1) *prés. v. mettre.* 2) *part. v. asseoir.* 3) *prés. v. disparaître.* 4) *part. v. revoir.* 5) *déf. v. vouloir.* 6) *part. v. pouvoir.* 7) *part. v. voir.*

yeux clairvoyans d'une mère, j'inventais un motif qui n'affligeât pas trop Myrtale, j'imaginais un chagrin dont elle pût¹) me consoler.

Ainsi se passèrent deux mois, sans recevoir de nouvelles de Camille, sans que mes maux²) fussent moins douloureux que le premier jour. Hélas! j'eus bientôt d'autres peines: ma mère tomba malade. J'essayai, pour la guérir, tous les simples de nos montagnes: mais son heure était arrivée. Elle se sentit³) près de sa fin, et, m'appelant d'une voix faible, elle me dit ces paroles, qu'il me semble encore entendre: Je t'ai trompé, Léo; je ne suis point ta mère. Je te demande, au lit de la mort, de me pardonner un mensonge qui fit⁴) la douceur de ma vie. Contrainte⁵) de quitter ma cabane pour fuir les cruels Péligniens, qui nous faisaient⁶) alors la guerre, j'arrivai sur les bords du fleuve Aternus, dans le village d'Avia que ces barbares venaient⁷) de brûler: au milieu des affreux débris de l'incendie et du carnage, parmi des monceaux de corps morts, je t'aperçus⁸) dans ton berceau, pâle, couvert⁹) de sang, percé d'un poignard qui était resté dans ton sein. Ta beauté m'intéressa, je mis¹⁰) ma main sur ton coeur, je sentis¹¹) qu'il battait encore. Je t'emportai dans ton berceau, je te guéris de ta blessure, je pris¹²) soin de tes faibles jours: tu m'appelas ta mère, et je n'eus jamais la force de renoncer à ce doux nom. Il m'abandonnera, me disais-je, s'il apprend¹³) qu'il n'est pas mon fils: j'ignore quels sont ses parens; ils ne pourraient¹⁴) l'aimer davantage: laissons durer une erreur qui, sans le rendre malheureux, me fait seule supporter la vie. Voilà quel fut mon motif. Pardonne-moi ma faiblesse: tu m'aimais si bien, mon cher fils, que tu me rendais toi-même impossible un aveu qui m'aurait coûté ta tendresse.

À ces mots, je la serrai dans mes bras, je la bai-

---

1) *impar. subj. v.* pouvoir. 2) *pl. v.* mal. 3) *déf. v.* sentir. 4) *déf. v.* faire. 5) *part. v.* contraindre. 6) *impar. v.* faire. 7) *impar. v.* venir. 8) *déf. v.* apercevoir. 9) *part. v.* couvrir. 10) *déf. v.* mettre. 11) *déf. v.* sentir. 12) *déf. v.* prendre. 13) *prés. v.* apprendre. 14) *cond. v.* pouvoir.

gnai de mes larmes. Mon cher enfant, me dit-elle, il faut [1]) nous quitter: sèche tes pleurs, ils rendent cette séparation plus cruelle. Songe, pour te consoler, que toi seul m'as rendue heureuse; songe que c'est par toi seul que mes jours se sont prolongés! Hélas! que ne puis-[2]) je être sûre que les tiens couleront paisibles! Tant que j'ai vécu, [3]) j'ai tremblé que ta véritable mère ne vînt [4]) m'enlever mon fils: à présent que je vais [5]) mourir, je voudrais [6]) pouvoir te la rendre. Prends [7]) cette pierre précieuse, sur laquelle est gravé un nom en caractères qui me sont inconnus. Cette pierre était à ton cou le jour où je sauvai ta vie. Je te l'ai cachée jusqu'à ce moment: puisse-[8]) t-elle te faire reconnaître l'heureuse mère qui te porta dans son sein! Ah! si tu la revois [9]) jamais, dis-[10]) lui combien j'ai envié son bonheur; dis-lui que ma tendresse m'en rendait peut-être digne, et pardonnez-moi tous deux de t'avoir appelé mon fils. Adieu, mon fils, mon cher fils; permets-[11]) le-moi encore, ce doux nom. Approche-toi, viens: [12]) que ta main ferme mes yeux, et qu'avant d'expirer je t'entende encore une fois m'appeler ta mère.

O ma mère! m'écriai-je, ma tendre mère! je suis toujours votre fils, je le serai toute ma vie: c'est en vain.... Elle n'était déja plus; déja l'impitoyable mort s'était emparée de sa proie.

Je ne te peindrai [13]) point ma douleur: nos coeurs se ressemblent, Numa, et tu n'as pas oublié ce que tu souffris [14]) à la mort de Tullus. Mes mains dressèrent un simple bûcher, où le corps de Myrtale fut réduit [15]) en cendres. Je recueillis [16]) ces cendres dans une urne que je creusai moi-même; je l'enterrai dans un tombeau de gazon que j'élevai non loin de ma cabane; et j'écrivis [17]) sur une pierre dont je couvris [18]) le tombeau:

---

1) *prés.* v. falloir. 2) *prés.* v. pouvoir. 3) *part.* v. vivre. 4) *impar. subj.* v. venir. 5) *prés.* v. aller. 6) *cond.* v. vouloir. 7) *impér.* v. prendre. 8) *prés. subj.* v. pouvoir. 9) *prés.* v. revoir. 10) *impér.* v. dire. 11) *impér.* v. permettre. 12) *impér.* v. venir. 13) *fut.* v. peindre. 14) *déf.* v. souffrir. 15) *part.* v. réduire. 16) *déf.* v. recueillir. 17) *déf.* v. écrire. 18) *déf.* v. couvrir.

Ici repose Myrtale. Passant, si tu aimas ta mère, pense à elle, et pleure ici. Ensuite, fermant ma chaumière, que je laissai sous la garde des nymphes, et abandonnant mon troupeau, je sortis¹) de ces montagnes, et je portai mes pas, malgré moi, vers la capitale des Vestins.

Arrivé dans Cingilie, j'appris²) que la belle Camille, après avoir résisté long-temps à son père, s'était enfin déterminée à prendre pour époux le roi de Salente, et qu'elle s'était embarquée avec les ambassadeurs de ce prince. Frappé de cette nouvelle, comme si je n'avais pas dû³) m'y attendre, je regagne précipitamment l'Apennin. Errant çà et là sans tenir de route fixe, j'arrive à l'armée des Marses à l'instant où l'on allait élire un général. La vue de cette armée m'inspira l'amour de la gloire; je résolus⁴) de périr, ou de devenir un héros. Je me présentai pour disputer le commandement: un hasard heureux me le donna. Tu sais⁵) comment j'ai fait la guerre, et tu vois⁶) quel en est le prix.

Léo finit là son récit. Pendant le temps qu'il avait parlé, Numa était resté immobile, les yeux attachés sur lui. Tous les sentimens que le héros marse exprimait passaient dans l'ame du héros sabin: lorsque Léo peignait⁷) ses premières années et les détails de sa tendresse pour sa mère, un doux sourire embellissait le visage de Numa; lorsque Léo parlait de Camille et de son amour, Numa sentait⁸) couler ses larmes.

Cependant le soleil allait se cacher dans le sein de Thétis;⁹) les deux amis résolurent¹⁰) de passer la nuit dans cette grotte. Ils allèrent¹¹) cueillir quelques fruits dans le vallon, et revinrent¹²) attendre le sommeil. Notre voyage est fini, disait Numa, puisque nous nous sommes trouvés. Demain nous déciderons de quel côté nous tournerons nos pas. J'avais quelque desir de voyager dans la Grèce, pour m'instruire des moeurs des différens

---

1) *déf. v.* sortir. 2) *déf. v.* apprendre. 3) *part. v.* devoir. 4) *déf. v.* résoudre. 5) *prés. v.* savoir. 6) *prés. v.* voir. 7) *impar. v.* peindre. 8) *impar. v.* sentir. 9) Thetis, Gemahlin des Oceanus; poetisch: das Meer. 10) *déf. v.* résoudre. 11) *déf. v.* aller. 12) *déf. v.* revenir.

peuples, et devenir, par cette étude, plus sage et plus vertueux.

Ami, lui répondit Léo, si les hommes aimaient la vertu, sans doute on gagnerait à les connaître, et je te dirais: ¹) Parcourons ²) le monde; nous serons meilleurs à notre retour. Mais que verrons- ³) nous dans la Grèce? que trouverons-nous par-tout ailleurs? des royaumes composés d'esclaves, et gouvernés par des tyrans; des républiques qui se déchirent, et dont les citoyens, pour prouver qu'ils sont libres, s'égorgent mutuellement; quelques grands hommes persécutés, chassés, bannis, et regrettant moins la patrie que les honneurs qu'ils aimaient plus qu'elle; des philosophes qui se disent ⁴) sages, et qui troublent sans cesse leur vie par de vains argumens dont eux-mêmes ne sont pas sûrs; par-tout enfin les peuples opprimés, les vertus négligées, et l'ambition ou la vanité régnant en despotes sur les hommes que l'on admire le plus. Numa, qu'aurons-nous gagné dans nos voyages? Nous en reviendrons ⁵) peut-être avec des vices de plus. Va, ⁶) le créateur de l'univers n'a pas voulu ⁷) que, pour devenir sage, l'homme eût besoin de parcourir le monde, et de consumer la plus belle moitié de sa vie en s'efforçant d'acquérir des vertus pour une vieillesse incertaine. Il a donné à chacun de nous, en naissant, ⁸) un livre et un juge: notre conscience. Vivons ⁹) en paix avec elle, nous savons ¹⁰) tout.

Hé bien, lui dit Numa, ne quittons point l'Italie, retournons dans tes montagnes, allons ¹¹) habiter ta chaumière, allons retrouver ton troupeau. Je labourerai tes déserts; je garderai tes brebis; je pleurerai avec toi sur le tombeau de Myrtale; je te parlerai tous les jours de Camille, à cette cascade que je connais ¹²) déjà; et si la tendresse maternelle t'a fait passer d'heureux jours dans cet asile, la consolante amitié peut ¹³) y adoucir tes chagrins.

---

1) *cond.* v. dire. 2) *impér.* v. parcourir. 3) *fut.* v. voir. 4) *prés.* v. dire. 5) *fut.* v. revenir. 6) *impér.* v. aller. 7) *part.* v. vouloir. 8) *gér.* v. naître. 9) *impér.* v. vivre. 10) *prés.* v. savoir. 11) *impér.* v. aller. 12) *prés.* v. connaître. 13) *prés.* v. pouvoir.

Il dit. Léo l'embrasse: tous deux se mettent ¹) en marche. Ils traversent le pays des Èques dans toute sa longueur; ils passent le rapide Tolonius, s'engagent dans les forêts des Arbences, et gagnent enfin l'Apennin.

Les deux héros, qui ne vivaient ²) que de leur chasse, s'égarèrent en poursuivant ³) les hôtes des forêts. Ils franchirent les rochers les plus escarpés, s'enfoncèrent dans les lieux les plus sauvages, et découvrirent ⁴) enfin un vallon riant, environné de monts inaccessibles, d'où découlaient plusieurs sources qui allaient arroser le vallon. Des tilleuls, des aunes, des hêtres, nés ⁵) sur le bord de ces ruisseaux, étaient mêlés avec des oliviers, des ormes couronnés de pampre, et d'autres arbres chargés de fruits. Un épais gazon, parsemé de mille fleurs, formait par-tout un tapis émaillé. Tout respirait la paix, l'abondance: l'air était pur, les ruisseaux limpides; l'on n'entendait d'autre bruit que le murmure des ondes et le chant de mille oiseaux, qui, voltigeant dans les feuillages, semblaient célébrer à l'envi le bonheur dont ils jouissaient.

Les deux amis, charmés à cette vue, se hâtent de descendre dans le vallon. Ils marchent, ils admirent, ils jouissent du plaisir le plus pur que les dieux nous aient accordé, du spectacle de la belle nature: ils suivent ⁶) le cours du principal ruisseau sans rencontrer de traces d'homme. Ils arrivent à un endroit où le ruisseau se divise en deux. Après s'être promis ⁷) de se rejoindre dans ce même lieu, ils se séparent pour suivre chacun une des branches du ruisseau.

Léo marcha long-temps; mais il ne trouva que des arbres, des fleurs et des fruits.

Numa, plus heureux, aperçut ⁸) un troupeau qui paissait, ⁹) sans chiens et sans berger, auprès d'un petit bois de lauriers. Il pénètre à pas lents dans ce bois, regarde, examine, et découvre, ¹⁰) sous un berceau de

---

1) *prés. v.* mettre. 2) *impar. v.* vivre. 3) *gér. v.* poursuivre. 4) *déf. v.* découvrir. 5) *part. v.* naître. 6) *prés. v.* suivre. 7) *part. v.* promettre. 8) *déf. v.* apercevoir. 9) *impar. v.* paître. 10) *prés. v.* découvrir.

jasmin sauvage, une jeune fille vêtue de blanc, assise ¹) sur un banc de gazon. Elle semblait profondément occupée d'un livre qu'elle tenait ²) sur ses genoux. Ses cheveux blonds, qui retombaient sur son front et sur ses épaules, étaient soulevés doucement par le zéphyr, et laissaient voir son visage; jamais il n'en fut de plus beau. Mais cette beauté, que la nature lui avait donnée, empruntait son principal éclat de la candeur, de la franchise, qui se peignaient ³) dans ses traits. Ce visage doux et serein semblait respirer le calme du bonheur, la paix de la vertu; il avait quelque chose de céleste qui éloignait toute idée de volupté, et remplissait l'ame d'un sentiment plus pur, plus délicieux: il n'inspirait point de desirs; il faisait naître un saint respect, un penchant plus tendre, plus vif que le desir même.

Numa la voit, ⁴) et s'arrête. Il n'est point surpris, il n'est point troublé; son coeur ne palpite pas avec plus de vitesse: il éprouve un plaisir doux qui n'égare pas la raison; l'idée de l'amour est loin de sa pensée. Il ne prend ⁵) point cette bergère pour une déesse; ses sens calmes et ravis ne lui exagèrent rien: en ne voyant ⁶) que la vérité, il voit dans cette inconnue la plus belle des mortelles, et sans doute la plus vertueuse.

Il pénètre doucement à travers les arbustes: il s'approche d'elle, et veut ⁷) regarder le livre qu'elle tenait dans ses mains; mais les caractères lui en sont inconnus. Numa se retire avec précaution. Toujours caché derrière les feuillages, il voit s'avancer un vieillard vénérable, appuyé sur un bâton noueux: des cheveux blancs couvraient ⁸) son front, sa longue barbe descendait sur sa poitrine, son visage sillonné de rides conservait un air de grandeur que les chagrins et la vieillesse n'avaient pas encore effacé. Ma fille, dit-il à la bergère, voilà le coucher du soleil; allons ⁹) remplir les préceptes de notre divine loi. À ces mots, la bergère se lève, et fait voir à Numa sa taille majestueuse. Ses yeux bleus

---

1) *part. v.* asseoir. 2) *impar. v.* tenir. 3) *impar. v.* peindre. 4) *prés. v.* voir. 5) *prés. v.* prendre. 6) *gér. v.* voir. 7) *prés. v.* vouloir 8) *impar. v.* couvrir. 9) *impér. v.* aller.

regardent son père; elle lui tend la main en souriant:[1]
le vieillard, appuyé sur son bras, retourne à pas lents
vers une cabane bâtie dans l'intérieur du bois.

Numa, qui n'ose les suivre, examine tous leurs mouvemens. Il les voit laver leurs mains dans une source d'eau pure: ensuite ils entrent dans la cabane, et le vieillard en sort[2] bientôt avec un autre habit que celui qu'il portait. Sa longue robe a fait place à une courte tunique; une ceinture de plusieurs couleurs est passée autour de ses reins; son visage est à demi voilé. Il tient[3] un vase d'airain dans lequel brûle un fer ardent; il le pose avec respect sur une pierre polie. Sa fille le suit,[4] portant des parfums, des racines, et un léger faisceau de branches sèches. Tous deux, à genoux, jettent ces offrandes dans le feu, l'attisent avec des instrumens d'or, et prononcent une prière dans une langue inconnue.

Bientôt le vieillard se relève; il emporte le vase avec le même respect. La jeune bergère va[5] rassembler le troupeau dispersé dans la prairie, l'enferme dans un parc formé par des claies, et retourne auprès de son père, tandis que Numa, plein de surprise et de joie, se presse de rejoindre Léo.

---

1) gér. v. sourire. 2) prés. v. sortir. 3) prés. v. tenir.
4) prés. v. suivre. 5) prés. v. aller.

LIVRE NEUVIÈME.

SOMMAIRE.

Numa et Léo sont reçus¹) chez le vieillard. Ils admirent sa fille Anaïs, et quittent à regret cette cabane. Léo revoit²) son ancienne chaumière. Il retrouve Camille. Transports de ces deux amans. Camille raconte ses aventures. Elle devient³) l'épouse de Léo. Ils partent⁴) avec Numa pour retourner chez le vieillard. Numa sauve Anaïs et son père des mains des brigands. Il est blessé. Histoire de Zoroastre. Léo reconnait⁵) son père.

Numa retrouve bientôt son ami, et lui raconte ce qu'il a vu.⁶) Il guide ses pas vers la cabane; ils arrivent, frappent à la porte. La jeune bergère vient⁷) ouvrir, et les regarde avec inquiétude. Rassurez-vous, lui dit Léo, nous sommes des hommes de paix: daignez nous donner l'hospitalité; demain, au lever de l'aurore, nous reprendrons⁸) notre route, après avoir remercié les dieux de votre bienfait.

À ces mots, la jeune fille marche devant eux pour les annoncer à son père. Il était au fond de la cabane, assis sur un lit de natte, tenant⁹) dans ses mains la quenouille et les fuseaux que sa fille venait¹⁰) de quitter. Quelques sièges grossiers, une table mal assurée, des vases de bois pendus par leur anse à côté d'une lyre d'ébène, telles étaient toutes les richesses de cette humble demeure.

À peine le vieillard aperçoit¹¹) les voyageurs, qu'il se lève, vient au-devant d'eux, et les invite à se reposer. Anaïs, dit-il à sa fille, fais tiédir de l'eau, prépare pour nos hôtes ce que nous avons de meilleur. La modeste Anaïs lui obéit: elle ranime le feu du foyer,

---

1) *part. v.* recevoir. 2) *prés. v.* revoir. 3) *prés. v.* devenir.
4) *prés. v.* partir. 5) *prés. v.* reconnaître. 6) *part. v.* voir.
7) *prés. v.* venir. 8) *fut. v.* reprendre. 9) *gér. v.* tenir. 10) *impar. v.* venir. 11) *prés. v.* apercevoir.

va¹) chercher un vase d'airain, le remplit d'eau, et court²) au verger, tandis que la flamme environne le vase.

Anaïs reparait³) bientôt, portant des raisins, des olives, d'autres fruits, un rayon de miel et des fleurs: elle les entremêle sur la table avec les fruits, va chercher des tasses de hêtre, remplit un vase d'argile d'un vin qui n'est pas vieux; et versant l'eau tiède dans un grand bassin de bois, elle le présente à son père. Le vieillard, malgré les refus, malgré les instances des voyageurs, leur lave lui-même les pieds; ensuite il s'assied⁴) à table avec eux.

L'émotion que ressentaient⁵) les deux héros leur laissait à peine la liberté de remercier le vieillard. Numa, toujours les yeux sur Anaïs, admirait sa beauté, ses graces naïves, sa politesse douce et franche; mais il était sur-tout frappé de la piété filiale, de l'adorable candeur qui, sans chercher à paraître, paraissait,⁶) malgré la bergère, jusque dans ses moindres actions. O combien l'on est heureux d'être son frère! disait⁷) en lui-même Numa. Son respect pour Anaïs ne lui permettait⁸) pas d'autre voeu.

Léo était plus occupé du vieillard que de sa fille; il se sentait⁹) entraîné vers lui par un charme secret dont il ne pouvait¹⁰) se rendre compte: ces cheveux blancs, ce visage vénérable où l'on voyait¹¹) à-la-fois l'empreinte du malheur et de la vertu, cette gravité noble qui n'avait rien de sévère, tout inspirait à Léo un sentiment de respect mêlé de tendresse. Le vieillard, de son côté, fixait sur lui sa débile vue: il le considérait avec attention, regardait ensuite Anaïs, et semblait comparer leurs traits. Au milieu de cet examen, il soupirait, le fruit qu'il tenait¹²) échappait de sa main; ses

---

1) *prés.* v. aller. 2) *prés.* v. courir. 3) *prés.* v. reparaître. 4) *prés.* v. s'asseoir. 5) *impar.* v. ressentir. 6) *impar.* v. paraître. 7) *impar.* v. dire. 8) *impar.* v. permettre. 9) *impar.* v. sentir. 10) *impar.* v. pouvoir. 11) *impar.* v. voir. 12) *impar.* v. tenir.

yeux se remplissaient de larmes, et le tendre vieillard se hâtait de les essuyer pour regarder encore le héros marse.

Anaïs, qui n'était jamais un seul instant sans veiller sur son père, s'aperçut¹) de l'émotion qu'il éprouvait: l'attribuant à de tristes souvenirs, elle prend²) sa lyre pour les distraire. Ses mains délicates l'ont bientôt mise³) d'accord; sa voix douce et touchante se fait entendre: Numa, Léo, le vieillard lui-même, écoutent dans le ravissement.

La belle Anaïs chante le monde créé par la parole d'Oromaze; le soleil allumé par son souffle pour féconder la terre, faire naître les moissons, les arbres, les plantes, tous les végétaux salutaires; l'homme créé pur, immortel, déchu⁴) de cet heureux état, et corrompu par Arimane, auteur de tout le mal qui est dans l'univers; cet ennemi du genre humain, aussi ancien qu'Oromaze, empoisonnant les sources du bonheur, mêlant des maux⁵) sans nombre à tous les bienfaits de l'être suprême, et répandant sur la terre les vices avec les douleurs; enfin le législateur envoyé par le ciel même pour combattre et vaincre Arimane, pour soutenir l'homme abattu, pour le ramener au vrai culte, et faire revivre dans son ame le germe de la vertu que les crimes avaient étouffé.

En cet endroit, le vieillard jette un coup-d'oeil sur Anaïs: Anaïs ne prononce pas le nom du législateur.

Numa et Léo se regardent, admirent les merveilles qu'ils ont entendues, reconnaissent⁶) quelques dogmes communs avec leur religion. Mais leur ame est sur-tout émue⁷) de la touchante simplicité, de la sublime morale qu'Anaïs a su⁸) mêler à son récit: sa voix tendre, son recueillement, son air de respect, en ont encore doublé le charme. Numa se croit⁹) transporté dans le palais des dieux mêmes; il lui semble entendre Minerve annoncer des mystères nouveaux.

Cependant les deux voyageurs vont¹⁰) se livrer au

---

1) *déf. v.* s'apercevoir. 2) *prés. v.* prendre. 3) *part. v.* mettre. 4) *part. v.* déchoir. 5) *pl. v.* mal. 6) *prés. v.* reconnaître. 7) *part. v.* émouvoir. 8) *part. v.* savoir. 9) *prés. v.* croire. 10) *prés. v.* aller.

sommeil, et, le lendemain, dès l'aurore, ils se disposent à partir. Un intérêt, une amitié secrète leur font ¹) regretter cette cabane; ils voudraient ²) y passer leurs jours: Anaïs et son père le voudraient aussi. Anaïs va ³) dépouiller le verger pour donner des fruits à Numa: le vieillard oblige Léo d'emporter du vin dans une outre. Tous deux instruisent ⁴) les voyageurs des sentiers les plus faciles; ils leur recommandent sur-tout de revenir dans ce vallon. Numa et Léo s'y engagent; enfin ils se mettent en marche, le coeur oppressé de soupirs.

Les deux héros, sans se parler, retournent souvent la tête vers la cabane qu'ils regrettent. Chacun d'eux, en silence, rappelle à sa mémoire tout ce qu'il a vu, ⁵) tout ce qu'il a entendu. Cette religion inconnue dont Anaïs a chanté quelques mystères, cette prière devant le feu dans un langage sacré, tout confond leurs idées, tout dérange leurs conjectures. Léo s'étonne de l'intérêt secret qu'il éprouve pour un inconnu qui semble n'être pas né ⁶) dans l'Itéli; Numa ressent ⁷) pour Anaïs une amitié plus tendre que l'amour même.

Enfin Numa rompt ⁸) le silence, et propose à son ami de retourner sur-leurs pas pour se fixer auprès d'Anaïs. Léo le désire autant que lui; mais Léo veut ⁹) revoir son ancienne chaumière, et pleurer encore une fois sur le tombeau de Myrtale. Numa respecte ce désir. L'émotion qu'ils éprouvent tous deux leur rappelle des souvenirs tristes: Léo parle de Camille; Numa compare Hersilie avec la modeste Anaïs. Une tendre mélancolie s'empare d'eux, ils pleurent ensemble, et se consolent mutuellement. O charme de l'amitié, qui mêle de la douceur aux chagrins qu'on se communique, et qui des peines mêmes sait ¹⁰) faire naître un plaisir!

Enfin, après trois jours de marche, Léo découvre ¹¹) sa cabane. À cette vue, il s'arrête; ses forces l'abandonnent. Bientôt, soutenu ¹²) par Numa, il s'avance;

---

1) *prés. v.* faire. 2) *cond. v.* vouloir. 3) *prés. v.* aller. 4) *prés. v.* instruire. 5) *part. v.* voir. 6) *part. v.* naître. 7) *prés. v.* ressentir. 8) *prés. v.* rompre. 9) *prés. v.* vouloir. 10) *prés. v.* savoir. 11) *prés. v.* découvrir. 12) *part. v.* soutenir.

et chaque arbre, chaque place, chaque objet qu'il reconnaît,¹) lui rappelle un doux souvenir. Là il jouait avec Myrtale; là il écoutait ses leçons; c'est ici qu'il planta des fleurs pour venir les lui offrir: tout lui retrace une époque de tendresse ou de bonheur. Ses yeux mouillés ne peuvent²) se lasser de revoir ce qu'ils ont vu³) tant de fois. L'air qu'il respire l'oppresse, le sentiment qu'il éprouve l'accable, son coeur est serré, et cependant sa tristesse a pour lui un charme secret.

Dès qu'il est auprès de la porte, il tombe à genoux, embrasse la terre; ensuite, élevant ses mains, il adresse ces paroles aux divinités champêtres: Je vous salue, nymphes, naïades, qui protégeâtes⁴) mon enfance, et que je revois⁵) avec tant de joie; je vous salue. Daignez vous contenter dans ce moment des voeux tendres que je vous adresse: bientôt vous aurez part aux libations de lait que je ferai⁶) sur le tombeau de ma mère.

Après ces mots, il se relève, et entre dans sa cabane. Quelle est sa surprise en la retrouvant telle qu'il l'a laissée! Tout est en ordre, tout est à sa place: Léo revoit ses anciens javelots, ses instrumens de jardinage, et la première flûte sur laquelle il chanta Camille. Il la revoit, cette flûte, il la baise avec attendrissement. Mais il quitte tout pour courir à la tombe de Myrtale, et il la trouve parée de fleurs nouvelles; plusieurs autres qui sont flétries attestent qu'une main pieuse les renouvelle chaque jour. Léo se met⁷) à genoux; il arrose de ses larmes le gazon vert et touffu qui a crû⁸) sur ce tombeau; il bénit la main inconnue qui prend soin de le décorer. Numa garde le silence, prie auprès de son ami, et partage tous ses sentimens.

Bientôt Léo, lui tendant la main, prononce le nom de Camille, en l'entraînant vers ce rocher, vers cette cascade si chère à son souvenir. Il court, il arrive: le premier objet qu'il voit, c'est Camille sur le rocher.

À cette vue, Léo jette un cri, et se précipite vers

---

1) *prés.* v. reconnaître. 2) *prés.* v. pouvoir. 3) *part.* v. voir. 4) *déf.* v. protéger. 5) *prés.* v. revoir. 6) *fut.* v. faire. 7) *prés.* v. mettre. 8) *part.* v. croître.

Camille. Celle-ci tourne la tête: tous deux, avant de se joindre, ont perdu l'usage de leurs sens.

Numa les secourt,¹) Numa les rend à la vie. À peine ont-ils ouvert²) les yeux, qu'ils se cherchent et se retrouvent. Est-ce bien vous, disait³) Léo, vous que j'ai si long-temps pleurée? Dieux immortels, si c'est un songe, faites-⁴) moi mourir au réveil!

Camille, la tendre Camille le presse dans ses bras et le rassure: Oui, c'est moi; c'est ton amante fidèle que rien ne peut⁵) plus t'arracher. Je suis avec toi pour toujours, avec le maître de mon coeur, avec celui qui m'a sauvé la vie, pour qui seul je l'ai conservée.

En disant⁶) ces mots, elle l'embrasse; elle lui répète: c'est moi; lui dit de ne pas pleurer, lui sourit⁷) avec tendresse, et, en souriant,⁸) elle pleure elle-même: son visage, inondé de larmes, peint⁹) cependant la joie et le bonheur; semblable à ces nuages d'or qui font¹⁰) tomber sur les fleurs une douce pluie, tandis que le soleil, faiblement éclipsé par eux, les perce de ses rayons, et brille encore à travers les perles liquides qu'ils répandent.

Après les premiers momens donnés à l'amour, à la joie, Léo conduit¹¹) sa chère Camille au même endroit, à la même place où jadis ils se parlaient de leurs amours. C'est ici, c'est ici, lui dit-il, que je veux¹²) entendre le récit de ce qui vous est arrivé. Parlez devant cet ami: il est instruit¹³) de tous nos secrets, il lit¹⁴) dans mon coeur comme moi-même, et vous lui donnerez bientôt le vôtre quand vous connaîtrez¹⁵) ses vertus.

Camille jette alors sur Numa un regard plein de douceur; elle s'assied¹⁶) entre les deux héros, et satisfait¹⁷) ainsi leur impatience:

Les dieux m'ont été favorables: ils m'ont préservée

---

1) *prés. v.* secourir. 2) *part. v.* ouvrir. 3) *impar. v.* dire. 4) *impér. v.* faire. 5) *prés. v.* pouvoir. 6) *gér. v.* dire. 7) *prés. v.* sourire. 8) *gér. v.* sourire. 9) *prés. v.* peindre. 10) *prés. v.* faire. 11) *prés. v.* conduire. 12) *prés. v.* vouloir. 13) *part. v.* instruire. 14) *prés. v.* lire. 15) *fut. v.* connaître. 16) *prés. v.* s'asseoir. 17) *prés. v.* satisfaire.

d'un hymen que je redoutais plus que la mort. J'avais pourtant obéi à mon père; je l'avais sauvé d'une guerre qu'il n'aurait pu.¹) soutenir. Le roi des Maruses s'était retiré dans ses états; j'étais partie ²) avec les ambassadeurs de Télémante sur un vaisseau salentin que m'avait envoyé ce prince. Je ne te dirai ³) point, mon cher Léo, quelles pensées m'occupaient: nos coeurs s'entendent trop bien pour avoir besoin de s'instruire de tout ce qu'ils ont souffert.⁴)

Nous voguions à pleines voiles vers les rivages de Salente, quand, à la hauteur de Métine, des nuages épais, rassemblés sur nos têtes, nous dérobent le ciel et le jour. Tous les enfans d'Éole ⁵) déchaînés soulèvent les vagues écumantes; une nuit affreuse couvre ⁶) la mer: les éclairs sillonnent les nues; la foudre, les vents, les flots, tout nous présente l'image d'une mort inévitable.

Je ne pensais qu'à toi, Léo; je bénissais les immortels, je remerciais la tempête, je me félicitais d'échapper à Télémante, et je n'attendais plus que l'instant de voir notre vaisseau s'entr'ouvrir. Il arriva cet instant: chefs, soldats, matelots, tous furent engloutis. Moi-même, je bus ⁷) l'onde amère; mais je ne perdis ni le courage ni les forces. Je revins ⁸) sur les flots; et, saisissant un débris du navire, j'osai concevoir l'espérance de sauver mes jours pour toi. Attachée à ce bois flottant, jouet des vents et des ondes, toujours au milieu des ténèbres, toujours entre les bras de la mort, je me disais:⁹) Rien n'est à craindre; car je suis sûre de mourir, ou de vivre pour mon cher Léo.

L'amour sans doute veillait sur moi. La mer se calma peu-à-peu; ses flots, en retombant les uns sur les autres, chassaient toujours vers le rivage le bois que je ne quittais point. Enfin je découvris ¹⁰) la terre, j'abordai sans effort; et, tombant à genoux, je remerciai les dieux, bien moins d'échapper au trépas que d'échapper

---

1) *part. v.* pouvoir. 2) *part. v.* partir. 3) *fut. v.* dire. 4) *part. v.* souffrir. 5) Æolus, der Gott der Winde. 6) *prés. v.* couvrir. 7) *déf. v.* boire. 8) *déf. v.* revenir. 9) *impar. v.* dire. 10) *déf. v.* découvrir.

à Télémante. Je regardai autour de moi, je vis¹) de hautes montagnes. Un laboureur m'apprit²) que j'étais dans l'Apulie, au pied du fameux mont Gargan. Ce laboureur me conduisit³) dans sa chaumière; trois jours de repos me rendirent mes forces. Quelques pièces d'or que j'avais avec moi me fournirent un arc, des flèches, et récompensèrent le laboureur.

Seule, sans autre secours que mon arc, je résolus⁴) de gagner l'Apennin, de retrouver ta cabane. La route devait être longue, les chemins m'étaient inconnus; mais tu étais le but de mon voyage; rien ne pouvait m'effrayer. Je me mis⁵) en route sans guide, sans compagnon, marchant la nuit pour arriver plus vite, traversant les fleuves, gravissant les rochers, et ne craignant⁶) pas d'éveiller les bêtes farouches. Je cherchais au contraire les forêts les plus sombres, les déserts les plus sauvages, de peur d'être reconnue,⁷) ou de rencontrer quelque Salentin échappé comme moi du naufrage.

Ma crainte n'était que trop fondée. Sur les frontières des Samnites, dans le pays des Frentaniens, à l'aube du jour, comme j'allais sortir d'une caverne où j'avais passé la nuit, j'entendis plusieurs voix d'hommes; je distinguai le nom de Camille. Un tremblement me saisit: cachée dans la caverne, je prête une oreille attentive; je reconnais⁸) bientôt plusieurs soldats de mon vaisseau, qui parlaient entr'eux de ma mort, et qui, se trouvant sans chef dans un pays éloigné du leur, méditaient des brigandages.

Je ne respirais pas en les écoutant; j'étais comme le faon timide qui, caché parmi des feuillages, voit⁹) passer auprès de lui une meute de chiens affamés. Je laissai partir ces soldats; et me jetant à genoux en sortant de la caverne: O Vénus! m'écriai-je, déesse des coeurs tendres, c'est toi qui me sauvas des flots; mais de quoi me sert¹⁰) ton bienfait, tant que je suis loin de

---

1) *déf. v.* voir. 2) *déf. v.* apprendre. 3) *déf. v.* conduire. 4) *déf. v.* résoudre. 5) *déf. v.* se mettre. 6) *gér. v.* craindre. 7) *part. v.* reconnaître. 8) *prés. v.* reconnaître. 9) *prés. v.* voir. 10) *prés. v.* servir.

celui que j'aime? O la plus belle des immortelles, souviens-toi¹) des pleurs que l'amour t'a fait verser: ton coeur doit être touché d'une douleur qu'il a ressentie.²) Guide mes pas vers mon amant, daigne m'éclairer sur le chemin que je dois suivre. Reine des dieux et des hommes, si tu exauces mes voeux, je te promets,³) oui, je te jure de t'élever un autel à la place même où je reverrai⁴) Léo, et le plus beau de ses béliers te sera offert⁵) en sacrifice.

Comme j'achevais ces mots, deux colombes traversant les airs viennent⁶) se poser devant moi. J'accepte cet heureux présage; j'observe les oiseaux de Vénus, et je les suis⁷) avec confiance. Les deux colombes, sans se quitter, tantôt rasent la terre d'un vol rapide, tantôt s'arrêtent sur le gazon, en y cherchant leur nourriture; mais elles ne s'éloignent jamais assez pour que mon oeil les perde⁸) un instant. Enfin, après neuf jours de marche, je découvre⁹) de loin ta chaumière, je vois¹⁰) les colombes se poser sur le toit. Là elles semblent se plaindre, elles roucoulent tristement, et, prenant¹¹) aussitôt leur vol, elles disparaissent¹²) à mes yeux.

Juge, Léo, juge de ma joie: je rendais grâces à Vénus, je rendais grâces aux colombes, je remerciais tous les dieux. Hélas! j'arrive à ta cabane, et mes yeux te cherchent, ma voix t'appelle en vain. Je parcours avec inquiétude les environs de ta chaumière; je ne vois partout que la solitude. Bientôt je découvre un tombeau; l'inscription m'apprend¹³) que Myrtale y repose. Ah! mon ami, je fus près de succomber à ce dernier coup. C'en est fait! m'écriai-je, en fondant en larmes: il court¹⁴) sans doute sur mes pas; il va¹⁵) me chercher dans Salente, où il apprendra¹⁶) mon naufrage: sa douleur lui coûtera la vie.

---

1) *impér. v.* se souvenir. 2) *part. v.* ressentir. 3) *prés. v.* promettre. 4) *fut. v.* revoir. 5) *part. v.* offrir. 6) *prés. v.* venir. 7) *prés. v.* suivre. 8) *prés. subj. v.* perdre. 9) *prés. v.* découvrir. 10) *prés. v.* voir. 11) *gér. v.* prendre. 12) *prés. v.* disparaître. 13) *prés. v.* apprendre. 14) *prés. v.* courir. 15) *prés. v.* aller. 16) *fut. v.* apprendre.

Je le croyais;¹) je me le répétais tous les jours; et tous les jours je parcourais²) la montagne avec l'espoir de te retrouver. S'il vit³) encore, me disais-je, il reviendra,⁴) j'en suis sûre; il reviendra au tombeau de sa mère, au premier asile de nos amours. Qu'il soit devenu⁵) roi, qu'il soit esclave, dès qu'il pourra⁶) être libre, c'est ici qu'il tournera ses pas. Je connais Léo; c'est aux lieux chers à sa piété que l'on doit sûrement l'attendre.

Dans cette espérance, je m'établis dans ta cabane, je rassemblai ton troupeau, je pris⁷) soin de tout ce qui t'avait appartenu. 8.) Ces soins si doux charmaient mes ennuis: j'aimais tant à n'avoir de richesses que les tiennes! j'aimais tant à penser qu'à ton retour je te rendrais compte de ton bien! Tous les jours je menais tes brebis au pâturage, tous les jours je parais de fleurs le tombeau de ta mère; j'invoquais son ombre chérie, et lui demandais de te conduire vers moi. Mes voeux sont exaucés; je te revois,⁹) Léo; tout ce que j'ai souffert¹⁰) n'est rien.

Ainsi parle Camille. Léo la serre dans ses bras, tandis que le pieux Numa élève un autel de gazon, et court¹¹) choisir le bélier que Camille avait voué à Vénus. Il le porte sur l'autel: tous trois, à genoux, achèvent le sacrifice. Ensuite ils retournent à la cabane, et, dès le lendemain de ce beau jour, les deux amans, couronnés de fleurs, vont¹²) au tombeau de Myrtale. Numa les guide: Numa, qui, dès son enfance apprit¹³) les fonctions de sacrificateur, immole aux mânes deux brebis noires, et quatre agneaux à sa protectrice Cérès. Il l'invoque, il lui demande de bénir du haut du ciel l'hymen de Camille et de Léo; il joint¹⁴) leurs mains, il les unit au nom de Cérès et de Myrtale; ensuite il consume en leur honneur les victimes entières, et s'en retourne

---

1) *impar.* v. croire. 2) *impar.* v. parcourir. 3) *prés.* v. vivre. 4) *fut.* v. revenir. 5) *part.* v. devenir. 6) *fut.* v. pouvoir. 7) *déf.* v. prendre. 8) *part.* v. appartenir. 9) *prés.* v. revoir. 10) *part.* v. souffrir. 11) *prés.* v. courir. 12) *prés.* v. aller. 13) *déf.* v. apprendre. 14) *prés.* v. joindre.

avec les deux époux, en chantant l'hymne d'hyménée. O douce et simple cérémonie, si peu semblable aux bruyans et tristes mariages des princes! touchante union qui n'a de témoins que les dieux, de garant que la vertu, de pontife que l'amitié!

Le bonheur des deux époux rappelait à Numa le beau vallon : il ne parlait que d'Anaïs, il ne songeait qu'à cette bergère, et se livrait sans inquiétude à un sentiment qu'il ne croyait¹) pas de l'amour. Ce qu'il sentait²) pour Anaïs était si différent de ce qu'il avait senti pour Hersilie; cette première passion l'avait rendu si malheureux, que Numa, tremblant encore au seul nom de l'amour, affectait d'appeler amitié le penchant irrésistible qui l'entraînait vers Anaïs.

Après quelques jours donnés à l'ivresse des nouveaux époux, Numa propose le voyage du beau vallon. Léo sourit;³) Numa, qui rougissait, se hâte de lui rappeler qu'il le promit⁴) lui-même au vieillard. Le héros marse y consent⁵) avec joie; Camille ne peut⁶) le quitter. Tous trois armés se mettent en marche, et charment par leur entretien l'ennui d'une pénible route.

L'impatient Numa précède toujours les époux: plus il approche, plus il se hâte; et dès qu'il aperçoit la cabane, il précipite ses pas.

Un dieu sans doute le conduisait.⁷) À peine arrivé dans le vallon, il entend des cris, il vole: il aperçoit le vieillard entre les mains de plusieurs brigands qui le traînent sur la poussière, et tiennent⁸) le fer levé sur lui. Plus loin, sa fille Anaïs, qu'on enlève malgré ses pleurs, se débat au milieu d'une autre troupe. Que fera⁹) Numa? Anaïs et son père sont dans un danger égal: qui sauvera-t-il le premier? à qui courra-¹⁰) t-il? Au plus faible. Il s'élance sur les scélérats qui pressent le plus le vieillard: il en immole trois, il attaque les autres, il les pousse avec fureur, il s'écrie pour attirer

---

1) *impar.* v. croire. 2) *impar.* v. sentir. 3) *prés.* v. sourire. 4) *déf.* v. promettre. 5) *prés.* v. consentir. 6) *prés.* v. pouvoir. 7) *impar.* v. conduire. 8) *prés.* v. tenir. 9) *fut.* v. faire. 10) *fut.* v. courir.

ceux qui ravissent Anaïs. Ces brigands viennent¹) à ces cris; ils se réunissent tous contre Numa. C'est alors que Numa respire: le danger ne menace que lui seul, le danger n'a rien qui l'effraie.²) Anaïs est près de son père, Numa les couvre³) tous deux de son corps; seul il fait tête à tous les brigands: leur sang ruisselle sous ses coups; mais le sien rougit sa cuirasse. Cinq ennemis ont mordu la poussière; mais ceux qui restent vont⁴) accabler le héros. Numa, le brave Numa chancelle; il est près de succomber, quand la massue de Léo tombe comme le tonnerre au milieu de ces scélérats. Camille, qui les reconnaît⁵) pour les soldats salentins échappés de son naufrage, Camille perce de ses flèches tous ceux qu'elle peut atteindre. Le père d'Anaïs lui-même s'est relevé; il a saisi l'épée d'un ennemi, et s'en sert⁶) pour défendre ses défenseurs. Bientôt tous les brigands sont immolés. Anaïs embrasse son père; Numa et Léo sont baignés des larmes de la reconnaissance.

Numa est blessé. La fatigue d'un long combat, le sang qu'il a perdu, le passage subit de la crainte de perdre Anaïs au plaisir de l'avoir sauvée, tout a épuisé ce qui lui reste de forces. On l'emporte dans la cabane, on s'empresse autour de lui. Le vieillard et Léo visitent ses blessures, posent un premier appareil. La sensible Anaïs s'approche, serre doucement la main de Numa: Vous avez sauvé mes jours, lui dit-elle, et vous avez sauvé mon père avant moi: c'est vous devoir deux fois la vie. Ces paroles sont un baume divin pour le héros; il n'a pas la force d'y répondre; mais ses yeux satisfaits se tournent vers Anaïs, et lui expriment tendrement tout ce que sa langue ne peut dire.

Les blessures de Numa étaient profondes, sans être dangereuses; il ne fallait⁷) que du temps pour les guérir. Anaïs et son père, Camille et son époux, entouraient sans cesse son lit. La tendre amitié qui avait

---

1) *prés. v.* venir. 2) *prés. v.* effrayer. 3) *prés. v.* couvrir.
4) *prés. v.* aller. 5) *prés. v.* reconnaître. 6) *prés. v.* se servir.
7) *impar. v.* falloir.

déja commencé entre le vieillard et le héros marse prenait ¹) tous les jours de nouvelles forces. Léo était impatient de connaître celui qui lui était déja si cher; Numa brûlait aussi d'apprendre l'histoire du père d'Anaïs. Un jour qu'ils étaient tous rassemblés près du malade, les deux amis joignirent ²) leurs prières pour obtenir ce récit: le vieillard, après avoir levé les yeux au ciel, le commença dans ces termes:

Je suis né ³) dans la Bactriane; le sang qui coule dans mes veines est celui des anciens rois de la Perse; et mon nom, fameux en Asie, est peut-être venu ⁴) jusqu'à vous: je m'appelle Zoroastre.

À ce grand nom, Numa, Léo, Camille, se regardent avec surprise, et reportent sur le vieillard des yeux remplis de vénération. La tendre Anaïs, qui lit ⁵) dans leurs ames le respect qu'ils ont pour son père, leur en témoigne sa reconnaissance par un sourire plein de douceur.

Zoroastre continue: Mon père, détrôné par le roi d'Assyrie, erra suppliant dans toutes les cours de l'Asie, et ne me laissa pour héritage que l'instruction du malheur et ses droits au trône de Perse. Je voulus ⁶) tenter de les faire valoir: je rassemblai quelques troupes, je revins ⁷) dans le royaume qu'avaient possédé mes aïeux. Je trouvai la Perse heureuse sous l'empire du sage Phul, roi de Ninive: ce grand homme régnait par la justice. Je sentis ⁸) que mes sujets ne pouvaient gagner à changer de maître. Dès ce moment, je renonçai à mes projets; je regardai comme un crime de troubler la félicité de tout un peuple pour de vains droits qui n'intéressaient que moi seul, et je ne pus ⁹) consentir à faire égorger des milliers d'hommes pour succéder à un monarque que je ne pouvais surpasser en vertus. Je congédiai mes troupes; je cachai ma naissance avec soin; je réprimai les mouvemens d'orgueil dont l'ame la plus pure n'est pas

---

1) *impar.* v. prendre. 2) *déf.* v. joindre. 3) *part.* v. naître. 4) *part.* v. venir. 5) *prés.* v. lire. 6) *déf.* v. vouloir. 7) *déf.* v. revenir. 8) *déf.* v. sentir. 9) *déf.* v. pouvoir.

exempte; et, me voyant tout entier à l'étude de la nature, j'aimai mieux devenir un sage qu'un roi.

Je parcourus¹) toute l'Asie; je cherchai chez les Brames,²) chez les Chinois,³) chez les philosophes du Gange,⁴) cette sagesse dont j'étais amoureux: par-tout je trouvai la supersition plus chère à l'homme que la vérité. La vérité, dont tout le charme est d'être simple, n'éblouit pas comme l'erreur: je désespérai de la rencontrer sur la terre; je désirai de mourir.

Le grand Oromaze, du haut de son trône, baissa ses yeux jusque sur moi: il fit⁵) descendre dans mon sein un pur rayon de sa lumière. Je méditai pendant vingt ans dans un désert, et ma raison me prouva qu'il ne pouvait y avoir qu'un seul Dieu, que ce Dieu m'avait donné une ame qui survivrait⁶) sûrement à mon corps pour être punie ou récompensée. Mon coeur me dit que Dieu était bon; que le mal que je voyais⁷) sur la terre ne pouvait être son ouvrage; qu'il avait été produit⁸) par un être malfaisant, ennemi de Dieu et des hommes. Je détestai cet être. J'adorai mon créateur; je l'adorai dans le plus beau de ses ouvrages, dans le soleil, brillant emblème de son pouvoir, de son éclat, sur-tout de sa bienfaisance. Je vis⁹) que ce soleil faisait¹⁰) naître les moissons pour le Scythe, pour le Perse, pour le Syrien, pour tous les peuples de la terre, divisés entre eux sur la manière d'adorer Dieu: je conclus¹¹) que ce Dieu, souverainement indulgent, aime tous les hommes, supporte ceux qui le calomnient, pardonne à la faiblesse, et punit la persécution.

Certain de ces vérités éternelles, je pensai qu'elles étaient un bien trop grand pour en jouir seul. Je me crus¹²) obligé de les répandre: je sortis¹³) de mon désert; je dis¹⁴) aux peuples: Aimez Dieu, et aimez-vous. Adorez le créateur dans le soleil, flambeau du

---

1) *déf.* v. parcourir. 2) die Braminen, indianische Philosophen oder Priester. 3) die Chinesen. 4) am Flusse Ganges. 5) *déf.* v. faire. 6) *cond.* v. survivre. 7) *impar.* v. voir. 8) *part.* v. produire. 9) *déf.* v. voir. 10) *impar.* v. faire. 11) *déf.* v. conclure. 12) *déf.* v. croire. 13) *déf.* v. sortir. 14) *déf.* v. dire.

monde, et dans le feu, ame de tout. Soyez purs dans vos pensées, dans vos paroles, dans vos actions. Faites ¹) du bien à tous les hommes, de quelque religion qu'ils soient; vivez ²) et mourez ³) fidèles à vos rois; payez les impôts sans murmure, cultivez la terre, car labourer, c'est servir Dieu; et quand vous êtes dans le doute si une action est bonne ou mauvaise, sachez ⁴) vous en abstenir.

Voilà quelle était ma doctrine: je la répandis de l'Euphrate à l'Indus. ⁵) Les peuples m'écoutaient et croyaient; ⁶) mes disciples augmentaient chaque jour. Si j'avais voulu ⁷) les armer, j'aurais pu ⁸) soumettre l'Asie: mais l'amour de l'humanité l'emportait dans mon coeur sur l'amour de ma loi; j'aurais refusé l'espoir de voir régner cette loi, s'il eût fallu ⁹) répandre du sang. Je dispersais moi-même mes disciples, je les forçais de me quitter; je leur disais: Aimez la paix, restez dans vos familles; le Dieu que j'annonce vous défend de vous exposer pour moi.

Parmi ces disciples était une jeune fille qui, malgré les plus vives instances, ne voulut ¹⁰) jamais s'éloigner de moi. Elle s'appelait Oxane: je sens ¹¹) mes pleurs couler en prononçant ce nom chéri. Oxane aimait Zoroastre encore plus que le prophète. Oxane me suivait ¹²) par-tout: si je parlais, elle écoutait dans le ravissement, son ame était dans ses yeux, son visage peignait ¹³) le bonheur: si je me taisais, ¹⁴) ou que le moindre nuage parût ¹⁵) obscurcir mon front, Oxane était plus triste que moi; elle n'osait m'interroger, mais ses regards tendres et douloureux m'avertissaient de sa peine. Je la conjurais tous les jours de ne pas suivre mes pas. O mon père, me répondait-elle, je voudrais ¹⁶)

---

1) *impér. v.* faire. 2) *impér. v.* vivre. 3) *impér. v.* mourir. 4) *impér. v.* savoir. 5) von dem Euphrat bis an den Indus [zwei Flüsse]. 6) *impér. v.* croire. 7) *part. v.* vouloir. 8) *part. v.* pouvoir. 9) *part. v.* falloir. 10) *déf. v.* vouloir. 11) *prés. v.* sentir. 12) *impar. v.* suivre. 13) *impar. v.* peindre. 14) *impar. v.* se taire. 15) *impar. subj. v.* paraître. 16) *cond. v.* vouloir.

mourir pour ta loi, laisse-moi vivre pour Zoroastre. Plus je te vois, ¹) plus je t'entends, plus je sens que j'aime ton Dieu. Je crains ²) que tu ne sois persécuté: cette idée m'attache à ta fortune. Non, Oxane ne te quittera point que tu n'aies trouvé l'épouse qu'Oromaze t'a destinée. Je veux ³) voir, je veux servir l'heureuse femme qui doit acquitter par sa tendresse, par ses soins, par le bonheur dont elle te fera ⁴) jouir, les bienfaits que te doit la terre.

Tant d'amour, tant de constance, fit ⁵) naître dans mon ame un sentiment que j'avais cru ⁶) devoir ignorer: je devins ⁷) l'époux d'Oxane. Oromaze, du haut de son trône, bénit nos tendres liens: Oromaze, en me donnant une femme vertueuse et tendre, me récompensa de tout ce que j'avais fait pour lui.

O jours de ma félicité, vous n'avez pas duré longtemps! Oxane et moi, nous vivions ⁸) dans la Perse; mes disciples, qui avaient pris ⁹) le nom de Mages, dispersés dans leurs asiles, adoraient le feu, cultivaient la terre, et pratiquaient la vertu.

Le roi de Ninive, Phul, tolérant comme tous les grands rois, fermait les yeux sur un culte qui ne portait ses sujets ni à la révolte ni à la corruption. Mais le sage Phul, parvenu ¹⁰) à une extrême vieillesse, paya le tribut à la nature, et laissa le trône à Sardanapale son fils.

Ce malheureux prince, roi de trop bonne heure, entouré, perverti par ses flatteurs, leur abandonna les rênes de l'empire, oublia les leçons de son père, son peuple, ses devoirs, pour se plonger dans la plus affreuse débauche. Les vices qui infectaient son palais allèrent ¹¹) infecter Ninive, et de là tout l'empire. Au bout de deux ans de règne, la capitale, les provinces, tout était également corrompu. Le roi, jouet de ses ministres, esclave de ses eunuques, tyran de son peuple, le roi ne se souvenait ¹²) plus qu'il était roi que pour signer des

---

1) *prés. v.* voir. 2) *prés. v.* craindre. 3) *prés. v.* vouloir. 4) *fut. v.* faire. 5) *déf. v.* faire. 6) *part. v.* croire. 7) *déf. v.* devenir. 8) *impar. v.* vivre. 9) *part. v.* prendre. 10) *part. v.* parvenir. 11) *déf. v.* aller. 12) *impar. v.* se souvenir.

édits cruels, pour commander des exactions, pour payer avec le plus pur sang de ses sujets ses plaisirs infâmes ou ses vils flatteurs.

Tout se vendait à Ninive: honneurs, charges, justice, tout était au plus offrant. Des courtisanes gouvernaient l'empire, ordonnaient en riant la ruine d'une province, faisaient ¹) gloire de dévorer dans un repas la substance de cent familles. Des satrapes ²) bas et cruels, ennemis de l'état et du peuple, pleins de mépris pour leur maître comme pour eux-mêmes, trafiquaient publiquement de leur crédit, vendaient, sans rougir, le patrimoine de l'orphelin, la liberté de l'innocent. Les guerriers tiraient vanité de leur amour pour la mollesse; les magistrats ne rougissaient plus de leurs injustices: dans tous les ordres de citoyens, la rapine seule donnait quelque gloire; et le peuple, épuisé d'impôts, victime des grands, des ministres, des juges, des esclaves mêmes du roi, le peuple opprimé, foulé aux pieds, tendait au ciel des mains suppliantes.

La faiblesse et la cruauté se réunissent presque toujours. Sardanapale, du sein de ses horribles voluptés, ordonna une persécution contre les mages. Il venait ³) de faire une guerre honteuse; croyant ses dieux irrités, il jugea qu'il était plus facile de venger leur cause par des meurtres que de les apaiser par des vertus. Il commanda d'exterminer jusqu'au dernier de mes disciples, promit ⁴) dix talens d'or à celui qui me livrerait vivant, et me condamna d'avance à des tourmens inconnus jusqu'alors.

Aussitôt le fer et le feu désolent les habitations des mages; leurs maisons sont la proie des flammes; leur sang inonde leurs asiles. Les barbares soldats de Sardanapale, qui avaient si lâchement combattu ses ennemis, se montrent remplis de zèle pour persécuter leurs concitoyens. Le glaive à la main, ils poursuivent ⁵) le peu de mages qui échappent; ils égorgent tous ceux qu'ils

---

1) *impar. v.* faire.   2) Satrapen, perfische Landvögte oder Statthalter.   3) *impar. v.* venir.   4) *déf. v.* promettre.   5) *prés. v.* poursuivre.

atteignent, massacrent la mère et la fille après les avoir outragées, et croient¹) toutes les horreurs permises,²) parce qu'ils les commettent³) au nom de leurs dieux.

Je fuyais⁴) avec mon épouse. Cent fois je fus sur le point d'aller me présenter au tyran, pour faire cesser la persécution; mais le cruel Sardanapale avait condamné tous les mages; mon trépas n'eût sauvé personne: d'ailleurs Oxane portait dans son sein un gage de notre chaste amour; le nom de père me faisait aimer la vie. Consolé par mon épouse, soutenu⁵) par son courage, errant de désert en désert, sans amis, sans secours, manquant souvent de nourriture, nous parcourûmes⁶) la Perse, la Sogdiane, la Bactriane, toujours au moment de tomber dans les mains de nos persécuteurs, toujours rejetés ou trahis par ceux à qui nous demandions un asile. Mais au milieu de nos périls, malgré les maux⁷) qui nous accablaient, l'idée de souffrir pour la vérité adoucissait toutes nos peines. À chaque douleur nouvelle, nous voyions⁸) une récompense future; l'espérance nous donnait des forces, et l'amour des consolations.

Nous pénétrâmes enfin dans les déserts de l'Arabie; nous entrâmes dans une caverne profonde, au milieu de laquelle était un tombeau. La pierre en était renversée; l'intérieur du cercueil était vide. Une lame d'or frappa mes yeux: je la saisis. À la faible lueur qui pénétrait dans la caverne, je lus⁹) sur cette lame ces paroles écrites,¹⁰) en caractères sacrés: Zoroastre, dépose ici le livre de la sainte loi, le Zend-Avesta,¹¹) que tu écrivis¹²) sous l'inspiration d'Oromaze. Le jour n'est pas arrivé, où ce livre, émané de Dieu, doit être connu¹³) des mortels: ta religion sera long-temps encore l'objet de la haine des peuples. Mais un second législateur, qui portera le même nom que toi, doit naître

---

1) *prés. v.* croire. 2) *part. v.* permettre. 3) *prés. v.* commettre. 4) *impar. v.* fuir. 5) *part. v.* soutenir. 6) *déf. v.* parcourir. 7) *pl. n.* mal. 8) *impar. v.* voir. 9) *déf. v.* lire. 10) *part. v.* écrire. 11) das Zendavesta, das Wort des Lebens [die Bibel der Perser]. 12) *déf. v.* écrire. 13) *part. v.* connaître.

dans la plénitude des temps: il sera conduit ¹) à cette caverne, il trouvera ton livre sacré; et, le montrant à l'Asie, il le placera sur le trône, où il sera la règle des nations. Pour toi, tes travaux ²) sont finis: prends ³) ton chemin vers la Phénicie; affronte la mer orageuse, va ⁴) chercher dans l'occident une tranquille patrie, où ton nom plus inconnu ne t'entoure pas de persécuteurs. Ainsi le veut ⁵) Oromaze; obéis, et ne murmure pas.

Je lus ⁶) deux fois ces paroles; je ne doutai point qu'un ange ne les eût tracées. Je remis ⁷) avec respect la lame d'or dans le cercueil; j'y déposai le livre sacré qui renfermait la divine loi, je recouvris ⁸) le tombeau avec la pierre renversée, et, prosterné contre la terre, je m'humiliai devant Oromaze.

Après avoir adoré son nom, je sortis ⁹) de la caverne; je dirigeai mes pas vers l'opulente Tyr. ¹⁰) Là, suivi ¹¹) de ma chère Oxane, je montai sur un vaisseau pour aller chercher un asile chez les peuples hospitaliers de la Grèce ou de l'Ibérie. Notre navire, poussé par les vents dans la mer Adriatique, vint ¹²) échouer sur les côtes des Frentaniens. Oromaze, que j'invoquai, sauva mon épouse: je la portai dans mes bras jusqu'à un village des Marses, où l'on me donna l'hospitalité. Hélas! ma chère Oxane, faible, languissante, accablée par les fatigues de la mer, fut bientôt surprise ¹³) des douleurs de l'enfantement: elle me rendit père d'un fils et d'une fille à-la-fois. Nous résolûmes ¹⁴) de nous établir chez les Marses: quelques pierres précieuses, seuls restes de mon ancienne fortune, me rendirent possesseur d'une chaumière.

Nous allions ¹⁵) être heureux, nous allions jouir du repos, en adorant notre Dieu, en élevant nos enfans, quand les cruels Péligniens, qui faisaient alors la guerre

---

1) *part. v.* conduire. 2) *pl. v.* travail. 3) *impér. v.* prendre. 4) *impér. v.* aller. 5) *prés. v.* vouloir. 6) *déf. v.* lire. 7) *déf. v.* remettre. 8) *déf. v.* recouvrir. 9) *déf. v.* sortir. 10) die Stadt Tyrus. 11) *part. v.* suivre. 12) *déf. v.* venir. 13) *part. v.* surprendre. 14) *déf. v.* résoudre. 15) *impér. v.* aller.

au peuple marse, surprennent¹) notre village, le réduisent²) en cendres, et pénètrent dans la cabane où je dormais³) auprès d'Oxane, entre mes deux enfans. Les barbares! je les ai vus⁴) massacrer ma femme et mon fils: mes pleurs, mes cris, mes efforts ne purent⁵) les défendre. Je ne sauvai que ma fille; je la couvris⁶) de mon corps; je reçus⁷) toutes les blessures que ces tigres lui destinaient: fuyant⁸) avec elle à travers l'incendie et les morts, marquant mon chemin de mon sang, j'arrivai dans ce vallon, où mes mains ont bâti cette cabane, où j'élevai mon Anaïs, ma chère Anaïs, unique et dernière consolation de quatre-vingts ans de malheurs. La voilà celle pour qui seule je tiens⁹) à la vie, celle dont les traits, dont les vertus me rappellent tous les jours Oxane.

En disant¹⁰) ces paroles, le vieillard se jette dans le sein d'Anaïs.

Mais Léo, Léo, qui ne respirait pas depuis la fin du récit de Zoroastre, Léo saisit sa main qu'il presse dans la sienne; il le regarde avec des yeux animés et remplis de larmes. Ah! par pitié! lui dit-il, dans quel lieu, dans quel village avez-vous perdu votre fils? Dans Avia, répond le vieillard, sur les bords du fleuve Aternus. Et cet enfant, continue Léo, ce fils que vous pleurez, ne portait-il pas à son cou une émeraude gravée? Oui, reprend¹¹) le vieillard surpris: sa mère l'en avait paré; le nom d'Oromaze en caractères persans était écrit.... ¹²)

Embrassez votre fils! s'écrie Léo, tombant dans ses bras; je le suis, j'ai ce bonheur. Voici l'émeraude gravée: on m'a trouvé mourant dans Avia; j'ai dans mon sein la marque du poignard dont les Péligniens me frappèrent. Dès le premier jour où je vous ai vu, ¹³) j'ai senti mon coeur tressaillir: un transport, un sentiment involontaire m'ont averti que je vous devais la vie.

---

1) *prés.* v. surprendre. 2) *prés.* v. réduire. 3) *impar.* v. dormir. 4) *part.* v. voir. 5) *déf.* v. pouvoir. 6) *déf.* v. couvrir. 7) *déf.* v. recevoir. 8) *gér.* v. fuir. 9) *prés.* v. tenir. 10) *gér.* v. dire. 11) *prés.* v. reprendre. 12) *part.* v. écrire. 13) *part.* v. voir.

Il dit: le vieillard ne peut [1]) répondre. Il reconnait la pierre gravée, il y lit [2]) le nom de son Dieu: il presse Léo contre son coeur; il l'accable de ses baisers, et son ame épuisée par sa joie est prête à l'abandonner.

LIVRE DIXIÈME.

SOMMAIRE.

Troubles à Rome. Bonheur dont jouit Numa. Léo demandé pour son ami la main d'Anaïs à son père. Refus de Zoroastre. Discours de Numa. Il obtient [3]) *Anaïs. Il est prêt à l'épouser. Arrivée des ambassadeurs romains. Ils lui racontent les malheurs de Rome, la peste qui l'a désolée, la fin de Romulus, et l'élection de Numa. Numa refuse la couronne. Discours d'Anaïs pour la lui faire accepter. Numa est inflexible.*

Cependant à Rome tout était dans la consternation et dans le trouble. Les Sabins, au désespoir d'avoir perdu Tatius, d'avoir vu [4]) exiler Numa, n'obéissaient qu'avec horreur à l'assassin de leur roi. La mort affreuse de Tatia, qu'ils attribuaient à Hersilie, avait rendu cette princesse l'objet de leur exécration. Plus divisés que jamais avec les Romains, se défiant les uns des autres, ne se cachant pas la haine qu'ils se portaient, à chaque instant ils étaient prêts à s'égorger. Le soupçon, l'inimitié régnaient dans toutes les familles; et sans le prudent Métius, la guerre civile eût embrasé Rome.

Romulus, en proie à cette fureur sombre qui, dans les grands criminels, tient [5]) la place du remords, Romulus, pour contenir son peuple, l'accablait de nouveaux impôts, faisait couler le sang des nobles, et ne régnait que par la terreur.

---

1) *prés. v.* pouvoir. 2) *prés. v.* lire. 3) *prés. v.* obtenir. 4) *part. v.* voir. 5) *prés. v.* tenir.

Hersilie, trop digne fille de son père, Hersilie ne se nourrissait plus que des poisons de la jalousie et de la rage. Ne doutant pas qu'une rivale ne possédât le coeur de Numa, elle envoyait chaque jour des émissaires secrets chez tous les peuples de l'Italie, pour découvrir cette rivale, pour s'informer de son amant, pour menacer des armes de son père les rois qui leur donneraient asile, et pour acheter la tête de ceux qui voudraient¹) les livrer.

Pendant ce temps, le tranquille Numa, caché dans le fond des Apennins, entouré de fidèles amis, pleurait de joie à la reconnaissance de Zoroastre et de Léo: il partageait leurs transports; il voyait²) l'heureux Zoroastre presser son fils dans ses bras. Ce tendre vieillard ne pouvait se rassasier de voir, d'entendre, d'embrasser Léo. O mon cher fils, lui disait-il, tu m'es donc rendu! c'est toi que je revois! Ah! je ne me trompais pas: le premier jour où tu vins³) dans ma cabane, mon coeur s'élança vers toi par un attrait irrésistible; ce coeur te reconnut⁴) d'abord. Que j'aime à te contempler! que tu es beau! que tu es grand!. Viens⁵) donc me serrer contre ton sein; viens donc m'appeler ton père: tu me dois toutes les caresses que tu m'aurais faites⁶) depuis ton enfance.

Léo répondait par ses pleurs: Camille écoutait en silence. Léo la prend⁷) par la main, et la présente à Zoroastre: Mon père, lui dit-il, voici mon amie, voici la souveraine de mon âme. Nous avons été long-temps séparés; nous sommes enfin devenus⁸) époux. Mais, quelque violent que soit notre amour, si nous avions pu⁹) prévoir que je reverrais¹⁰) mon père, ah! soyez sûr que nous aurions attendu ce moment pour que votre main nous unît.¹¹) Daignez nous pardonner notre bonheur, et l'augmenter en le confirmant.

Il dit: Camille tombe à genoux; son coeur palpite,

---

1) *cond.* v. vouloir. 2) *impar.* v. voir. 3) *déf.* v. venir.
4) *déf.* v. reconnaître. 5) *impér.* v. venir. 6) *part.* v. faire.
7) *prés.* v. prendre. 8) *part.* v. devenir. 9) *part.* v. pouvoir.
10) *cond.* v. revoir. 11) *impar. subj.* v. unir.

ses yeux sont baissés, sa tête est penchée sur son sein, la rougeur couvre¹) son front; à peine ose-t-elle jeter un regard timide sur Zoroastre. Elle attend avec inquiétude qu'il l'appelle sa fille. Elle n'a jamais autant désiré de paraître belle, même aux yeux de son cher Léo; et son silence semble dire au vieillard: Mes traits sont peu de chose, mais mon coeur est digne de vous.

Ma fille, lui dit alors Zoroastre en la relevant aussitôt, ma félicité surpasse mes peines: je n'avais perdu qu'un enfant, cet heureux jour m'en fait trouver deux.

En prononçant ces paroles, il embrassa la belle Camille. Cette tendre scène se termine par le récit des aventures de Léo; le vif intérêt qu'il inspire à Zoroastre et à sa fille ajoute encore au sentiment que la nature a mis²) dans leurs coeurs.

Numa partage la joie commune. Depuis qu'Anaïs est soeur de Léo, Anaïs lui semble plus belle; chaque jour il lui découvre³) de nouvelles vertus; sans cesse il parle d'elle à son ami: ce nom d'ami, qui lui était si cher, ne lui semble plus assez doux.

Bientôt Numa convalescent va⁴) respirer l'air du matin, et choisit toujours les lieux où Anaïs conduit⁵) son troupeau; il devient⁶) berger pour être avec elle. Tandis que Camille et son époux vont⁷) à la chasse pour Zoroastre, Numa raconte à leur soeur l'histoire de sa vie. Il écoute avec délices les réflexions, les conseils d'Anaïs; il s'étonne de trouver tant de raison, tant de sagesse dans un âge si tendre, et chaque jour il acquiert⁸) près d'elle plus de prudence ou plus de vertu. Quelquefois, assemblant des roseaux qu'il joint⁹) avec de la cire, il en tire des sons mélodieux, il accompagne avec ce chalumeau la voix touchante de la bergère; plus souvent il répète les chansons, les hymnes qu'elle lui apprend. Il ne songe point à l'amour; il éprouve un sentiment plus délicieux, plus tranquille. Dès que l'aurore paraît,¹⁰)

---

1) *prés. v.* couvrir. 2) *part. v.* mettre. 3) *prés. v.* découvrir.
4) *prés. v.* aller. 5) *prés. v.* conduire. 6) *prés. v.* devenir.
7) *prés. v.* aller. 8) *prés. v.* acquérir. 9) *prés. v.* joindre.
10) *prés. v.* paraître.

Numa va¹) joindre Anaïs. Sa vue ne lui cause point de transports; mais il a besoin de sa vue: sa présence ne le trouble point; mais il n'est heureux que par elle. Loin d'Anaïs, il n'a plus d'idées; loin d'Anaïs, il n'existe pas. Ainsi la tendre Clytie²) tombe languissante et fanée en l'absence du dieu de la lumière; mais dès qu'Apollon reparait,³) Clytie relève sa tête, la fixe vers l'astre du jour, le suit⁴) dans sa course en tournant sur sa tige, et ne cesse de le regarder que lorsqu'il se replonge dans le sein de Thétis.

La modeste Anaïs, qui ne trouve ni dans son coeur ni dans celui de Numa rien qui puisse⁵) l'alarmer, se livre au sentiment qui l'entraine. Elle chérit son libérateur, celui qui sauva les jours de son père: la reconnaissance lui en fait un devoir, les vertus de Numa lui en font⁶) un plaisir. Anaïs aime à converser avec l'élève de Tullus des merveilles de la nature, du cours des astres, des peuples divers, des gouvernemens, des religions, par-tout différentes, de la morale, par-tout la même. Chacun d'eux, attaché à ses dogmes, les explique ou les défend. Divisés sur le culte, ils se réunissent sur les devoirs: leurs ames sont d'accord quand leur raison discute; et Numa, qui ne peut⁷) se lasser d'admirer la profonde sagesse d'Anaïs, sent⁸) augmenter chaque jour le respect qu'il a pour elle.

Léo s'aperçut⁹) le premier de ce penchant mutuel; il souhaitait ardemment de voir son ami devenir son frère. Aimes-tu ma soeur? lui dit-il un jour; réponds-moi avec franchise. Numa rougit et se troubla. Pourquoi rougir? lui dit Léo; les dieux nous ont donné l'amour pour nous consoler de nos peines, pour récompenser nos vertus. Si ton coeur est bien dégagé des indignes liens d'Hersilie, si tu chéris Anaïs autant que Léo te chérit, je l'obtiendrai¹⁰) pour toi de mon père.

---

1) *prés. v.* aller. 2) Clytia, eine Meernymphe und Geliebte des Apollo, wurde in die Sonnenblume verwandelt. 3) *prés. v.* reparaître. 4) *prés. v.* suivre. 5) *prés. subj. v.* pouvoir. 6) *prés. v.* faire. 7) *prés. v.* pouvoir. 8) *prés. v.* sentir. 9) *déf. v.* s'apercevoir. 10) *fut. v.* obtenir.

Parle, dis-¹) moi seulement: Je rendrai ta soeur heureuse; et je croirai²) cette parole comme l'oracle de nos dieux. Ami, lui répondit Numa, le nom d'Hersilia me fait encore trembler, celui d'Anaïs me rassure. Le sentiment que ta soeur m'inspire ne ressemble en rien à celui qui me rendit si malheureux. Je vois³) Anaïs tous les jours, je ne la quitte pas un moment; jamais je n'ai eu l'idée de lui parler d'amour et d'hymen. Mais je sens⁴) bien, o mon ami, que si le bonheur peut habiter sur la terre, il est réservé à l'époux de ta soeur.

Il dit: Léo l'embrasse, le prend par la main, et le conduit vers Zoroastre. Il ne doutait point de son aveu; il lui demande Anaïs pour son ami, pour son libérateur, pour celui de tous les mortels qu'il aime, qu'il estime le plus.

Quelle est sa surprise, quel est son chagrin, quand Zoroastre, après l'avoir écouté d'un air sévère, lui répond ces tristes paroles:

Mon fils, j'aime Numa, je lui dois la vie; je bénirais le jour où je pourrais⁵) m'acquitter avec lui: mais ma fille est mage; je suis le chef de sa religion, et la loi que j'ai annoncée nous interdit⁶) toute alliance avec les idolâtres. Tu sais⁷) que j'ai tout sacrifié pour cette loi sainte: honneurs, richesses, repos, tout lui fut immolé par moi. Voudrais-⁸) tu qu'à la fin de ma vie, au moment de recevoir la récompense de tant de maux,⁹) je la perdisse¹⁰) en désobéissant aux préceptes que j'enseignai moi-même?

Vous avez donc enseigné l'ingratitude? interrompit Léo d'une voix animée.

Non, mon fils, répondit Zoroastre; mais j'ai prescrit¹¹) la prudence. Je n'ai pas voulu¹²) qu'une mage risquât¹³) de renoncer à sa foi en prenant¹⁴) un époux

---

1) *impér. v.* dire.   2) *fut. v.* croire.   3) *prés. v.* voir.
4) *prés. v.* sentir.   5) *cond. v.* pouvoir.   6) *prés. v.* interdire.
7) *prés. v.* savoir.   8) *cond. v.* vouloir.   9) *pl. v.* mal.   10) *impar. subj. v.* perdre.   11) *part. v.* prescrire.   12) *part. v.* vouloir.   13) *impar. subj. v.* risquer.   14) *gér. v.* prendre.

d'une autre secte; j'ai prévu [1]) l'empire de l'amour, le penchant naturel d'un coeur sensible à penser comme l'objet aimé. Ma fille chérirait Numa, ma fille prendrait [2]) sa croyance; elle quitterait notre culte: j'en serais responsable au grand Oromaze. Il m'est assez douloureux que mon fils, le fils de Zoroastre, élevé loin de moi par des idolâtres, suive [3]) une autre religion que la mienne: je veux [4]) du moins conserver ma fille à ce dieu pour qui j'ai tant souffert; [5]) je veux préserver Anaïs du péril de l'abandonner. Plus Numa est estimable, plus ce péril est grand. Ah! ce ne sont ni les persécuteurs ni les bourreaux qui peuvent [6]) ébranler la foi: c'est l'exemple des vertus dans une secte différente.

D'ailleurs, ma religion est encore en horreur à toutes les nations du monde; l'Italie entière détesterait Numa, si Numa devenait [7]) l'époux d'une mage: ma fille en serait peut-être moins aimée.... Pardonne, Numa, je t'offense, je t'afflige; je te parais [8]) sans doute un fanatique et un ingrat: mais je crois [9]) ma religion, j'aime ma fille, je ne puis [10]) l'exposer à devenir infidèle, ou à t'apporter pour dot la haine de ta nation.

Zoroastre se tait. [11]) Léo demeure immobile, les yeux attachés à la terre: il s'afflige de ne pouvoir opposer au vieillard des raisons plus puissantes que les siennes. Numa, qui l'avait attentivement écouté, le regarde d'un air serein, et lui répond ces paroles:

Zoroastre, depuis que je suis né, [12]) les dieux que j'adore ont manifesté pour moi leur puissance; je les aime, je les crains; [13]) je choisirais de mourir plutôt que de les abandonner. Mais malheur à moi si j'étais capable de haïr aucune des religions qui couvrent [14]) la terre! Les dieux les souffrent; [15]) pourquoi serais-je moins indulgent que les dieux? Périssent ces hommes de sang

---

1) *part.* v. prévoir. 2) *cond.* v. prendre. 3) *prés. subj.* v. suivre. 4) *prés.* v. vouloir. 5) *part.* v. souffrir. 6) *prés.* v. pouvoir. 7) *impar.* v. devenir. 8) *prés.* v. paraître. 9) *prés.* v. croire. 10) *prés.* v. pouvoir. 11) *prés.* v. se taire. 12) *part.* v. naître. 13) *prés.* v. craindre. 14) *prés.* v. couvrir. 15) *prés.* v. souffrir.

qui, à l'exemple de Sardanapale, poursuivent,¹) le fer à la main, ceux qui ne pensent pas comme eux, leur présentent la mort ou leur croyance, et multiplient les martyrs en multipliant les crimes, tandis qu'avec des bienfaits ils feraient²) peut-être des prosélytes! Ce n'est point à nous, misérables humains, à venger la cause du ciel, à nous charger de ses intérêts. Les fourmis d'un champ ne s'égorgent point entre elles pour la gloire du maître du champ; elles jouissent en paix des biens qu'elles lui doivent.³) Le premier attribut des dieux, c'est la bonté: leurs vrais ennemis sont les persécuteurs, puisqu'ils leur arrachent leur plus doux plaisir, celui de pardonner à la faiblesse.

Telle est ma piété, Zoroastre; c'est à toi de juger si la foi de ta fille serait en danger avec moi. Je respecterais ses dogmes comme elle respecterait les miens; elle adorerait Oromaze, j'adorerais Jupiter. Mais Oromaze et Jupiter nous commandent les mêmes choses: te chérir, honorer ta vieillesse, nous aimer, soulager les infortunés, voilà ce qu'ordonne ton dieu, voilà ce que prescrit⁴) le mien. Nos deux coeurs, en leur obéissant, s'uniraient encore davantage, et seraient mêlés l'un dans l'autre, comme deux ruisseaux également purs, dont les sources sont différentes, mais qui ont confondu leurs eaux.

Tu dis que mon hymen avec une mage m'attirerait la haine de ma nation. Je n'ai plus de nation, je n'ai plus de patrie; j'ai perdu Tullus et Tatius; l'univers se borne pour moi à la cabane de Zoroastre; mon coeur me dit que je n'y serai point haï.⁵) O mon père! ouvre⁶) moi ton sein; accepte-moi pour ton fils; rends-moi en un seul moment tout ce que les dieux m'ont ôté en tant d'années; donne-moi ton Anaïs: nous ne serons occupés que de prolonger tes jours. Nous vivrons⁷) en paix dans ce vallon, où les enfans de ton fils et les miens formeront une colonie qui bénira d'âge en âge le nom

---

1) *prés. v.* poursuivre. 2) *cond. v.* faire. 3) *prés. v.* devoir.
4) *prés. v.* prescrire. 5) *part. v.* haïr. 6) *impér. v.* ouvrir.
7) *fut. v.* vivre.

chéri de Zoroastre. Tu vieilliras au milieu de cette génération naissante; tu seras l'objet de leur tendresse, la cause de leur bonheur. La fille que j'aurai s'appelera Oxane; ce nom si cher te rendra plus douces ses caresses. Pères, enfans, époux, épouses, nous ne vivrons que pour t'aimer; et tous les matins, tes deux familles réunies viendrons¹) attendre ton réveil avec le même plaisir, avec le même respect que tes disciples attendent le lever de l'astre du jour.

En parlant ainsi, Numa tombe à ses genoux. Zoroastre ému²) veut³) pourtant résister encore; mais Léo s'écrie: Il a sauvé vos jours! il a sauvé ceux d'Anaïs! Eh bien! répond le vieillard, qu'Anaïs soit sa récompense, que Numa devienne⁴) mon fils.

À cette parole, Numa jette un cri, et s'élance au cou de Zoroastre: il ne peut⁵) contenir sa joie, ni exprimer sa reconnaissance. Il veut aussi embrasser Léo; mais Léo a déjà couru⁶) chercher sa soeur. Il reparaît⁷) avec elle. Voilà ton époux, lui dit Zoroastre; je te donne à ton libérateur. Dans huit jours vous serez unis; puisse⁸) le grand Oromaze ne punir que moi seul, s'il n'approuve pas vos noeuds! En disant⁹) ces mots, il serre contre son coeur la main d'Anaïs et celle de Numa.

Anaïs rougit en baissant les yeux: bientôt elle confirme par un doux sourire le don que son père a fait de sa foi. Dès ce moment, l'heureux Numa, son digne ami, et la belle Camille, ne songent plus qu'aux préparatifs de cet hyménée.

Déja Camille et Léo ont été couper des bois dans la montagne, pour que Numa bâtisse¹⁰) lui-même la cabane qu'il doit habiter. Elle est auprès de celle du vieillard: Numa la tourne du côté de l'orient, pour que sa pieuse épouse puisse tous les jours, à son réveil, adresser ses voeux à l'astre du jour. Il la couvre de peaux

---

1) *fut.* v. venir. 2) *part.* v. émouvoir. 3) *prés.* v. vouloir. 4) *impér.* v. devenir. 5) *prés.* v. pouvoir. 6) *part.* v. courir. 7) *prés.* v. reparaître. 8) *prés. subj.* v. pouvoir. 9) *gér.* v. dire. 10) *prés. subj.* v. bâtir.

de bêtes, qui, entrelacées avec des branchages, forment un rempart impénétrable contre le soleil, la pluie et le froid. Tout ce qu'il peut imaginer de commode et d'agréable est placé dans l'intérieur: Numa l'embellit avec cette adresse, avec ce goût que l'amour seul peut donner. Un jardin est contigu à la cabane; Numa le dispose de manière que le berceau de jasmin sauvage, sous lequel il vit¹) Anaïs pour la première fois, soit au milieu de ce jardin. Il détourne un bras de ruisseau, qu'il fait serpenter parmi des fleurs. Des arbres fruitiers, que la nature produit²) d'elle-même, rendent utile ce verger, et une haie vive le met³) à l'abri des chevreuils qui viendraient⁴) en brouter les jeunes plantes.

Anaïs préside au travail; sa présence anime Numa. Il voudrait⁵) seul terminer l'ouvrage; mais Camille et Léo viennent⁶) l'aider malgré lui. Tous comptent avec impatience que les huit jours prescrits⁷) par Zoroastre doivent expirer le lendemain. Déjà les travaux⁸) sont achevés, déjà Camille a dépouillé les prés voisins de leurs fleurs; les couronnes sont tressées, la nouvelle cabane est parée de guirlandes; le soleil s'est caché dans l'onde, son retour doit éclairer le bonheur des deux amans, quand, vers le soir, à l'heure où, retirés dans la chaumière de Zoroastre, ils vont⁹) tous se placer autour d'une table frugale, on entend frapper à la porte. Un pressentiment secret fait frissonner le sensible Numa.

Léo, surpris, se lève le premier, prend¹⁰) sa massue, et court¹¹) à la porte. Ce n'étaient point des ennemis; c'était un vieillard vénérable, accompagné de deux guerriers: ils demandaient l'hospitalité. Léo les accueille¹²) et les guide.

Mais à peine la lampe qui éclairait la cabane a-t-elle frappé leur visage, que Numa jette un cris de surprise, et court embrasser ce vieillard: Est-ce donc vous, Mé-

---

1) *déf. v.* voir. 2) *prés. v.* produire. 3) *prés. v.* mettre. 4) *cond. v.* venir. 5) *cond. v.* vouloir. 6) *prés. v.* venir. 7) *part. v.* prescrire. 8) *pl. v.* travail. 9) *prés. v.* aller. 10) *prés. v.* prendre. 11) *prés. v.* courir. 12) *prés. v.* accueillir.

tius, vous, l'ami de Tatius et de mon père! vous, le seul appui, la dernière espérance de nos Sabins!

Métius étonné reconnaît ¹) à son tour Numa; il n'en peut ²) croire sa débile vue. O mon maître, lui dit-il, o mon ami, je vous trouve enfin, vous que je cherche par toute l'Italie! Ah! souffrez ³) qu'avant de vous rendre les hommages que je vous dois, mes bras tremblans vous serrent encore, et que mon coeur profite des derniers instans où il m'est permis ⁴) de vous appeler mon ami. En disant ces mots, le fidèle Métius embrasse mille fois Numa. Ensuite, se retournant vers les deux guerriers qui le suivent: ⁵) Volésus et Proculus, leur dit-il, notre recherche est finie; nous avons trouvé notre roi. Alors les deux Romains, et Métius lui-même, fléchissant le genou devant Numa, lui disent ⁶) avec respect: Nous vous saluons, roi de Rome.

Que dites-vous? interrompt ⁷) Numa en s'efforçant de les relever: je ne suis point votre roi; je ne mérite, je ne desire point cet honneur. Vous l'êtes, reprend ⁸) Métius, vous l'êtes par le plus beau, par le plus légitime des droits: le peuple vous a élu ⁹) d'une voix unanime. Les Romains et les Sabins, prêts à s'égorger pour donner un successeur à Romulus, n'ont trouvé que Numa qui convînt ¹⁰) aux deux peuples: votre nom seul a calmé les haines, a rétabli la concorde. Vous êtes roi, Numa, votre peuple vous attend.

Numa, surpris et affligé, fait asseoir les ambassadeurs à la table de Zoroastre: il demande à Métius de l'instruire de ces grands événemens. Le vieux général le satisfait ¹¹) en ces termes:

Nos maux ¹²) étaient à leur comble. Romulus, en horreur aux Sabins, haï ¹³) même de son peuple, Romulus faisait ¹⁴) gémir Rome sous le poids d'un sceptre

---

1) prés. v. reconnaître. 2) prés. v. pouvoir. 3) impér. v. souffrir. 4) part. v. permettre. 5) prés. v. suivre. 6) prés. v. dire. 7) prés. v. interrompre. 8) prés. v. reprendre. 9) part. v. élire. 10) impar. subj. v. convenir. 11) prés. v. satisfaire. 12) pl. v. mal. 13) part. v. haïr. 14) impar. v. faire.

de fer. Ce n'était plus ce conquérant toujours suivi¹) de la victoire, et qui du moins n'immolait que les ennemis de l'état; c'était un tyran farouche, dont la politique barbare accablait le peuple pour le contenir, et, sur le moindre prétexte, faisait couler le sang des patriciens. Telles sont les suites d'un premier crime: aussitôt que l'ame en est souillée, toutes les vertus l'abandonnent, tous les vices viennent²) l'habiter.

Cependant les dieux irrités nous annoncèrent leur justice par les plus terribles fléaux: la peste désola Rome. Jamais la contagion ne s'annonça par des symptômes plus effrayans: un feu dévorant brûle à-la-fois la poitrine et les entrailles; les yeux enflammés et sanglans roulent avec peine dans leurs orbites; la bouche ulcérée exhale un souffle empoisonné; la langue souillée, épaissie, s'attache au palais, arrête la respiration; les nerfs se roidissent, les membres frissonnent, et le froid de la mort, qui se répand par degrés, ne peut³) éteindre l'ardeur brûlante dont les os mêmes sont consumés.

Bientôt les maisons ne peuvent⁴) suffire pour contenir les tristes victimes: les chemins, les places publiques, les temples des dieux en sont remplis. On voit⁵) une foule de moribonds errer demi-nus, fuyant⁶) leurs lits, fuyant leurs pénates,⁷) cherchant, demandant de l'eau. Ils vont⁸) se plonger dans le Tibre, dans les fontaines, dans la terre détrempée. Ils n'écoutent rien, ils boivent:⁹) sans étancher leur soif, ils expirent au milieu des ondes. Les doux liens de l'amitié, les sentimens de la nature, tout est en oubli, tout est méconnu:¹⁰) le fils, égaré par la douleur, refuse d'embrasser son père; le frère évite le frère, et craint¹¹) la contagion du mal; la mère mourante, loin de son époux, en proie aux convulsions du trépas, les yeux tournés, les dents serrées, éloigne avec ses bras roidis le faible

---

1) *part. v.* suivre. 2) *prés. v.* venir. 3) *prés. v.* pouvoir. 4) *prés. v.* pouvoir. 5) *prés. v.* voir. 6) *gér. v.* fuir. 7) ihre Hausgötter, ihre Wohnung. 8) *prés. v.* aller. 9) *prés. v.* boire. 10) *part. v.* méconnaître. 11) *prés. p.* craindre.

enfant qui lui tend les mains, qui pleure, et veut¹) encore aller presser ses mamelles desséchées. La douleur, la douleur est le seul sentiment qui domine. Par-tout on souffre,²) par-tout on meurt.³) L'enfance, l'âge mûr, la vieillesse, tout périt, tout tombe. La flamme des bûchers ne s'éteint⁴) point; on la renouvelle sans cesse. Quelque nombreux qu'ils soient, ils ne peuvent suffire: on va⁵) même jusqu'à se les disputer; et ceux qui les ont élevés sont obligés de livrer des combats pour que leur parent y trouve une place.

Romulus, qui regrettait ses soldats, indiqua, pour apaiser les dieux, un sacrifice solennel au marais de la Chèvre.⁶) Tout son peuple, ou plutôt le faible reste de son peuple, s'y rendit. Les sacrificateurs, les prêtres, les citoyens, pâles, décharnés, s'avancent à pas lents vers l'autel. Le soldat, sans cuirasse, s'approche doucement, soutenu⁷) sur son javelot; il peut à peine lever la tête vers l'aigle de son bataillon. Les femmes, les vieillards, appuyés sur des bâtons, traînent leurs enfans par la main; l'enfant tombe et entraîne avec lui son faible soutien. Jeunes, vieux, malades, convalescens, tous se traînent plutôt qu'ils ne marchent: aucun n'a la force d'élever la voix; et ce peuple romain si puissant, ce peuple, l'effroi de l'Italie, ressemble à une troupe de spectres qu'une magicienne de Thessalie a évoqués des enfers.

On fait les libations, on immole les victimes: le grand-prêtre consulte leurs entrailles, et frémit en les regardant. Il monte sur le trépied sacré: l'esprit divin le saisit; une sainte fureur l'agite, ses yeux étincellent, sa bouche écume, il tend les bras, il renverse sa tête, ses cheveux hérissés soulèvent le laurier qui le couronne. Mais c'est en vain qu'il lutte contre un dieu: ce dieu le terrasse, le dompte, le fait céder à son aiguillon. Le pontife haletant prononce alors ces paroles: Peuple! un

---

1) *prés. v.* vouloir. 2) *prés. v.* souffrir. 3) *prés. v.* mourir. 4) *prés. v.* s'éteindre. 5) *prés. v.* aller. 6) Palus Caprae, ber Name eines Sees bei Rom. 7) *part. v.* soutenir.

crime épouvantable, qui est demeuré impuni, a fait descendre sur vos têtes la colère des immortels. Tant que ce forfait ne sera pas expié, tant que les coupables verront¹) le jour, n'espérez pas que les dieux s'apaisent. La peste ravagera nos murs, tant que le sang de ....

Il allait poursuivre: Romulus lui jette un coup-d'oeil terrible, et la frayeur éteint²) sa voix. Mais, à l'instant même, le ciel s'obscurcit, le soleil perd sa lumière, des ténèbres épaisses couvrent la terre, mille tonnerres se font³) entendre; il semble que les élémens confondus se font la guerre, et que toute la nature se replonge dans le chaos.

Le peuple tremblant tombe à genoux, prie les dieux, et attend la mort. Mais, au bout de quelques instans, les vents s'apaisent, la nuit se dissipe, le soleil brille sans nuage, on revoit⁴) l'azur des cieux; le calme revient⁵) dans les airs, bientôt il renaît⁶) dans les coeurs. Tous les Romains se regardent et se retrouvent; Romulus seul a disparu.⁷) Ses gardes, ses courtisans, le cherchent en vain. Les Célères, seuls attachés à un maître qui leur donnait l'impunité, les Célères menacent déja les patriciens, qu'ils accusent d'avoir immolé leur roi. Le peuple se prépare à défendre les nobles, le sang est prêt à couler, quand Proculus, que vous voyez,⁸) un des Romains les plus vénérables par son rang, par sa vieillesse, sur-tout par son austère vertu, Proculus s'avance; et, à l'aide d'un mensonge adroit, il calme tous les esprits: Romains, dit-il, cessez de chercher Romulus. J'ai vu,⁹) j'ai vu de mes yeux son père Mars descendre sur la terre, et l'enlever dans un char sanglant. Proculus, m'a dit notre roi, ma gloire est à son comble; j'ai vaincu,¹⁰) j'ai triomphé. J'ai bâti une ville qui doit être la maîtresse du monde; tous mes devoirs sont remplis: le dieu des combats m'associe à ses honneurs immortels. Annonce-le aux Romains; dis-leur que Mars

---

1) *fut. v.* voir. 2) *prés. v.* éteindre. 3) *prés. v.* faire. 4) *prés. v.* revoir. 5) *prés. v.* revenir. 6) *prés. v.* renaître. 7) *part. v.* disparaître. 8) *prés. v.* voir. 9) *part. v.* voir. 10) *part. v.* vaincre.

et Romulus guideront toujours leurs armées, et qu'ils m'invoquent désormais sous le nom de Quirinus.

Ainsi parle Proculus; et le tumulte s'apaise. Les Célères n'osent révoquer en doute un récit qui fait un dieu du roi qu'ils aimaient: le peuple, content d'avoir perdu son tyran, aime mieux le placer dans le ciel que de rechercher et de punir ceux qui en ont délivré la terre.

Mais il fallait [1]) élire un successeur à Romulus. Hersilie prétendit vainement à la couronne. Les Sabins, irrités contre elle, déclarèrent qu'ils allaient retourner à Cures, si la fille de Romulus montait sur le trône: les Romains eux-mêmes regardaient comme une honte d'être gouvernés par une femme. Rejetée par les deux partis, Hersilie sortit [2]) de Rome, en menaçant d'y ramener bientôt la guerre; et le peuple s'assembla de nouveau pour se choisir un souverain.

Ce malheureux peuple fut encore sur le point de s'égorger. Les Romains voulaient [3]) un Romain; les Sabins demandaient un Sabin. Après la mort de Tatius, disaient ces derniers, nous avons laissé régner tranquillement votre Romulus: il est temps qu'un de nos citoyens nous gouverne. Nous ne sommes pas des peuples vaincus, nous sommes vos amis, vos frères; mais jamais nous ne fûmes vos esclaves. Notre nation est au moins l'égale de la vôtre en noblesse, en courage, en vertu: nous rejetons d'avance tout ce qui peut [4]) porter la moindre atteinte aux droits de cette égalité.

Ainsi parlaient les Sabins; déjà l'on courait [5]) aux armes. Les dieux m'inspirèrent dans ce moment: Peuples, m'écriai-je, écoutez ma voix. Vous prétendez tous deux nommer votre monarque, et le choisir dans votre sein: que chacun de vous cède à l'autre la moitié des droits qu'il réclame; que celle des deux nations qui nommera le souverain soit obligée de le prendre chez le peuple qui ne l'aura pas nommé. Romains, choisissez votre maître, mais que ce maître soit Sabin; ou que les Sabins donnent la couronne, mais que ce soit à un Romain.

---

1) *impar. v.* falloir. 2) *déf. v.* sortir. 3) *impar. v.* vouloir. 4) *prés. v.* pouvoir. 5) *impar. v.* courir.

Mon avis est adopté. La paix renaît;¹) on s'accorde; et les Romains sont chargés d'élire un monarque sabin. Tous, d'une voix unanime, choisissent le juste Numa.

À peine ce nom est prononcé, que les deux nations, oubliant leur haine, se félicitent mutuellement; tous les citoyens s'embrassent; tous s'écrient en pleurant de joie: Il va ²) donc renaître le siècle d'or, le règne d'Astrée! Numa va nous commander.

L'encens fume sur les autels, le sang des victimes ruisselle, tous les temples retentissent d'actions de graces; on remercie les immortels de tous les biens dont on jouira. Les dieux les accordent d'avance: la peste cesse; un vent salubre apporte la santé; des rosées bienfaisantes viennent ³) donner au laboureur l'espoir d'une double moisson: les dieux, les hommes, le ciel, la terre, tout semble se réjouir du règne de la vertu.

Sur-le-champ l'on vous députe des ambassadeurs: je demande à être du nombre. Nous volons à Cures, où nous espérions vous trouver; on n'a pu ⁴) même nous y donner de vos nouvelles. Nous tournons nos pas vers le pays des Marses, où j'avais pensé que vous conduirait ⁵) votre amitié pour Léo: notre course n'est pas plus heureuse. Enfin nous allions ⁶) vous chercher dans les montagnes des Rhéates, lieux fameux par votre vaillance et par votre humanité, quand les immortels nous ont conduits ⁷) ici. Venez, ⁸) roi de Rome, deux nations vous attendent: vous êtes leur unique espoir; chaque moment de délai est un vol fait à notre amour et à la félicité publique.

Métius se tait; ⁹) Numa le regarde avec un sourire doux et tranquille: Ami, lui répondit-il, le temps des erreurs est passé; le temps où la vaine ambition, la fausse gloire, l'amour insensé, troublaient ma vie. Le trône aurait pu ¹⁰) m'éblouir, lorsque, brûlant pour Hersilie, je courais, ¹¹) le fer à la main, la mériter dans

---

1) *prés. v.* renaître. 2) *prés. v.* aller. 3) *prés. v.* venir. 4) *part. v.* pouvoir. 5) *cond. v.* conduire. 6) *impar. v.* aller. 7) *part. v.* conduire. 8) *impér. v.* venir. 9) *prés. v.* se taire. 10) *part. v.* pouvoir. 11) *impar. v.* courir.

les combats; lorsque, aveuglé par ma passion, je m'efforçais d'acquérir l'affreuse science d'égorger les hommes, et que j'admirais Romulus en proportion du mal que je le voyais¹) faire. Le voile est tombé, mes yeux sont ouverts;²) et, grace aux dieux qui ne m'ont point abandonné, à mes malheurs qui m'ont instruit,³) grace à la tendre amitié, au pur amour qui m'animent, mon esprit, mon coeur éclairés n'estiment plus que ce qui est estimable, n'aiment plus que ce qui est digne d'être aimé, la vertu et le repos.

Je remplirais mal le trône de Romulus: son peuple, fier et belliqueux, pouvait à peine être contenu⁴) par un roi fils des dieux et grand capitaine. Je ne suis que le fils d'un homme, et je déteste ses combats: je déteste cet art perfide de désunir les voisins pour les vaincre, d'armer le faible contre le fort pour les opprimer tous deux, de regarder comme à soi tout ce dont on peut⁵) s'emparer. Non, Métius, c'est un conquérant qu'il vous faut⁶) pour maître. Vainement je consacrerais ma vie à la félicité des Romains; ils mépriseraient un roi pacifique qui ne serait occupé que des dieux, des lois et de l'agriculture.

Métius, mon parti est pris:⁷) je suis quitte envers ma patrie; j'ai versé mon sang pour elle; j'ai sauvé les Sabins par mon exil: ma tâche est remplie; je ne demande pour toute grace que la continuité de cet exil. Je ne veux⁸) plus rentrer dans Rome; je veux vivre dans ce vallon, cent fois plus beau que le Capitole, entre mon père, mon ami, ma soeur et ma digne épouse. Ici je serai plus heureux, je serai plus en sûreté que Romulus au milieu des Célères. J'habiterai cette cabane plus riante, plus commode que le palais de vos rois: j'y coulerai des jours purs et paisibles, en honorant les dieux, en faisant⁹) la félicité de mon père, de mon épouse, en trouvant la mienne auprès d'eux; et quand la mort vien-

---

1) *impar. v.* voir. 2) *part. v.* ouvrir. 3) *part. v.* instruire.
4) *part. v.* contenir. 5) *prés. v.* pouvoir. 6) *prés. v.* falloir.
7) *part. v.* prendre. 8) *prés. v.* vouloir. 9) *gér. v.* faire.

dra ¹) me frapper, je n'aurai pas à répondre, devant la divinité, du bonheur de plusieurs milliers d'hommes, qu'il est presque impossible à leur semblable de rendre heureux.

Tu en répondras, Numa, interrompit Anaïs d'une voix ferme; tu en répondras, si ton amour pour moi, si ton goût pour la retraite, te font ²) sacrifier deux peuples. Penses-tu donc que le ciel t'ait donné tant de vertus pour toi seul? Penses-tu plaire à Dieu en ne vivant ³) que pour toi? L'être suprême compte pour rien de vaines méditations; il veut une vertu active. L'homme de bien lui rendra compte de chaque jour passé sans faire du bien; et le créateur du monde ne peut ⁴) chérir que ceux qui travaillent au bonheur du monde.

Tu dis qu'un héros guerrier convient ⁵) mieux aux Romains qu'un roi pacifique. Mais plus ce peuple est belliqueux, plus il a besoin d'un sage monarque qui modère, contienne ⁶) sa fougue, et adoucisse ⁷) par la justice cette humeur guerrière qui deviendrait ⁸) férocité. Ce monarque ne peut être que toi, Numa: ton respect pour les dieux, ton amour pour la paix, t'imposent le devoir de gouverner le peuple à qui ces vertus sont le plus nécessaires.

Tu crois ⁹) ne plus rien devoir à ta nation, parce que tu combattis pour elle? Eh! qu'as-tu fait de plus que le dernier de ses soldats? J'en appelle à ton propre coeur: était-ce pour Rome, ou pour Hersilie, que tu exposais tes jours? Quand tu aurais versé ton sang pour ton peuple, tant qu'il t'en reste une seule goutte, cette goutte lui appartient: ¹⁰) on n'est jamais quitte envers la patrie; elle l'est toujours envers nous.

Je n'ai plus qu'un mot à te dire: Si le desir de mener une vie obscure auprès d'Anaïs, si ma religion, injustement persécutée, sont la cause de ton refus, dès ce moment je renonce à toi. Je me reprocherais toute ma

---

1) *fut.* v. venir. 2) *prés.* v. faire. 3) *gér.* v. vivre. 4) *prés.* v. pouvoir. 5) *prés.* v. convenir. 6) *prés. subj.* v. contenir. 7) *prés. subj.* v. adoucir. 8) *cond.* v. devenir. 9) *prés.* v. croire. 10) *prés.* v. appartenir.

vie d'avoir été un obstacle à la félicité de deux peuples, de les avoir privés du plus beau présent que le ciel puisse ¹) faire à la terre, d'un bon roi. Cette idée empoisonnerait mes jours, et altérerait peut-être l'amour tendre que tu m'as inspiré. Numa, c'est t'en dire assez; je connais ²) mes devoirs et les tiens: si tu refuses d'être utile aux hommes, c'est moi que j'en punirai.

Tel fut le discours d'Anaïs; Zoroastre et Léo se joignirent ³) à elle: Camille seule resta du parti de Numa. Métius et les ambassadeurs romains se jetèrent à ses genoux, en alléguant, en répétant tout ce qui pouvait persuader son esprit ou émouvoir son coeur sensible: ce fut en vain.

Numa, semblable au rocher contre lequel viennent ⁴) se briser les vagues, Numa demeure inébranlable. Il oppose avec douceur une volonté constante aux prières, aux raisons; et finissant par embrasser le vieux Métius: Mon père, lui dit-il, si tu m'aimes, ne me parle plus d'un trône que je crains ⁵) plus que le tombeau. Je veux ⁶) mourir dans ce vallon, je veux vivre dans cette cabane. Je suis né ⁷) libre, je jouirai du droit naturel qu'a tout homme de choisir l'asile où il peut ⁸) couler le plus doucement ses jours. J'espère que ce n'est point offenser les immortels; mais, si tel était mon malheur, je préférerais encore d'avoir à les fléchir, à les désarmer pendant le reste de ma vie, plûtot que de ceindre un diadème que je redoute et que je hais. ⁹) D'après cet aveu, Métius, juge si tes instances sont vaines: elles m'affligent; épargne-les-moi. Viens ¹⁰) reposer dans ma cabane, non pas auprès de ton roi, mais auprès de ton ami; demain, au lever de l'aurore, tu retourneras dire aux Romains que, s'ils aiment encore Numa, ils le lui prouvent en lui laissant son heureuse obscurité.

En disant ¹¹) ces mots, il sort ¹²) de la chaumière de Zoroastre. Anaïs le rappelle en vain: pour la pre-

---

1) *prés. subj.* v. pouvoir. 2) *prés.* v. connaître. 3) *déf.* v. joindre. 4) *prés.* v. venir. 5) *prés.* v. craindre. 6) *prés.* v. vouloir. 7) *part.* v. naître. 8) *prés.* v. pouvoir. 9) *prés.* v. haïr. 10) *impér.* v. venir, 11) *gér.* v. dire, 12) *prés.* v. sortir.

mière fois, Numa ne répondit point à sa voix. Les ambassadeurs désolés allèrent¹) passer la nuit dans sa nouvelle cabane; Camille, après avoir long-temps défendu contre Anaïs le parti que prenait²) Numa, alla³) se livrer au sommeil à côté de son cher Léo; Zoroastre et sa fille restèrent ensemble, pour méditer l'exécution d'un projet important.

LIVRE ONZIÈME.

SOMMAIRE.

*L'ombre de Tatius apparaît*⁴*) à Numa. Fuite d'Anaïs et de son père. Désespoir de Numa. Il obéit aux dieux, et se décide à régner. Léo court*⁵*) à la recherche de sa sœur. Arrivée de Numa dans Rome. Transports de son peuple. Premières actions de Numa. Il va*⁶*) au bois d'Égérie. Entretien avec cette nymphe sur le choix des ministres, sur la guerre, la politique, l'ordre social, les lois et la religion. Gouvernement de Numa.*

Numa, retiré au fond de sa cabane, ne put⁷) y trouver le sommeil. Tout ce que lui avait dit Anaïs revenait⁸) dans sa pensée. Elle m'a menacé, disait-il, de renoncer à moi, si j'oublie pour elle ce que je dois à ma nation, si je me refuse aux volontés des dieux. Quel affreux malheur de déplaire à-la-fois aux immortels et à ma chère Anaïs! Mais, si j'accepte la couronne, puis-⁹) je signaler les premiers jours de mon règne par mon hymen avec une mage? Mon projet serait de régner par la religion; et je commencerais par placer sur mon trône l'ennemie de mon culte! Mon peuple ne l'y verrait¹⁰) qu'avec horreur: malgré les vertus d'Anaïs, la haine pu-

---

1) *déf. v.* aller.   2) *impar. v.* prendre.   3) *déf. v.* aller.
4) *prés. v.* apparaître.   5) *prés. v.* courir.   6) *prés. v.* aller.
7) *déf. v.* pouvoir.   8) *impar. v.* revenir.   9) *prés. v.* pouvoir.
10) *cond. v.* voir.

blique serait son partage. Non, je ne puis l'y exposer; je ne puis sur-tout sacrifier mon amour au vain espoir de bien gouverner Rome. Jusqu'à présent je n'ai vécu¹) que pour m'immoler aux autres; il est temps de vivre pour moi.

Au milieu de ces réflexions, le chagrin d'affliger son peuple, la crainte d'irriter les dieux, venaient²) ébranler les résolutions de Numa. Agité par ces sentimens contraires, entraîné par son amour, ramené par sa piété, il demeure incertain de ce qu'il doit résoudre: semblable à l'arbre entamé par la hache, prêt à tomber au moindre effort, et dont la chute menace également de tous les côtés.

L'aurore, sur son char d'opale, ouvrait³) déja les portes du jour, lorsque Numa, fatigué, se laisse aller au sommeil. À peine se livre-t-il à ce doux consolateur, que l'ombre d'un vieillard couvert⁴) de lambeaux ensanglantés vient⁵) se présenter devant lui. Numa, saisi de terreur, sentit⁶) ses cheveux se dresser; mais il reconnait⁷) Tatius, et sa frayeur se dissipe. O mon père! o mon roi! lui dit-il, qui vous fait abandonner l'Elysée?⁸) Pourquoi ce vêtement sanglant, qui ne rappelle que trop le crime de Romulus? Qu'ordonnez-vous? Parlez, ombre redoutable et chère, Numa jure de vous obéir.

Marche donc vers Rome, lui dit l'ombre d'une voix sévère; les dieux t'ordonnent de régner: c'est pour t'annoncer leurs décrets que j'ai quitté ma sombre demeure. Je n'habite point encore les champs élysées:⁹) Minos,¹⁰) avant de me récompenser du peu de bien que j'ai fait, me punit du mal que j'ai laissé faire. Je dois rester dans le Tartare¹¹) jusqu'au moment où le peuple romain sera le plus heureux des peuples: Numa, sois mon libérateur.

---

1) *part. v.* vivre. 2) *impar. v.* venir. 3) *impar. v.* ouvrir. 4) *part. v.* couvrir. 5) *prés. v.* venir. 6) *déf. v.* sentir. 7) *prés. v.* reconnaître. 8) das Elysium, die elysäischen Felder [im Reiche der Todten, der Aufenthalt der Frommen]. 9) Die elysäischen Felder. 10) Minos, Sohn des Jupiter und Richter in der Unterwelt. 11) Der Tartarus, die Hölle.

En disant ces mots, l'ombre disparaît.¹) Numa lui tend les bras pour la retenir; mais il n'embrasse qu'un souffle léger qui se perd aussitôt dans la nuit.

Numa se réveille, couvert d'une sueur froide: il se jette à genoux, adore les immortels, fait des libations de vin sur un brasier. Dès que le soleil paraît,²) il court³) auprès d'Anaïs pour dissiper le trouble qui l'agite.

Mais c'est en vain qu'il cherche, qu'il appelle Anaïs: Anaïs ne répond point. Alarmé de ce silence, Numa pénètre dans l'asile où repose Zoroastre; il trouve son lit désert. Une tablette seule est restée: Numa la saisit, et lit⁴) ces paroles:

Anaïs à Numa.

„Je pars;⁵) tu ne me verras⁶) plus. Tant que je „serais près de toi, ou tu refuserais un trône que Dieu „te donne pour le bonheur de deux peuples; et je „ne puis⁷) accepter ce sacrifice; ou tu monterais sur ce „trône en m'y faisant⁸) asseoir près de toi; et tu dé„plairais⁹) à ton peuple. Pour ton intérêt, pour ta „gloire, il faut¹⁰) te fuir, Numa, te fuir aujourd'hui, „le jour même.... Mes larmes baignent ces tablettes. „Adieu, Numa; va¹¹) régner: sois heureux, s'il t'est „possible, mais n'oublie point Anaïs. Songe que dans „mon obscur asile je serai sans cesse occupée de toi. „J'entendrai, j'espère, bénir ton nom; alors je m'applau„dirai d'avoir acheté de mon infortune la gloire dont tu „jouiras, le bonheur de ton peuple, et la certitude de „vivre à jamais dans ton coeur."

Numa lut¹²) deux fois cette lettre sans pouvoir verser une larme: la surprise, la douleur l'accablent. Il ne pleure point; il ne se plaint¹³) pas; il considère les tablettes d'un oeil sec et égaré. Ainsi l'oiseau qui, revenant¹⁴) porter à ses petits leur pâture, trouve son

---

1) *prés. v.* disparaître. 2) *prés. v.* paraître. 3) *prés. v.* courir. 4) *prés. v.* lire. 5) *prés. v.* partir. 6) *fut. v.* voir. 7) *prés. v.* pouvoir. 8) *gér. v.* faire. 9) *cond. v.* déplaire. 10) *prés. v.* falloir. 11) *prés. v.* aller. 12) *déf. v.* lire. 13) *prés. v.* se plaindre. 14) *gér. v.* revenir.

nid enlevé; demeure immobile sur la branche; laisse tomber la nourriture de son bec, et regarde fixement la place où étaient ses enfans chéris.

Enfin deux ruisseaux de pleurs viennent ¹) soulager Numa, les sanglots sortent ²) en foule de son sein. Anaïs! Anaïs! s'écrie-t-il d'une voix lamentable, Anaïs! vous m'avez quitté! Pensez-vous que j'y pourrai ³) survivre? pensez-vous que je ne courrai ⁴) pas toute la terre pour retrouver mon Anaïs? Quoi! vous m'avez abandonné le jour même de notre hyménée! vous avez passé devant cette cabane ornée pour vous recevoir, et vos pas ne se sont point arrêtés! et vous avez pu! ⁵).... Le désespoir s'empare de moi.... Oui, je renonce à la sagesse, à la gloire, à la vertu, à tout ce qui n'a pu fixer Anaïs. Je vais ⁶) détester la vie, puisque je ne vis ⁷) plus pour elle; je ne vais plus être qu'un insensé, puisqu' Anaïs emporte ma raison.

En disant ces mots, il tombe, il se roule sur la poussière. Ses cris attirent Camille et Léo: hélas! ils ignoraient tous deux le départ de Zoroastre et de sa fille. Elle est partie! ⁸) leur crie Numa, aussitôt qu'il les aperçoit; elle est partie! nous ne la verrons ⁹) plus! Camille veut l'interroger; Numa répète: Elle est partie! Léo regarde les tablettes, et voit ¹⁰) écrits ¹¹) de l'autre côté de tendres adieux que lui faisait Zoroastre: Tu n'aurais pu te décider, lui disait-il, entre ton père et ton ami; ma tendresse a voulu ¹²) t'éviter ce douloureux combat. J'ai dû ¹³) te quitter, mon cher fils; mais jamais je n'en aurais eu la force, si je n'étais pas sûr de te rejoindre bientôt.

Numa, qui entend ces derniers mots, s'élance sur les tablettes; il lit, ¹⁴) il relit ces paroles: elles calment son désespoir. Léo pleure avec lui; Camille les console; et le vieux Métius, qui arrive dans ce moment, serre

---

1) *prés. v.* venir. 2) *prés. v.* sortir. 3) *fut. v.* pouvoir. 4) *fut. v.* courir. 5) *part. v.* pouvoir. 6) *prés. v.* aller. 7) *prés. v.* vivre. 8) *part. v.* partir. 9) *fut. v.* voir. 10) *prés. v.* voir. 11) *part. v.* écrire. 12) *part. v.* vouloir. 13) *part. v.* devoir. 14) *prés. v.* lire.

contre son sein les deux héros, en leur offrant¹) de tout abandonner pour aller à la recherche de Zoroastre.

Numa veut partir à l'instant même. Il ne pense plus à l'empire; il n'est occupé que de rejoindre Anaïs avant qu'elle ait pu s'éloigner. Mais à peine il se met²) en marche, que la foudre gronde sur sa tête, vient éclater à ses pieds, et une voix forte comme le tonnerre, sortant³) d'un nuage enflammé, fait entendre ces paroles: Numa, songe à Tatius!

Numa s'arrête épouvanté; il rougit d'avoir voulu sacrifier son devoir à son amour; il tombe à genoux, reste long-temps prosterné sur la terre, demande pardon aux mânes de Tatius, et se relevant avec l'air plus tranquille: Je suis votre roi, dit-il aux ambassadeurs; conduisez-⁴) moi vers mon peuple.

À cette parole, Métius et ses deux compagnons n'osent faire éclater leur joie; ils voient⁵) trop combien il en coûte à Numa pour immoler un sentiment qui lui est plus cher que la vie: ils se félicitent en silence, et se disposent à guider vers Rome celui qu'on y attend comme un dieu sauveur.

Léo, en approuvant son ami, regrette de ne pas le suivre; il veut courir sur les traces de son père, il veut aller chercher Anaïs: Camille se dispose à l'accompagner. Léo embrasse mille fois Numa, lui promet,⁶) lui jure de le rejoindre, quand il aura donné trois mois à la recherche de Zoroastre. Numa, qui dans le même jour perd sa maîtresse et se sépare de son ami, prend tristement le chemin de Rome, pour aller occuper un trône qui ne le consolera pas.

Il marche, conduit⁷) par les ambassadeurs. Il franchit l'Apennin, trouve un char qui l'attendait sur la frontière, traverse rapidement le territoire de Rome, et en découvre⁸) les superbes remparts: ils étaient garnis des deux peuples qui venaient attendre tous les jours l'arrivée de leur roi.

---

1) *gér. v.* offrir. 2) *prés. v.* mettre. 3) *gér. v.* sortir. 4) *impér. v.* conduire. 5) *prés. v.* voir. 6) *prés. v.* promettre. 7) *part. v.* conduire. 8) *prés. v.* découvrir.

À peine aperçoit-on le char, que mille cris s'élancent jusqu'aux cieux: Le voilà! le voilà! nôtre héros, nôtre père; le favori des dieux, le sauveur des Romains! Femmes, enfans, vieillards, soldats, tous se précipitent aux portes, tous remplissent la campagne, et courent¹) au-devant de Numa. L'un porte dans ses mains des fleurs, l'autre des branches d'olivier: ils les lui présentent de loin; ils les jettent sur son passage; ils se pressent autour de son char, ils en arrêtent la marche. Romains, Sabins, témoignent la même joie; leur impatience est égale; les deux nations ont un même coeur.

Numa descend de son char; et c'est alors que toutes les bouches le bénissent, que ses mains, que ses habits sont couverts²) de mille baisers. Ah! ne nous quittez plus, disaient-ils, restez toujours parmi nous: les dieux nous donnent un père; qu'il soit sans cesse avec ses enfans! Numa pleure et leur tend les bras: il est trop ému³) pour répondre; mais son silence, son air, ses larmes, promettent⁴) à son peuple tout ce qu'il demande. Numa s'avance lentement, toujours retardé par des transports, par des acclamations nouvelles: ainsi le meilleur des rois, environné, pressé par ses sujets, confondu au milieu d'eux, entre dans sa capitale, et paraît⁵) mille fois plus grand qu'un vainqueur entouré d'esclaves, monté sur un char de triomphe.

Arrivé sur la place publique, il est revêtu des ornemens royaux. On le conduit,⁶) on le porte au Capitole, où il veut⁷) remercier les dieux: l'encens fume, le sang des victimes ruisselle, leurs entrailles consultées n'annoncent que d'heureux augures.

Numa pose son sceptre et sa couronne sur l'autel de Jupiter: Fils de Saturne, s'écrie-t-il, si dans cette foule de Romains qui t'offrent⁸) avec moi leurs voeux il en est un seul qui soit plus enflammé que moi du desir de rendre heureux ce peuple, fais-⁹) le-moi connaître; je

---

1) *prés. v.* courir. 2) *part. v.* couvrir. 3) *part. v.* émouvoir. 4) *prés. v.* promettre. 5) *prés. v.* paraître. 6) *prés. v.* conduire. 7) *prés. v.* vouloir. 8) *prés. v.* offrir. 9) *impér. v.* faire.

lui remets¹) ce diadème. Mais si tu veux que j'en sois possesseur, o Jupiter, souviens-toi²) de ma prière: Que le premier jour où je violerai la justice, où je n'écouterai pas le pauvre, où je foulerai aux pieds le malheureux, ta foudre me précipite de ce trône où je vais³) monter! Je ne l'accepte qu'à cette condition. Père des dieux et des hommes, cette grace me sera plus chère qu'une victoire sur mes ennemis.

Il dit: les acclamations redoublent; le sacrifice s'achève au milieu des transports d'allégresse. Numa sort⁴) du temple, et douze vautours volant à sa droite l'accompagnent jusqu'à son palais.

Le nouveau roi fait ouvrir le trésor de Romulus; il en distribue la moitié au peuple, et réserve l'autre pour les habitans des campagnes. Il casse, il détruit⁵) à jamais le redoutable corps des Célères: Je ne veux d'autres gardes, dit-il, que le respect et l'amour que me porteront mes sujets: ma dignité m'assure l'un; c'est à mes vertus à m'attirer l'autre. Les Célères me sont inutiles; qu'ils redeviennent⁶) citoyens. Deux d'entre eux ont assassiné Tatius; c'est à vous, Sabins, que je les abandonne. Puisse⁷) ce sang coupable être le seul répandu sous mon règne par le glaive de la justice! puissent⁸) tous mes sujets vertueux m'épargner la plus pénible de mes fonctions!

Après avoir ainsi rempli, dans les premiers instans de son règne, les deux plus grands devoirs des rois, celui de soulager le pauvre, celui de punir le coupable, il s'enferme dans son palais plusieurs jours de suite, pour se faire rendre un compte fidèle de ses forces, de ses richesses, sur-tout des impôts qu'il peut⁹) supprimer: il médite pendant long-temps les changemens qu'il croit¹⁰) nécessaires. Mais, avant de rien entreprendre, il veut¹¹) aller dans le bois d'Égérie implorer le secours de Mi-

---

1) *prés. v.* remettre. 2) *impér. v.* se souvenir. 3) *prés. v.* aller. 4) *prés. v.* sortir. 5) *prés. v.* détruire. 6) *impér. v.* redevenir. 7) *prés. subj. v.* pouvoir. 8) *prés. subj. v.* pouvoir. 9) *prés. v.* pouvoir. 10) *prés. v.* croire. 11) *prés. v.* vouloir.

nerve, et pleurer sa chère Anaïs, sans témoin et en liberté.

Il sort¹) de Rome, laisse sa suite, pénètre seul dans le bois sacré. Bientôt il arrive au berceau de verdure sous lequel il vit²) pour la première fois la fille de Romulus endormie. A peine a-t-il reconnu³) la place où était l'amazone, qu'un tremblement le saisit: son cœur palpite avec violence, il sent⁴) ses forces défaillir. Il se hâte de fuir ce lieu qu'il ne peut fuir sans soupirer encore: tant il est vrai qu'un premier amour laisse des traces ineffaçables!

A peine s'est il éloigné du berceau, qu'il s'assied⁵) auprès d'un arbre pour se remettre de son émotion. Là, recueilli en lui-même, se livrant à cette douce mélancolie qui fait pleurer sans faire souffrir, il se rappelle ses premières années: souvenir quelquefois douloureux, mais toujours cher à un cœur sensible. Numa repasse dans sa mémoire son premier voyage à Rome; le songe qu'il eut à la fontaine de Pan; cette nymphe Égérie qu'il ne pouvait⁶) voir, et qui lui enseignait la sagesse; sa passion pour Hersilie, première cause de ses chagrins; son amour pour Anaïs, dont le nom seul le rassure, pour Anaïs qu'il a perdue, mais dont l'image le suit par-tout, défend son cœur contre les dangers qui pourraient⁷) le menacer encore, et laisse au fond de son ame un souvenir doux, mêlé d'espérance, qui, le consolant de ses peines, l'encourage à la vertu.

Numa, plus tranquille, se lève: il veut reprendre le chemin qui conduit⁸) au temple de Minerve; mais il s'égare, s'enfonce dans le plus épais du bois, et arrive bientôt à une source d'eau vive qui sortait⁹) d'un petit tertre ombragé par de hauts peupliers. Jamais troupeau ni berger n'avait troublé l'onde claire de cette fontaine écartée; jamais nul oiseau, en se désaltérant, nulle branche même tombée, n'en avait ridé la surface. Les arbres qui l'environnaient, serrés les uns contre les autres,

---

1) prés. v. sortir. 2) déf. v. voir. 3) part. v. reconnaître.
4) prés. v. sentir. 5) prés. v. s'asseoir. 6) impar. v. pouvoir.
7) cond. v. pouvoir. 8) prés. v. conduire. 9) impar. v. sortir.

formaient autour du tertre un bocage impénétrable; mille arbrisseaux, mille rosiers sauvages, nés¹) sur le bord de la source, remplissaient les intervalles des troncs d'arbres. Ce lieu silencieux et tranquille semblait consacré au mystère. Tel était sans doute l'endroit de la forêt de Gargaphie où le téméraire Actéon²) surprit³) la fille de Latone; ou tel était plus sûrement l'asile où Phoébé⁴) descendait du ciel pour prodiguer ses charmes à l'aimable Endymion.

Numa remarque cette retraite, il se propose d'y venir souvent. Parvenu⁵) près de la source, il se baisse pour puiser de l'eau dans sa main. Mais au moment où il la porte à sa bouche, une voix lui crie d'un ton sévère: Qui t'a permis, ⁶) audacieux mortel, de puiser de l'eau dans cette fontaine? Numa interdit laisse tomber cette eau, et répond d'un accent timide: O naïade, pardonnez à mon ignorance; je ne savais pas que cette source vous fût consacrée: j'aurais dû⁷) le deviner à la beauté de son onde.

Tu peux⁸) t'y désaltérer, répliqua la voix devenue⁹) plus douce: Numa, je t'ai toujours chéri, et je t'attends ici depuis long-temps. Souviens-toi¹⁰) de la nymphe Égérie, dont Cérès t'a promis¹¹) les conseils: c'est ici son asile sacré. Tu m'entendras, Numa, mais tu ne me verras¹²) point. Tu ne franchiras jamais l'enceinte de cet épais bocage; telle est la volonté de Cérès. Viens¹³) à cette fontaine toutes les fois que tu auras besoin de converser avec moi; viens me communiquer tes lois avant de les établir; viens m'expliquer tes projets, tes craintes, tes espérances. Je te donnerai mes avis, sans te prescrire de les suivre: contente de conseiller, je n'or-

---

1) *part. v. naître.* 2) Actäon erblickte die Diana, Tochter der Latona, im Bade, wurde deswegen von ihr in einen Hirsch verwandelt und von seinen Hunden zerrissen. 3) *déf. v. surprendre.* 4) Phöbe, Diana, oder Luna [der Mond], die Schwester des Phöbus oder Apollo, welche den schönen Jüngling Endymion im Schlafe auf dem Berge Patmus küßte. 5) *part. v. parvenir.* 6) *part. v. permettre.* 7) *part. v. devoir.* 8) *prés. v. pouvoir.* 9) *part. v. devenir.* 10) *impér. v. se souvenir.* 11) *part. v. promettre.* 12) *fut. v. voir.* 13) *impér. v. venir.*

donnerai jamais. Tu me consulteras comme déesse; je te parlerai comme amie. Adieu, Numa, je t'attends dans trois jours.

La voix se tait: ¹) Numa, immobile, écoute long-temps encore. Pénétré de reconnaissance et de joie, il tombe à genoux, adore Cérès, remercie cent fois Égérie, lui adresse les voeux les plus tendres, ose l'interroger encore: mais la voix ne répond plus. C'est en vain que Numa prête une oreille attentive, il n'entend dans ce bocage que le bruit doux et léger que font les feuilles agitées par le zéphyr. Il regarde, observe autour de lui, il ne voit ²) que des arbres touffus. Trop religieux pour concevoir seulement le desir de pénétrer dans l'enceinte sacrée, il s'éloigne à regret de la fontaine. Certain d'être aidé par les dieux dans le gouvernement de son empire, il retourne à Rome plein d'espérance.

Dès ce moment, il rassemble les points principaux ³) de législation qu'il veut ⁴) soumettre à la nymphe: ce travail long et pénible le distrait ⁵) des maux ⁶) que lui cause l'amour. Numa se flatte quelquefois que le retour d'Anaïs sera peut-être la récompense que les dieux accorderont à ses travaux: cette idée lui rend plus cher encore le bonheur de ses sujets.

Mais les trois jours marqués par la nymphe sont expirés; Numa se rend à la fontaine. Il invoque Égérie. La voix se fait entendre: Es-tu content de toi, Numa? as-tu déja fait des heureux? Hélas! répond le monarque, il semble facile d'en faire: dès qu'on est sur le trône, le mal seul devient ⁷) aisé. J'ai trouvé le compte qu'on m'a rendu de l'administration de mon empire différent de ce que j'ai vu ⁸) moi-même. Quand j'ai parlé de corriger les abus, on m'a dit qu'ils étaient nécessaires; on m'a fait craindre des maux plus grands: ceux qui pourraient ⁹) m'aider à faire le bien sont intéressés à ce que le mal subsiste. La vérité fuit devant moi; je

---

1) *prés. v.* se taire. 2) *prés. v.* voir. 3) *pl. v.* principal. 4) *prés. v.* vouloir. 5) *prés. v.* distraire. 6) *pl. v.* mal. 7) *prés. v.* devenir. 8) *part. v.* voir. 9) *cond. v.* pouvoir.

suis entouré de trompeurs: la juste défiance qu'ils m'ont inspirée, en me forçant de tout faire moi-même, va [1]) rendre longue et pénible l'exécution des meilleurs projets. Peut-être encore le fardeau sera trop pesant pour ma faiblesse; et le seul avantage que j'aurai sur un mauvais roi sera de gémir le premier du mal que je ne pourrai [2]) empêcher.

O Numa, lui répond la nymphe, que d'erreurs dans ce peu de paroles! Je reconnais [3]) bien dans toi ces hommes passionnés, prêts à tout entreprendre pour obtenir ce qu'ils desirent, et découragés au premier obstacle. S'il était facile de bien régner, où serait la gloire des grands rois? Sans doute on voudra [4]) te tromper, sans doute on t'environnera de piéges. La flatterie, la fausse gloire, la ruse, la volupté, habitent auprès du trône: cachées sous un masque trompeur, l'oeil ouvert sur le coeur du roi, elles attendent, pour s'en emparer, le premier moment de faiblesse. L'intérêt les tient [5]) sans cesse éveillées: si le monarque sommeille un instant, il est vaincu. Mais ces ennemis dangereux ne sont presque plus redoutables aussitôt qu'ils sont reconnus; [6]) et ta première occupation, ton étude la plus importante, c'est d'apprendre à les reconnaître. Ceux qui t'obséderont de plus près, ceux qui trouveront tout facile, qui flatteront tes goûts, qui seront toujours de ton sentiment, voilà tes ennemis, Numa: chasse-les, non de ta cour, elle deviendrait [7]) déserte, mais de ton coeur, de tes conseils; méprise-les, et ne crains [8]) pas de le leur témoigner; tu effraieras peut-être la génération toujours renaissante de ceux qui voudraient [9]) leur ressembler.

Mais garde-toi de répandre ce mépris sur tous les hommes! cette défiance, cette mauvaise opinion de l'humanité entière, serait aussi injuste que fatale; elle produirait [10]) l'indifférence sur le choix de ceux qu'on élève: de là naissent [11]) tous les maux. Quoique roi, tu n'es-

---

1) *prés.* v. aller. 2) *fut.* v. pouvoir. 3) *prés.* v. reconnaître. 4) *fut.* v. vouloir. 5) *prés.* v. tenir. 6) *part.* v. reconnaître. 7) *cond.* v. devenir. 8) *impér.* v. craindre. 9) *cond.* v. vouloir. 10) *cond.* v. produire. 11) *prés.* v. naître.

qu'un homme: l'amour des vertus qui t'anime peut animer d'autres êtres semblables à toi. Estime donc les hommes, estime même quelques courtisans: il en est qui aiment la vertu, qui chérissent l'état et leur maître. Ceux-là ne le disent jamais; mais le peuple le dit pour eux: ils ne briguent point les places; mais la nation les leur donne. Ne crains pas d'être de l'avis de ton peuple; ne rougis pas d'aller chercher ceux qui ne se présentent pas. Ta majesté n'en sera point dégradée; tu les élèves sans t'abaisser: et, par une seule parole, par une marque d'amitié qui ne coûte rien à un coeur sensible, tu doubles leurs talens, tu doubles leurs vertus, sur-tout l'amour qu'ils ont pour toi. Ah! qu'il est beau de voir un monarque oublier l'orgueil de son rang avec ceux qui en soutiennent[1]) l'éclat! Qu'il soit terrible pour les méchans, sévère pour les flatteurs; mais que les bons soient ses amis, et que son affabilité semble dire: Je traite comme mes égaux[2]) tous ceux dont le coeur ressemble à mon coeur.

Mon plus doux plaisir, lui répondit Numa, sera d'honorer de tels hommes; mon premier soin doit être de les trouver. Mais, aidé même par eux, puis-[3]) je de long-temps faire le bien? Mon peuple est accoutumé à chercher sa subsistance dans le brigandage de la guerre: il est malheureux de son oisiveté; elle le rend inquiet, turbulent et féroce. Ce peuple est composé de deux nations, souvent opposées, que je ne puis réunir qu'en leur donnant de sages lois. Ce grand ouvrage demande de longues méditations: la paix, le repos, me sont nécessaires, et de toutes parts je suis menacé. La fière Hersilie soulève contre moi l'Italie entière; au premier moment elle viendra[4]) m'assiéger dans mes murs. Les peuples vaincus parlent de secouer le joug. La population est presque détruite;[5]) mes sujets, accablés d'impôts sous Romulus, ne peuvent[6]) plus les payer. La guerre achèvera ma perte; et, pour éviter cette guer-

---

1) *prés. v.* soutenir. 2) *pl. v.* égal. 3) *prés. v.* pouvoir.
4) *fut. v.* venir. 5) *part. v.* détruire. 6) *prés. v.* pouvoir.

re, pour désunir mes ennemis, il faut¹) un art qui m'est étranger. Cet art, qu'on appelle politique, est au-dessus de mon esprit, répugne même à mon coeur. Que dois-je faire? Comment remédier aux maux²) présens, en empêchant les maux à venir?

Numa, lui répondit Égérie, une vérité constante, certaine, que les rois sur-tout ne doivent jamais perdre de vue, c'est que la vertu, le courage et l'esprit, surmontent tous les obstacles. Tu possèdes ces trois qualités, il ne faut que les mettre en usage. Songeons au plus pressant danger.

Avant tout, tu as besoin de la paix; prépare-toi donc à la guerre: c'est un précepte aussi ancien que le monde. Romulus a dû³) te laisser une bonne armée, des capitaines vaillans et expérimentés: marque-leur de l'estime, des égards; honore comme le premier de tous les états celui de défenseur de la patrie. Moins on aime la guerre, Numa, plus il faut chérir les soldats. Affecte de t'appeler leur compagnon; prodigue-leur les titres, les distinctions, jamais l'argent: les honneurs les rendront plus braves, les richesses les énerveraient. Souviens-toi⁴) de cette armée de Campaniens que Léo détruisit⁵) si facilement; le luxe seul l'avait perdue. Pour le bannir de tes troupes, commence par le bannir de ta cour: l'exemple du maître fait tout. C'est en agissant qu'on enseigne: sois simple dans tes habits, sois frugal dans tes repas; témoigne publiquement du mépris pour la mollesse, tu verras⁶) tous les jeunes Romains affecter les vertus de leur roi.

Mais ces vertus ne suffiraient⁷) pas sans une exacte discipline. Quelque noble que soit le centurion, qu'il obéisse⁸) à son tribun comme le dernier des soldats; et que le tribun, à son tour, ne soit pas moins soumis à son général. Apprends sur-tout à tes légions que tout homme qui porte une épée doit du respect à celui qui

---

1) *prés. v.* falloir. 2) *pl. v.* mal. 3) *part. v.* devoir. 4) *impér. v.* se souvenir. 5) *déf. v.* détruire. 6) *fut. v.* voir. 7) *cond. v.* suffire. 8) *impér. v.* obéir.

n'en a point; qu'il faut que le même guerrier soit un lion pour l'ennemi, un agneau pour le citoyen; que ce citoyen et lui sont deux frères, dont l'un veille à la garde de la maison paternelle, tandis que l'autre vaque aux soins de la famille, et prépare sa nourriture avec celle de son défenseur.

Telle doit être ton armée: alors, si tu la confies à un général habile, si tes remparts sont en bon état, tes arsenaux bien fournis, tu obtiendras [1]) facilement la paix; tu la conserveras sans avoir besoin d'employer la politique, qui n'est jamais que la ressource du faible, ou le prétexte du méchant. Il est toujours incertain d'abuser les hommes par des paroles; il est toujours sûr de leur en imposer par des actions. Qu'un roi soit juste, loyal, incapable d'attaquer, toujours prêt à se défendre, il ne craindra [2]) point les embûches de ses voisins les plus perfides. La franchise déconcerte la ruse: c'est le combat du serpent et de l'aigle; le vil reptile a beau se replier, l'oiseau de Jupiter fond sur lui du haut de la nue, le perce de son bec terrible, et, sans être fier de sa victoire, il remonte auprès du maître des dieux.

Sois donc toujours juste envers tes voisins, toujours en état de repousser leurs injustices: loin de troubler ton repos, ils brigueront ton alliance; Rome sera respectée, et tu pourras [3]) alors profiter des loisirs d'une paix glorieuse pour donner des lois à ton peuple.

Avant de les établir, tu te feras [4]) à toi-même un tableau de l'ordre social, tu le présenteras à tes sujets: dès ce moment les meilleures lois s'offriront [5]) à ton esprit, et seront adoptées par ton peuple avec la même facilité.

Tu te souviendras [6]) que les hommes se sont rassemblés librement en société pour se procurer les secours nécessaires à leur sécurité, aux besoins et aux consolations de la vie. Du développement de cette vérité tu verras [7]) naître tous les principes de législation.

---

1) *fut.* v. obtenir. 2) *fut.* v. craindre. 3) *fut.* v. pouvoir. 4) *fut.* v. faire. 5) *fut.* v. s'offrir. 6) *fut.* v. se souvenir. 7) *fut.* v. voir.

Une subsistance facile et assurée doit être le premier effet de tes lois: c'est à l'agriculture à la donner. Tu regarderas donc la classe des agriculteurs comme la plus utile; tu l'honoreras, tu assureras leurs propriétés, tu encourageras leurs mariages, tu rendras à l'art qui nourrit les hommes la dignité qu'il doit avoir.

L'agriculture ne peut [1]) fleurir sans les autres arts; elle les fait naître, et les récompense. Tu les protégeras, tu les appelleras dans ton empire, et tu verras que ces arts faciliteront les travaux champêtres, en occupant, en nourrissant un grand nombre de citoyens.

Lorsque les champs et les coteaux auront donné ce qu'ils peuvent [2]) produire, il se trouvera des cultivateurs riches d'un superflu de productions qui manqueront à une autre terre. De là naîtra [3]) le commerce que tu favoriseras, que tu laisseras toujours libre: mais tu n'oublieras jamais que le commerce, qui fait fleurir les arts, ne peut augmenter qu'en proportion des progrès de l'agriculture.

Quand tu auras établi ces trois bases fondamentales de la prospérité des états, l'agriculture, les arts et le commerce, tu t'occuperas des autres lois, auxquelles seront également soumis tous les ordres des citoyens. Elles seront en petit nombre, pour que chacun de tes sujets puisse [4]) les étudier: elles seront fondées sur l'amour de l'humanité, qui est la première, la plus sacrée de toutes les lois, la seule que la nature ait rédigée.

Guidé par cette règle sûre, tu mettras [5]) le faible à l'abri des violences de l'homme puissant; tu lui donneras des soutiens pendant sa vie, des vengeurs après sa mort. Tu régleras les droits des époux; tu leur commanderas l'union, la fidélité, la douceur, et tu permettras [6]) le divorce. Tu donneras aux pères sur leurs enfans la puissance la plus absolue: ne crains [7]) pas qu'ils en abusent; il n'est que trop de fils ingrats, il est bien peu de mauvais pères. Tu accorderas aux patriciens le droit si doux de protéger, de défendre, d'enrichir les

---

1) *prés. v. pouvoir.* 2) *prés. v. pouvoir.* 3) *fut. v. naître.* 4) *prés. subj. v. pouvoir.* 5) *fut. v. mettre.* 6) *fut. v. permettre.* 7) *impér. v. craindre.*

plébéiens. Tu puniras le mensonge et l'ingratitude; tu effraieras tous les vices. Enfin tu assureras à tout citoyen l'honneur et le repos; a tout riche, son bien; aux pauvres, des ressources; à l'orphelin, des défenseurs.

O nymphe, interrompit Numa, vous ne me parlez point de la religion: je lui dois mes premiers hommages. Cérès a daigné protéger mon enfance, Cérès me promit[1]) les leçons d'Égérie: jugez si je puis[2]) l'honorer assez. D'ailleurs, c'est avec la religion que je polirai mon peuple, que j'adoucirai ses moeurs sauvages. La piété attendrit l'ame; et, pour apprendre aux hommes à s'aimer, il faut[3]) d'abord leur faire aimer les dieux. Je veux[4]) consacrer de nouveaux pontifes; je veux donner aux sacrifices l'appareil le plus imposant; j'instituerai des fêtes dont la pompe auguste attirera les hommes à la religion, les unira davantage entre eux, et rendra frères dans les temples ceux qui ne sont ailleurs que concitoyens.

J'ai encore un projet, o nymphe, que je tremble de vous avouer; mais, puisque vous lisez[5]) dans mon ame, vous pardonnerez sans doute au motif si pur qui m'anime, au sentiment douloureux et tendre qui m'inspire ce dessein.

Égérie, je suis pénétré d'un saint respect pour les dieux; j'aimerais mieux mourir que d'abandonner leur culte, que de les offenser un seul instant. Mais il existe un être, le plus parfait, le plus aimable, le plus vertueux qui soit sur la terre, et il n'adore pas mes dieux. Cet être que j'ai perdu, que je pleure sans cesse, loin de qui je ne puis goûter ni repos ni bonheur, cet être s'appelle Anaïs. Anaïs, nom chéri qui me fait verser, en le prononçant, des larmes d'attendrissement et de douleur, Anaïs est de la religion des mages; elle adore un seul dieu, elle honore son emblème dans le soleil et dans le feu. Le soleil et le feu sont deux de nos divinités; Apollon et Vulcain ont droit à mon hommage: j'élèverai un temple à chacun d'eux. Je veux plus; c'est un tri-

---

1) *déf. v.* promettre. 2) *prés. v.* pouvoir. 3) *prés. v.* falloir. 4) *prés. v.* vouloir. 5) *prés. v.* lire.

but de respect et d'amour qu'il me sera bien doux de rendre à mon Anaïs: je veux instituer quatre prêtresses, dont l'unique emploi sera d'entretenir le feu sacré sur un autel consacré à Vesta.¹) Ce feu, toujours renaissant, ce feu pur et immortel, sera pour mon peuple l'emblème de la nature, pour moi l'emblème de mon amour. Les quatre Vestales ²) seront vierges: il faudra ³) qu'elles prouvent, pour être admises, ⁴) que leur vie est pure et intacte, comme l'était celle d'Anaïs. À l'exemple d'Anaïs, elles rendront un culte à ce feu dont elles seront les gardiennes; et en mémoire de cette Anaïs qu'elles représenteront à mes yeux, je porterai au plus haut degré la vénération, le respect que l'on aura pour elles: je les ferai ⁵) jouir des honneurs de la royauté. J'espère, o nymphe, que vous me permettrez ⁶) de rendre ce tendre hommage à celle que j'adore, à celle à qui je dois le peu de vertus que je possède, à celle que je ne verrai ⁷) peut-être plus, mais dont le souvenir si cher ne mourra ⁸) jamais dans mon coeur.

La nymphe fut quelque temps à répondre: ce silence inquiétait Numa. Il fut bientôt hors de peine. Roi de Rome, lui dit la voix, j'estime ta constance; j'espère qu'elle sera récompensée. Je ne m'oppose point à ce que tu honores Anaïs; mais je crains ⁹) que tu n'en fasses ¹⁰) trop pour elle, et que tu n'attaches trop d'importance aux cérémonies de la religion. Tu fus élevé dans un temple, Numa; prends ¹¹) garde de régner en prêtre. Autant la piété élève l'homme qui sait lui donner de justes bornes, autant elle rend petit celui qui la pousse trop loin. Les coeurs tendres y sont sujets; et les malheurs de l'amour rendent ce danger plus grand. Ta raison doit l'éviter; elle doit te dire qu'un roi religieux peut ¹²) être un grand homme, mais qu'un roi superstitieux ne l'est jamais.

---

1) Vesta, die Göttin des Feuers. 2) die Vestalinnen, Priesterinnen der Vesta. 3) *fut.* v. falloir. 4) *part.* v. admettre. 5) *fut.* v. faire. 6) *fut.* v. permettre. 7) *fut.* v. voir. 8) *fut.* v. mourir. 9) *prés.* v. craindre. 10) *prés. subj.* v. faire. 11) *impér.* v. prendre. 12) *prés.* v. pouvoir.

Je suis loin de te prêcher l'ingratitude et l'oubli des dieux. Honore-les, Numa, tu le dois: mais honore-les en servant¹) les hommes. Laisse à la piété mal éclairée les puériles pratiques qu'elle seule a inventées; observe de ta religion les grands préceptes qu'elle enseigne.

C'est à Cérès sur-tout que tu veux²) marquer ta reconnaissance? Va³) parcourir les campagnes, vêtu comme un laboureur; mêle-toi parmi ceux qui te croiront⁴) leur frère; parle-leur des lois de Numa; informe-toi des abus, des suites funestes qu'elles peuvent⁵) avoir; critique-les pour y encourager les autres, et retiens⁶) mieux le peu de mal qu'on en pourra⁷) dire que les nombreux éloges qu'on en fera.⁸)

Visite la chaumière du pauvre; juge par tes yeux de ses besoins; caresse l'enfant demi-nu qui pleure auprès de sa mère malade; console son père affligé: fais⁹) leur espérer des secours du ciel ou du roi; et, de retour dans ton palais, envoie-¹⁰) leur du pain, des habits, du blé pour ensemencer leur terre.

Voilà le moyen d'honorer Cérès; voilà ce qui la flattera plus que le sang de mille génisses. Ta piété sera bientôt récompensée: les moissons couvriront¹¹) la terre; les villages seront repeuplés; l'abondance régnera dans les campagnes; les troupeaux nombreux et mugissans rempliront les vertes prairies; la plaine retentira de chants de joie; et les bergers, les laboureurs, riches, tranquilles, heureux par tes soins, ne se livreront jamais au sommeil sans avoir prié les dieux de conserver leur bon roi.

Ainsi parle la nymphe. Numa transporté s'écrie: O ma divinité tutélaire! o vous à qui je devrai mon bonheur et le bonheur de tout mon peuple! par quelle fatalité, par quel arrêt cruel votre présence m'est-elle interdite?¹²) Vous qui me comblez de bienfaits, vous qui m'honorez d'un intérêt si tendre, me priverez-vous tou-

---

1) *gér. v.* servir. 2) *prés. v.* vouloir. 3) *impér. v.* aller. 4) *fut. v.* croire. 5) *prés. v.* pouvoir. 6) *impér. v.* retenir. 7) *fut. v.* pouvoir. 8) *fut. v.* faire. 9) *impér. v.* faire. 10) *impér. v.* envoyer. 11) *fut. v.* couvrir. 12) *part. v.* interdire.

jours du plaisir si doux de contempler ma bienfaitrice? vous couvrirez-vous sans cesse à mes yeux de ce voile impénétrable?

Numa, répond aussitôt la voix, ne cherche pas à lever ce voile; tu me perdrais sans retour. Mais suis¹) mes conseils; mets²) tout en usage pour assurer la félicité de ton peuple; et je te promets,³) oui, je te jure par le souverain des cieux, que, le jour où tu seras le plus grand des rois, tu connaîtras,⁴) tu verras⁵) Égérie.

Après avoir dit ces mots, la voix ne répond plus aux questions, aux actions de graces de Numa.

Le roi de Rome, impatient de profiter des leçons de la nymphe, retourne les méditer dans son palais, et, dès le lendemain, il s'occupe de se former un conseil.

Il le compose des patriciens les plus éclairés, les plus vertueux; il y joint⁶) un nombre égal de plébéiens; et quand l'ordre de la noblesse lui témoigne sa surprise de se voir ainsi mêlé avec le peuple: Sénateurs, leur répond Numa, ce mélange ne vous est pas importun dans les batailles, il m'est utile dans mon conseil. Ici je compte m'occuper bien plus du peuple que des nobles: j'ai donc besoin que les principaux⁷) du peuple puissent⁸) y défendre ses droits. J'ai besoin que ces sages conseillers, qui n'auront pas vécu⁹) à ma cour, me parlent avec la franchise, avec la rudesse même dont un sénateur courtisan n'a pas l'usage; je veux, si mon orgueil ou mes flatteurs me trompent sur le bonheur de mes sujets, que ces plébéiens me disent: Roi de Rome, ne le crois¹⁰) pas, nous connaissons¹¹) des malheureux.

Aidé par ce conseil, que préside le vieux Métius, Numa prend¹²) d'abord des mesures pour éteindre cette haine des Romains et des Sabins, capable seule de détruire le bonheur public. Pour fondre ensemble les deux nations, il divise par tribus tous les habitans de Rome.

---

1) *impér. v.* suivre. 2) *impér. v.* mettre. 3) *prés. v.* promettre. 4) *fut. v.* connaître. 5) *fut. v.* voir. 6) *prés. v.* joindre. 7) *pl. v.* principal. 8) *prés. subj. v.* pouvoir. 9) *part. v.* vivre. 10) *impér. v.* croire. 11) *prés. v.* connaître. 12) *prés. v.* prendre.

Dès ce moment, chacune de ces classes, également composée de Romains et de Sabins, quitte l'esprit de parti pour ne connaître que l'amour de la patrie. Le sage Numa, qui oppose ainsi l'intérêt commun à l'orgueil national, voit[1]) bientôt les factions s'éteindre, et les deux peuples n'en faire qu'un seul.

Alors il élève un temple à la Concorde, un autre à la Bonne-Foi, à la Clémence, à la Justice: il fait honorer le dieu Terme,[2]) comme le symbole des propriétés; il dresse un autel à la Bienveillance universelle, cette première des vertus, cette source de toutes les autres.

Dévoré de l'amour de son peuple, toujours levé dès l'aurore, pour découvrir la source d'un mal ou méditer un établissement utile, il travaillait seul jusqu'à l'heure de son conseil. Là, il soumettait[3]) aux lumières de ses amis les vues que son esprit, et sur-tout son coeur, lui avaient fournies; il les discutait en simple sénateur. Mais quand sa conviction intime n'était pas ébranlée par les raisons d'un avis contraire, il les décidait en monarque.

Sans se piquer de posséder le talent d'administrateur, il avait une maxime qui rarement l'égarait: c'était de se mettre à la place de tous ceux dont il s'occupait. S'il faisait[4]) une loi qui intéressât les laboureurs, il se supposait laboureur: Que demanderais-je à mon roi? se disait-il: d'assurer ma propriété, de protéger mon travail, de me défendre contre l'ennemi et contre le citoyen puissant. Pour jouir de ces avantages, il est juste que je donne une partie de la moisson que mes sueurs ont fait naître; mais il faut[5]) qu'il m'en reste assez pour nourrir ma femme, mes enfans, et pour ensemencer de nouveau ma terre. Quand Numa s'était dit ces paroles, il commençait son édit. Les laboureurs en étaient contens.

Si son conseil lui proposait la guerre, il se faisait rendre un compte exact des dépenses qu'elle coûterait, des avantages qu'elle pourrait[6]) produire. Ensuite il

---

1) *prés.* v. voir. 2) Terminus, ber Gott ber Grenzen. 3) *impar.* v. soumettre. 4) *impar.* v. faire. 5) *prés.* v. falloir. 6) *cond.* v. pouvoir.

calculait tout ce qu'il pouvait faire avec ce même argent; les canaux ¹) ouverts, les marais desséchés, les landes mises ²) en culture: il comparait ces biens certains avec celui d'une victoire toujours douteuse, et faisait rougir par cette simple comparaison ceux qui avaient pu ³) balancer. Numa, sans leur reprocher leur erreur, se contentait d'ajouter: Je ne vous parle pas du sang humain; il est d'un prix trop au-dessus de l'or.

Après avoir employé la plus grande partie du jour à régler ces grands objets, et à rendre la justice, le roi partageait son frugal repas avec les plus sages, les plus anciens des sénateurs. Ensuite il allait porter secrètement des secours à quelque infortuné. Ces dons n'étaient jamais pris ⁴) sur le trésor public; le généreux Numa en était avare, même pour soulager les malheureux: Ce sont mes plaisirs, disait-il; l'état ne doit pas les payer. Mais il employait aux bonnes actions l'argent destiné à l'entretien des gardes qu'il n'avait point, aux dépenses de sa table qu'il avait réglée, de ses habits qu'il ne renouvelait pas souvent.

Ainsi les occupations de l'homme sensible le délassaient des fonctions de roi; et tous les soirs, quitte envers son peuple, quitte envers lui-même, il allait rendre compte à Égérie de tout ce qu'il avait fait; il allait chercher dans sa conversation des lumières pour le lendemain.

---

1) *pl. v.* canal. 2) *part. v.* mettre. 3) *part. v.* pouvoir.
4) *part. v.* prendre.

LIVRE DOUZIÈME.

SOMMAIRE.

Hersilie, accompagnée de plusieurs rois, vient¹) assiéger Numa dans Rome. Arrivée de Camille et de Léo, qui amènent un prisonnier. Expédition nocturne de Léo. Les Marses viennent²) au secours des Romains. Les deux armées sont en présence. Discours de Numa. Il désarme ses ennemis. Mort d'Hersilie. Paix générale. Numa ferme le temple de Janus. Il retrouve Anaïs, et devient³) son époux.

TANT de soins, tant de peines pour rendre les Romains heureux, ne soulageaient guère les maux⁴) de leur roi: Numa, loin de ce qu'il aimait, était le seul à plaindre dans ses états. Il avait envoyé chez tous les peuples de l'Italie s'informer de Zoroastre et d'Anaïs; nulle part on n'en avait appris⁵) de nouvelles: le brave Léo ne revenait⁶) point; le temps s'écoulait. Le triste Numa, seul au milieu d'un peuple qui l'adorait, pleurait sa maitresse, regrettait son ami, et redoutait Hersilie.

Cette fougueuse amazone ne tarda pas à manifester sa fureur. Tout-à-coup des tourbillons de poussière s'élèvent du côté du Latium. Ces nuages se dissipent, et l'on voit⁷) reluire des forêts de lances. Un bruit sourd, mêlé de cris d'hommes, de hennissemens de chevaux, de retentissement de boucliers, vient⁸) en croissant:⁹) semblable aux aquilons fougueux, quand, échappés de leurs antres profonds, précédés d'un long mugissement, suivis¹⁰) des tempêtes et du ravage, ils arrivent en déracinant les arbres et les rochers.

Bientôt, du haut des murs de Rome, se distinguent des milliers de combattans. Les premiers sont les Rutules, entièrement couverts¹¹) de fer, armés de longues

---

1) *prés. v.* venir. 2) *prés. v.* venir. 3) *prés. v.* devenir. 4) *pl. v.* mal. 5) *part. v.* apprendre. 6) *impar. v.* revenir. 7) *prés. v.* voir. 8) *prés. v.* venir. 9) *gér. v.* croître. 10) *part. v.* suivre. 11) *part. v.* couvrir.

javelines dont les pointes acérées se réunissent au premier rang. Serrés les uns contre les autres, les boucliers pressent les boucliers, les casques touchent les casques; leurs aigrettes flottantes ressemblent aux épis d'un champ. Le fier Turnus est à leur tête. Turnus, le digne petit-fils du héros dont il porte le nom, se réjouit d'aller combattre les descendans des Troyens.¹) Épris des charmes d'Hersilie, il s'est engagé par serment à lui livrer Numa prisonnier.

Après eux viennent ²) les Campaniens, faible troupe, mais nombreuse, guidée par le même roi que Léo prit ³) dans Auxence. Les Velsques paraissent ⁴) ensuite, sans autres armes que leurs arcs; ils sont commandés par le brave Arisbée; Arisbée, de qui les jeux sont d'attacher ensemble deux colombes, de les faire voler dans les airs, et de couper avec sa flèche, sans blesser les oiseaux, le cordon qui les retient. ⁵)

Les Hirpins, armés de massues, couverts de peaux de bêtes, s'avancent sans garder de rang. Jadis vaincus par Romulus, ils n'obtinrent ⁶) de lui la paix qu'en laissant élever au milieu de leur pays une forteresse imprenable, occupée par les Romains. Brûlant de venger cet outrage, ils ont tenté, mais en vain, de s'emparer de la forteresse: c'est sur Rome même qu'ils veulent ⁷) se venger. Ce peuple farouche est conduit ⁸) par un Marse plus farouche encore: le terrible Aulon, le descendant de Cacus, est à leur tête. Aulon brûle pour Hersilie: jaloux de la gloire de Léo, qu'il croit ⁹) dans Rome auprès de Numa, il a défendu à ses guerriers d'attaquer ces deux ennemis qu'il se réserve pour lui seul.

Les Vestins ferment la marche. Ces peuples, couverts de boucliers blancs, ne combattent qu'avec la fronde. Leurs cuirasses noires, leurs barbes hérissées, inspirent la terreur. Le père de Camille, le vieux Messape, est toujours leur roi. Depuis qu'il a perdu sa fille, entièrement livré aux Hirpins ses alliés, il dépend d'eux; et,

---

1) Trojaner. 2) *prés. v.* venir. 3) *déf. v.* prendre. 4) *prés. v.* paraître. 5) *prés. v.* retenir. 6) *déf. v.* obtenir. 7) *prés. v.* vouloir. 8) *part. v.* conduire. 9) *prés. v.* croire.

sans s'intéresser à Hersilie, il la sert¹) dans une guerre qu'elle seule a suscitée.

Au milieu de cette armée, la fille de Romulus se distingue, comme un palmier parmi de jeunes arbustes. La tête couverte d'un casque brillant ceint²) d'un diadème d'or, elle tient³) dans sa main droite deux javelots, et porte à son bras gauche ce bouclier, présent de Cérès, gage assuré de la victoire, que Numa laissa dans ses mains. Cette superbe amazone, sur un char traîné par des chevaux noirs, va,⁴) vient,⁵) vole dans tous les rangs, sourit⁶) à l'un, reprend⁷) l'autre, encourage le moins hardi, enflamme encore plus le téméraire; et montrant les remparts de Rome: Amis, dit-elle, voilà mon bien, voilà mon héritage; faites-⁸) le moi rendre; je vous restitue toutes les conquêtes de mon père. Quant à mon coeur et à ma main, je jure qu'ils seront le prix de la tête de Numa.

Elle dit: le farouche Aulon se plaint⁹) qu'une si grande conquête soit trop facile. Turnus sourit de l'orgueil du barbare, lui jette un coup-d'oeil dédaigneux, et lance sur la princesse un regard d'amour, tandis que le Volsque Arisbée, qui voit¹⁰) avec indifférence les appas de la fière Hersilie, s'applaudit d'être le seul qui ne combatte que pour la gloire.

Cette nombreuse armée s'étend dans la plaine, approche de Rome, et campe non loin des murailles. La consternation se répand dans la ville: les habitans des campagnes, suivis¹¹) de leurs familles en pleurs, chargés de ce qu'ils ont pu¹²) sauver, arrivent de toutes parts; les vieillards, les femmes remplissent les temples; les enfans poussent des cris douloureux; les citoyens cherchent des armes; les soldats craignent¹³) d'en manquer; tout le peuple, alarmé par la vue de tant d'ennemis, n'espère plus que dans son roi.

---

1) *prés. v.* servir. 2) *part. v.* ceindre. 3) *prés. v.* tenir. 4) *prés. v.* aller. 5) *prés. v.* venir. 6) *prés. v.* sourire. 7) *prés. v.* reprendre. 8) *impér. v.* faire. 9) *prés. v.* se plaindre. 10) *prés. v.* voir. 11) *part. v.* suivre. 12) *part. v.* pouvoir. 13) *prés. v.* craindre.

Numa, qui a tout prévu,¹) devient²) plus tranquille à l'aspect du danger: il a des vivres, des armes, des troupes braves et nombreuses. Soigneux de ne pas les fatiguer, il leur épargne les gardes inutiles, ménage leurs forces, veille sur leurs besoins, dissipe l'effroi général. Sûr des mesures qu'il a prises,³) il ne se plaint que de l'absence de Léo, et de ce que les ennemis lui ferment le bois d'Égérie.

Réduit⁴) à ses seuls conseils, comme il méditait au milieu de la nuit les moyens de jeter la division parmi ses nombreux adversaires, on vient l'avertir que trois guerriers, arrêtés aux portes de Rome, demandent à être introduits:⁵) Numa ordonne qu'on les amène. À peine les a-t-il envisagés, que, reconnaissant⁶) Léo, il s'élance dans ses bras en poussant un cri de joie: O mon frère! je te revois!⁷) où est-elle? où la trouverai-je? suis-je condamné à la pleurer toujours?

Mes recherches ont été vaines, lui répondit Léo après un tendre embrassement: j'ai parcouru⁸) tout le midi de l'Italie, je n'ai pu⁹) découvrir les traces de Zoroastre ni d'Anaïs. Mais j'ai appris¹⁰) le danger qui te menace; j'ai vu¹¹) les peuples se réunir pour venir t'assiéger dans Rome, et j'ai volé à ton secours. L'espoir de te faire des alliés m'a donné la hardiesse de me présenter chez le peuple marse: j'ai osé le rassembler.

Citoyens, leur ai-je dit, vous m'avez banni; mais le desir de vous être utile l'emporte sur le danger de paraître ici malgré vos lois. Vous êtes amis ou ennemis des Romains: voici l'instant de les accabler, ou de vous les attacher pour toujours. La fille de Romulus, de ce barbare agresseur qui vint¹²) nous attaquer dans nos foyers, soulève tous les peuples contre Rome, contre ce juste Numa qui fut le premier à solliciter pour vous une paix honorable. En vous joignant à la fille de Romulus,

---

1) *part. v.* prévoir. 2) *prés. v.* devenir. 3) *part. v.* prendre. 4) *part. v.* réduire. 5) *part. v.* introduire. 6) *gér. v.* reconnaître. 7) *prés. v.* revoir. 8) *part. v.* parcourir. 9) *part. v.* pouvoir. 10) *part. v.* apprendre. 11) *part. v.* voir. 12) *déf. v.* venir.

vous romprez un traité solennel, vous manquerez à la reconnaissance, à l'honneur; mais vous ferez¹) peut-être une guerre utile. Peut-être aussi vous sera-t-il plus utile encore de demeurer généreux, de secourir Numa. Ce monarque, sauvé par vous, vous rendra le pays des Auronces, vous donnera le droit de citoyens romains, vous regardera comme des frères. Celui que vous trouvâtes ²) juste et bon quand vous étiez ses ennemis, que sera-t-il pour des libérateurs? Marses, dans cette occasion, comme presque toujours, le parti de l'honneur se trouve le plus avantageux. Choisissez cependant: joignez- ³) vous à une foule de barbares conduits ⁴) par la fille de votre plus cruel ennemi, déjà noircie de plusieurs crimes, et qui plonge le poignard dans le sein de sa patrie: ou bien volez au secours du plus juste, du meilleur des rois, d'un héros qui fut mon vainqueur, et qui défendit vos droits dans le traité de paix qui vous lie encore.

À peine ai-je dit ces paroles, que toute l'assemblée s'est écriée: Marchons au secours de Numa, et que Léo nous commande.

Non, non, leur ai-je dit, peuple sensible, mais inconstant, qui m'aimez et qui m'avez banni, je ne puis ⁵) être votre chef. Cet honneur doit regarder un Marse: depuis que Numa est roi de Rome, je suis devenu ⁶) Romain. Mais quand la protection des dieux me fit ⁷) rompre le peuplier auquel vous aviez attaché le commandement, l'arbre fut ébranlé par quatre concurrens qui valaient ⁸) mieux que moi sans doute. Deux d'entre eux, Liger et Penthée, ont succombé dans les combats; Aulon commande les Hirpins; le vieux Sophanor n'est plus: mais il vous reste le vaillant Astor, l'aimable disciple d'Apollon. Astor s'est signalé dès son enfance. Sa jeunesse seule vous fait balancer; mais si sa gloire a devancé son âge, sa jeunesse est un mérite de plus. Marses, que le brave Astor devienne ⁹) votre général: Apollon, dont il est l'ami, guidera lui-même votre armée.

---

1) *fut. v.* faire. 2) *déf. v.* trouver. 3) *impér. v.* se joindre. 4) *part. v.* conduire. 5) *prés. v.* pouvoir. 6) *part. v.* devenir. 7) *déf. v.* faire. 8) *impar. v.* valoir. 9) *impér. v.* devenir.

Pour moi, mon impatience ne me permet ¹) pas d'attendre le départ de vos guerriers; je cours ²) à Rome annoncer à Numa que les Marses sont toujours le plus généreux des peuples.

Mille cris m'ont interrompu. Le jeune Astor s'est élancé dans mes bras: je l'ai présenté aux Marses; j'ai soutenu ³) le bouclier sur lequel on l'a proclamé. Certain que ce général allait voler à ta défense, j'ai précipité mes pas pour arriver avant lui, pour disputer aux Sabins mêmes le plaisir de s'exposer pour toi.

À ces mots, Numa se jette de nouveau dans le sein de son frère; il ne peut ⁴) plus s'en arracher. Mais la belle Camille ôte son casque, et s'approche du roi de Rome, en se plaignant ⁵) d'être méconnue. ⁶) Numa s'écrie, saisit sa main, la couvre ⁷) de baisers et de larmes: ses yeux, pleins d'une douce joie, errent à-la-fois sur Camille, sur Léo, quand celui-ci, faisant ⁸) avancer un jeune guerrier venu ⁹) avec eux, le conduit ¹⁰) aux pieds de Numa, à qui cet étranger présente son épée.

Le roi, surpris, l'envisage: ses traits ne lui sont pas inconnus; mais il ne peut se rappeler où il a vu ¹¹) ce jeune homme. Tu as donc oublié, lui dit Léo, le fils du roi de Campanie, ce jeune Capis, qui abandonna le commandement de l'armée de son père pour devenir centurion dans celle de Romulus, et qui depuis fut livré aux Marses comme otage de la paix. Le roi de Campanie a mal observé le traité; les Marses t'envoient ¹²) son fils: c'est un prisonnier que je t'amène.

C'est un ami, s'écria Numa en tendant la main au prince de Capoue, et un ami qui me sera cher, quoique son père se soit joint ¹³) aux autres rois qui m'assiègent dans ma capitale.

Alors Léo demande des détails sur cette armée d'alliés; il brûle d'être au lendemain pour faire quelque action

---

1) *prés. v.* permettre. 2) *prés. v.* courir. 3) *part. v.* soutenir. 4) *prés. v.* pouvoir. 5) *gér. v.* se plaindre. 6) *part. v.* méconnaître. 7) *prés. v.* couvrir. 8) *gér. v.* faire. 9) *part. v.* venir. 10) *prés. v.* conduire. 11) *part. v.* voir. 12) *prés. v.* envoyer. 13) *part. v.* se joindre.

d'éclat. Mais Numa soupire et baisse les yeux, en lui rappelant qu'Hersilie est maîtresse du bouclier sacré qui assure la victoire à son possesseur. Tant que ce bouclier sera dans ses mains, Numa ne veut ¹) point tenter le sort des batailles. Léo lui-même approuve sa prudence, et termine cet entretien qui faisait rougir son ami. Le roi conduit Camille et son époux dans le plus bel appartement du palais; il remet ²) Capis à ses officiers; et, plein de joie, il va ³) se livrer au sommeil.

Dans ce moment, l'amitié vient ⁴) inspirer à Léo le projet le plus hardi; mais il le cache à Camille; il craint ⁵) qu'elle ne veuille ⁶) en partager les périls. Aussitôt qu'elle est endormie, Léo se lève d'auprès d'elle, reprend ⁷) en silence sa peau de lion, s'arme de sa massue, et marche d'un pas léger vers une des portes de Rome: elle s'ouvre devant lui. Seul dans la campagne, il regarde, il découvre le camp des ennemis et les feux déjà presque éteints ⁸) de leurs gardes avancées. Il examine par quel côté il pourra ⁹) le moins être aperçu; mais la lune, de son char brillant, répand une trop grande lumière. Léo tombe à genoux devant l'astre des nuits:

O Phoebé! dit-il, je t'invoque; daigne modérer ton éclat. Tu ne favoriseras point un dessein coupable: ce n'est point un amant téméraire qui veut surprendre l'objet de ses feux; ce n'est pas même un guerrier conduit ¹⁰) par l'amour de la gloire. Non, chaste déesse! un sentiment plus noble m'anime; c'est la sainte et pure amitié. Je vais ¹¹) reprendre le bien d'un ami; je vais réparer la faute que lui fit ¹²) commettre l'Amour; l'Amour, ce dieu cruel, dont tu fais gloire d'être l'ennemie. O déesse! ma cause est la tienne; c'est celle de la vertu.

Sa prière est à peine achevée, que la lune, s'enveloppant de nuages, cache son disque d'argent. Encouragé par ce présage, le héros marche vers le camp. Il

---

1) *prés. v.* vouloir. 2) *prés. v.* remettre. 3) *prés. v.* aller. 4) *prés. v.* venir. 5) *prés. v.* craindre. 6) *prés. subj. v.* vouloir. 7) *prés. v.* reprendre. 8) *part. v.* éteindre. 9) *fut. v.* pouvoir. 10) *part. v.* conduire. 11) *prés. v.* aller. 12) *déf. v.* faire.

parvient ¹) aux premières gardes, qui, à sa taille, à sa massue, le prennent ²) pour un Hirpin. Léo sait ³) leur langue; il passe sans obstacle. Il pénètre au milieu du camp, où les soldats accablés par le sommeil, par le vin, dorment ⁴) étendus pêle-mêle auprès de leurs armes et de leurs chars. Il était facile d'en égorger un grand nombre; mais ils ne se défendaient pas: ce carnage était impossible à Léo.

Léo n'éprouve ni fureur ni crainte: il reconnaît ⁵) Aulon étendu sur la terre, la tête appuyée sur son bouclier; sa hache énorme était auprès de lui. Un songe funeste l'agitait; sa langue balbutiait les noms de Léo et de Numa, qu'il accompagnait d'imprécations. Par un mouvement involontaire, le héros lève sa massue; mais la baissant aussitôt, il se contente d'emporter la hache du féroce Aulon.

Enfin il distingue la tente d'Hersilie, si mal gardée par ses défenseurs: il y pénètre d'un pas assuré. La fille de Romulus était livrée au plus profond sommeil. Plus occupé du bouclier que de contempler la princesse, Léo cherche des yeux ce trésor que l'obscurité lui dérobe. Tout-à-coup la lune sort ⁶) de derrière les nuages; ses tremblans rayons vont ⁷) se réfléchir au milieu du bouclier d'or. Léo s'en saisit aussitôt. Chargé de cette précieuse dépouille et de la hache d'Aulon, il reprend ⁸) le même chemin qu'il a parcouru, ⁹) traverse une seconde fois le camp, et franchit les dernières gardes sans rien trouver qui l'arrête.

Déjà il est en sûreté; déjà, plein de joie, il rend graces à Phoebé, à la Nuit, à tous les dieux, lorsque des cris et un bruit d'armes se font ¹⁰) entendre derrière lui. Le crépuscule du jour commençait à poindre. Léo, surpris, écoute, regarde: il voit ¹¹) une femme armée d'un arc, fuyant ¹²) devant une troupe de Rutules qu'elle arrête d'espace en espace en les menaçant de sa flèche.

---

1) *prés. v.* parvenir. 2) *prés. v.* prendre. 3) *prés. v.* savoir.
4) *prés. v.* dormir. 5) *prés. v.* reconnaître. 6) *prés. v.* sortir.
7) *prés. v.* aller. 8) *prés. v.* reprendre. 9) *part. v.* parcourir.
10) *prés. v.* faire. 11) *prés. v.* voir. 12) *gér. v.* fuir.

Le cœur de Léo devine que c'est Camille, avant que ses yeux l'aient reconnue.¹) Il court,²) il l'appelle, il la joint.³) Il remet⁴) dans ses mains le bouclier sacré; il s'élance sur les Rutules, les atteint⁵) à-la-fois de sa hache et de sa massue, revole à sa bien-aimée, la rassure, l'environne, l'entraîne vers les murs de Rome, et retourne encore immoler ceux qui l'approchent de trop près. Ainsi le sanglier, poursuivi⁶) par une troupe de chiens courageux, fuit, et revient sans cesse blesser celui qui dépasse la meute.

Mais les Rutules intimidés appellent leurs compagnons. Le camp se réveille, on s'arme, on accourt⁷) de toutes parts. Une troupe d'Hirpins s'avance pour envelopper Léo, tandis qu'un escadron volsque va⁸) lui couper le chemin de Rome. Léo s'arrête; toujours auprès de Camille qui le couvre⁹) malgré lui du bouclier d'or, toujours faisant¹⁰) face à-la-fois et aux Rutules et aux Hirpins, il change tout-à-coup de route, prend¹¹) un détour, gagne le Tibre.¹²) Les ennemis, croyant¹³) sa perte assurée, jettent des cris de joie. Ils resserrent le demi-cercle qu'ils forment autour de lui, ils se rapprochent peu-à-peu, ils vont¹⁴) enfin presser les fugitifs entre leurs lances et le fleuve, quand Léo, parvenu¹⁵) sur le bord, fait voler d'un bras vigoureux, jusque sur la rive opposée, sa massue et la hache d'Aulon: il prend Camille dans ses bras, jette un coup-d'œil fier à ses ennemis immobiles, s'élance au milieu des ondes, et malgré leur rapidité, malgré les flèches des Volsques, il aborde, reprend ses armes, et continue son chemin vers Rome.

À peine est-il hors de danger, que ce héros si terrible n'est plus que l'amant le plus tendre. Pardonne, ma chère Camille! pardonne, s'écrie-t-il, si j'ai pu¹⁶)

---

1) *part. v.* reconnaître. 2) *prés. v.* courir. 3) *prés. v.* joindre. 4) *prés. v.* remettre. 5) *prés. v.* atteindre. 6) *part. v.* poursuivre. 7) *prés. v.* accourir. 8) *prés. v.* aller. 9) *prés. v.* couvrir. 10) *gér. v.* faire. 11) *prés. v.* prendre. 12) die Tiber, Fluß bei Rom. 13) *gér. v.* croire. 14) *prés. v.* aller. 15) *part. v.* parvenir. 16) *part. v.* pouvoir.

te cacher un secret: ton amour m'en a bien puni. J'exposais sans ton aveu des jours qui ne sont qu'à toi; tu m'as fait trembler pour les tiens: mon crime est assez expié. Ingrat, lui répondit Camille, tu as pu penser que j'attendrais ton retour! tu as pu croire que ma tendresse se contenterait de vaines larmes! Des soldats moins cruels que toi m'ont indiqué la trace de tes pas, m'ont ouvert¹) la même porte par où tu t'étais échappé; et, seule, dans les ténèbres, en présence du camp ennemi, je n'ai senti d'autre crainte que celle de ne pas te retrouver.

Tels sont les reproches que se font ces tendres amans: les dangers qu'ils ont courus²) augmentent, s'il est possible, le sentiment qui les unit; la conquête du bouclier d'or ajoute à leur félicité. Ils rentrent dans Rome aux premiers rayons du jour, et vont³) attendre le réveil du roi pour lui présenter le bouclier sacré.

Quels furent les transports de Numa! il ne peut⁴) ni les contenir ni les exprimer. Il embrasse mille fois Léo; il est aux genoux de Camille. Que ne vous dois-je pas? leur dit-il; vous sauvez mon trône et ma gloire. Ah! mon trône est à vous, ainsi que mon coeur; c'est à vous de régner sur Rome comme vous régnez sur Numa.

Il assemble aussitôt son peuple pour lui montrer le bouclier sacré, pour l'instruire de ce qu'a fait Léo. Il le déclare sur-le-champ général des troupes romaines. À l'instant où mille acclamations confirment ce digne choix, les sentinelles des remparts annoncent l'armée des Marses.

Astor, le jeune Astor, a trompé l'ennemi: il a remonté le Tibre, qu'il a passé vers sa source, et, par une marche savante, il arrive sous les murs de Rome, du côté de l'Étrurie,⁵) le seul dont les assiégeans ne sont pas maîtres.

Numa fait ouvrir ses portes, et court⁶) au-devant de ses alliés. Astor entre dans la ville à la tête de dix

---

1) *part. v.* ouvrir. 2) *part. v.* courir. 3) *prés. v.* aller. 4) *prés. v.* pouvoir. 5) Etrurien, Landschaft Italiens. 6) *prés. v.* courir.

mille hommes: il n'a pas plutôt aperçu le roi, que, s'avançant à sa rencontre, il va lui jurer obéissance et amitié. Le roi l'embrasse avec tendresse; le peuple pousse des cris de joie. Tandis que Numa conduit¹) Astor dans son palais, chaque citoyen s'empresse de recevoir un guerrier marse et de le traiter comme un frère.

Cependant Hersilie et Aulon, furieux d'avoir vu²) cette armée de l'autre côté du Tibre entrer paisiblement dans Rome sans qu'ils aient pu³) troubler sa marche, honteux, humiliés qu'un seul guerrier soit venu⁴) leur ravir, à l'un son bouclier, à l'autre sa hache; Hersilie et Aulon, pressés par un égal desir de vengeance, veulent⁵) donner l'assaut, et crient à-la-fois: Aux armes! Les Volsques, les Hirpins, les Campaniens, les Rutules, les Vestins, obéissent. Toutes les troupes sortent⁶) du camp, se forment par bataillons, et, portant de longues échelles, marchent vers les remparts, précédées de balistes⁷) et de catapultes.⁸)

Numa, instruit⁹) de cette attaque, ne s'effraie¹⁰) pas du péril. Aussi tranquille au moment d'un combat que lorsqu'il sacrifie aux dieux, il ordonne à Léo de sortir dans la plaine à la tête des Romains. Astor reçoit les mêmes ordres. Numa veut que le prince de Campanie soit au milieu des bataillons marses: il demande que la belle Camille se tienne¹¹) au centre des bataillons romains; il défend sur-tout à ses deux généraux¹²) de laisser tirer une seule flèche. Ensuite il se revêt¹³) de ses ornemens royaux,¹⁴) ceint¹⁵) sa tête du diadème, prend dans sa main un sceptre, une branche d'olivier, et, précédé de ses licteurs, il marche au milieu des deux armées.

---

1) *prés. v.* conduire. 2) *part. v.* voir. 3) *part. v.* pouvoir. 4) *part. v.* venir. 5) *prés. v.* vouloir. 6) *prés. v.* sortir. 7) die Balista, eine Kriegsmaschine, womit schwere Steine, große Pfeile ꝛc. abgeschleudert wurden. 8) die Katapulta, ebenfalls eine Maschine, womit Pfeile und anderes Geschoß abgeschossen wurden. 9) *part. v.* instruire. 10) *prés. v.* s'effrayer. 11) *prés. subj. v.* tenir. 12) *pl. v.* général. 13) *prés. v.* se revêtir. 14) *pl. v.* royal. 15) *prés. v.* ceindre.

Les ennemis, surpris de ce spectacle, s'arrêtent rangés en bataille pour attendre les Romains: ceux-ci, arrivés à la portée du trait, forment un front à-peu-près égal à celui de leurs adversaires. Déja, de part et d'autre, les arcs sont bandés, les glaives tirés; Tisiphone,[1]) au milieu de l'intervalle, agite ses serpens, et attend le signal.

Mais le roi de Rome s'avance, en élevant sur sa tête le rameau d'olivier. Ses hérauts crient, et demandent qu'on écoute Numa. Ces paroles sont répétées par mille bouches. Malgré les efforts d'Hersilie et d'Aulon, le roi des Vestins et celui de Campanie, les chefs des Volsques et des Rutules s'approchent du monarque romain. Aulon est forcé de les suivre; Hersilie elle-même vient entendre, en frémissant de rage, ce que Numa ose proposer.

Princes, héros qui m'écoutez, leur dit Numa d'une voix douce, mais assurée, pourquoi me faites-vous la guerre? Ai-je ravagé vos états? ai-je enlevé vos femmes ou vos filles captives? ai-je manqué à des traités? Que me voulez-vous? que demandez-vous?

Que tu descendes d'un trône usurpé, s'écrie Aulon; que tu rendes à la fille de Romulus l'héritage de Romulus. C'est pour elle que nous avons pris [2]) les armes; nous venons [3]) la rétablir et la venger.

Aulon, lui répondit Numa, ce diadème que tu veux [4]) m'arracher ne fut ni demandé ni desiré par moi. Il ne'en coûte assez pour l'avoir accepté: mais les dieux ont parlé; j'ai obéi. Ce peuple m'a fait son souverain: Romulus lui-même n'avait pas d'autre titre. À Rome, le trône appartient [5]) à celui que la nation choisit; il est héréditaire chez les Sabins, qui composent aujourd'hui la moitié du peuple romain. Par une suite de crimes, que je ne veux point rappeler ici, je suis le dernier des princes sabins. Ainsi, l'ordre des dieux, le voeu du peuple, le sang, les lois m'appellent au trône. Vous seuls comptez

---

1) Tisiphone, eine Furie. 2) part. v. prendre. 3) prés. v. venir. 4) prés. v. vouloir. 5) prés. v. appartenir.

pour rien ces droits; et vous venez m'assiéger dans mes murs, sans m'avoir seulement déclaré la guerre. Loin de m'en plaindre, je vous en remercie: vous avez mis¹) de mon côté la justice, vous m'avez assuré les dieux.

Rois de l'Italie, je vous estime: il dépend de vous que je vous aime; mais jamais je ne vous craindrai. Vous voyez cette armée de Romains aussi nombreuse que toutes les vôtres réunies; vous voyez ces braves Marses qui, venus²) à mon secours, ont trompé votre vigilance. Voilà de quoi repousser la force par la force. Je peux perdre plusieurs batailles, et vous arrêter encore des années devant mes murs: si vous êtes vaincus une seule fois, il ne vous reste plus de ressource. Ne pensez pas que les Marses soient les seuls peuples que je saurai³) vous opposer: les Étrusques, les Apuliens, les peuples de la Ligurie vont⁴) arriver dans peu de jours. Attaqués à-la-fois par tant de nations réunies, vous ne pourrez⁵) leur résister; vous péririez tous: les Vestins seuls seront épargnés. De tout temps les Marses et les Vestins furent frères; je les regarde comme mes alliés: je leur jure ici, en votre présence, de ne jamais les traiter en ennemis.

À ces paroles, Aulon, Turnus, Arisbée regardent le vieux roi des Vestins: la défiance est peinte⁶) sur leurs visages. Numa, qui a déjà réussi à mettre la division parmi eux, continue dans ces termes:

Hélas! je pleurerais le premier sur une victoire qui causerait la perte de tant de peuples; je baignerais de mes larmes les lauriers teints⁷) de votre sang. Rois, mes collègues, je ne veux que la paix; et, sans avoir été vaincu, avec la certitude même de vaincre, je vous la propose avantageuse. Vous, Hirpins, je vous remets⁸) la forteresse que Remulus fit⁹) élever au milieu de votre pays: ce fut une injustice; je mets ma gloire à la réparer. Vous, Volsques et Rutules, je vous offre¹⁰) mon alliance et les droits de citoyens romains. Vous,

---

1) *part. v.* mettre.   2) *part. v.* venir.   3) *fut. v.* savoir.
4) *prés. v.* aller.   5) *fut. v.* pouvoir.   6) *part. v.* peindre.
7) *part. v.* teindre.   8) *prés. v.* remettre.   9) *déf. v.* faire.
10) *prés. v.* offrir.

roi de Campanie, qui avez oublié si vite votre dernière guerre avec les Marses, je vais¹) vous remettre votre fils que vos ennemis m'ont livré. Vous, roi des Vestins, qui pleurez depuis si long-temps une fille que vous croyez²) ensevelie dans les ondes, je vais vous rendre votre Camille. Venez,³) Camille et Capis, venez embrasser vos pères.

À ces mots, Camille et Capis se jettent dans les bras du roi des Vestins et du monarque de Capoue. Ces deux vieillards ne peuvent⁴) en croire leurs yeux: ils versent des larmes de joie, ils tiennent⁵) serrés contre leurs coeurs les enfans qu'ils n'espéraient plus voir.

Combattez à présent contre moi, leur dit Numa: déja ma cause était juste; j'ai voulu⁶) qu'elle le fût encore plus. Vous n'étiez que des agresseurs; je vous force d'être des ingrats: combattez, si vous le voulez.

Pour toute réponse, les deux rois tombent à ses pieds, et embrassent ses genoux. Le brave Turnus, le sage Arisbée, lui tendent la main en criant: La paix! Tous les soldats répètent: La paix!

Aulon seul, Aulon veut parler; mais Léo se précipite vers lui: Si la soif du sang te dévore, lui dit-il, me voici: je te rends ta hache que j'ai prise⁷) pendant ton sommeil. Aulon, terrassé par ces paroles et par l'ascendant du magnanime Léo, Aulon le regarde et se tait.⁸) Hâte-toi, lui dit le héros: mon coeur frémit à l'idée de tremper mes mains dans le sang d'un Marse; renonce à ta patrie, ou accepte ma foi. Mon choix est fait, lui dit Aulon; et il met⁹) sa main dans la sienne.

Dès ce moment, plus d'obstacle à la paix; des cris de joie s'élancent de toutes parts; les deux armées, quittant leurs rangs, commencent à se mêler, quand la fougueuse Hersilie, qui jusqu'alors avait espéré dans Aulon, Hersilie, hors d'elle-même, les yeux ardens, pâle de fureur: Lâches, s'écrie-t-elle, ingrats, perfides amis, qui

---

1) *prés. v.* aller.   2) *prés. v.* croire.   3) *impér. v.* venir.
4) *prés. v.* pouvoir.   5) *prés. v.* tenir.   6) *part. v.* vouloir.
7) *part. v.* prendre.   8) *prés. v.* se taire.   9) *prés. v.* mettre

cédez à de vaines paroles, qui trahissez la cause des rois, ne pensez pas me voir complice de votre infamie. Et toi, Numa, toi que j'abhorre autant que je t'adorai, je ne puis [1] trouver d'expression plus forte, reçois [2] mes funestes adieux. Puisse [3] l'amour te faire sentir tous les tourmens que tu m'as causés! Puisses-tu pleurer sur le trône le chagrin de n'y pouvoir placer l'indigne objet que tu me préfères! Puisse ce peuple romain qui t'a fait roi devenir le plus terrible ennemi du nom de roi, le poursuivre par toute la terre, après avoir chassé de ses murs toi ou tes indignes successeurs! Puissent enfin les noires Euménides [4] te persécuter sans relâche, te présenter sans cesse le cadavre de Tatia expirante par mes poisons, et sur-tout celui d'Hersilie mourante sous le poignard que ta main barbare conduit! [5] En prononçant ces derniers mots, elle enfonce jusqu'à la garde son épée dans son coeur. On accourt, [6] on s'empresse: il n'est plus temps: elle ne respire plus, et la fureur est encore peinte [7] sur son visage glacé.

Numa la plaint: [8] il donne des ordres pour qu'on lui rende les honneurs funèbres avec le respect dû à son sang. Tandis que le bûcher se prépare, le roi de Rome immole des victimes, jure la paix aux conditions qu'il a offertes, [9] et rentre dans sa capitale, entouré de tous ces rois qu'il a vaincus par la justice.

Numa les conduit au Capitole, où ils font [10] un sacrifice à Jupiter. Là, il propose d'établir une ligue qui assure à jamais la paix et la liberté de l'Italie. Tous ces rois, remplis de respect pour la vertu de Numa, veulent [11] qu'il soit seul leur arbitre. Numa discute les droits de chacun d'eux, compense les sacrifices, en fait lui-même, rédige le traité, et tous le signent avec joie. Ces nouveaux alliés du roi de Rome se disposent à partir, comblés de ses dons, certains de sa foi, et pénétrés pour lui de la plus tendre vénération.

---

1) *prés. v.* pouvoir. 2) *impér. v.* recevoir. 3) *prés. subj. v.* pouvoir. 4) die Eumeniden, Furien. 5) *prés. v.* conduire. 6) *prés. v.* accourir. 7) *part. v.* peindre. 8) *prés. v.* plaindre. 9) *part. v.* offrir. 10) *prés. v.* faire. 11) *prés. v.* vouloir.

Le monarque de Capoue retourne dans ses états avec son fils, qui est devenu ¹) un héros chez les Marses. Le roi des Vestins ne peut engager sa fille à le suivre dans Cingilie: Camille a renoncé au trône; elle veut demeurer à Rome avec Léo, avec Numa; et le bonheur dont elle jouit suffit ²) pour rendre heureux son père. Les Volsques, les Hirpins, les Rutules, satisfaits ³) sur les injustices qu'ils reprochaient à Romulus, reprennent ⁴) la route de leurs pays en bénissant le nom de Numa. Les Marses, chargés de présens, remis ⁵) en possession du pays des Auronces, retournent à Marrubie; Astor ne quitte pas sans regret son vertueux allié. Enfin le peuple romain, qui voit ⁶) finir cette guerre sans qu'il en coûte le sang d'un seul citoyen, bénit et adore son roi.

Le sage Numa, qui vient d'assurer la paix à l'Italie, se hâte d'aller fermer solennellement le temple de Janus: sous Romulus, il resta toujours ouvert. Les portes d'airain crient sur leurs gonds rouillés; l'on ne peut les forcer à se joindre.

Numa tombe à genoux devant la divinité: O Janus! s'écrie-t-il, toi qui régnas dans l'Italie par la justice et par la paix, protège mes desseins pacifiques. Ferme ce temple terrible: notre coeur sera l'asile où nous t'adorerons désormais. Je saurai ⁷) te rendre un nouvel hommage: jusqu'à présent notre année a commencé par le mois consacré à Mars: je réforme cette année mal calculée à plus d'un égard; j'y ajoute deux mois, et le premier de tous sera le mois de Janus: il est juste que le dieu de la guerre cède le pas au dieu de la paix.

Il dit. Les portes du temple tournent d'elles-mêmes sur leurs gonds, et se ferment avec un bruit épouvantable.

Numa consacre ensuite le bouclier d'or qui assure à jamais aux Romains la victoire sur tous les peuples; il institue, pour le garder, des prêtres qu'il nomme Saliens. ⁸)

Après ces soins pieux, il se dispose à retourner au

---

1) *part. v.* devenir. 2) *prés. v.* suffire. 3) *part. v.* satisfaire.
4) *prés. v.* reprendre. 5) *part. v.* remettre. 6) *prés. v.* voir.
7) *fut. v.* savoir. 8) bie Salier, salifchen Priester.

bois d'Égérie; il mène avec lui Camille et Léo. Mais la crainte de déplaire à la nymphe lui fait laisser ces tendres amis à quelque distance de la fontaine.

À peine arrivé, il invoque Égérie; il se plaint [1]) du long temps qui s'est écoulé depuis qu'il ne l'a entendue, et lui rend compte de tout ce qu'il a fait. Êtes-vous contente? ajoute-t-il d'un ton timide et modeste. Oui, répond la voix, je le suis: dès ce jour je te regarde comme le plus grand des rois. Tu as rempli mes espérances; c'est à moi de remplir mes sermens: connais [2]) enfin Égérie.

À ces mots, elle sort [3]) du bois, et Numa reconnait [4]) Anaïs. Il reste immobile de surprise: son oeil est fixe, sa bouche ouverte, ses bras demeurent tendus. Tout-à-coup, poussant des sanglots, il tombe aux genoux d'Anaïs, il fait de vains efforts pour parler, il ne peut [5]) que verser des larmes.

Relève-toi, lui dit Anaïs: je ne suis point la nymphe Égérie, je suis une simple mortelle, et les honneurs de la divinité me seraient moins chers que le titre de ton amie. Tu m'avais raconté le songe que tu fis [6]) à la fontaine de Pan, l'espérance que tu conservais d'être un jour instruit [7]) par Égérie: je résolus [8]) avec mon père de réaliser cet espoir. Forcés de nous séparer de toi, pour que tu consentisses [9]) à devenir le bienfaiteur de ton peuple, nous vinmes [10]) nous cacher dans ce bois, où j'étais bien sûre que tu ne tarderais pas à te rendre. Tous nos projets ont réussi. Je t'ai parlé comme Égérie; je t'ai donné des conseils qui m'étaient dictés par la profonde sagesse de mon père. Tu as cru [11]) entendre la nymphe: cette erreur, utile à ta gloire, a été douce pour mon coeur. Je te voyais [12]) à travers ces branchages quand tu pensais converser avec Égérie; plus

---

1) *prés. v.* se plaindre. 2) *impér. v.* connaître. 3) *prés. v.* sortir. 4) *prés. v.* reconnaître. 5) *prés. v.* pouvoir. 6) *déf. v.* faire. 7) *part. v.* instruire. 8) *déf. v.* résoudre. 9) *impar. subj. v.* consentir. 10) *déf. v.* venir. 11) *prés. v.* croire. 12) *impar. v.* voir.

heureuse que toi, j'étais à tes côtés quand tu pleurais ton Anaïs.

Numa l'écoute hors de lui-même. Il voit¹) bientôt paraître Zoroastre; il se précipite dans son sein, il l'embrasse mille fois; et, s'arrachant de ses bras, il court²) chercher Camille et Léo. Elle est ici! leur crie-t-il de loin; elle est ici! Viens,³) accours;⁴) ton père et ta sœur t'attendent.

Léo ne peut croire ces paroles; il se presse pourtant d'arriver. Zoroastre le reçoit dans ses bras, le serre contre sa poitrine: Mon fils, mon cher fils, nous sommes rejoints,⁵) nous le sommes jusqu'à la mort. Léo pleure pour toute réponse: l'aimable Camille embrasse Anaïs. La joie, l'amour, l'amitié, semblent ôter la raison au tendre père et aux quatre amans.

Enfin, quand les larmes les ont soulagés, Zoroastre les conduit⁶) à sa cabane. C'est ici, leur dit-il, que nous nous sommes cachés; ici nous finirons nos jours. Numa, je te donne Anaïs: mais le peuple romain ne connaîtra⁷) jamais vos nœuds; jamais Anaïs n'entrera dans Rome. Chaque jour, sous prétexte de venir consulter ta nymphe, tu viendras⁸) voir ton épouse; et la récompense de tes bonnes actions sera le plaisir de nous les raconter. Ainsi ma fille demeurera fidèle à sa religion; le mystère ajoutera de nouveaux charmes à la félicité de Numa; et Zoroastre, heureux de ce bonheur, coulera en paix, au milieu de vous, le peu de jours qu'Oromaze lui destine encore. Approuves-tu ce projet?

Numa ne lui répond qu'en tombant à ses pieds; Anaïs sourit⁹) en baissant les yeux; Camille et Léo applaudissent.

Dès le lendemain, l'hymen d'Anaïs et de Numa fut célébré dans cette chaumière, sans pompe, sans fête, sans autres témoins que Zoroastre, Camille et Léo. L'heureux Numa vint¹⁰) tous les jours à la cabane. La ver-

---

1) *prés. v.* voir. 2) *prés. v.* courir. 3) *impér. v.* venir. 4) *impér. v.* accourir. 5) *part. v.* rejoindre. 6) *prés. v.* conduire. 7) *fut. v.* connaître. 8) *fut. v.* venir. 9) *prés. v.* sourire. 10) *déf. v.* venir.

tueuse Anaïs et son père lui inspirèrent de plus en plus le desir, les moyens d'être le plus juste et le meilleur des rois.

Zoroastre parvint¹) au milieu d'eux à la vieillesse la plus reculée. Léo, général des Romains, se fixa dans Rome avec son épouse, et prit²) d'elle le surnom de Camillus: ce fut la tige de cette famille de héros dont le plus fameux délivra Rome des Gaulois.³) Numa, toujours brûlant pour Anaïs, toujours adoré de son épouse, régna quarante-cinq années. Pendant ce long espace de temps, jamais ennemi ne parut⁴) sur le territoire de Rome, jamais le temple de Janus ne fut ouvert;⁵) et, dans les états de Numa, il n'y eut pas un seul homme malheureux par l'oppression ou par de mauvaises lois.

---

1) *déf. v.* parvenir. 2) *déf. v.* prendre. 3) bie Gallier. 4) *déf. v.* paraître. 5) *part. v.* ouvrir.

Wörterbuch,
oder
Erklärung
der
schweren Wörter und Redensarten.

s'Abaisser, *v. réfl.* sich erniedrigen.

Abandon, *m.* die Verlassenheit, Verlassung; Vernachlässigung.

Abandonner, *v. a.* verlassen; überlassen, abtreten; s' — à qlc., sich einer Sache überlassen.

Abattre, *v. a.* abschlagen, herunterschlagen oder schießen, niederschießen, abschießen.

Abattu, ue, *adj.* niedergeschlagen, entkräftet.

Abdiquer, *v. a.* niederlegen (eine hohe Würde).

Abeille, *f.* die Biene.

Abhorrer, *v. a.* verabscheuen.

Abondance, *f.* der Ueberfluß.

Aborder, *v. a.* qc., sich einem nähern, einen anreden. — *v. n.* landen, anlanden.

Abréger, *v. a.* abkürzen.

Abri, *m.* der Schutz, Schirm; à l' — de qlc., unter dem Schutze einer Sache, bedeckt von etwas, geschützt vor etwas, sicher vor etwas; mettre à l' — de..., sicher stellen vor...

Absence, *f.* die Abwesenheit.

Absolu, ue, *adj.* unumschränkt.

s'Abstenir, *v. réfl. ir.* de qlc. sich einer Sache enthalten.

Abus, *m.* der Mißbrauch.

Abuser, *v. a.* betrügen, täuschen; verführen; s' —, sich betrügen, sich irren, sich täuschen. — *v. n.* de qlc., etwas mißbrauchen.

Accabler, *v. a.* zu Boden drücken, niederdrücken, niederschlagen; überwältigen; überhäufen; äußerst betrüben.

Accent, *m.* der Accent, Ton; les accens, die Töne.

Accepter, *v. a.* annehmen; genehmigen.

Acclamation, *f.* das Freudengeschrei, Frohlocken.

Accompagner, *v. a.* begleiten.

Accomplir, *v. a.* erfüllen; s' —, erfüllt werden, in Erfüllung gehen.

Accord, *m.* der Akkord, Zusammenklang; les accords, die Töne; mettre d' —, stimmen; être d' —, einstimmig seyn.

Accorder, *v. a.* gewähren, bewilligen; s' —, einsverden, sich vergleichen; s' — avec qlc., mit etwas übereinstimmen, sich mit etwas vertragen.

Accourir, *v. a. ir.* hinzulaufen, herbeieilen.

Accoutumer, *v. a.* qc. à qlc., einen an etwas gewöhnen.

Accrottre, *v. a. ir.* vermehren, vergrößern.

Accueil, *m.* die Aufnahme, der Empfang.

Accueillir, *v. a. ir.* aufnehmen, empfangen.

Acéré, ée, *adj.* verstählt.

Acheter, *v. a.* kaufen, erkaufen.

Achever, *v. a.* endigen, vollenden, vollbringen; — de faire qlc., etwas vollends thun.

Acier, *m.* der Stahl.

Acquérir, *v. a. ir.* erwerben, erlangen.

Acquitter, *v. a.* bezahlen, befriedigen; s'— avec, oder envers qc., sich mit einem absinden; s'— d'un devoir, sich einer Pflicht entledigen.

Action, *f.* die Handlung, That; — de graces, die Danksagung.

Actif, ive, *adj.* thätig, geschäftig.

Activité, *f.* die Thätigkeit, Geschäftigkeit.

Adieu, *m.* Adieux, *pl.* der Abschied, das Lebewohl.

Admettre, *v. a. ir.* zulassen, vorlassen, den Zutritt verstatten.

Administrateur, *m.* der Verweser, Administrator.

Administration, *f.* die Verwaltung.

Admirable, *adj.* wunderbar, bewundernswürdig, ungemein schön, vortrefflich.

Admiration, *f.* die Bewunderung, Verwunderung.

Admirer, *v. a.* bewundern.

Adopter, *v. a.* annehmen.

Adorable, *adj.* anbetungswürdig; liebenswürdig.

Adorer, *v. a.* anbeten.

Adoucir, *v. a.* versüßen, mildern, lindern.

Adresse, *f.* die Geschicklichkeit.

Adresser, *v. a.* an eine Person oder an einen Ort hinrichten,

weisen, schicken; s'— à qc., sich an einen wenden.

Adroit, oite, *adj.* geschickt; listig, fein.

Adversaire, *m.* der Gegner, Feind.

Affabilité, *f.* die Leutseligkeit, Freundlichkeit.

Affaiblir, *v. a.* schwächen; s'—, schwach werden.

Affamé, ée, *adj.* heißhungerig; hungerig; — de qlc., begierig nach etwas.

Affecter, *v. a.* sich stellen oder anstellen; gezwungen annehmen, erzwingen, vorgeben, heucheln, sich das Ansehen geben, zu scheinen suchen; mit etwas prahlen.

Affliger, *v. a.* betrüben, bekümmern, kränken, heimsuchen.

Affranchir, *v. a.* befreien, frei machen.

Affreux, euse, *adj.* abscheulich, gräulich, schrecklich.

Affront, *m.* der Schimpf, die Schande.

Affronter, *v. a.* kühn entgegengehen, trotzen.

Âge, *m.* das Alter, Menschenalter, Zeitalter.

Âgé, ée, *adj.* alt.

Agir, *v. n.* handeln.

Agitation, *f.* die Gemüthsbewegung, Bewegung.

Agiter, *v. a.* hin und her bewegen, schütteln; beunruhigen; s'—, sich hin und her werfen.

Agneau, *m.* das Lamm.

Agrafe, *f.* die Spange, der Haft, die Heftel.

Agrandir, *v. a.* vergrößern; s'—, größer werden, sich ausbreiten; zu größerer Ehre, zu größerm Reichthume ꝛc. gelangen.

Agréable, *adj.* angenehm.

Agresseur, *m.* der Angreifer, angreifende Theil.

Agreste, adj. ländlich, bäuerisch.
Agriculteur, m. der Ackermann, Landwirth.
Agriculture, f. der Ackerbau, Feldbau.
Aguerrir, v. a. zum Kriegsleben gewöhnen, abhärten; s'—, gute Soldaten werden.
Aide, f. die Hülfe; à l'—de..., vermittelst, mit Hülfe.
Aider, v. a. helfen, beistehen.
Aïeul, m. der Großvater.
Aïeux, m. pl. die Vorfahren, Vorältern.
Aigle, m. der Adler.
Aigrette, f. der Reiherbusch, Federbusch.
Aigreur, f. die Bitterkeit, der Unwille.
Aigu, uë, adj. scharf, spitzig; schmetternd, durchdringend; heftig.
Aiguillon, m. der Stachel.
Aile, f. der Flügel.
Ailleurs, adv. anderswo; sonst; d'—, überdies, außerdem.
Aimable, adj. liebenswürdig.
Aimer, v. a. lieben; — mieux, besser, mehr lieben; lieber wollen; — à faire, gern thun.
Air, m. die Luft; das Ansehen, die Miene, Art; avoir l'—content etc., vergnügt, zufrieden etc. aussehen.
Airain, m. das Erz; d'—, ehern.
Aisé, ée, adj. Aisément, adv. leicht.
Ajouter, v. a. à qlc., hinzusetzen, hinzufügen; etwas vermehren.
Ajuster, v. a. zurechtmachen, einrichten, anpassen.
Alarme, f. der Lärm; Schrecken.
Alarmer, v. a. erschrecken, beunruhigen.
Alégresse, f. die Fröhlichkeit, Freude.

d'Alentour, adv. umher, ringsherum.
Aliéné, ée, adj. verrückt (im Kopfe).
Aligner, v. a. nach der Schnur, oder in einer Reihe neben einander stellen.
Alléguer, v. a. anführen.
Aller, v. n. ir. gehen; se laisser — à qlc., sich einer Sache überlassen, hingeben.
Alliance, f. das Bündniß, der Bund; die Verbindung oder Verwandtschaft durch Heirath.
Allié, m. der Bundesgenoß.
s'Allier, v. réfl. sich verbinden, sich vereinigen.
Allumer, v. a. anzünden, erregen.
s'Alonger, v. réfl. sich verlängern, sich dehnen.
Alors, adv. alsdann, dann; damals.
Altérer, v. a. verändern; verschlechtern, verringern.
Altier, ière, adj. hochmüthig, stolz.
Amant, m. —ante, f. der, die Geliebte.
Amas, m. der Haufen.
Amasser, v. a. häufen, aufhäufen.
Amazone, f. die Amazone, Kriegerin, Heldin.
Ambassadeur, m. der Gesandte.
Ambitieux, euse, adj. ehrgeizig, ehrsüchtig; les ambitieux, die Ehrsüchtigen.
Ambition, f. der Ehrgeiz, die Ehrsucht.
Ambroisie, f. die Götterspeise, Ambrosia.
Ame, f. die Seele.
Amener, v. a. herzuführen, herführen, herbringen.
Amer, ère, adj. bitter.
Amertume, f. die Bitterkeit, das Herzeleid.
Ami, m. — ie, f. der Freund

15 *

die Freundinn. — *adj.* freund-
lich, geneigt, günstig.
Amitié, *f.* die Freundschaft.
Amnistie, *f.* die Amnestie, Ver-
gebung und Vergessung aller
Beleidigungen.
Amollir, *v. a.* erweichen, weich-
lich machen, erschlaffen.
Amour, *m.* die Liebe; les amours,
m. et f. pl. die Liebe, Lieb-
schaft, der Liebeshandel.
Amoureux, euse, *adj.* verliebt.
An, *m.* Année, *f.* das Jahr.
Ancien, ienne, *adj.* alt.
Animer, *v. a.* beleben, aufmun-
tern, anreizen.
Anneau, *m.* der Ring.
Annoncer, *v. a.* ankündigen, an-
sagen, melden, anmelden, ver-
kündigen; s'—, sich zeigen.
Anse, *f.* die Handhabe, der
Henkel.
Antre, *m.* die Höhle.
Apaiser, *v. a.* besänftigen, be-
ruhigen.
Apercevoir, *v. a.* qlc., und s'A-
percevoir, *v. réfl.* de qlc.,
etwas bemerken, erblicken, wahr-
nehmen, gewahr werden, merken.
Apparaître, *v. n. ir.* erscheinen.
Appareil, *m.* der Verband; die
Anstalt, Zurüstung; Pracht.
Apparence, *f.* der Schein, An-
schein.
Appartenir, *v. n.* gehören, an-
gehören.
Appas, *m. pl.* die Reize.
Appeler, *v. a.* nennen, rufen;
berufen; en — à qc., sich auf
einen berufen.
Appendre, *v. a.* aufhängen.
Applani, ie, *adj.* geebnet, eben.
Applaudir, *v. n.* à qc. oder à qlc.
et *v. a.* qc. oder qlc., einem
oder einer Sache Beifall geben,
ihn oder sie loben; s'—, sich
selbst Glück wünschen, sich Dank
wissen.

Apporter, *v. a.* bringen, mitbringen, herbeibringen.
Apprendre, *v. a. ir.* lernen; erfahren; hören, vernehmen; lehren, unterrichten; berichten,
Nachricht geben.
Apprentissage, *m.* die Lehre,
Lehrjahre; faire un — de qlc.,
die Lehre in etwas ausstehen;
seine erste Probe in etwas ablegen.
Apprêt, *m.* die Zurüstung, Zubereitung, Anstalt.
Apprêter, *v. a.* bereiten, zubereiten, zurichten; s'—, zube-
reitet werden; sich in Bereit-
schaft setzen.
Approche, *f.* die Annäherung,
der Zugang.
Approcher, *v. a.* qlc., de qlc.,
etwas einer Sache nahe bringen, nähern; s'—, sich nähern. — *v. n.* heran nahen,
näher kommen; — de qlc., ei-
ner Sache nahe kommen; bei-
kommen, gleichen.
Approuver, *v. a.* billigen, genehmigen, Beifall geben.
Appui, *m.* die Stütze, Hülfe, der
Beistand.
Appuyer, *v. a.* stützen, lehnen,
anlehnen, stemmen.
Après, *prép.* nach; d'—, nach,
gemäß.
Aquilon, *m.* der Nordwind.
Arbitre, *m.* die Willkühr; der
Schiedsrichter.
Arbrisseau, *m.* das Bäumchen,
der Strauch.
Arbuste, *m.* die Staude, der
Strauch.
Arc, *m.* der Bogen (zum Schie-
ßen).
Archer, *m.* der Bogenschütze.
Ardent, ente, *adj.* feurig, glü-
hend, brennend.
Ardemment, *adv.* hitzig, eifrig,
heftig.

Ardeur, *f.* die Hitze, Heftigkeit, der Eifer.
Arène, *f.* der Kampfplatz.
Argent, *m.* das Silber; d'—, silbern.
Argile, *f.* der Thon; d'—, thönern.
Argument, *m.* der Schluß, Beweisgrund, Beweis.
Arme, *f.* das Gewehr; les armes, die Waffen.
Armer, *v. a.* bewaffnen, verstärken.
Armure, *f.* die Rüstung.
Arracher, *v. a.* entreißen, wegreißen; ausreißen, ausraufen.
Arrêt, *m.* das Urtheil, der Richterspruch; un — de mort, ein Todesurtheil.
Arrêter, *v. a.* aufhalten, zurückhalten, anhalten, hemmen; verhaften; arrêtez! halt! halt ein! s'—, stehen bleiben, stillhalten, anhalten; bleiben.
Arrière, en Arrière, *adv.* zurück, rückwärts.
Arrière-garde, *f.* der Nachtrab, Nachzug.
Arrivée, *f.* die Ankunft.
Arriver, *v. n.* ankommen, kommen; — à qlc., zu etwas gelangen. — *v. imp.* begegnen, widerfahren, sich zutragen, geschehen.
Arroser, *v. a.* benetzen, anfeuchten, wässern.
Arsenal, *m.* das Zeughaus.
Aruspice, *m.* der Wahrsager, der aus den Eingeweiden der Opferthiere, aus dem Blitze ꝛc. weissagte.
Ascendant, *m.* das Uebergewicht, die Gewalt über Jemandes Gemüth.
Asile, *m.* die Freistätte, der Zufluchtsort.
Aspect, *m.* der Anblick.

Assassin, *m.* der Meuchelmörder, Mörder.
Assassinat, *m.* der Meuchelmord, Mord.
Assassiner, *v. a.* ermorden.
Assaut, *m.* der Sturm; donner l'—, Sturm laufen.
Asseoir, *v. a. ir.* niedersetzen; — un camp, ein Lager aufschlagen; s'—, sich setzen.
Assemblée, *f.* die Versammlung.
Assembler, *v. a.* versammeln; zusammenfügen, legen oder stecken.
Asservir, *v. a. ir.* unterjochen, unterwürfig machen, bezwingen.
Assidu, ue, *adj.* fleißig, emsig; stät, beständig.
Assiégeans, *m. pl.* die Belagerer.
Assiéger, *v. a.* belagern.
Assis, ise, *part. et adj.* niedergesetzt, sitzend; être —, sitzen.
Assister, *v. n.* à qlc., einer Sache beiwohnen, dabei gegenwärtig seyn.
Associer, *v. a.* zugesellen, zum Theilhaber annehmen.
Assouvir, *v. a.* sättigen, stillen, befriedigen.
Assurance, *f.* die Versicherung, Gewißheit.
Assuré, ée, *adj.* sicher, fest; mal —, nicht fest stehend, wackelig.
Assurer, *v. a.* sichern, versichern, zusichern; befestigen; s'— de qlc., sich einer Sache versichern.
Astre, *m.* das Gestirn, der Stern.
Asyle, *v.* Asile.
Attacher, *v. a.* befestigen, anbinden, anhängen, heften, knüpfen, verbinden ꝛc.; être attaché à qlc., an etwas hangen oder kleben; s'—, sich anhängen, ankleben, sich heften.
Attaque, *f.* der Angriff.

Attaquer, *v. a.* angreifen, anfallen.
Atteindre, *v. a. ir.* qlc., etwas erreichen, treffen. —, *v. n. ir.* à qlc., etwas erreichen, zu etwas gelangen.
Atteinte, *f.* die Verletzung; porter — à qlc., einer Sache Abbruch thun, sie zu schmälern suchen.
Atteler, *v. a.* anspannen, spannen, bespannen.
Attendre, *v. a.* warten; erwarten; s' — à qlc., etwas vermuthen, erwarten, sich eines Dinges versehen.
Attendri, ie, *adj.* erweicht, bewegt, mitleidig.
Attendrir, *v. a.* erweichen.
Attendrissement, *m.* die Rührung.
Attentif, ive, *adj.* Attentivement, *adv.* aufmerksam.
Attention, *f.* die Aufmerksamkeit; Achtung.
Attester, *v. a.* bezeugen.
Attirer, *v. a.* anziehen, an sich ziehen oder locken, herbeilocken; sich zuziehen, erwerben.
Attiser, *v. a.* schüren, anschüren.
Attrait, *m.* der Reiz.
Attribuer, *v. a.* zuschreiben, beimessen.
Attribut, *m.* die Eigenschaft, das Zeichen, Merkmal.
Aube du jour, *f.* der Anbruch des Tages.
Audace, *f.* die Kühnheit, Verwegenheit, Vermessenheit.
Audacieux, euse, *adj.* kühn, verwegen, vermessen.
Au-delà. *prép.* jenseit, über.
Au-dessus (de), *prép.* über; über etwas erhaben.
Au-devant (de), *prép.* entgegen.
Augmentation, *f.* die Vermehrung, Vergrößerung, Erweiterung.

Augmenter, *v. a.* vermehren, vergrößern, erweitern. —, *v. n.* sich vermehren.
Augure, *m.* die Vorbedeutung, das Zeichen.
Auguste, *adj.* groß, erhaben, ehrwürdig.
Aune, *m.* die Erle.
Auprès (de), *prép.* bei; in Vergleichung, gegen.
Aurore, *f.* die Morgenröthe.
Auspices, *m. pl.* das Zeichen, die Vorbedeutung.
Aussitôt, *adv.* sogleich. — que, *conj.* so bald als.
Austère, *adj.* strenge, rauh.
Autant, *adv.* eben so sehr, eben so viel; autant... autant, so sehr auch... so sehr.
Autel, *m.* der Altar.
Auteur, *m.* der Urheber.
Autorité, *f.* das Ansehen, die Gewalt, Macht.
Autour (de), *prép.* um... herum.
Autrefois, *adv.* vor diesem, ehmals, ehedem.
d'Avance, *adv.* im Voraus, zum Voraus.
Avancer, *v. a.* vorwärts rücken, schieben, setzen *ꝛc.*; — un pas, einen Schritt vorwärts thun, vorwärts schreiten; s' —, vorwärts gehen, vorrücken, sich nähern.
Avantage, *m.* der Vortheil.
Avantageux, euse, *adj.* vortheilhaft; nützlich.
Avant-garde, *f.* der Vortrab, die Vortruppen.
Avare, *adj.* geizig.
Aventure, *f.* die Begebenheit; das Abenteuer.
Avertir, *v. a.* benachrichtigen; warnen.
Aveu, *m.* das Geständniß; die Einwilligung.
Aveugle, *adj.* blind.

Aveuglement, *m.* die Blindheit, Verblendung.
Aveugler, *v. a.* blenden, verblenden.
Avis, *m.* die Meinung; der Rath, Bericht, eine Nachricht.
Avoir, *v. a. ir.* haben, besitzen; bekommen; il y a, es ist, es sind, es giebt.
Avouer, *v. a.* gestehen, bekennen.
Azur, *m.* die Lasurfarbe; l'— du ciel, das Blau des Himmels.

Baigner, *v. a.* baden; bespülen; — de larmes, mit Thränen benetzen.
Bain, *m.* das Bad.
Baiser, *v. a.* küssen. — *m.* der Kuß.
Baisser, *v. a.* herunter lassen, niederlassen; — les yeux, la tête, die Augen, den Kopf niederschlagen.
Balancer, *v. a.* schwenken, schwingen; se —, sich im Gleichgewichte erhalten, sich schaukeln, sich schwenken; — *v. n.* unschlüssig seyn, bei sich anstehen.
Balbutier, *v. a. et n.* stammeln, stottern.
Bandelette, *f.* die Opferbinde.
Bander, *v. a.* spannen.
Bannir, *v. a.* verbannen, aus dem Lande verweisen.
Barbare, *m.* der Barbar, Unmensch.
Bas, basse, *adj.* niedrig, niederträchtig.
Base, *f.* die Grundlage, Grundstütze, Hauptstütze.
Bassin, *m.* das Becken.
Bâtir, *v. a.* bauen, erbauen.
Bâton, *m.* der Stecken, Stock, Stab.
Battre, *v. a.* schlagen; treffen.
Baume, *m.* der Balsam.

Béant, ante, *adj.* aufgesperrt.
Beau, bel, belle, *adj.* schön; il a beau faire, er hat gut machen; er mag thun, was er nur will.
Beauté, *f.* die Schönheit.
Bec, *m.* der Schnabel.
Bélier, *m.* der Widder, Schafbock.
Belliqueux, euse, *adj.* kriegerisch, streitbar.
Bénir, *v. a.* segnen.
Berceau, *m.* die Wiege; Laube; — de verdure, die grüne Laube.
Berger, *m.* —ère, *f.* der Schäfer, die Schäferin.
Bergerie, *f.* die Schäferei; der Schafstall.
Besoin, *m.* das Bedürfniß; avoir — de..., nöthig haben, müssen.
Biche, *f.* die Hirschkuh, Hindin.
Bien, *m.* das Gute; Gut; faire du —, Gutes thun; l'homme de —, der rechtschaffene Mann.
Bien-aimée, *f.* die Vielgeliebte.
Bienfaisant, ante, *adj.* wohlthätig.
Bienfait, *m.* die Wohlthat.
Bienfaiteur, *m.* der Wohlthäter.
Bientôt, *adv.* bald, in kurzer Zeit.
Bienveillance, *f.* das Wohlwollen, die Wohlgewogenheit.
Blanc, blanche, *adj.* weiß; vêtu de blanc, weiß gekleidet.
Blanchir, *v. a.* weiß machen.
Blé, *m.* das Getreide.
Blessé, *m.* der Verwundete.
Blesser, *v. a.* verwunden, verletzen; beleidigen.
Blessure, *f.* die Wunde, Verwundung.
Bleu, eue, *adj.* blau.
Blond, onde, *adj.* blond, weißgelblich, gelblich.
Bluet, *m.* die blaue Kornblume.
Bocage, *m.* das Gehölz.
Boire, *v. a. et n. ir.* trinken.
Bois, *m.* das Holz, Gehölz.

, der Wald; Schaft; de —, hölzern.
Bondir, *v. n.* hüpfen, springen.
Bonne-foi, *f.* die Treue, Ehrlichkeit, Redlichkeit, Aufrichtigkeit.
Bord, *m.* der Rand, das Ufer.
Border, *v. a.* einfassen, umgeben.
Borne, *f.* der Grenzstein, die Grenze.
Borner, *v. a.* begrenzen; einschränken.
Bouche, *f.* der Mund; das Maul.
Boucle, *f.* die Locke.
Bouclier, *m.* der Schild.
Bouillant, ante, *adj.* hitzig, aufbrausend.
Bouillon, *m.* die Blase, der Brudel; couler à gros bouillons, in großen Blasen oder häufig heraussprudeln.
Bourdonnement, *m.* das Gesumse.
Bourreau, *m.* der Henker.
Bout, *m,* das Ende; au—de..., nach Verlauf von . . .
Branchage, *m.* das Astwerk; les branchages, die Aeste, Zweige.
Branche, *f.* der Ast, Zweig; Arm (eines Flusses ɾc.).
Brandir, *v. a.* schwingen, schwenken.
Brandon, *m,* der Brand, das brennende Stück Holz.
Bras, *m.* der Arm.
Brasier, *m.* die Glühpfanne, Feuerpfanne.
Brave, *adj.* tapfer; brav, rechtschaffen.
Braver, *v. a,* trotzen, Trotz bieten.
Brebis, *f.* das Schaf.
Breuvage, *m.* der Arzneitrank, Trank.
Brigand, *m.* der Räuber; Straßenräuber.
Brigandage, *m.* die Straßenräuberei, Räuberei.

Briguer, *v. a.* qlc., sich um etwas eifrig bewerben.
Brillant, ante, *adj.* glänzend.
Briller, *v. a.* glänzen, funkeln.
Briser, *v. a.* brechen, zerbrechen, zerschlagen.
Brodequins, *m. pl.* die Halbstiefel.
Brouter, *v. a.* abfressen, abweiden.
Broyer, *v. a.* zermalmen, zerreiben.
Brûlant, ante, *adj.* brennend, heiß.
Brûler, *v. a. et n.* brennen, verbrennen; vor Begierde, vor Liebe ɾc. brennen; — d'impatience, vor Ungeduld brennen.
Bruit, *m.* das Geräusch, Getöse, der Lärm; das Gerücht.
Bruyant, ante, *adj.* lärmend, rauschend, geräuschvoll.
Bûcher, *m.* der Scheiterhaufen.
Buisson, *m.* der Busch, das Gebüsch.
But, *m,* das Ziel, der Zweck.
Butin, *m.* die Beute.

Çà et là, *adv.* hier und da, hin und her.
Cabane, *f.* die Hütte.
Cacher, *v. a.* verbergen, verstecken; verhehlen, verschweigen.
Cadavre, *m.* der Leichnam.
Calculer, *v. a.* berechnen, überschlagen.
Calme, *m.* die Ruhe, Stille.
Calmer, *v. a.* beruhigen, besänftigen; se—, ruhig werden.
Calomnier, *v. a.* verleumden.
Camp, *m.* das Lager, Feldlager.
Campagne, *f.* das Feld, Land, Gefilde; der Feldzug.
Camper, *v. n.* gelagert seyn, sich gelagert haben.
Canal, *m.* der Kanal, Graben,

Wassergang, die Wasserleitung.
Candeur, f. die Redlichkeit, Aufrichtigkeit.
Capitaine, m. der Feldherr.
Capitale, f. die Hauptstadt.
Capitulation, f. die Kapitulation, der Vergleich wegen einer Uebergabe ꝛc.
Capituler, v. n. kapituliren, einen Vergleich eingehen.
Captif, tive, adj. gefangen. — m. f. der, die Gefangene.
Caractère, m. der Charakter, das Zeichen, die Schrift.
Caressant, ante, adj. einschmeichelnd.
Caresse, f. die Liebkosung, Schmeichelei.
Caresser, v. a. liebkosen, schmeicheln.
Carnage, m. das Blutbad, die Metzelei.
Carquois, m. der Köcher.
Carrière, f. die Laufbahn, der Lebenslauf, das Leben.
Cas, m. der Fall; en —, im Falle.
Casque, m. der Helm, die Sturmhaube.
Cascade, f. der Wasserfall.
Casser, v. a. aufheben, abbanken.
Cause, f. die Ursache; Sache, Angelegenheit; à — de, prép. wegen.
Causer, v. a. verursachen; veranlassen.
Caveau, m. die Gruft, das Begräbniß.
Caverne, f. die Höhle.
Céder, v. a. überlassen, abtreten; — le pas à qc., einem den Vortritt lassen, nachstehen. — v. n. nachgeben, weichen; le — à qc. en qlc., einem in etwas nachstehen.
Ceindre, v. a. ir. umgürten, umgeben, umlegen.

Ceinture, f. der Gürtel.
Célèbre, adj. berühmt.
Célébrer, v. a. feiern, mit Ruhm erheben, besingen.
Céleste, adj. himmlisch.
Cendre, f. Cendres, pl. die Asche.
Centre, m. der Mittelpunkt.
Centurion, m. der Centurio, Hauptmann.
Cercueil, m. der Sarg.
Cerf, m. der Hirsch.
Certain, aine, adj. gewiß; — de qlc., einer Sache gewiß, versichert, davon überzeugt.
Certitude, f. die Gewißheit.
Cesse, f. das Aufhören; sans —, unaufhörlich.
Cesser, v. a. et n. aufhören; — qlc., mit etwas aufhören, etwas einstellen.
Chagrin, m. der Kummer, Gram, Verdruß.
Chaîne, f. die Kette, Fessel.
Chalumeau, m. die Schalmei.
Chamois, m. die Gemse.
Champ, m. der Acker, das Feld; sur le —, auf der Stelle; sogleich.
Champêtre, adj. ländlich; la vie —, das Landleben; une divinité —, eine Feldgottheit.
Chancelant, ante, adj. wankend, schwankend, taumelnd.
Chanceler, v. n. wanken, taumeln.
Changement, m. die Aenderung, Veränderung, Abwechselung, Verwandlung.
Changer, v. a. et n. ändern, verändern.
Chanter, v. a. et n. singen, besingen.
Chaos, m. das Chaos, Urgemisch.
Char, m. der Wagen.
Charge, f. die Ladung, Last; das Amt.

Charger, *v. a.* angreifen, auf den Feind losgehen; laden, beladen; — qc. de qlc., einem etwas auftragen; je suis chargé, ich habe den Auftrag, das Geschäft; se — de qlc., etwas auf sich, über sich nehmen.
Charmant, ante, *adj.* reizend, sehr angenehm.
Charme, *m.* der Zauber, Reiz.
Charmer, *v. a.* bezaubern, entzücken.
Charrue, *f.* der Pflug.
Chasse, *f.* die Jagd.
Chasser, *v. a.* jagen, verjagen, vertreiben, treiben.
Chaste, *adj.* keusch.
Chaumière, *f.* die Strohhütte, Hütte.
Chauve, *adj.* kahl.
Chef, *m.* das Oberhaupt, der Anführer; Befehlshaber.
Chef-d'oeuvre, *m.* das Meisterstück.
Chemin, *m.* der Weg; prendre le — d'un lieu, den Weg nach einem Orte nehmen.
Chêne, *m.* die Eiche, der Eichbaum.
Cher, ère, *adj.* lieb, werth, theuer.
Chercher, *v. a.* suchen; aller qc., einen holen, zu einem gehen; faire —, holen lassen.
Chéri, ie, *adj.* herzlich geliebt.
Chérir, *v. a.* herzlich, zärtlich lieben, lieb und werth halten.
Chevelure, *f.* Cheveux, *m. pl.* das Haupthaar, Haar, die Haare.
Chèvre, *f.* die Ziege.
Chevreuil, *m.* das Reh, der Rehbock.
Chimérique, *adj.* eingebildet, ungegründet.
Choc, *m.* der Stoß, Anfall.
Choisi, ie, *adj.* auserlesen.
Choisir, *v. a.* wählen, erwählen, auswählen, aussuchen, auslesen.
Choix, *m.* die Wahl, faire un —, eine Wahl treffen.
Choquer, *v. a.* se Choquer, *v. réfl.* auf oder an einander stoßen.
Chute, *f.* der Fall, das Fallen.
Cicatrice, *f.* die Narbe.
Cime, *f.* der Gipfel, die Spitze.
Cimier, *m.* der Helmstutz, Helmschmuck.
Circuit, *m.* der Umweg.
Cire, *f.* das Wachs.
Citoyen, *m.* der Bürger.
Claie, *f.* die Hürde, Flechte.
Clair, re, *adj.* klar, deutlich, verständlich.
Clairon, *m.* das Clarin (eine Art Trompete).
Clémence, *f.* die Gütigkeit, Menschenliebe; Gnade.
Coeur, *m.* das Herz; der Muth, die Tapferkeit.
Cohorte, *f.* die Kohorte, Schaar, der Trupp.
Colère, *f.* der Zorn.
Collègue, *m.* der Amtsgenoß, Amtsgehülfe, Kollege.
Colline, *f.* der Hügel.
Colombe, *f.* die Taube.
Colonne, *f.* die Kolonne, Zuglinie.
Colorer, *v. a.* färben, se —, sich färben, Farbe bekommen.
Combat, *m.* das Gefecht, der Kampf, Streit; die Schlacht, das Treffen; le c. singulier, der Zweikampf.
Combattant, *m.* der Streiter, Kämpfer.
Combattre, *v. a.* et *n.* kämpfen, bekämpfen, streiten, fechten; — les ennemis, sich mit dem Feinde schlagen.
Comble, *m.* das Uebermaaß, der höchste Grad; mettre le — à qlc., etwas auf's Höchste bringen.

Combler, *v. a.* überhäufen, überschütten.
Commandant, *m.* der Befehlshaber.
Commandement, *m.* der Befehl, das Gebot, Kommando.
Commander, *v. a. et n.* befehlen; gebieten; beherrschen; anführen, kommandiren.
Commencement, *m.* der Anfang.
Commencer, *v. a. et n.* anfangen, beginnen; — par faire etc., damit anfangen, daß man etwas thut.
Commerce, *m.* der Handel.
Commettre, *v. a. ir.* begehen, verüben.
Commission, *f.* der Auftrag, Befehl.
Commun, une, *adj.* gemein, gemeinschaftlich.
Communiquer, *v. a.* mittheilen.
Comparaison, *f.* die Vergleichung, der Vergleich.
Comparer, *v. a.* vergleichen.
Comparaître, *v. n. ir.* erscheinen (vor Gericht).
Compenser, *v. a.* ausgleichen; gegen einander aufheben.
Complaisance, *f.* die Gefälligkeit, das Wohlgefallen.
Complaisant, ante, *adj.* gefällig.
Complice, *m. et f.* der, die Mitschuldige, der Mitverbrecher, die Mitverbrecherin.
Composé, ée, *adj.* de.., zusammengesetzt, bestehend aus...
Composer, *v. a.* zusammensetzen, ausmachen; — son visage, sein Gesicht in die gehörigen Falten legen, eine ruhige, ernsthafte ꝛc. Miene annehmen.
Comprendre, *v. a. ir.* begreifen, fassen, verstehen.
Compte, *m.* die Rechnung; rendre —, *v.* Rendre.

Compter, *v. a.* zählen; rechnen, sich die Rechnung machen; gedenken, sich vornehmen.
Concert, *m.* die Uebereinstimmung; de —, einverstanden, einstimmig, einmüthig.
Concevoir, *v. a.* fassen; — de l'espérance, Hoffnung fassen.
Concitoyen, *m.* der Mitbürger.
Conclure, *v. a. et n. ir.* schließen, folgern.
Concorde, *f.* die Eintracht, Einigkeit.
Concurrent, *m.* der Mitbewerber.
Condamner, *v. a.* verdammen, verurtheilen.
Conduire, *v. a. ir.* führen, leiten; fahren; anführen; se —, sich aufführen, sich betragen.
Conduite, *f.* die Führung, Leitung, Anführung; Aufführung, das Betragen, Verhalten.
Confiance, *f.* das Zutrauen, Vertrauen.
Confier, *v. a.* anvertrauen.
Confirmer, *v. a.* bestärken, bestätigen, bekräftigen.
Confondre, *v. a.* vermischen, vermengen; verwirrt, bestürzt machen, beschämen.
Conformité, *f.* die Gleichförmigkeit.
Confus, use, *adj.* verwirrt, verworren; dunkel.
Congédier, *v. a.* verabschieden, abdanken, entlassen.
Conjecture, *f.* die Muthmaßung, Vermuthung.
Conjurer, *v. a.* beschwören.
Connaître, *v. a. ir.* kennen, erkennen, kennen lernen, einsehen.
Conquérant, *m.* der Eroberer.
Conquérir, *v. a. ir.* erobern.
Conquête, *f.* die Eroberung.
Consacrer, *v. a.* weihen, widmen; einweihen.
Conscience, *f.* das Gew—

Conseil, *m.* der Rath; les conseils, die Rathschläge.
Conseiller, *v. a.* rathen.
Consentement, *m.* die Einwilligung.
Consentir, *v. n. ir.* à qlc., in etwas willigen.
Conserver, *v. a.* erhalten; behalten, beibehalten.
Considérer, *v. a.* betrachten; in Betrachtung ziehen.
Consolant, ante, *adj.* tröstend, tröstlich.
Consolateur, *m.* der Tröster.
Consolation, *f.* der Trost, Trostgrund.
Consoler, *v. a.* trösten, Trost zusprechen.
Consommer, *v. a.* vollenden, vollbringen; se —, vollbracht werden.
Constant, ante, *adj.* standhaft; beständig.
Constance, *f.* die Standhaftigkeit, Beständigkeit.
Consternation, *f.* die Bestürzung.
Consulter, *v. a.* um Rath fragen, zu Rathe ziehen.
Consumer, *v. a.* verzehren, verzehren lassen; verbringen, verleben.
Contagion, *f.* die Ansteckung, Seuche, Pest.
Contempler, *v. a.* betrachten.
Content, ente, *adj.* vergnügt, zufrieden.
Contenter, *v. a.* befriedigen; se —, sich begnügen, zufrieden seyn.
Contenir, *v. a. ir.* enthalten; halten, zurückhalten, mäßigen; im Zaume halten.
Contigu, uë, *adj.* anstoßend, begrenzend; être — à qlc., an etwas stoßen.
Continuer, *v. a.* fortsetzen.

Continuité, *f.* die Fortdauer, Dauer.
Contracter, *v. a.* machen, schließen (ein Bündniß).
Contraindre, *v. a. ir.* zwingen, nöthigen.
Contre, *prép.* wider, gegen; an.
Convalescent, ente, *adj.* auf dem Wege zur Genesung. —, *m. f.* der, die Genesende.
Convenir, *v. n. ir.* de qlc., mit einander übereinkommen, eins werden, verabreden; eingestehen, zugeben; sich schicken, anständig seyn; behagen, dienlich seyn.
Conversation, *f.* das Gespräch, die Unterredung, Unterhaltung.
Converser, *v. a.* avec qc., sich mit einem unterreden, unterhalten.
Conviction, *f.* die Ueberzeugung.
Convulsion, *f.* die Zuckung.
Corbeille, *f.* der Korb, das Körbchen.
Cordon, *m.* die Schnur.
Corne, *f.* das Horn.
Corps, *m.* der Körper; Haufe Kriegsvölker, das Korps.
Corrompre, *v. a.* verderben, verführen.
Côte, *f.* die Küste.
Côté, *m.* die Seite; à — de..., neben.
Coteau, *m.* der Hügel.
Couché, ée, *part. et adj.* niedergelegt, liegend.
Coucher, *v. a.* legen, niederlegen.
Coucher, *m.* der Untergang (der Sonne).
Couler, *v. n.* fließen, verfließen. —, *v. a.* zubringen, verleben.
Coup, *m.* der Schlag, Stoß, Hieb, Streich, Schuß, Wurf; le coup d'œil, der Blick.

Coupable, *adj.* strafbar. —, *m.* der Strafbare.

Coupe, *f.* die Trinkschale, der Kelch.

Couper, *v. a.* schneiden, hauen; abschneiden, abhauen; durchschneiden; les sanglots lui coupèrent la voix, er konnte vor Schluchzen kein Wort reden.

Couple, *f.* das Paar. —, *m.* ein Paar (Eheleute, Verliebte).

Cour, *f.* der Hof.

Courage, *m.* der Muth, die Herzhaftigkeit; du —! Muth gefaßt! getrost!

Courageux, euse, *adj.* muthig, herzhaft.

Courber, *v. a.* krümmen, beugen.

Courir, *v. n. ir.* laufen, rennen, eilen.

Couronne, *f.* der Kranz; die Krone; — de laurier, der Lorbeerkranz.

Couronner, *v. a.* bekränzen, krönen.

Courrier, *m.* der Kurier, Eilbote.

Courroux, *m.* der Zorn, Grimm.

Cours, *m.* der Lauf; pendant le — d'une année, ein Jahr hindurch.

Course, *f.* der Lauf, Gang, Marsch, Zug, die Reise.

Coursier, *m.* der Renner, das Roß, Pferd.

Court, courte, *adj.* kurz.

Courtisan, *m.* der Hofmann; les courtisans, die Hofleute.

Courtisane, *f.* die Buhlerin.

Coûter, *v. n.* kosten, zu stehen kommen.

Coutume, *f.* die Gewohnheit; avoir —, gewohnt seyn, pflegen.

Couvrir, *v. a. ir.* decken, bedecken, zudecken.

Craindre, *v. a. ir.* fürchten, befürchten, besorgen; — pour qc., wegen eines in Sorgen seyn.

Crainte, *f.* die Furcht, Besorgniß.

Créateur, *m.* der Schöpfer.

Crédit, *m.* der Credit, das Ansehen, die Macht.

Créer, *v. a.* schaffen, errichten, stiften.

Crépuscule, *m.* die Dämmerung.

Creuser, *v. a.* graben, ausgraben.

Cri, *m.* der Schrei, das Geschrei; à grands cris, mit großem Geschrei.

Crier, *v. n. et a.* schreien, zuschreien, nachschreien; knarren.

Crime, *m.* das Verbrechen.

Criminel, elle, *adj.* strafbar, — *m. f.* der Verbrecher, die Verbrecherin.

Crinière, *f.* die Mähne.

Croire, *v. a. et n. ir.* glauben; — qc. qlc., einen etwas für etwas halten, ansehen; en — ses yeux etc., seinen Augen zc. trauen.

se Croiser, *v. réfl.* sich kreuzen, durchkreuzen.

Croître, *v. n. ir.* wachsen; venir en croissant, nach und nach wachsen, zunehmen.

Croyance, *f.* der Glaube.

Cruauté, *f.* die Grausamkeit.

Cruel, elle, *adj.* grausam, hart.

Cueillir, *v. a. ir.* einsammeln, brechen, pflücken.

Cuir, *m.* die Haut, das Fell, Leder; un — de boeuf, eine Ochsenhaut.

Cuirasse, *f.* der Küraß.

Cuivre, *m.* das Kupfer.

Culte, *m.* der Gottesdienst, die Verehrung, Religion.

Cultivateur, *m.* der Ackermann, Bauer.

Cultiver, *v. a.* bauen, anbauen, ausbilden.

Culture, *f.* der Bau, Anbau; mettre en —, anbauen.

Cupidité, *f.* die Begierde, Habsucht.
Cyprès, *m.* die Cypresse.

Daigner, *v. a.* würdigen, die Gewogenheit haben.
Danger, *m.* die Gefahr.
Dangereux, euse, *adj.* gefährlich.
Dard, *m.* der Wurfpfeil, Wurfspieß; die Zunge eines Drachen, einer Schlange.
Davantage, *adv.* mehr, noch mehr.
se Débattre, *v. réfl.* sich sträuben, zappeln.
Débauche, *f.* die Schweigerei, Ueppigkeit, Ausschweifung.
Débile, *adj.* schwach, matt.
Debout, *adv.* stehend, aufrecht; être —; stehen.
Débris, *m.* die Trümmer, Ueberreste.
Décharger, *v. a.* abladen, ausladen; — un coup, einen Schlag etc. geben.
Décharné, ée, *adj.* abgezehrt, hager.
Déchirer, *v. a.* zerreißen.
Déchoir, *v. n. ir.* verfallen, abfallen, fallen.
Décider, *v. a. et n.* entscheiden; bestimmen; se —, sich entschließen.
Declarer, *v. a.* erklären; kund thun, bekannt machen, entdecken.
Déclin, *m.* das Abnehmen; le jour est sur son —, der Tag neigt sich, es wird Abend.
Décocher, *v. a.* abschießen.
Déconcerter, *v. a.* aus der Fassung bringen; bestürzt machen; zu nichte machen.
Décorer, *v. a.* verzieren, zieren.
Découler, *v. n.* herabfließen.
Découragé, ée, *adj.* muthlos, verzagt.

Découvrir, *v. a.* entdecken, wahrnehmen, erblicken.
Décret, *m.* der Rathschluß.
Dédaigner, *v. a.* verschmähen.
Dédaigneux, euse, *adj.* verächtlich, höhnisch.
Dédommager, *v. a.* qc. de qlc., einen für etwas entschädigen, schadlos halten.
Déesse, *f.* die Göttin.
Défaillir, *v. n. ir.* fehlen, abgehen; schwach werden, abnehmen.
Défaire, *v. a. ir.* (den Feind) schlagen.
Défaite, *f.* die Niederlage.
Défendre, *v. a.* verbieten, untersagen; vertheidigen, schützen; se —, sich vertheidigen, sich wehren; se — de qlc., sich einer Sache erwehren, enthalten, etwas von sich ablehnen.
Défense, *f.* die Vertheidigung; das Verbot; être sans —, außer Stande seyn sich zu vertheidigen.
Défenseur, *m.* der Vertheidiger, Beschützer.
Défiance, *f.* das Mißtrauen, der Argwohn.
Défier, *v. a.* herausfordern.
se Défier, *v. a. réfl.* de qc., einem nicht trauen, Mißtrauen in ihn setzen.
Défilé, *m.* der enge Weg, Paß.
Défiler, *v. n.* einzeln oder in schmalen Reihen hinter einander gehen, vorbeiziehen.
Défricher, *v. a.* urbar machen, anbauen.
Dégager, *v. a.* losmachen, heraushelfen.
Dégoûtant, ante, *adj.* ekelhaft, widerwärtig, unausstehlich.
Dégrader, *v. a.* heruntersetzen, herabwürdigen.
Degré, *m.* die Stufe; der Grad;

par degrés, stufenweise, nach und nach.

Déguiser, *v. a.* verkleiden; verstellen; verbergen, verhehlen.

Délai, *m.* der Aufschub, Verzug.

Délasser, *v. a.* Erholung verschaffen, erquicken.

Délicat, ate, *adj.* köstlich, wohlschmeckend; zärtlich, schwächlich.

Délices, *f. pl.* die Wonne, das Vergnügen.

Délicieux, euse, *adj.* köstlich, lieblich.

Délier, *v. a.* losbinden, losmachen, lösen.

Délire, *m.* der Wahnsinn, Wahnwitz.

Délivrer, *v. a.* befreien.

Déluge, *m.* die Fluth, der Strom.

Demande, *f.* die Bitte, das Begehren, Ansuchen.

Demander, *v. a.* qlc. à qc., einen um etwas bitten, etwas von einem verlangen, begehren, fordern; einen um etwas fragen; — qc. ou qlc., nach einem oder nach etwas fragen, einen oder etwas verlangen.

Demeure, *f.* die Wohnung, der Wohnplatz, Aufenthalt.

Demeurer, *v. n.* bleiben.

Demi-dieu, *m.* der Halbgott.

Demi-mort, orte, *adj.* halb todt.

Demi-nu, ue, *adj.* halb nackend.

à Demi-ouvert, erte, *adj.* halb geöffnet, halb offen.

Déparer, *v. a.* verunzieren, verunstalten, verstellen.

Départ, *m.* die Abreise, der Abmarsch.

Dépasser, *v. a.* über etwas hinaus gehen, laufen 2c.

Dépendre, *v. n.* de..., abhängen von...; faire tout — de..., Alles ankommen lassen auf...

Dépense, *f.* die Ausgabe, der Aufwand.

Dépeupler, *v. a.* entvölkern.

Dépit, *m.* der Verdruß, Unwille, Aerger.

Déplaire, *v. n. ir.* mißfallen.

Déplorable, *adj.* bedauernswürdig, jämmerlich, kläglich.

Déployer, *v. a.* ausbreiten, entfalten.

Déposer, *v. a.* niederlegen; zur Verwahrung hinlegen oder hinsetzen, beisetzen; absetzen.

Dépôt, *m.* das anvertraute Gut.

Dépouille, *f.* die Beute; les dépouilles opimes, die Waffen, die ein Feldherr dem andern abnahm, ehrenvolle Beute; la — mortelle, die sterbliche Hülle.

Dépouiller, *v. a.* ausziehen, entblößen, berauben.

Depuis, *prép.* seit, von ... an. — *adv.* seitdem, nachher. — que, *conj.* seitdem.

Députer, *v. a.* abordnen, absenden.

Déraciner, *v. a.* entwurzeln, ausrotten.

Déranger, *v. a.* in Unordnung bringen, stören.

Dérober, *v. a.* entziehen, verbergen; mes genoux se sont dérobés sous moi, meine Knie sind unter mir gewichen.

Déroute, *f.* die unordentliche Flucht.

Derrière, *prép.* hinter—. *adv.* hinten, hinten nach. —, *m.* der Hintertheil.

Dès, *prép.* von... an. — que, *conj.* so bald (als).

Désaltérer, *v. a.* den Durst löschen; se —, seinen Durst löschen oder stillen.

Désarmé, ée, *adj.* entwaffnet; ohne Waffen.

Désarmer, *v. a.* entwaffnen, besänftigen.
Désastreux, euse, *adj.* unglücklich, traurig.
Désavouer, *v. a.* qc., das, was ein Anderer gesagt oder gethan hat, nicht anerkennen, läugnen, abläugnen.
Descendant, *m.* der Abkömmling; les descendans, die Nachkommen.
Descendre, *v. n.* herabsteigen, gehen, fallen 2c.; abstammen, herstammen; — dans soi-même, in sich selbst gehen.
Descente, *f.* das Herabsteigen; der Abhang.
Description, *f.* die Beschreibung.
Désert, *m.* die Wüste, Einöde.
Désert, erte, *adj.* wüste, öde, leer.
Désespérer, *v. n.* verzweifeln, die Hoffnung aufgeben.
Désespoir, *m.* die Verzweiflung.
Desir, *m.* das Verlangen, der Wunsch, die Begierde, Sehnsucht.
Desirer, *v. a.* verlangen, wünschen, begehren.
Désobéir, *v. n.* ungehorsam seyn, nicht gehorchen.
Désolation, *f.* die Verwüstung, Verheerung; Bekümmerniß, Betrübniß, Trostlosigkeit.
Désolé, ée, *adj.* verheert, verwüstet; trostlos, schmerzlich betrübt.
Désoler, *v. a.* verheeren, verwüsten.
Désordre, *m.* die Unordnung, Verwirrung.
Désormais, *adv.* in's Künftige, hinfort.
Desseché, ée, *adj.* vertrocknet, verdorrt.
Dessécher, *v. a.* austrocknen.
Dessein, *m.* das Vorhaben, der Vorschlag, Anschlag, Entwurf.

Dessus, *adv.* oben darauf; de dessus, *prép.* von ... weg, von ... herab.
Destin, *m.* Destinée, *f.* das Schicksal, Verhältniß, die Bestimmung.
Destiner, *v. a.* bestimmen.
Désuni, ie, *adj.* uneinig, uneins.
Désunir, *v. a.* veruneinigen, entzweien.
Détachement, *m.* das Kommando, Detachement.
Détacher, *v. a.* losmachen, losbrechen, losreißen, abbinden.
Détail, *m.* Détails, *pl.* die besondern Umstände, genaue Beschreibung oder Erzählung.
se Détendre, *v. réfl.* nachlassen, schlaff werden, die Spannung verlieren.
Déterminer, *v. a.* beschließen, zum Entschlusse bringen, bestimmen; se —, sich entschließen.
Détester, *v. a.* verabscheuen.
Détour, *m.* der Umweg, Umschweif; die Ausflucht, Ausrede.
Détourner, *v. a.* abbringen, ablenken, ableiten, abwenden, wegwenden, entfernen.
Détremper, *v. a.* einrühren, dünn oder flüssig machen.
Détrôner, *v. a.* entthronen, vom Throne stoßen.
Détruire, *v. a.* zerstören, vernichten.
Dette, *f.* die Schuld.
Deuil, *m.* die Trauer, Trauerkleidung; Traurigkeit, das Leid.
Devant, *prép.* vor, in Gegenwart.
Devancer, *v. a.* vorangehen; zuvorkommen, übertreffen.
Dévaster, *v. a.* verheeren, verwüsten.
Développement, *m.* die Entwickelung, Auseinandersetzung.
Développer, *v. a.* entwickeln.

Devenir, *v. n. ir.* werden; que deviendra-t-il? was wird aus ihm werden? wie wird es ihm gehen?
Deviner, *v. a.* errathen.
Devise, *f.* der Wahlspruch, Denkspruch.
Devoir, *m.* die Pflicht, Schuldigkeit.
Devoir, *v. a.* schuldig seyn, zu verdanken haben; sollen, müssen.
Dévorant, ante, *adj.* verzehrend.
Dévorer, *v. a.* fressen, verschlingen, auffressen, verzehren; — ses pleurs, seine Thränen zurückhalten, verbergen.
Dévouer, *v. a.* widmen, weihen; se — pour..., sich aufopfern für...
Diadème, *m.* das Diadem, die königliche Kopfbinde, Krone; königliche Würde.
Dicter, *v. a.* vorsagen, in den Mund legen.
Dieu, *m.* Gott; les dieux, die Götter.
Différent, ente, *adj.* verschieden, unterschieden.
Différer, *v. a.* aufschieben, verschieben.
Difficile, *adj.* schwer; schwierig, eigensinnig, wunderlich.
Difficilement, *adv.* schwerlich.
Digne, *adj.* würdig, werth.
Dignité, *f.* die Würde, Ehrenstelle, das Ehrenamt.
Diminuer, *v. a.* vermindern, verringern.
Dire, *v. a. ir.* sagen; se —, gesagt werden; sich nennen; c'est-à-dire, nemlich.
Diriger, *v. a.* leiten, führen, richten.
Disciple, *m.* der Schüler.
Discipline, *f.* die Zucht, Mannszucht.
Discorde, *f.* die Uneinigkeit, Zwietracht.
Discours, *m.* die Rede, das Gespräch.
Discuter, *v. a.* untersuchen, erörtern.
Disparaître, *v. n. ir.* verschwinden.
Disperser, *v. a.* zerstreuen.
Disposer, *v. a.* einrichten, veranstalten, zurüsten, besorgen, anordnen, vorbereiten; se —, sich anschicken, sich bereit oder gefaßt machen. — *v. n.* de qlc., mit etwas schalten und walten, darüber verfügen.
Disposition, *f.* die Einrichtung, Anordnung, Verfügung, Veranstaltung, Anstalt.
Disputer, *v. a.* qlc., um etwas streiten, es streitig machen.
Disque, *m.* die Wurfscheibe; Scheibe.
Dissimuler, *v. a.* verbergen, sich verstellen.
Dissiper, *v. a.* zerstreuen, zertheilen; verschwenden, durchbringen.
Distance, *f.* der Abstand, die Entfernung.
Distant, ante, *adj.* entfernt.
Distinct, incte, *adj.* unterschieden.
Distinction, *f.* die Unterscheidung, der Unterschied; Vorzug, die Auszeichnung.
Distinguer, *v. a.* unterscheiden, erkennen; auszeichnen; se —, sich auszeichnen.
Distraire, *v. n. ir.* zerstreuen.
Distrait, aite, *adj.* zerstreut.
Distribuer, *v. a.* vertheilen, austheilen.
Divers, erse, *adj.* verschieden.
Divin, ine, *adj.* göttlich.
Divinité, *f.* die Gottheit.
Diviser, *v. a.* theilen, trennen, zertheilen.

Division, *f.* die Theilung, Trennung, Spaltung; jeter la — parmi..., Uneinigkeit bringen unter...
Divorce, *m.* die Ehescheidung.
Dogme, *m.* der Lehrsatz, die Lehre.
Dominer, *v. a. et n.* herrschen, beherrschen; le Capitole domine sur la ville oder la ville von dem Kapitol aus kann man die Stadt übersehen und beschießen, es hat die Stadt im Zaume.
Dompter, *v. a.* bezwingen, bändigen, zähmen.
Don, *m.* die Gabe, das Geschenk.
Donner, *v. a.* geben, schenken; zugestehen, lassen, vergönnen; se — le temps de..., sich die Zeit nehmen zu...
Doré, ée, *adj.* hellgelb, lichtgelb.
Dos, *m.* der Rücken.
Dot, *f.* die Mitgabe, das Heirathsgut, der Brautschatz, die Ausstattung.
Doubler, *v. a.* verdoppeln.
Doucement, *adv.* sanft, gemächlich; behutsam; langsam; sachte.
Douceur, *f.* die Süßigkeit; Sanftheit, Sanftmuth, das Sanfte; die Lieblichkeit, Annehmlichkeit.
Douleur, *f.* der Schmerz.
Douloureux, euse, *adj.* schmerzhaft, schmerzlich.
Doute, *m.* der Zweifel.
Douter, *v. n.* zweifeln (de qlc., an etwas).
Douteux, euse, *adj.* zweifelhaft.
Doux, douce, *adj.* süß, sanft; lieblich, angenehm.
Dragon, *m.* der Drache.
Dresser, *v. a.* in die Höhe richten, in die Höhe strecken; errichten, aufrichten, aufschlagen, auffetzen; se —, sich aufrichten, in die Höhe stehen, zu Berge stehen.

Droit, *m.* das Recht.
Droit, oite, *adj.* recht.
Dû, due, *adj.* schuldig, gebührend, zukommend..
Dur, dure, *adj.* hart.
Durer, *v. n.* dauern, währen.

Ébène, *f.* das Ebenholz.
Éblouir, *v. a.* blenden, verblenden.
Éblouissant, ante, *adj.* blendend.
Ébranler, *v. a.* erschüttern; in Bewegung bringen.
Écaille, *f.* die Schuppe, Schale.
Écarté, ée, *adj.* entfernt, abgelegen.
Écarter, *v. a.* zerstreuen, entfernen, auseinander treiben.
Échancrer, *v. n.* ausschweifen, bogenförmig ausschneiden.
Échapper, *v. a. et n.* entgehen, entkommen, entwischen; laisser — une occasion, eine Gelegenheit vorbeilassen, versäumen; s' —, entwischen, entlaufen.
Échauffer, *v. a.* erwärmen, erhitzen.
Échelle, *f.* die Leiter, Sturmleiter.
Écho, *m.* das Echo, der Wiederhall, Wiederschall.
Échouer, *v. n.* stranden, scheitern.
Éclairé, ée, *adj.* erleuchtet, aufgeklärt.
Éclairer, *v. a. et n.* erleuchten, aufklären, Licht geben; leuchten.
Éclat, *m.* der Glanz; Schall, Schlag, Knall; une action d' —, eine glänzende That.
Éclatant, ante, *adj.* glänzend; hellklingend, durchdringend.

Éclater, v. n. ausbrechen, zum Ausbruche kommen; knallen, prasseln.
Éclipser, v. a. verfinstern, verdunkeln.
École, f. die Schule; tenir —, Schule halten.
Écorce, f. die Rinde, Baumrinde.
s'Écouler, v. réfl. verfließen, verstreichen, vergehen.
Écouter, v. a. hören, anhören, zuhören.
Écraser, v. a. zerschmettern, zermalmen, zertrümmern, zerquetschen.
s'Écrier, v. réfl. ausrufen, schreien.
Écrire, v. a. et n. schreiben.
Écumant, ante, adj. schäumend.
Écume, f. der Schaum.
Écumer, v. a. schäumen.
Édifice, m. das Gebäude.
Édit, m. das Edict, der öffentliche Befehl.
Éducation, f. die Erziehung.
Effacer, v. a. auswischen, verwischen, vertilgen.
Effet, m. die Wirkung.
s'Efforcer, v. réfl. sich anstrengen, sich bemühen, sich bestreben.
Effort, m. die Anstrengung, Gewalt, Mühe; faire des efforts, sich anstrengen, sich bemühen; faire un —, sich angreifen, sich Gewalt anthun.
Effrayant, ante, adj. fürchterlich, schrecklich, scheußlich.
Effrayer, v. a. erschrecken, in Schrecken setzen; s' —, erschrecken.
Effréné, ée, adj. unbändig, zügellos.
Effroi, m. der Schrecken.
Effroyable, adj. schrecklich, entsetzlich, fürchterlich, abscheulich.
Égal, ale, adj. gleich; à l'égal de ..., eben so sehr als ... so wie. — m. son égal, ses égaux, seines Gleichen.
Également, adv. gleich, auf gleiche Art, eben so.
Égaler, v. a. qc., einem gleich kommen, gleichen.
Égalité, f. die Gleichheit.
Égard, m. die Achtung.
Égaré, ée, adj. verirrt; verwirrt; un air égaré, ein zerstreutes, verwirrtes Ansehen.
Égarer, v. a. irre führen; s' —, sich verirren, irre gehen.
Égorger, v. a. würgen, erwürgen, umbringen.
s'Élancer, v. réfl. auf etwas zuschießen, rennen, stürzen, von etwas springen, sich hinaufschwingen, sich schwingen.
Élève, m. der Zögling.
Élevé, ée, adj. hoch, erhaben.
Élever, v. a. erziehen, aufziehen; erheben, erhöhen; in die Höhe heben, aufrichten, errichten; s' —, sich erheben.
Élire, v. a. ir. wählen, erwählen.
Éloge, m. die Lobrede, die Lobeserhebung, das Lob.
Éloigner, v. a. entfernen.
Éloquent, ente, adj. beredt.
Émaillé, ée, adj. emaillirt, mit Schmelz überzogen.
Émaner, v. n. ausfließen, herrühren, seinen Ursprung nehmen.
s'Embarquer, v. réfl. sich einschiffen.
Embarrasser, v. a. versperren, hemmen, verwickeln, verwirren, in Verlegenheit setzen; s' — de qc., sich um etwas bekümmern.
Embellir, v. a. verschönern, schöner machen.
Emblème, m. das Sinnbild.
Embraser, v. a. entzünden, anzünden, in Brand stecken.

Embrassement, *m.* die Umarmung.
Embrasser, *v. a.* umarmen.
Embûche, *f.* die hinterlistige Nachstellung, Schlinge, Falle.
Emeraude, *f.* der Smaragd.
Eminent, ente, *adj.* erhaben, hoch.
Emissaire, *m.* der Kundschafter, Spion.
Emotion, *f.* die (ungewöhnlich starke) Bewegung (des Körpers oder Gemüths).
Emousser, *v. a.* stumpf machen, abstumpfen.
Emouvoir, *v. a.* bewegen, rühren, erregen.
s'Emparer, *v. réfl.* de qlc., sich einer Sache bemächtigen.
Empêcher, *v. a.* hindern, verhindern.
Empire, *m.* die Gewalt, Macht, Herrschaft, das Reich.
Emploi, *m.* das Amt, die Beschäftigung.
Employer, *v. a.* anwenden, gebrauchen, anstellen.
Empoisonner, *v. a.* vergiften.
Emportement, *m.* die Hitze, heftige Aeußerung, der Jähzorn.
Emporter, *v. a.* wegtragen, mitnehmen, wegnehmen, wegreißen; hinreißen; aufbringen, erzürnen; l' — sur qlc., die Oberhand behalten, den Vorzug haben, überwiegen, siegen.
Empreindre, *v. a. ir.* aufdrucken, hineindrucken, einprägen.
Empreinte, *f.* der Abdruck, das Gepräge.
Empressé, ée, *adj.* geschäftig, emsig, eifrig.
s'Empresser, *v. réfl.* sich eifrig bemühen, sich bestreben.
Emprunter, *v. a.* entlehnen, borgen.
Enceinte, *adj. f.* schwanger.

Enceinte, *f.* der Umfang, Bezirk, die Einschließung.
Encens, *m.* der Weihrauch.
Enchaîner, *v. n.* anketten, fesseln.
Enchanter, *v. a.* bezaubern.
Enclume, *f.* der Amboß.
Encourager, *v. a.* Muth machen, Muth zusprechen oder einsprechen, aufmuntern, ermuntern.
Endormir, *v. a.* einschläfern; s' —, einschlafen.
Endroit, *m.* der Ort, Platz, die Stelle.
Energie, *f.* der Nachdruck, die Kraft, Geisteskraft.
Energique, *adj.* kräftig, nachdrücklich.
Enerver, *v. a.* entnerven, entkräften.
Enfance, *f.* die Kindheit, Kinderjahre.
Enfantement, *m.* die Geburt, das Gebären.
Enfermer, *v. a.* einschließen.
Enfers, *m. pl.* das Reich der Schatten, die Unterwelt.
Enfin, *adv.* endlich, am Ende; kurz, denn, nun.
Enflammer, *v. a.* entzünden, entflammen, anflammen; erhitzen; s' —, in Liebe entbrennen.
Enfoncer, *v. a.* hineinstoßen, schlagen, stecken ꝛc.; s' —, sich vertiefen.
Engager, *v. a.* anwerben; veranlassen, vermögen, bewegen; verpfänden; verwickeln, hineinziehen; — sa foi, bei Treue und Glauben versprechen, sein Wort geben; être engagé dans qlc., in eine Sache verwickelt seyn, etwas unternommen haben; s' — à qlc., sich zu etwas anheischig oder verbindlich machen, etwas versprechen;

s' —dans les montagnes, sich in die Gebirge hinein begeben.
Engloutir, *v. a.* verschlingen.
Enivré, ée, *adj.* trunken, berauscht.
Enivrer, *v. a.* berauschen, trunken machen.
Enlèvement, *m.* die Entführung, der Raub.
Enlever, *v. a.* wegreißen, fortreißen; entreißen; wegtragen; entführen.
Ennemi, *m.* —ie, *f.* der Feind, die Feindin. — *adj.* feindlich, feindselig.
Ennoblir, *v. a.* veredeln.
Ennui, *m.* Ennuis, *pl.* die Langeweile; der Verdruß, Kummer.
s'Enorgueillir, *v. réfl.* de qlc., auf etwas stolz seyn.
Énorme, *adj.* übermäßig, unmäßig, ungeheuer.
Enrichir, *v. a.* bereichern.
Ensanglanter, *v. a.* blutig machen, mit Blut beflecken.
Enseigne, *f.* die Fahne.
Enseigner, *v. a.* unterweisen, unterrichten, lehren.
Ensemencer, *v. a.* besäen, einsäen.
Ensevelir, *v. a.* begraben; demeurer enseveli dans une profonde rêverie, in tiefen Gedanken stehen, bleiben.
Entamer, *v. a.* anschneiden; anheben.
Entendre, *v. a.* hören, anhören; verstehen; begreifen.
Enterrer, *v. a.* begraben, beerbigen, vergraben.
Entier, ière, *adj.* ganz, gänzlich; tout entier, toute entière, ganz, völlig.
à l'Entour, *adv.* in der Runde, im Umkreise, rund... um.
Entourer, *v. a.* umgeben, umringen.

Entrailles, *f. pl.* das Eingeweide.
Entraîner, *v. a.* fortreißen, fortschleppen, fortziehen; hinreißen.
Entraves, *f. pl.* die Fesseln; Hindernisse.
Entre, *prép.* unter; un d'— vous, einer aus Eurer Mitte, einer von Euch.
Entrecoupé, ée, *adj.* durchschnitten, unterbrochen; des mots entrecoupés, gebrochene Worte.
Entrée, *f.* der Eingang, Einzug, Einmarsch.
Entrelacer, *v. a.* in einander schlingen oder flechten.
Entremêler, *v. a.* untermengen, vermischen.
Entreprendre, *v. a. ir.* unternehmen, anfangen.
Entreprise, *f.* die Unternehmung, das Unternehmen.
Entrer, *v. a.* hineingehen, treten, kommen etc.; eingehen, einziehen.
Entretenir, *v. a. ir.* unterhalten.
Entretien, *m.* die Unterhaltung, Unterredung, das Gespräch.
Entr'ouvrir, *v. a. ir.* halb oder ein wenig öffnen; s'—, einen Riß bekommen, bersten.
Envelopper, *v. a.* einwickeln, umwickeln, einhüllen.
à l'Envi, *adv.* um die Wette.
Envier, *v. a.* beneiden, mißgönnen.
Environner, *v. a.* umgeben.
Environs, *m. pl.* die umliegende Gegend.
Envisager, *v. a.* qc., einem in das Gesicht sehen, einen ansehen, betrachten.
Envoyé, *m.* der Abgesandte.
Envoyer, *v. a.* senden, schicken.
Épais, aisse, *adj.* dick, dicht.

Epaissir, *v. a. et n.* verdicken; s'—, dicker werden.
Epargner, *v. a.* schonen, verschonen; sparen, ersparen.
Epars, arse, *adj.* zerstreut.
Epaule, *f.* die Schulter.
Epée, *f.* der Degen, das Schwert.
Eperdu, ue, *adj.* bestürzt, außer sich.
Epi, *m.* die Aehre.
Eploré, ée, *adj.* heftig weinend, ganz in Thränen.
Epoque, *f.* der Zeitpunkt.
Epouse, *f.* die Gattin.
Epouser, *v. a.* ehelichen, heirathen, nehmen.
Epouvantable, *adj.* schrecklich, erschrecklich, entsetzlich.
Epouvanté, ée, *adj.* erschrocken.
Epoux, *m.* der Gatte, Ehegatte, Gemahl; les époux, das Ehepaar.
Epreuve, *f.* die Probe, der Versuch.
Epris, ise, *adj.* de..., eingenommen, verliebt in...
Eprouver, *v. a.* erfahren, empfinden, fühlen; versuchen, auf die Probe stellen, prüfen; s'— contre qc., sich mit einem messen.
Epuiser, *v. a.* erschöpfen, entkräften.
Errant, ante, *adj.* irrend, herumirrend.
Errer, *v. n.* irren, herumirren.
Erreur, *f.* der Irrthum.
Escadron, *m.* die Schwadron.
Escarpé, ée, *adj.* steil, abschüssig.
Esclave, *m. f.* der Sclave, die Sclavin.
Espace, *m.* der Raum, Platz, die Strecke; d'— en —, von Einer Strecke zur andern.
Espérance, *f.* Espoir, *m.* die Hoffnung.

Espérer, *v. a.* hoffen, erwarten.
Esprit, *m.* der Geist; Verstand; das Gemüth.
Essayer, *v. a.* versuchen.
Essuyer, *v. a.* abtrocknen, abwischen; ausstehen, leiden, erdulden, ertragen; — un refus, eine abschlägige Antwort bekommen.
Estimable, *adj.* schätzbar.
Estime, *f.* die Achtung, Hochachtung.
Estimer, *v. a.* schätzen, hochachten.
Établir, *v. a.* festsetzen, einführen, stiften; s'— en quelque lieu, sich an einem Orte setzen, festsetzen.
Établissement, *m.* die Anstalt, Errichtung, Stiftung.
Etain, *m.* das Zinn.
Etaler, *v. a.* auslegen, auskramen, sehen lassen, zeigen.
Etancher, *v. a.* stillen, löschen.
Etat, *m.* der Stand, Zustand; Staat.
Eteindre, *v. a. ir.* auslöschen; vertilgen. — *v. n.* erlöschen, auslöschen, ausgehen.
Etendard, *m.* die Standarte, Fahne.
Etendre, *v. n.* ausbreiten; ausstrecken; s'—, sich ausbreiten, sich erstrecken.
Etendue, *f.* die Ausdehnung, der Umfang.
Eternel, elle, *adj.* ewig.
Etincelant, ante, *adj.* funkelnd, blitzend, glänzend.
Etinceler, *v. n.* funkeln.
Etincelle, *f.* der Funke.
Etoile, *f.* der Stern.
Etonner, *v. a.* erstaunen, verwundern; erschüttern; s'—, sich wundern, erstaunen.
Etouffer, *v. a.* den Athem benehmen, ersticken, dämpfen.
Etranger, ère, *adj.* fremd.

Être, *v. n. ir.* seyn. — à qc., einem gehören, angehören, zugehören. — *v. imp.* il est, es ist, es sind, es giebt.

Être, *m.* das Wesen; l' — suprême, das höchste Wesen.

Étroit, oite, *adj.* enge.

Étude, *f.* das Studiren, Lernen, Studium.

Étudier, *v. a. et n.* studiren, lernen.

Eunuque, *m.* der Verschnittene.

Évanoui, ie, *adj.* ohnmächtig.

s'Évanouir, *v. réfl.* schwinden, verschwinden; in Ohnmacht fallen; faire évanouir, schwinden lassen.

Éveillé, ée, *adj.* wach, munter, aufgeweckt.

Éveiller, *v. a.* wecken, erwecken, aufwecken.

Évènement, *m.* die Begebenheit, der Vorfall.

Éviter, *v. a.* vermeiden, ausweichen.

Évoquer, *v. a.* les esprits, die Geister vor sich fordern, erscheinen lassen.

Exact, acte, *adj.* genau, pünktlich.

Exaction, *f.* die Erpressung.

Exagérer, *v. a.* übertreiben.

Examen, *m.* die Untersuchung, Prüfung.

Examiner, *v. a.* untersuchen, prüfen; genau betrachten.

Exaucer, *v. a.* erhören.

Excepté, *prép. et adj.* ausgenommen.

Excepter, *v. a.* ausnehmen, ausschließen.

Exciter, *v. a.* erregen, aufmuntern, reizen, anreizen.

Excusable, *adj.* zu entschuldigen, verantwortlich.

Excuser, *v. a.* entschuldigen, verzeihen.

Exécrable, *adj.* abscheulich.

Exécration, *f.* der Abscheu.

Exécuter, *v. a.* ausführen, vollziehen.

Exécution, *f.* die Vollziehung, Vollstreckung, Ausführung.

Exemple, *m.* das Beispiel, Muster.

Exempt, empte, *adj.* befreit, frei, verschont.

Exercer, *v. a.* verwalten, bekleiden; üben; ausüben.

Exercice, *m.* die Uebung; Kriegsübung, Waffenübung.

Exhaler, *v. a.* ausdünsten, ausduften; — sa colère, seinen Zorn auslassen.

Exiger, *v. a.* fordern, verlangen.

Exil, *m.* die Verweisung, das Elend.

Exiler, *v. a.* verweisen.

Existence, *f.* das Daseyn, die Existenz.

Expédition, *f.* die kriegerische Unternehmung, der Feldzug, Zug.

Expérience, *f.* die Erfahrung.

Expérimenté, ée, *adj.* erfahren, versucht.

Expier, *v. a.* büßen, abbüßen.

Expirant, ante, *adj.* sterbend.

Expirer, *v. n.* den Geist aufgeben, verscheiden, sterben; ersterben; zu Ende gehen, verfließen.

Expliquer, *v. a.* erklären, auslegen; zu erkennen geben, entdecken.

Exploit, *m.* die große That, Heldenthat, That.

Exposer, *v. a.* ausstellen, aussetzen, vor Augen stellen, darlegen, zeigen; in Gefahr setzen; s' —, sich aussetzen oder bloßstellen; sich in Gefahr setzen.

Expression, *f.* der Ausdruck.

Exprimer, *v. a.* ausdrücken.

Exterminer, *v. a.* ausrotten, vertilgen.
Extrême, *adj.* äußerst, ausnehmend, außerordentlich.
Extrémité, *f.* das äußerste Ende; l' — des doigts, die Spitze der Finger.

Face, *f.* das Angesicht, der Vordertheil; die Fronte; faire — à, Fronte machen gegen, nach, auf ...
Facile, *adj.* leicht.
Facilité, *f.* die Leichtigkeit.
Faciliter, *v. a.* erleichtern.
Façonner, *v. a.* formen, bilden.
Faction, *f.* die Partei.
Faculté, *f.* die Kraft, Seelenkraft, Gabe, Fähigkeit.
Faible, *adj.* schwach; les faibles, die Schwachen.
Faiblesse, *f.* die Schwäche, Schwachheit.
Faire, *v. a. ir.* thun, machen; c'en est fait de..., es ist geschehen um...; ne — que..., nichts thun als ...
Faisceau, *m.* das Bund, Bündel Ruthen 2c.
Faîte, *m.* der First, die Firste.
Falloir, *v. n. ir.* müssen; il faut, es oder man muß; il me (te, lui etc.) faut, ich muß (du mußt, er muß) haben, ich 2c. habe nöthig, ich 2c. brauche.
Fameux, euse, *adj.* berühmt; berüchtigt.
Famine, *f.* die Hungersnoth, der Hunger.
Fanatique, *m.* der Schwärmer.
Faner, *v. a.* welken; se —, verwelken.
Fanfare, *f.* das Trompetenstück.
Faon, *m.* das Hirschkalb, Wildkalb.

Fardeau, *m.* die Last, Bürde.
Farouche, *adj.* wild.
Fastes, *m. pl.* die Jahrbücher des Staates.
Fatal, ale, *adj.* unglücklich; l'heure fatale, die letzte Stunde, Sterbestunde.
Fatalité, *f.* das unvermeidliche Schicksal; der unglückliche Zufall, das Unglück.
Fatigue, *f.* die Ermüdung, Abmattung, Beschwerlichkeit.
Fatiguer, *v. a.* ermüden, abmatten; beschwerlich fallen.
Faucille, *f.* die Sichel.
Faute, *f.* der Fehler, das Vergehen.
Faux, fausse, *adj.* falsch.
Faveur, *f.* die Gunst; en ta—, zu Deinem Besten, Vortheile, zu Gunsten Deiner; in Rücksicht Deiner.
Favorable, *adj.* günstig, geneigt, gewogen.
Favori, *m.* der Günstling, Liebling.
Favoriser, *v. a.* begünstigen.
Féconder, *v. a.* befruchten, fruchtbar machen.
Feindre, *v. n. ir.* sich stellen, thun als ob ...
Feint, feinte, *adj.* verstellt, vorgegeben, erdichtet.
Félicité, *f.* die Glückseligkeit, das Glück.
Féliciter, *v. a.* Glück wünschen.
Fendre, *v. a.* spalten, zertheilen, zersprengen.
Fente, *f.* die Spalte; Ritze.
Fer, *m.* das Eisen; der Stahl; Säbel, Degen, Dolch 2c.
Fers, *pl.* die Ketten, Fesseln.
Ferme, *adj.* fest, standhaft.
Fermer, *v. a.* zumachen, zuschließen, verschließen, schließen, versperren; einschließen, umgeben; — les yeux sur qlc., die Augen bei etwas zudrücken.

Féroce, *adj.* wild, grimmig, raubgierig, grausam.
Férocité, *f.* die Wildheit, Grausamkeit.
Fertile, *adj.* fruchtbar.
Fertilité, *f.* die Fruchtbarkeit.
Férveur, *f.* die Inbrunst, der Eifer.
Fête, *f.* das Fest; habit de —, das Festkleid.
Feu, *m.* das Feuer; les feux, die Feuer.
Feuillage, *m.* das Laub.
Feuille, *f.* das Blatt.
Fidèle, *adj.* treu, getreu.
Fidélité, *f.* die Treue.
Fier, ère, *adj.* stolz.
Fierté, *f.* der Stolz.
Fil, *m.* der Faden, Lebensfaden.
Filer, *v. a.* spinnen.
Filial, ale, *adj.* kindlich.
Fin, *f.* das Ende; à la —, am Ende, endlich.
Finir, *v. a.* endigen; — par faire qlc., damit endigen, daß man etwas thut.
Fixe, *adj.* fest, unbeweglich, starr.
Fixer, *v. a.* festsetzen, bestimmen; starr ansehen, die Augen auf etwas heften; se —, sich fest setzen; sich niederlassen, seinen beständigen Aufenthalt wo nehmen; — ses regards sur qlc., seine Blicke auf etwas heften.
Flambeau, *m.* die Fackel; — d'hymen, die Hochzeitsfackel.
Flanc, *m.* die Seite.
Flatter, *v. a.* schmeicheln; il est flatté, es schmeichelt ihm.
Fléau, *m.* die Landplage, Geißel.
Flèche, *f.* der Pfeil.
Fléchir, *v. a.* beugen, biegen; bewegen, erweichen. — *v. n.* sich beugen.
Flétrir *v. a. et n.* welken, verwelken; verunehren, beschimpfen; brandmarken.
Flétrissant, ante, schimpflich, entehrend.
Fleur, *f.* die Blume, Blüthe.
Fleuve, *m.* der Fluß, Strom.
Flot, *m.* die Fluth, Welle, Woge; der große Haufe, die Menge, der Strom.
Flottant, ante, *adj.* schwimmend; fliegend, flatternd.
Flotter, *v. n.* schweben, fliegen.
Flûte, *f.* die Flöte.
Foi, *f.* die Zusage, das Wort, die Treue; der Glaube, die Religion.
Fois, *f.* das Mal; à-la —, auf Ein Mal, zugleich.
Fonction, *f.* die Amtsverrichtung, das Geschäft.
Fond, *m.* der Grund, Boden; Hintergrund; dans le — des Apennins, ganz hinten in den Apenninen.
Fondamental, ale, *adj.* zum Grunde gehörig; la base fondamentale, die Grundlage.
Fondé, ée, *adj.* gegründet.
Fonder, *v. a.* gründen.
Fondre, *v. a. et n.* schmelzen; — en larmes, in Thränen zerfließen; — sur qc., auf einen zustürzen, über einen herfallen, einen anfallen; se —, schmelzen, zergehen.
Fontaine, *f.* die Quelle, der Brunnen.
Force, *f.* die Stärke, Kraft, Gewalt.
Forcer, *v. a.* zwingen, nöthigen; hetzen.
Forêt, *f.* der Wald, Hain.
Forfait, *m.* das Verbrechen, die Uebelthat.
Forger, *v. a.* schmieden.
Former, *v. a.* formen, bilden, machen; — des vœux, Wünsche thun; se — en bataille, sich in Schlachtordnung stellen.
Formidable, *adj.* furchtbar.

Fort, forte, *adj.* stark. — *m.* die Stärke; au plus —, in der grössten Stärke, im stärksten Grade.
Forteresse, *f.* die Festung.
Fortifier, *v. a.* befestigen.
Fortune, *f.* das Glück, Vermögen; Schicksal.
Fossé, *m.* der Graben.
Foudre, *f.* der Blitz, Donner.
Foudroyant, ante, *adj.* Blitze schleudernd, niederschmetternd.
Fougue, *f.* die Hitze, das Feuer, der Jähzorn.
Fougueux, euse, *adj.* aufbrausend, feurig, wild.
Foule, *f.* der Haufen, die Menge; en —, haufenweise.
Fouler, *v. a.* niedertreten; betreten; — aux pieds, mit Füssen treten.
Fourmi, *f.* die Ameise.
Fournaise, *f.* der Schmelzofen.
Fournir, *v. a.* versehen, versorgen, verschaffen, liefern.
Fourreau, *m.* die Scheide.
Foyer, *m.* der Heerd; das Haus, die Wohnung, der Aufenthalt.
Fracas, *m.* das Krachen, Geprassel, Getöse, Geräusch.
Fraîcheur, *f.* die Frische, Kühle.
Franc, franche, *adj.* frei, freimüthig, offenherzig.
Franchir, *v. a.* über etwas gehen, fahren, springen, setzen.
Franchise, *f.* die Freimüthigkeit, Offenherzigkeit.
Frapper, *v. a.* schlagen, hauen, treffen, pochen, klopfen; auffallen, stark rühren, erschüttern; cela frappe mes yeux, das trifft meine Augen, fällt mir in die Augen; être frappé de surprise etc., in Erstaunen etc. gerathen.
Fraude, *f.* der Betrug.
Frayer, *v. a.* bahnen.
Frayeur, *f.* der Schrecken.

Frein, *m.* das Gebiss, Mundstück eines Zaumes.
Frêle, *adj.* schwach, schwächlich.
Frémir, *v. n.* zittern, schaudern.
Frêne, *m.* die Esche, der Eschenbaum.
Frénétique, *m.* der Wahnsinnige.
Frissonner, *v. n.* schaudern.
Froid, oide, *adj.* kalt.
Froid, *m.* Froideur, *f.* die Kälte.
Froncer, *v. a.* le sourcil, die Stirn runzeln oder falten.
Fronde, *f.* die Schleuder.
Front, *m.* die Stirn, das Gesicht; die Fronte; de —, *adv.* neben einander.
Frontière, *f.* die Grenze.
Frugal, ale, *adj.* mässig, einfach.
Fruit, *m.* die Frucht; der Nutzen, Vortheil, Gewinn.
Fruitier, *adj. m.* fruchttragend.
Fugitif, *m.* der Flüchtige, Flüchtling.
Fugitif, ive, *adj.* flüchtig.
Fuir, *v. a. et n. ir.* fliehen, meiden, vermeiden.
Fuite, *f.* die Flucht; mettre en —, in die Flucht schlagen.
Fumant, ante, *adj.* rauchend.
Fumer, *v. a.* rauchen.
Funèbre, *adj.* zum Leichenbegängnisse gehörig; traurig.
Funérailles, *f. pl.* das Leichenbegängniss, die Beerdigung.
Funeste, *adj.* traurig, unglücklich.
Fureur, *f.* die Wuth, unordentliche Begierde, Sucht.
Furie, *f.* die Furie, Wuth.
Furieux, euse, *adj.* wüthend.
Fuseau, *m.* die Spindel, Spille.
Futur, ure, *adj.* künftig.

G**age**, *m.* das Pfand.
Gagner, *v. a.* gewinnen, verdienen; erreichen.
Gaieté, *f.* die Munterkeit, Fröhlichkeit, der Frohsinn.

Garant, m. der Gewährsmann, Bürge.
Garantir, v. a. qc. de qlc., einen vor etwas verwahren, sichern, schützen.
Garde, f. die Wache; Bewachung, Aufsicht, Verwahrung, Obhut, der Schutz, Schirm; das Stichblatt; prendre — à qlc., auf etwas Acht geben, sich in Acht nehmen, sich wohl vorsetzen, sich hüten; être en —, auf seiner Hut seyn; les gardes avancées, die Vorposten.
Garder, v. a. aufbehalten, aufbewahren; behalten, hüten, bewachen; halten, beobachten; se —, sich hüten.
Gardienne, f. die Bewahrerin.
Garnir, v. a. besetzen.
Gauche, adj. link.
Gazon, m. der Rasen.
Gémir, v. n. ächzen, stöhnen, seufzen.
Gémissement, m, das Aechzen, Stöhnen, Seufzen, Wehklagen.
Général, ale, adj. allgemein.
Génération, f. das Geschlecht, die Nachkommenschaft.
Généreux, euse, adj. großmüthig.
Gendre, m. der Eidam, Schwiegersohn.
Génisse, f. die junge Kuh, Färse.
Genre, m. das Geschlecht, die Art.
Gerbe, f. die Garbe.
Germe, m. der Keim.
Germer, v. n. keimen.
Geste, m. die Geberde.
Gigantesque, adj. riesenmäßig.
Glacer, v. a. gefrieren machen; — d'effroi, vor Schrecken eiskalt oder erstarren machen.
Glaive, m. das Schwert.
Glaneur, m. euse, f. der Aehrenleser, die Aehrenleserin.
Gloire, f. der Ruhm; faire — de qlc., sich eine Ehre aus etwas machen, eine Ehre in etwas suchen; stolz auf etwas seyn.
Glorieux, euse, adj. rühmlich, ruhmvoll, ruhmwürdig; stolz.
Gond, m. die Thürangel, Angel.
Gorge, f. die Kehle, Gurgel; der enge Durchgang oder Paß.
Goût, m. der Geschmack.
Goûter, v. a. schmecken; Geschmack finden, Beifall oder Gehör geben.
Goutte, f. der Tropfen.
Gouvernement, m. die Regierung; Regierungsform.
Gouverner, v. a. regieren, beherrschen.
Grace, f. die Gnade, Gewogenheit, Freundschaft, der Gefalle; Dank; die Grazie; das Angenehme, Gefällige, die Anmuth, der Reiz, Anstand; rendre — oder graces, Dank sagen, danken.
Grand-prêtre, m. der Oberpriester.
Grave, adj. ernsthaft, wichtig.
Graver, v. a. graben, eingraben; stechen.
Gravir, v. n. klettern, klimmen.
Gravité, f. die Ernsthaftigkeit, Gesetztheit, das ernsthafte Ansehen oder Betragen.
Gré, m. der Wille; au — de qc., nach Jemandes Willen, Belieben, Gefallen, Sinne; nach Jemandes Meinung.
Grêle, f. der Hagel.
Griffe, f. die Klaue.
Gronder, v. a. murren, murmeln; le tonnerre gronde, der Donner rollt.
Grossier, ière, adj. grob; plump.
Grossir, v. a. vergrößern, verstärken.
Grotte, f. die Höhle.
Gué, m. die Furt, der seichte Ort.

Guéable, adj. seicht, zu durchgehen, zu durchwaten.
Guérir, v. a. heilen.
Guerre, f. der Krieg; la — civile, der Bürgerkrieg; faire la — à qc., Krieg mit einem führen.
Guerrier, ière, adj. kriegerisch. — m. f. der Krieger, die Kriegerin.
Gueule, f. der Rachen.
Guide, m. der Führer.
Guider, v. a. führen, leiten, anführen.
Guirlande, f. das Blumengehänge, der Blumenkranz.

Habile, adj. geschickt.
Habiller, v. a. kleiden.
Habitant, m. der Bewohner, Einwohner.
Habitation, f. der Wohnplatz, Wohnort, die Wohnung.
Habiter, v. a. bewohnen.
Habitude, f. die Gewohnheit; genaue Bekanntschaft, der Umgang; prendre l' — de qlc., sich etwas angewöhnen.
Hache, f. die Art, das Beil.
Haie, f. die Hecke, der Zaun.
Haïr, v. a. ir. hassen.
Haine, f. der Haß.
Haletant, ante, adj. keichend, schnaubend.
Haleter, v. n. keichen, schnauben.
Harceler, v. a. necken.
Hardi, ie, adj. dreist, kühn, beherzt. — m. der Kühne.
Hardiesse, f. die Kühnheit, Dreistigkeit, der Muth.
Hasard, m. das Ungefähr, der Zufall; die Gefahr; au —, auf's Ungefähr, auf Gerathewohl.
Hasarder, v. a. wagen.
se Hâter, v. réfl. eilen.
Haut, aute, adj. hoch; groß; hell, laut.
Haut, adv. hoch; appeler plus —, auf einen höhern Posten rufen, berufen.
Haut, m. die Höhe.
Hautement, adv. laut, frei heraus; mit Nachdruck.
Hauteur, f. die Höhe; Anhöhe.
Hâve, adj. abgezehrt und entstellt, elend.
Hélas! int. ach! leider!
Hennir, v. n. wiehern.
Hennissement, m. das Wiehern.
Héraut, m. der Herold.
Herbe, f. das Kraut, Gras.
Héréditaire, adj. erblich.
Hérissé, ée, adj. zu Berge stehend, straubig; — de..., mit etwas Spitzigem besetzt, bedeckt.
Héritage, m. das Erbe, Erbtheil, Erbgut.
Héritier, m. der Erbe.
Héroïne, f. die Heldin.
Héros, m. der Held, Kriegsheld.
Hésiter, v. n. unschlüssig seyn, bei sich anstehen.
Hêtre, m. die Buche; de —, buchen, büchen.
Heure, f. die Stunde; de bonne —, zeitig, frühzeitig.
Heureusement, adv. glücklich, zum Glück.
Heureux, euse, adj. glücklich.
Heurter, v. a. et n. stoßen, anstoßen.
Hommage, m. die Unterwerfung, Ehrfurcht, Ehrerbietigkeit.
Honneur, m. Honneurs, pl. die Ehre; Ehrenbezeigungen; Ehrenstellen.
Honorable, adj. ehrenvoll.
Honnête, adj. ehrbar, ehrliebend, rechtschaffen, tugendhaft.
Honte, f. die Schande.
Honteux, euse, adj. schändlich, schimpflich; beschämt.
Horreur, f. der Abscheu, Gräuel; die Abscheulichkeit, Schandthat; être en — à qc., von einem verabscheuet werden.

Horrible, *adj.* entsetzlich, schrecklich, abscheulich, gräßlich.
Hors, *prép.* außer, außerhalb; ausgenommen.
Hospitalier, ière, *adj.* gastfrei.
Hospitalité, *f.* die Gastfreiheit, Gastfreundschaft.
Hôte, *m.* der Gast; les hôtes des forêts, die Bewohner der Wälder: Thiere, Vögel 2c.
Humain, aine, *adj.* menschlich; plus qu' —, übermenschlich.
Humains, *m. pl.* die Menschen, Sterblichen.
Humanité, *f.* die Menschlichkeit, Menschenfreundlichkeit.
Humble, *adj.* niedrig, einfach.
Humide, *adj.* feucht, naß.
Humiliation, *f.* die Demüthigung, Erniedrigung.
Humilier, *v. a.* demüthigen, erniedrigen.
Hydre, *f.* die Schlange, Wasserschlange.
Hymen, Hyménée, *m.* die Hochzeit, Ehe.
Hymne, *m.* die Hymne, der Lobgesang; — d'hyménée, das Hochzeitlied.

Idée, *f.* der Begriff, Gedanke, die Idee.
Idolâtre, *m.* der Götzendiener, Abgötterer
Idole, *f.* der Abgott.
Ignominie, *f.* die Schande, der Schimpf.
Ignorance, *f.* die Unwissenheit.
Ignorer, *v. a.* nicht wissen, nicht kennen.
Illusion, *f.* die Täuschung; Träumerei, der Traum, das Blendwerk.
Illustrer, *v. a.* berühmt machen.
Image, *f.* das Bild.
Imagination, *f.* die Einbildungskraft, Einbildung.

Imaginer, *v. a.* erdenken, ersinnen, aussinnen; s' —, sich einbilden.
Imiter, *v. a.* nachahmen.
Immense, *adj.* unermeßlich, unendlich groß.
Immobile, *adj.* unbeweglich.
Immoler, *v. a.* opfern; aufopfern.
Immortel, elle, *adj.* unsterblich. — *m.* der Unsterbliche.
Impatience, *f.* die Ungeduld.
Impatient, ente, *adj.* ungeduldig.
Impénétrable, *adj.* undurchdringlich.
Impie, *adj.* gottlos, böse.
Impitoyable, *adj.* unbarmherzig.
Implacable, *adj.* unversöhnlich.
Implorer, *v. a.* anflehen, anrufen.
Importance, *f.* die Wichtigkeit.
Important, ante, *adj.* wichtig, beträchtlich.
Importer, *v. a. et imp.* von Wichtigkeit seyn, daran gelegen seyn, daran liegen.
Importun, une, *adj.* beschwerlich, überlästig.
Imposant, ante, *adj.* Achtung oder Ehrfurcht gebietend, Eindruck machend, nachdrücklich, gebieterisch.
Imposer, *v. a.* auflegen; en — à qc., einen betrügen, täuschen.
Impossible, *adj.* unmöglich.
Imprécation, *f.* der Fluch, die Verwünschung.
Imprenable, *adj.* uneroberlich.
Imprévu, ue, *adj.* unversehen, unvermuthet.
Imprimer, *v. a.* ausdrucken, eindrucken, einprägen.
Imprudent, ente, *adj.* unklug, unbedachtsam, unvorsichtig.
Impulsion, *f.* der Antrieb.
Impuni, ie, *adj.* ungestraft.
Impunité, *f.* die Ungestraftheit.

Inaccessible, *adj.* unzugänglich; — à la crainte, keine Furcht kennend.
Inaction, *f.* die Unthätigkeit.
Inaltérable, *adj.* unveränderlich.
Inanimé, ée, *adj.* unbeseelt, lebloß.
Inarticulé, ée, *adj.* undeutlich.
Incendie, *m.* der Brand, die Feuersbrunst.
Incertain, aine, *adj.* ungewiß, zweifelhaft.
Inconnu, ue, *adj.* unbekannt. — *m. f.* der, die Unbekannte.
Inconsolable, *adj.* untröstlich, untröstbar, trostlos.
Inconstance, *f.* die Unbeständigkeit.
Inconstant, ante, *adj.* unbeständig.
Incruster, *v. a.* mit dünnen Blättern von geschlagenem Golde oder Silber belegen, auslegen.
Inculte, *adj.* unbebaut, unangebaut.
Indépendant, ante, *adj.* unabhängig.
Indifférence, *f.* die Gleichgültigkeit.
Indigent, *m.* der Dürftige.
Indignation, *f.* der Unwille.
Indigne, *adj.* unwürdig, schändlich.
Indigné, ée, *adj.* de qlc., über etwas unwillig, aufgebracht.
s'Indigner, *v. réfl.* unwillig, böse werden.
Indiquer, *v. a.* anzeigen, ankündigen; zeigen, weisen.
Indiscipline, *f.* der Mangel an Mannszucht, die Zuchtlosigkeit.
Indiscret, ète, *adj.* unbedachtsam, unbesonnen, unbescheiden. — *m.* der Unbescheidene.
Indomptable, *adj.* unbändig, unbezwinglich, unbezähmbar.
Indompté, ée, *adj.* ungebändigt, unbezwungen.

Indulgence, *f.* die Nachsicht.
Indulgent, ente, *adj.* nachsichtig, gelind.
Industrie, *f.* die Erwerbsamkeit, Betriebsamkeit, der Fleiß.
Inébranlable, *adj.* unerschütterlich.
Ineffaçable, *adj.* unauslöschlich.
Inégal, ale, *adj.* ungleich; — à pas inégaux, mit ungleichen Schritten.
Inégalité, *f.* die Ungleichheit.
Inévitable, *adj.* unvermeidlich.
Infâme, *adj.* ehrlos, schändlich.
Infamie, *f.* die Ehrlosigkeit, Schande.
Infecter, *v. a.* anstecken, vergiften.
Infirme, *adj.* schwächlich, kränklich.
Inflexible, *adj.* unbeweglich, unerbittlich.
s'Informer, *v. réfl.* de..., sich erkundigen nach...
Infortune, *f.* das Unglück, Mißgeschick.
Infortuné, ée, *adj.* unglücklich. — *m. f.* der, die Unglückliche.
Ingrat, ate, *adj.* undankbar. — *m.* der Undankbare.
Ingratitude, *f.* die Undankbarkeit.
Inhumain, aine, *adj.* unmenschlich.
Initié, *m.* der Eingeweihte.
Injure, *f.* die Beleidigung, Beschimpfung; les injures de l'air, die rauhe Luft.
Injuste, *adj.* ungerecht.
Injustement, *adv.* ungerechter Weise, mit Unrecht.
Injustice, *f.* die Ungerechtigkeit.
Innocence, *f.* die Unschuld.
Innocent, *m.* der Unschuldige.
Inonder, *v. a.* überschwemmen.
Inquiet, iète, *adj.* unruhig.
Inquiétude, *f.* die Unruhe.
Inscription, *f.* die Inschrift.
Insensé, ée, *adj.* unsinnig, un-

vernünftig, thöricht. — m. der Thor, Unsinnige.
Inspiration, f. die Eingebung.
Inspirer, v. a. eingeben, einflößen; begeistern.
Instance, f. die inständige Bitte.
Instant, m. der Augenblick.
Instituer, v. a. einsetzen; stiften, errichten, anordnen; ernennen.
Instruction, f. der Unterricht, die Belehrung.
Instruire, v. a. ir. unterrichten; Nachricht geben.
Insulte, f. der Schimpf.
Insulter, v. n. à qc., eines oder über einen spotten.
Intact, acte, adj. unverletzt, unbescholten.
Intelligence, f. das Vernehmen, Verständniß.
Intention, f. die Absicht, Meinung, Gesinnung.
Interdire, v. a. ir. untersagen, verbieten; bestürzt machen.
Interdit, ite, adj. bestürzt.
Intéresser, v. a. Theilnahme einflößen, anziehen; angehen, betreffen; être intéressé à faire qc., um seines eigenen Vortheils willen an etwas Theil nehmen; s' — à qc., sich einer Person annehmen.
Intérêt, m. der Vortheil, Nutzen, das Interesse; die Theilnahme; der Eigennutz; Gewinn.
Intérieur, m. das Innere.
Interroger, v. a. fragen, befragen.
Interrompre, v. a. unterbrechen.
Intervalle, m. der Zwischenraum.
Intime, adj. innig, inner.
Intimider, v. a. abschrecken, furchtsam machen.
Intrépide, adj. unerschrocken.
Introduire, v. a. ir. einführen.
Inutile, adj. unnütz, vergeblich.
Inventer, v. a. erfinden.
Invention, f. die Erfindung.

Invincible, adj. unüberwindlich.
Invisible, adj. unsichtbar.
Inviter, v. a. einladen.
Involontaire, adj. unwillkührlich.
Invoquer, v. a. anrufen.
Ironique, adj. höhnisch, spöttisch.
Irrésistible, adj. unwiderstehlich.
Irrévocablement, adv. unwiderruflich.
Irriter, v. a. erzürnen, aufbringen.
Isolé, ée, adj. freistehend.
Issue, f. der Ausgang.
Ivraie, f. das Unkraut.
Ivre, adj. trunken.
Ivresse, f. die Trunkenheit, der Rausch, Taumel.

Jadis, adv. ehemals, ehedem, vor Zeiten.
Jalousie, f. die Eifersucht.
Jaloux, louse, adj. eifersüchtig, neidisch.
Jamais, adv. je, jemals; (ne ..., jamais) niemals; à —, auf immer, ewig.
Jardinage, m. der Gartenbau, die Gartenkunst, Gärtnerei; un instrument de —, ein Gartenwerkzeug.
Jasmin, m. der Jasmin.
Javeline, f. ein kleiner Wurfspieß.
Javelot, m. der Wurfspieß.
Jeter, v. a. werfen, wegwerfen; — un cri, ein Geschrei ausstoßen.
Jeu, m. das Spiel.
Jeune, adj. jung.
Jeunesse, f. die Jugend, junge Leute.
Joie, f. die Freude.
Joindre, v. a. ir. zusammenfügen, legen 2c.; vereinigen, verbinden; — qc., zu einem kommen oder stoßen; — les mains, die Hände falten.

Joncher, *v. a.* bestreuen; la terre est jonchée de morts, die Erde ist mit Leichen bedeckt.
Jonction, *f.* die Vereinigung, Verbindung.
Jouet, *m.* das Spiel, Spielwerk.
Joueur, *m.* der Spieler; — de flute, der Flötenspieler.
Joug, *m.* das Joch.
Joue, *f.* die Wange, der Backen
Jouer, *v. a. et n.* spielen; — de la flûte, auf der Flöte spielen, die Flöte blasen.
Jouir, *v. n.* de qle., eine oder einer Sache genießen.
Jour, *m.* der Tag; das Tageslicht; das Leben; un —, eines Tages, einst.
Journée, *f.* der Tag, die Tageszeit; Tagereise; Schlacht.
Juge, *m.* der Richter.
Juger, *v. a.* urtheilen, beurtheilen, schließen, richten; bedenken.
Jurer, *v. a. et n.* schwören; — par les dieux, bei den Göttern schwören.
Jusque, *prép.* bis; jusqu'à, bis an, bis auf, bis zu ꝛc.; sogar; jusqu'à quand? wie lange?
Juste, *adj.* gerecht, billig.
Justice, *f.* die Gerechtigkeit; rendre la —, die Gerechtigkeit handhaben; faire —, Gerechtigkeit wiederfahren lassen.
Justifier, *v. a.* rechtfertigen.

Labourer, *v. a.* ackern, pflügen.
Laboureur, *m.* der Ackermann; les laboureurs, die Ackerleute.
Lâche, *adj.* feig, niederträchtig. — *m.* der Feigherzige.
Lâcheté, *f.* die Feigheit, Niederträchtigkeit.
Laine, *f.* die Wolle.
Laisser, *v. a.* lassen, hinterlassen, verlassen, überlassen.
Lait, *m.* die Milch.
Lambeau, *m.* der Lappen, Lumpen.
Lame, *f.* die Platte.
Lamentable, *adj.* kläglich, jämmerlich, erbärmlich.
Lamentation, *f.* die Wehklage, das Klagegeschrei.
Lance, *f.* die Lanze.
Lancer, *v. a.* abschießen, werfen, schleudern.
Lande, *f.* die Heide.
Langage, *m.* die Sprache.
Langue, *f.* die Zunge, Sprache.
Langueur, *f.* die Mattigkeit, Kraftlosigkeit; Sehnsucht, das Schmachten.
Languir, *v. a.* auszehren, sich verzehren; schmachten.
Languissant, ante, *adj.* matt, schwach, kraftlos.
Large, *adj.* breit, weit.
Larme, *f.* die Thräne, Zähre.
Lasser, *v. a.* ermüden; se —, sich ermüden; müde oder überdrüßig werden.
Latin, ine, *adj.* lateinisch, aus Latium.
Laurier, *m.* der Lorbeer.
Lave, *f.* die Lava.
Laver, *v. a.* waschen, abwaschen.
Leçon, *f.* der Unterricht, die Lehre.
Léger, ère, *adj.* leicht; à la légère, *adv.* leicht.
Légion, *f.* die Legion, Schar von ungefähr 9 bis 10,000 Mann.
Législateur, *m.* der Gesetzgeber.
Législation, *f.* die Gesetzgebung.
Légitime, *adj.* rechtmäßig.
Légume, *m.* die Hülsenfrucht.
Lendemain, *m.* der morgende Tag, andere Tag, folgende Tag.
Lent, ente, *adj.* langsam.
Lever, *v. a.* heben, aufheben, erheben; se —, aufstehen.

Wörterbuch

Lever, *m.* das Aufgehen, der Aufgang.
Lèvre, *f.* die Lippe, Lefze.
Libation, *f.* das Opfer, Trankopfer.
Libérateur, *m.* der Befreier.
Liberté, *f.* die Freiheit; mettre en —, in Freiheit setzen.
Libre, *adj.* frei.
Lien, *m.* das Band; les liens, die Bänder, die Bande.
Lier, *v. a.* binden, verbinden, vereinigen.
Lieu, *m.* der Ort, Platz; tenir — de qc. ou de qlc., anstatt einer Person oder einer Sache seyn, deren Stelle vertreten, dafür gelten; au — de, anstatt, statt.
Limpide, *adj.* klar, hell.
Lin, *m.* der Lein, Flachs; de —, leinen, flächsen.
Lion, *m.* der Löwe.
Lionceau, *m.* der junge Löwe.
Lionne, *f.* die Löwin.
Liqueur, *f.* die Flüssigkeit, das Wasser.
Liquide, *adj.* flüssig.
Lire, *v. a. et n. ir.* lesen.
Lisière, *f.* die Grenze eines Holzes, Waldes ꝛc.
Lit, *m.* das Bett; Lager.
Livide, *adj.* braun und blau, grün und gelb.
Livrer, *v. a.* liefern, überliefern; se — à qlc., sich einer Sache überlassen.
Loi, *f.* das Gesetz.
Loin, *adv.* weit, fern; il est — de croire, er glaubt es bei weitem nicht.
Lointain, aine, *adj.* fern, entfernt.
Loisir, *m.* die Muße; les loisirs, die müßigen Stunden, Ruhestunden.
Long, longue, *adj.* lang; langsam; le long de..., längs dem..., der..., den...
Long-temps, *adv.* lange.
Longueur, *f.* die Länge.
Louange, *f.* das Lob, die Lobeserhebung, der Lobspruch.
Louer, *v. a.* loben.
Loup, *m.* der Wolf.
Loyal, ale, *adj.* bieder, rechtschaffen, treu.
Lueur, *f.* der Schein, Schimmer.
Lugubre, *adj.* traurig, kläglich.
Luisant, ante, *adj.* leuchtend, glänzend.
Lumière, *f.* das Licht; les lumières, die Einsichten.
Lune, *f.* der Mond; Monat.
Lutter, *v. n.* ringen, kämpfen.
Luxe, *m.* die Üppigkeit; Pracht, der Luxus.
Lyre, *f.* die Leier der Alten.

Mage, *m. f.* der Magier, die Magierin; der, die Weise.
Magicienne, *f.* die Zauberinn.
Magistrat, *m.* die Obrigkeit; obrigkeitliche Person.
Magnanime, *adj.* großmüthig.
Magnanimité, *f.* die Großmuth.
Magnifique, *adj.* prächtig, herrlich, kostbar.
Main, *f.* die Hand; en venir aux mains avec qu., mit einem handgemein werden.
Maintenant, *adv.* jetzt, nun.
Maintenir, *v. a. ir.* erhalten, behaupten.
Maison, *f.* das Haus; Geschlecht, die Familie.
Maître, *m.* der Herr, Meister, Lehrer; il est — de faire cela, es steht ihm frei, dieses zu thun.
Maîtresse, *f.* die Gebieterin, Besitzerin, Beherrscherinn; Geliebte.
Majestueux, euse, *adj.* majestätisch.

Mal, *m.* das Böse, Weh, der Schmerz; das Uebel, der Schabe; les maux, die Wehen, Schmerzen, Leiden, Uebel ꝛc.

Malfaisant, ante, *adj.* übelthätig, bösartig.

Malgré, *prép.* ungeachtet.

Malheur, *m.* das Unglück, der Unglücksfall, Unfall, die Widerwärtigkeit; — à lui! wehe ihm!

Malheureux, euse, *adj.* unglücklich; elend, schlecht. — *m. f.* der, die Unglückliche.

Maltraiter, *v. a.* mißhandeln.

Mamelle, *f.* die Brust.

Mânes, *m. pl.* die Manen; abgeschiedenen Seelen.

Manifester, *v. a.* offenbaren; zeigen, bekannt machen.

Manoeuvre, *f.* das Manöver (die veränderten Stellungen und Bewegungen einer Armee).

Manque, *m.* der Mangel.

Manquer, *v. n.* fehlen, mangeln; — de qlc., an etwas Mangel leiden, etwas nicht haben; — à qlc., es an etwas ermangeln lassen, wider etwas handeln.

Marais, *m.* der Morast.

Marbre, *m.* der Marmor, Marmorstein.

Marche, *f.* der Marsch, Zug, Gang; die Stufe; — triomphale, der Siegeszug.

Marcher, *v. n.* gehen, marschiren; treten.

Mariage, *m.* die Ehe, Heirath, Hochzeit, das Beilager.

Marque, *f.* das Zeichen, die Spur.

Marquer, *v. a.* zeichnen, bezeichnen; bezeigen.

Marteau, *m.* der Hammer.

Martyr, *m.* der Märtyrer, Blutzeuge.

Massacrer, *v. a.* niedermetzeln, ermorden.

Massue, *f.* die Keule.

Matelot, *m.* der Matrose.

Maternel, elle, *adj.* mütterlich.

Matinée, *f.* der Morgen, die Morgenzeit; les matinées, die Morgen, Morgenstunden.

Maudire, *v. a. ir.* verfluchen, verwünschen.

Maxime, *f.* der Grundsatz, die Regel.

Méconnaître, *v. a. ir.* verkennen, mißkennen.

Mécontent, ente, *adj.* unzufrieden, mißvergnügt.

Méditation, *f.* das Nachdenken, die Betrachtung.

Méditer, *v. a.* qlc., über etwas nachdenken, nachsinnen; auf etwas denken oder sinnen, mit etwas umgehen.

Mélancolie, *f.* die Schwermuth, der Trübsinn.

Mélange, *m.* die Vermischung, das Gemisch.

Mêler, *v. a.* mischen, vermischen, mengen, vermengen.

Mélèse, *m.* der Lerchenbaum.

Mélodieux, euse, *adj.* melodisch, lieblich klingend.

Membre, *m.* das Glied.

Même, *pron.* derselbe, dieselbe, dasselbe, ein und derselbe ꝛc., der nemliche. — *adv.* selbst, sogar; de —, eben so, auch.

Mémoire, *f.* das Gedächtniß, Andenken.

Menaçant, ante, *adj.* drohend.

Menace, *f.* die Drohung.

Menacer, *v. a.* drohen, bedrohen.

Ménage, *m.* die Haushaltung, Wirthschaft.

Ménager, *v. a.* schonen.

Mendier, *v. a.* betteln, erbetteln.

Mener, *v. a.* führen, leiten, anführen.

Mensonge, *m.* die Lüge.

Mépris, m. die Verachtung.
Méprisable, adj. verächtlich.
Mépriser, v. a. verachten, verschmähen.
Mérite, m. das Verdienst.
Mériter, v. a. verdienen.
Merveille, f. das Wunder.
Mesure, f. das Maaß; die Maaßregel; à — que, conj. so wie.
Mesurer, v. a. messen.
Métal, m. das Metall; les métaux, die Metalle.
Métier, m. das Handwerk, Gewerbe.
Mettre, v. a. ir. setzen, legen, stellen, thun, bringen; se — à genoux, sich auf die Knie niederlassen; niederknieen; se — en marche, sich auf den Marsch begeben.
Meurtre, m. die Mordthat, der Mord.
Meurtrier, m. der Mörder.
Meurtrir, v. a. quetschen, zerquetschen, zerschlagen.
Meute, f. die Koppel.
Midi, m. der Mittag.
Miel, m. der Honig.
Milieu, m. die Mitte; au — de, mitten in, mitten unter.
Mille, f. die Meile.
Millier, m. das Tausend, tausend.
Modèle, m. das Muster.
Modérer, v. a. mäßigen, einschränken.
Modeste, adj. bescheiden, sittsam, ehrbar.
Modestie, f. die Bescheidenheit, Sittsamkeit.
Moeurs, f. pl. die Sitten.
Moisson, f. die Ernte.
Moissonner, v. a. ernten, schneiden; wegraffen.
Moissonneur, m. der Schnitter.
Moitié, f. die Hälfte.
Mollement, adv. weich, schwach.
Mollesse, f. die Weichlichkeit.
Moment, m. der Augenblick, die kurze Zeit.

Monceau, m. der Hausen.
Mont, m. der Berg.
Monter, v. a. steigen, hinaufsteigen, gehen, fahren, reiten.
Montrer, v. a. zeigen; erzeigen, beweisen.
Mordre, v. a. beißen; — la poussière, in das Gras beißen.
Moribond, m. der Sterbende.
Morne, adj. finster, verdrießlich, mürrisch, düster.
Mort, f. der Tod. — m. der Todte, die Leiche.
Mort, orte, adj. todt.
Mortel, elle, adj. tödtlich, sterblich. — m. f. der, die Sterbliche.
Mot, m. das Wort; à ces mots, bei diesen Worten.
Motif, m. der Bewegungsgrund.
Mouillé, ée, adj. benetzt, naß.
Mourant, ante, adj. sterbend, dem Tode nahe.
Mourir, v. n. ir. sterben.
Mouton, m. der Schöps, Hammel.
Mouvement, m. die Bewegung, Regung.
Moyen, m. das Mittel.
Muet, ette, adj. stumm.
Mugissant, ante, adj. brüllend; blökend.
Mugissement, m. das Brausen, Sausen.
Multiplier, v. a. vermehren.
Munir, v. a. versehen, versorgen.
Mur, m. Muraille, f. die Mauer.
Mûr, mûre, adj. reif.
Murmure, m. das Murmeln, Gemurmel; Murren.
Murmurer, v. n. murren.
Mutuel, elle, adj. gegenseitig.
Mystère, m. das Geheimniß.
Mystérieux, euse, adj. geheimnißvoll.

Nage, f. das Schwimmen; passer un fleuve à la —, über einen Fluß schwimmen.

Nager, v. n. schwimmen.
Naïf, ïve, adj. natürlich, unbefangen.
Naissance, f. die Geburt.
Naissant, ante, adj. entstehend, werdend.
Naître, v. n. ir. geboren werden; entstehen, erwachsen; ville, lieu qui l'avait vu —, die Stadt, der Ort, wo er war geboren worden, seine Geburtsstadt, sein Geburtsort; faire —, entstehen oder werden lassen, hervorbringen, erregen.
Naseau, m. das Nasenloch (der Thiere).
Naturel, elle, adj. natürlich.
Natte, f. die Matte, Strohmatte, Binsenmatte.
Naufrage, m. der Schiffbruch.
Navire, m. das Schiff.
Nécessaire, adj. nothwendig, nöthig.
Négliger, v. a. vernachlässigen.
Neige, f. der Schnee.
Nerf, m. der Nerv.
Nerveux, euse, adj. nervig.
Neutralité, f. die Neutralität, Parteilosigkeit.
Nid, m. das Nest.
Niveau, m. die Bleiwage, Wasserwage; de —, wagerecht.
Noble, adj. edel; — m. der Adelige.
Noblesse, f. der Adel, das Edle; un air de —, ein edles Ansehen.
Nocturne, adj. nächtlich.
Nœud, m. der Knoten; das Band; les nœuds, die Bande.
Noir, noire, adj. schwarz.
Noircir, v. a. schwärzen, schwarz machen.
Nom, m. der Name.
Nombre, m. die Zahl, Anzahl.
Nombreux, euse, adj. zahlreich.
Nommer, v. a. nennen; ernennen.

Noueux, euse, adj. knotig; un bâton noueux, ein Knotenstock.
Nourrice, f. die Säugamme, Amme.
Nourrir, v. a. nähren, ernähren.
Nourriture, f. die Nahrung.
Nouveau, elle, adj. neu; de nouveau, adv. von Neuem, wieder, abermals.
Nouvelle, f. die Neuigkeit; Nachricht.
Noyer, v. a. ertränken; les yeux noyés de larmes, mit Augen, welche in Thränen schwammen.
Nu, nue, adj. nackend, nackt.
Nuage, m. die Wolke, das Gewölk.
Nue, f. die Wolke.
Nuire, v. n. ir. schaden.
Nuit, f. die Nacht.

Obéir, v. a. gehorchen, gehorsam seyn; il est mal obéi, man gehorcht ihm nicht.
Obéissance, f. der Gehorsam.
Objet, m. der Gegenstand.
Obligation, f. die Verbindlichkeit, Schuldigkeit.
Obliger, v. a. verbinden, verpflichten.
Obscur, ure, adj. dunkel, unbekannt.
Obscurcir, v. a. verdunkeln, verfinstern.
Obscurité, f. die Dunkelheit; der unberühmte Zustand, das unbekannte Leben.
Obséder, v. a. qc., einen belagern.
Observer, v. a. beobachten, bemerken, wahrnehmen.
Obstacle, m. das Hinderniß.
Obtenir, v. a. ir. erlangen, erhalten, bekommen.
Occasion, f. die Gelegenheit;

Wörterbuch. 261

Veranlassung; saisir l'—, die Gelegenheit ergreifen.
Occupation, *f.* die Beschäftigung.
Occuper, *v. a.* einnehmen, besetzen; beschäftigen.
Odeur, *f.* der Geruch.
Odoriférant, ante, *adj.* wohlriechend.
Oeil, *m.* das Auge; les yeux, *pl.* die Augen.
Offenser, *v. a.* beleidigen.
Office, *m.* die Pflicht.
Offrande, *f.* das Opfer, die Gabe.
Offrant, *adj. et s.* auf etwas bietend; le plus —, der Meistbietende.
Offre, *f.* das Anerbieten.
Offrir, *v. a. ir.* anbieten, darbieten, darbringen, opfern; zeigen, sehen lassen.
Oiseau, *m.* der Vogel.
Oisiveté, *f.* der Müßiggang.
Olivier, *m.* der Oelbaum, Olivenbaum.
Ombrage, *m.* der Schatten.
Ombrager, *v. a.* beschatten, umschatten.
Ombre, *f.* der Schatten.
Onde, *f.* die Welle, das Wasser.
Ondoyant, ante, *adj.* wellenförmig; wallend.
Onduler, *v. n.* wellenförmig in die Höhe steigen.
Opale, *f.* der Opal (ein Halbedelstein).
Opimes, *adj. f. pl. v.* Dépouilles.
Opposé, ée, *adj.* entgegengesetzt, von einander abweichend; gegenüber liegend.
Opposer, *v. a.* entgegen stellen oder setzen; s' — à qlc., sich einer Sache widersetzen, einem Dinge widerstreben.
Oppresser, *v. a.* beklemmen, pressen, drücken.

Oppression, *f.* die Unterdrückung, der Druck.
Opprimer, *v. a.* unterdrücken.
Opprobre, *m.* die Schande, Schmach, der Schimpf.
Opulent, ente, *adj.* reich.
Or, *m.* das Gold; d' —, golden.
Oracle, *m.* das Orakel, der Götterspruch.
Orage, *m.* das Ungewitter, der Sturm.
Orageux, euse, *adj.* stürmisch.
Orbite, *f.* die Augenhöhle.
Ordinaire, *adj.* gewöhnlich, gemein.
Ordonner, *v. a.* anordnen; befehlen, verschreiben, verordnen; — *v. n.* de qlc., über etwas verfügen.
Ordre, *m.* die Ordnung, der Befehl; die Ordre; die Classe, der Stand.
Oreille, *f.* das Ohr.
Organe, *m.* das Organ, Werkzeug der Sinne und Empfindungen.
Orge, *f.* die Gerste.
Orgueil, *m.* der Stolz, Hochmuth.
Orgueilleux, euse, *adj.* stolz, hochmüthig.
Orme, *m.* die Ulme, der Ulmbaum.
Ornement, *m.* die Zierde, der Schmuck.
Orner, *v. a.* zieren, schmücken.
Orphelin, *m.* die Waise, das Waisenkind.
Os, *m.* der Knochen, das Bein.
Oser, *v. n.* sich unterstehen, es wagen.
Otage, *m.* die Geißel.
Oter, *v. a.* wegnehmen, nehmen, benehmen, abnehmen.
Ou, *conj.* oder; ou..., ou..., entweder..., oder....
Où, *adv.* wo, wohin, in welchem 2c.; wohin; wozu.

Oubli, *m.* die Vergessenheit; il n'a pu soutenir votre —, er hat Euch nicht vergessen können.
Oublier, *v. a.* vergessen.
Ours, *m.* der Bär.
Outrage, *m.* die grobe Beleidigung, der Schimpf.
Outrager, *v. a.* beschimpfen, grob beleidigen.
Outre, *f.* der Schlauch.
Ouvert, te, *adj.* offen, öffentlich.
Ouvrage, *m.* das Werk, die Arbeit.
Ouvrier, *m.* der Arbeiter, Künstler.
Ouvrir, *v. a. ir.* öffnen, eröffnen; s' — un passage, sich einen Weg bahnen.

Pacifique, *adj.* streitfertig, friedliebend, friedlich.
Paisible, *adj.* friedlich, friedfertig; ruhig, still.
Paître, *v. n. ir.* weiden.
Paix, *f.* der Friede; die Ruhe, Stille; un homme de —, ein friedliebender Mensch.
Palais, *m.* der Palast; Gaumen.
Pâleur, *f.* die Blässe; la — mortelle; die Todtenblässe.
Pâlir, *v. n.* erblassen.
Palme, *f.* die Palme, der Palmzweig.
Palmier, *m.* der Palmbaum.
Palpitant, ante, *adj.* zuckend.
Palpiter, *v. n.* zucken, klopfen, pochen, schlagen.
Pampre, *m.* die Weinrebe, Weinranke.
Panache, *m.* der Helmstutz, Federbusch.
Panser, *v. a.* verbinden.
Parade, *f.* der Prunk, das Gepränge; faire — de qlc., mit etwas prahlen.
Parc, *m.* die Pferche.

Parcourir, *v. a. ir.* durchlaufen, durchgehen, durchreisen.
Pardon, *m.* die Verzeihung; demander — à qc. de qlo., einen wegen etwas um Verzeihung bitten.
Pardonner, *v. a.* verzeihen, vergeben, übersehen.
Parent, *m.* der Verwandte; les parens, die Aeltern.
Parer, *v. a.* putzen, schmücken; — un coup, einen Stoß, Hieb, Streich ablenken, abhalten, auspariren.
Parfait, aite, *adj.* vollkommen.
Parfum, *m.* das Räucherwerk.
Parfumé, ée, *adj.* wohlriechend (gemacht).
Parjure, *adj.* meineidig, eidbrüchig. — *m.* der Meineid, Eidbruch.
Parler, *v. n. et a.* reden, sprechen.
Paraître, *v. n. ir.* erscheinen; scheinen; glänzen, in die Augen fallen, Aufsehen machen; faire —, zeigen.
Parole, *f.* das Wort, die Rede, Sprache.
Parricide, *m.* der Vatermörder, Muttermörder.
Parsemé, ée, *adj.* besäet, übersäet.
Part, *f.* der Theil, Antheil; de — et d'autre, von beiden Seiten; de la — de qc., von Seiten Jemandes; de toutes parts, von allen Seiten.
Partage, *m.* die Theilung; der Antheil; tomber en —, zu Theil werden.
Partager, *v. a.* theilen.
Parti, *m.* die Partei, der Entschluß; Vorschlag; prendre un —, einen Entschluß fassen; l'esprit de —, der Parteigeist.
Partir, *v. n. ir.* abreisen, abgehen, weggehen, abmarschiren.

Par-tout, *adv.* überall, allenthalben.
Parvenir, *v. n. ir.* à qlc., zu etwas kommen, gelangen; es dahin bringen, daß ꝛc.
Pas, *m.* der Schritt; à — précipités, mit schnellen Schritten.
Passant, *m.* der Reisende, Wanderer.
Passage, *m.* der Durchgang, Durchzug, Durchmarsch; Uebergang, die Ueberfahrt; der Weg.
Passé, ée, *adj.* vergangen, vorüber, vorbei.
Passer, *v. n. et a.* gehen, durchgehen; vorbeigehen; über etwas gehen, fahren ꝛc.; vergehen, verfließen; zubringen; vorbeigehen lassen; stecken, durchstecken, hineinstecken; um etwas hängen oder legen; — pour..., gehalten werden; gelten für...; — et repasser sa langue sur qlc., etwas mehrmals belecken; se —, vergehen, verlaufen, verfließen.
Passion, *f.* die Leidenschaft, Liebe.
Passionné, ée, *adj.* leidenschaftlich, eingenommen.
Pasteur, *m.* der Hirt.
Paternel, elle, *adj.* väterlich.
Patience, *f.* die Geduld.
Pâtre, *m.* der Viehhirt, Hirt.
Patricien, *m.* der Patrizier, Edle.
Patrimoine, *m.* das Erbgut, Erbtheil.
Pâturage, *m.* die Weide, der Weideplatz.
Pâture, *f.* das Futter, die Nahrung.
Paupière, *f.* das Augenlied.
Pauvre, *adj.* arm; — *m.* der Arme.
Pauvreté, *f.* die Armuth.
Pavillon, *m.* das Zelt.
Payer, *v. a.* bezahlen, vergelten.
Pays, *m.* das Land, Vaterland.

Peau, *f.* die Haut, das Fell.
Peindre, *v. a. ir.* malen, schildern.
Peine, *f.* die Mühe; der Gram, Kummer, das Leiden; die Sorge; Verlegenheit; Strafe; à —, kaum; avoir — à faire qlc., etwas kaum thun können.
Pêle-mêle, *adv.* durch einander, unter einander.
Penchant, *m.* der Abhang, Hang, die Neigung.
Pencher, *v. n.* sich neigen; hangen; — du côté de la justice, sich auf die Seite der Gerechtigkeit neigen. — *v. a.* neigen, hängen.
Pendant, *prép.* während.
Pendant, ante, *adj.* hängend, herabhangend.
Pendre, *v. n.* hangen, hängen.
Pénétrer, *v. a.* durchdringen, durchschauen, ergründen. — *v. n.* eindringen, bringen, gehen in...
Pénible, *adj.* mühsam, beschwerlich.
Pensée, *f.* der Gedanke.
Penser, *v. n.* denken; glauben, meinen; cela pensa coûter la vie, das hätte bald das Leben gekostet.
Pensif, ive, *adj.* nachdenkend, in Gedanken, tiefsinnig.
Perçant, ante, *adj.* durchdringend.
Percer, *v. a.* durchstechen, durchbohren, durchstoßen, durchbrechen.
Perdre, *v. a.* verlieren; zu Grunde richten, unglücklich machen, verderben.
Perfide, *adj.* treulos, falsch. — *m.* der Treulose, Verräther.
Perfectionner, *v. a.* vervollkommnen.
Péril, *m.* die Gefahr.
Périlleux, euse, *adj.* gefahrvoll, gefährlich.

Périr, *v. n.* umkommen, um das Leben kommen, sein Leben verlieren.
Permettre, *v. a. ir.* erlauben, verstatten, vergönnen.
Permission, *f.* die Erlaubniß, Verstattung.
Pernicieux, euse, *adj.* schädlich, verderblich, gefährlich.
Persécuter, *v. a.* verfolgen.
Persécuteur, *m.* der Verfolger.
Persécution, *f.* die Verfolgung.
Persuader, *v. a.* überreden, überzeugen.
Persuasion, *f.* die Ueberredung, Ueberzeugung.
Perte, *f.* der Verlust, das Verderben, der Untergang.
Pervertir, *v. a.* verderben, verführen.
Pesant, ante, *adj.* schwer.
Peser, *v. a.* wägen, wiegen, abwiegen; reiflich überlegen, prüfen.
Pétiller, *v. a.* prasseln, knistern, krachen.
Petit, *m.* das Junge.
Petit-fils, *m.* der Enkel.
Petits-enfans, *m. pl.* die Enkel.
Peu, *adv.* wenig; — de chose, wenig, unbedeutend, etwas Geringes; — à —, nach und nach; pour — que, *conj.* wenn nur noch ein wenig, so wenig auch.
Peuple, *m.* das Volk.
Peuplier, *m.* die Pappel, der Pappelbaum.
Peut-être, *adv.* vielleicht.
Phalange, *f.* die Phalanx, ein Korps Soldaten.
Pièce, *f.* das Stück.
Pied, *m.* der Fuß; de — ferme, festen Fußes.
Piège, *m.* die Falle.
Pierre, *f.* der Stein; une — précieuse, ein Edelstein.
Piété, *f.* die Frömmigkeit; kindliche Liebe.

Pieu, *m.* der Pfahl.
Pieux, euse, *adj.* fromm.
Pin, *m.* die Fichte.
Piquer, *v. a.* stechen; se — de qlc., sich eine Ehre aus etwas machen, sich etwas darauf einbilden, etwas darin suchen.
Pitié, *f.* das Mitleiden, Erbarmen; de —, mit Mitleiden, mitleidig.
Place, *f.* der Platz; die Stelle, das Amt; faire — à qlc., einer Sache Platz machen, Raum geben, weichen.
Placer, *v. a.* stellen, setzen, legen.
Plaindre, *v. a. ir.* beklagen, bedauern; se — à qc. de qlc., sich bei einem über etwas beklagen, beschweren.
Plaine, *f.* die Ebene.
Plainte, *f.* die Klage, Beschwerde.
Plaintif, ive, *adj.* kläglich.
Plaire, *v. n. ir.* gefallen; se — à qlc., Gefallen oder seine Lust an etwas haben, Vergnügen daran finden.
Plante, *f.* die Pflanze.
Planter, *v. a.* pflanzen, stecken.
Plébéien, *m.* der Plebejer, gemeine Bürger.
Plein, eine, *adj.* voll.
Plénitude, *f.* die Fülle.
Pleurer, *v. n.* weinen; — *v. a.* beweinen.
Pleurs, *m. pl.* die Thränen.
Plier, *v. a.* beugen, biegen.
Plonger, *v. a.* tauchen; stürzen; stoßen.
Pluie, *f.* der Regen.
Plupart, *f.* der größte Theil, die Meisten, Mehresten.
Plus, *adv.* mehr; ne ... plus, nicht mehr, nicht weiter; plus de guerre etc., (es ist, war) kein Krieg ꝛc. mehr; plus..., plus, je mehr..., desto mehr.

Plutôt, *adv.* eher, lieber; vielmehr; ne... pas —, nicht so bald.
Poids, *m.* das Gewicht, die Schwere, Last.
Poignard, *m.* der Dolch.
Poil, *m.* das Haar.
Poindre, *v. n. ir.* hervorkommen, anbrechen.
Point, *m.* der Punkt; Stich; au — du jour, mit Anbruch des Tages; être sur le —, im Begriffe seyn.
Pointe, *f.* die Spitze.
Poison, *m.* das Gift.
Poitrine, *f.* die Brust.
Poli, ie, *adj.* glatt.
Polir, *v. a.* verfeinern, gesitteter machen.
Politesse, *f.* die Höflichkeit, Artigkeit, Feinheit.
Politique, *f.* die Staatsklugheit, Staatskunst.
Pompe, *f.* der Pomp, die Pracht, das Gepränge.
Pontife, *m.* der Oberpriester.
Population, *f.* die Bevölkerung.
Porte, *f.* das Thor; die Thür; Pforte.
Portée, *f.* die Schußweite; à la — du trait, einen Bogenschuß weit.
Porter, *v. a.* tragen, bringen; hegen; — qc. à qlc., einen zu etwas bringen, vermögen, verleiten, Lust machen; — un coup à qc., einem einen Schlag, Stoß 2c. beibringen.
Portion, *f.* der Theil, Antheil.
Poser, *v. a.* legen, setzen, stellen; auflegen.
Position, *f.* die Stellung, Lage.
Posséder, *v. a.* besitzen, haben.
Possesseur, *m.* der Besitzer.
Poste, *m.* der Posten.
Pourpre, *m.* der Purpur, die Purpurfarbe; de —, purpurfarben, purpurroth. — *f.* der Purpur, das purpurfarbene Gewand.
Poursuivre, *v. a. ir.* verfolgen, nachsetzen; fortsetzen, fortfahren.
Pourvoir, *v. n. ir.* à qlc., für etwas sorgen.
Pourvu que, *conj.* wenn nur, wenn, wofern, im Falle.
Pousser, *v. a.* stoßen, wegstoßen; treiben, drücken; angreifen, zu nahe treten; — des cris, ein Geschrei ausstoßen oder erheben.
Poussière, *f.* der Staub.
Pouvoir, *v. n. ir.* können, vermögen.
Pouvoir, *m.* die Macht, Gewalt.
Prairie, *f.* die Wiese.
Pratique, *f.* die Ausübung, der Gebrauch.
Pratiquer, *v. a.* ausüben.
Précaution, *f.* die Vorsicht, Vorsichtigkeit, Vorsichtigkeitsmaaßregel.
Précéder, *v. n.* voraus- oder vorangehen; vorhergehen; se faire — par qc., einen vorausgehen lassen.
Précepte, *m.* die Lehre, Vorschrift, der Befehl.
Prêcher, *v. a.* predigen.
Précieux, euse, *adj.* kostbar, prächtig.
Précipice, *m.* der Abgrund.
Précipitamment, *adv.* eilig, eiligst.
Précipité, ée, *adj.* schleunig, übereilt.
Précipiter, *v. a.* stürzen; beschleunigen.
Précis, ise, *adj.* bestimmt.
Prédire, *v. a. ir.* vorher sagen, prophezeihen.
Préférable, *adj.* vorzüglich, vorzuziehen.
Préférence, *f.* der Vorzug.
Préférer, *v. a.* vorziehen.
Prémices, *f. pl.* die Erstli

Prendre, *v. a. ir.* nehmen, ergreifen; einnehmen, wegnehmen; annehmen; — le chemin d'un lieu, den Weg nach einem Orte nehmen; — qc. pour qlc., einen für etwas halten.
Préparatif, *m.* die Zubereitung.
Préparer, *v. a.* bereiten, zubereiten.
Près, *prép.* — de, bei, neben, an, nahe; plus —, näher; il est — de le faire, er will es eben thun.
Présage, *m.* die Vorbedeutung, Prophezeihung; das Zeichen, Anzeichen.
Présager, *v. a.* prophezeihen.
Prescrire, *v. a.* vorschreiben, befehlen.
Présence, *f.* die Gegenwart, Anwesenheit; les deux armées sont en —, beide Armeen stehen einander im Gesichte.
Présent, *m.* das Geschenk; faire — à qc. de qlc., einem mit etwas ein Geschenk machen.
Présent, ente, *adj.* gegenwärtig, zugegen; à présent, *adv.* jetzt.
Présenter, *v. a.* darreichen, darbieten, anbieten; überreichen; zeigen, vorstellen, stellen.
Préserver, *v. a.* bewahren, behüten, beschützen.
Présider, *v. n.* den Vorsitz haben.
Presque, *adv.* fast, beinahe.
Pressant, ante, *adj.* dringend.
Pressentiment, *m.* die Ahnung, Vorempfindung.
Presser, *v. a.* pressen, drängen, drücken; treiben, antreiben; in einen bringen; beschleunigen; se —, eilen.
Prêt, ête, *adj.* bereit, fertig, gefaßt; être — à faire qlc.

bereit seyn, im Begriffe seyn, etwas zu thun.
Prétendant, *m.* der auf etwas Anspruch macht.
Prétendre, *v. a. et n. ir.* behaupten; denken, meinen; Willens seyn; — à qlc., auf etwas Anspruch machen.
Prêter, *v. a.* leihen.
Prétexte, *m.* der Vorwand.
Prêtre, *m.* der Priester.
Prêtresse, *f.* die Priesterin.
Prévaloir, *v. n. ir.* mehr gelten, überlegen seyn; se — de qlc., sich etwas zu Nutze machen; sich eines Dinges bedienen.
Prévenir, *v. a. ir.* zuvorkommen.
Prévoir, *v. a. ir.* vorher-, vorausssehen.
Prévoyance, *f.* die Voraussicht, Vorsicht.
Prier, *v. a.* bitten; — *v. n.* beten.
Prière, *f.* die Bitte; das Gebet.
Principal, ale, *adj.* der, die, das vornehmste; les principaux, die Vornehmsten.
Principe, *m.* der Grundsatz.
Prise, *f.* die Einnahme, Wegnahme.
Prisonnier, *m.* der Gefangene.
Priver, *v. a.* qc. de qlc., einen einer Sache berauben, ihm etwas entziehen.
Prix, *m.* der Preis, Werth; die Belohnung.
Proclamer, *v. a.* ausrufen (qc. roi etc., einen zum Könige rc.).
Procurer, *v. a.* verschaffen.
Prodige, *m.* das Wunder.
Prodigieux, euse, *adj.* wunderbar, außerordentlich, ungeheuer.
Prodiguer, *v. a.* verschwenden; im reichen Maaße ertheilen.
Production, *f.* das Erzeugniß.
Produire, *v. a. ir.* erzeugen, hervorbringen.

Profaner, v. a. entweihen, entheiligen.
Profiter, v. n. de qlc., etwas benutzen.
Profond, onde, adj. tief.
Profondément, adv. tief; — endormi, fest eingeschlafen; — occupé d'un livre, vertieft in ein Buch.
Progrès, m. der Fortgang, Fortschritt.
Proie, f. der Raub, die Beute; être en — à ses passions, ein Raub seiner Leidenschaften seyn.
Projet, m. der Entwurf, Plan.
Prolonger, v. a. verlängern.
Promener, v. a. spazieren führen; herumführen; — ses regards, seine Blicke herum gehen lassen, umhersehen; se —, spazieren gehen.
Promettre, v. a. ir. versprechen, zusagen.
Prononcer, v. a. aussprechen, hersagen, sprechen.
Proportion, f. das Verhältniß; en — de..., nach Verhältniß des..., der...
Proposer, v. a. einen Antrag machen, in Vorschlag bringen; vorschlagen.
Propre, adj. eigen; eigenthümlich; geschickt, tüchtig, tauglich.
Propriété, f. das Eigenthum.
Prosélyte, m. der Proselyt, Neubekehrte.
Prospérité, f. das Glück, Wohlergehen, die Wohlfahrt; les prospérités, die Glücksfälle, Glücksumstände.
se Prosterner, v. réfl. niederfallen, sich niederwerfen, einen Fußfall thun.
Protecteur, m. — trice, f. der Beschützer, die Beschützerin.
Protection, f. der Schutz, die Beschützung.

Protéger, v. a. schützen, beschützen.
Prouver, v. a. beweisen.
Provision, f. der Vorrath; die Bedürfnisse.
Prudence, f. die Klugheit.
Prudent, ente, adj. klug, verständig.
Puéril, ile, adj. kindisch.
Puiser, v. a. schöpfen.
Puissance, f. die Macht, Gewalt; il est en ma —, es steht in meiner Gewalt.
Puissant, ante, adj. mächtig.
Punir, v. a. strafen, bestrafen.
Punition, f. die Strafe, Bestrafung.
Pur, pure, adj. rein, lauter.

Qualité, f. die Eigenschaft.
Quand, conj. als; wann; — même, wenn auch gleich.
Quant, prép. à..., was... anlangt, was... betrifft.
Quartier, m. das Viertel, Quartier, der Theil, die Gegend; das Lager; un — de roc, ein Felsenstück.
Quarré, m. das Viereck, Quadrat.
Que, pron. was, welches, welchen; welche; que... ne, warum... nicht.
Quel, quelle, pron. welcher, welche, welches, was für; wie, wie groß; quel que soit, wie (von welcher Art) auch seyn mag.
Quenouille, f. der Rocken, Spinnrocken.
Querelle, f. der Zank, Streit.
Question, f. die Frage.
Qui, pron. wer; welcher, welche, welches, der, die, das; qui que tu sois, wer Du auch seyn magst.
Quitte, adj. frei, los, quitt;

être — envers sa patrie, seinem Vaterlande nichts mehr schuldig seyn, keine Verbindlichkeit gegen dasselbe mehr haben.
Quitter, *v. a.* verlassen, ablegen.

Rabaisser, *v. a.* heruntersetzen, herabwürdigen.
Race, *f.* das Geschlecht, der Stamm.
Racine, *f.* die Wurzel.
Raconter, *v. a.* erzählen.
Raffermir, *v. a.* befestigen, stärken.
Raffinement, *m.* die Ausgrübelung, Ausdenkung.
Rafraichir, *v. a.* erfrischen, abkühlen, erquicken.
Rage, *f.* die Wuth, Raserei.
Raisin, *m.* die Weintraube.
Raison, *f.* die Vernunft, der Verstand; die Ursache, der Grund.
Rajeunir, *v. a.* wieder jung werden, sich verjüngen.
Rallier, *v. a.* wieder versammeln, in Ordnung bringen, wieder zusammenziehen.
Rameau, *m.* der Zweig.
Ramener, *v. a.* zurückführen oder bringen; mitbringen.
Ramier, *m.* die Holztaube.
Rang, *m.* der Rang, die Stelle; Reihe, das Glied.
Ranger, *v. a.* stellen.
Ranimer, *v. a.* wieder beleben, wieder aufmuntern.
Rapide, *adj.* schnell; d'un pas —, schnell, eiligst.
Rapidité, *f.* die Schnelligkeit, Geschwindigkeit.
Rapine, *f.* der Raub, die Räuberei.
Rappeler, *v. a.* zurückrufen; erinnern; se —, sich erinnern.
Rapport, *m.* die Uebereinstimmung, Gleichheit.

Rapporter, *v. a.* zurücktragen, bringen, führen ꝛc.; s'en — à qc. de qlc., sich wegen einer Sache auf einen verlassen.
Rapprocher, *v. a.* wieder nähern, nahe bringen, zusammenbringen.
Raser, *v. a.* scheren; — la terre, auf der Erde hinstreifen, nahe an der Erde hinfliegen ꝛc.
Rassasier, *v. a.* sättigen; se de regarder etc., sich satt sehen ꝛc.
Rassembler, *v. a.* sammeln, versammeln, zusammenbringen; vereinigen, zusammennehmen.
Rassurer, *v. a.* (wieder) beruhigen; se —, sich beruhigen, Muth fassen.
Ravage, *m.* die Verwüstung, Verheerung.
Ravager, *v. a.* verheeren, verwüsten.
Ravi, ie, *adj.* entzückt, sehr erfreut.
Ravir, *v. a.* rauben; entzücken, bezaubern.
Ravissement, *m.* das Entzücken, die Entzückung.
Ravisseur, *m.* der Räuber, Entführer.
Rayon, *m.* der Strahl; — de miel, die Honigscheibe.
Réaliser, *v. a.* zur Wirklichkeit bringen, verwirklichen.
Recevoir, *v. a.* annehmen; empfangen, erhalten, bekommen; aufnehmen.
Recherche, *f.* das Suchen, die Aufsuchung, Nachsuchung, Nachforschung.
Rechercher, *v. a.* wiedersuchen; zur Rechenschaft ziehen.
Réciproque, *adj.* gegenseitig, wechselseitig.
Récit, *m.* die Erzählung; reprendre son —, seine Erzählung wieder anfangen.

Réclamer, *v. a.* wieder fordern, in Anspruch nehmen.

Recommander, *v. a.* empfehlen, anbefehlen.

Récompense, *f.* die Belohnung.

Récompenser, *v. a.* belohnen, vergelten.

Reconnaissance, *f.* die Erkenntlichkeit, Dankbarkeit.

Reconnaissant, ante, *adj.* erkenntlich, dankbar.

Reconnaître, *v. a. ir.* wieder kennen, erkennen; anerkennen; auskundschaften, recognosciren.

Recouvrer, *v. a.* wieder erlangen, erhalten oder bekommen.

Recouvrir, *v. a. ir.* wieder decken, bedecken; zudecken.

Recueillement, *m.* die Sammlung der Gedanken, Fassung, Andacht.

Recueilli, ie, *adj.* gesammelt, gefaßt.

Recueillir, *v. a. ir.* sammeln, einsammeln, ernten; se —, seine Gedanken sammeln, sich fassen.

Reculé, ée, *adj.* entfernt, entlegen; la vieillesse la plus reculée, das späteste Alter.

Reculer, *v. n. et a.* zurückweichen, gehen, treten; faire —, zurücktreiben, zurückschlagen; — les frontières, die Grenzen erweitern.

Redemander, *v. a.* wieder fordern, zurückfordern ꝛc. (v. Demander.)

Redevenir, *v. n. ir.* wieder werden.

Rédiger, *v. a.* verfassen, zusammentragen und in Ordnung bringen.

Redoubler, *v. a.* verdoppeln, vermehren.

Redoutable, *adj.* furchtbar.

Redoute, *f.* die Schreckschanze, Rboyte.

Redouter, *v. a.* fürchten.

Réduire, *v. a. ir.* à qlc., zu etwas oder dahin bringen, nöthigen, zwingen; — en cendres, in Asche legen, einäschern, in Asche verwandeln; se — à qlc., sich auf etwas einschränken; in etwas bestehen.

Réfléchir, *v. n.* nachdenken, überlegen; se —, zurückstrahlen, zurückgeworfen werden.

Réflexion, *f.* die Ueberlegung, Betrachtung.

Réformer, *v. a.* umformen, verändern, verbessern.

se Réfugier, *v. réfl.* sich flüchten, seine Zuflucht nehmen.

Refus, *m.* die Verweigerung, abschlägige Antwort.

Refuser, *v. n.* sich weigern. — *v. a.* verweigern, abschlagen, ausschlagen, versagen; se — à qlc., sich einer Sache entziehen.

Regagner, *v. a.* wieder gewinnen, wieder erreichen.

Regard, *m.* der Blick.

Regarder, *v. a.* ansehen, betrachten; sehen, betreffen, angehen; hoffen, erwarten.

Régler, *v. a.* einrichten, anordnen; bestimmen, festsetzen.

Règne, *m.* die Regierung; das Reich.

Régner, *v. n.* regieren, herrschen.

Regret, *m.* das Bedauern, Mißvergnügen, Leid, der Schmerz; à —, ungern, mit Widerwillen.

Regretter, *v. a.* bedauern.

Reins, *m. pl.* die Lenden.

Rejeter, *v. a.* zurückwerfen; verwerfen; zurückweisen; verstoßen.

Rejoindre, *v. a.* wieder vereinigen; — qc., einen wieder einholen, wieder zu einem kommen oder stoßen.

Réjouir, *v. a.* erfreuen, ergötzen;

se — de qc., sich über etwas freuen.

Relâche, m. das Aufhören; sans —, ohne Unterlaß, unaufhörlich.

Relever, v. a. wieder aufheben, erheben; ablösen; se —, (wieder) aufstehen, sich wieder erheben.

Religieux, euse, adj. gottesdienstlich; fromm, heilig.

Relire, v. a. ir. wieder oder noch einmal lesen.

Reluire, v. n. ir. glänzen, blinken, blitzen.

Remarquable, adj. merkwürdig, bemerkenswerth; ausgezeichnet.

Remarquer, v. a. bemerken.

Remède, m. das Mittel, Arzneimittel.

Remédier, v. n. à un mal, einem Uebel steuern, abhelfen.

Remercier, v. a. danken.

Remettre, v. a. ir. wieder setzen, stellen, thun, stecken 2c.; wieder aufsetzen, anlegen 2c., zustellen, übergeben, überliefern; verschieben, aufschieben; se —, sich wieder erholen, sich fassen, wieder zu sich selbst kommen.

Remonter, v. n. et a. wieder hinaufsteigen, gehen, fahren 2c.

Remords, m. der Gewissensbiß, Vorwurf des Gewissens.

Rempart, m. der Wall.

Remplacer, v. a. ersetzen.

Rempli, ie, adj. angefüllt, voll.

Remplir, v. a. füllen, anfüllen; erfüllen; — une place, einem Amte gewachsen seyn, gehörig vorstehen.

Remporter, v. a. wieder zurücktragen oder bringen; erhalten, erlangen; — la victoire, den Sieg davon tragen.

Renaissant, ante, adj. wieder werdend, entstehend.

Renaître, v. a. ir. wieder entstehen, wachsen, aufleben, neu werden 2c.

Rencontre, f. das Zusammentreffen; marcher à la — de qc., einem entgegen marschiren.

Rencontrer, v. a. begegnen, antreffen, treffen, auf etwas stoßen.

Rendre, v. a. wiedergeben, zurückgeben; abgeben, übergeben; geben, von sich geben; erweisen; vergelten; machen; tout le rend à lui-même, Alles bringt ihn wieder zu sich selbst; — compte de qc., Rechnung von etwas ablegen; se — maître de qc., sich von etwas Meister machen, sich einer Sache bemeistern, bemächtigen; se — en un lieu, sich wohin begeben.

Rêne, f. der Zügel.

Renfermer, v. a. (wieder) einschließen, verschließen.

Renoncer, v. n. à qlc., einer Sache entsagen, Verzicht darauf thun.

Renouveler, v. a. erneuern.

Rentrer, v. n. wieder hineingehen, nach Hause gehen.

Renversé, ée, adj. umgekehrt, verkehrt.

Renverser, v. a. zu Boden werfen, niederwerfen; über den Haufen werfen, umwerfen; rückwärts werfen.

Renvoyer, v. a. zurückschicken.

Repaire, m. die Höhle, das Loch eines wilden Thieres.

Répandre, v. a. schütten, streuen; vergießen; verbreiten, ausbreiten.

Réparer, v. a. verbessern; — une faute, einen Fehler wieder gut machen.

Reparaître, v. n. wieder erscheinen.

Repas, m. die Mahlzeit, das Mahl, der Schmaus.

Repasser, v. a. et n. wieder über oder durch etwas gehen 2c. (v. Passer.); — qlc. dans sa

mémoire, sich etwas zurück-
 denken.
Repentir, m. die Reue.
se Repentir, v. réfl. ir. bereuen,
 Reue fühlen.
Répéter, v. a. wiederholen.
Repeupler, v. a. wieder bevöl-
 kern.
se Replier, v. réfl. sich krümmen, sich winden.
Replonger, v. a. wieder tauchen,
 untertauchen, versenken, stürzen ꝛc.
Répondre, v. n. antworten;
 entsprechen; — de qlc., für etwas stehen, bürgen, verantwortlich seyn.
Reporter, v. a. wieder zurücktragen oder bringen; — ses
 yeux sur qlc., seine Augen
 wieder auf etwas fallen lassen,
 wieder auf etwas sehen.
Repos, m. die Ruhe, der Schlaf.
Reposer, v. n. ruhen, liegen;
 se —, ausruhen, ruhen.
Repousser, v. a. zurücktreiben,
 zurückschlagen; — la force par
 la force, Gewalt mit Gewalt
 vertreiben.
Reprendre, v. a. ir. wiederneh-
 men; zurücknehmen; wieder annehmen; versetzen, erwiedern;
 verweisen, tadeln; — ses sens,
 wieder zu sich kommen, sich
 wieder erholen.
Représenter, v. a. vorstellen.
Réprimer, v. a. unterdrücken,
 hemmen, dämpfen.
Reproche, m. der Vorwurf.
Reprocher, v. a. vorwerfen;
 vorrücken.
Reptile, m. das kriechende Thier.
Répugner, v. n. zuwider seyn,
 widerstehen.
Réservé, ée, adj. zurückhaltend,
 vorsichtig, behutsam.
Réserver, v. a. vorbehalten, aufbehalten.

Résider, v. n. wohnen, seinen
 Sitz haben.
Résineux, euse, adj. harzig.
Résistance, f. der Widerstand,
 die Gegenwehr.
Résister, v. n. widerstehen.
Résolution, f. der Entschluß.
Résonner, v. n. wiederschallen,
 wiederhallen; ertönen, erklin-
 gen.
Résoudre, v. a. et n. ir. be-
 schließen; se —, sich ent-
 schließen.
Respect, m. die Ehrfurcht, Ach-
 tung, Hochachtung.
Respectable, adj. ehrwürdig.
Respecter, v. a. ehren, in Eh-
 ren halten.
Respiration, f. das Athemho-
 len, der Athem.
Respirer, v. a. et n. athmen,
 Athem holen, einathmen; lais-
 ser — qlc., einen sich erholen
 oder ausruhen lassen.
Responsable, adj. de qlc., für
 etwas verantwortlich.
Ressembler, v. n. gleichen,
 ähnlich seyn.
Ressentir, v. a. ir. empfinden,
 fühlen.
Resserrer, v. a. fester knüpfen,
 zusammenziehen, verengen.
Ressort, m. die Schnellkraft,
 Federkraft.
Ressource, f. das Hülfsmittel.
Reste, m. der Rest, Ueberrest,
 das Uebrigbleibsel; die Uebrigen.
Rester, v. n. bleiben, übrig
 bleiben, übrig seyn.
Restituer, v. a. erstatten, wieder zurückgeben.
Rétablir, v. a. wieder herstellen;
 wieder einsetzen (in seine Rech-
 te ꝛc.).
Retarder, v. a. verzögern, auf-
 halten.
Retenir, v. a. ir. zurückhalten;
 behalten.

Retentir, v. n. wiederschallen; erschallen, ertönen.
Retentissement, m. der Wiederschall, Wiederhall.
Retiré, ée, adj. einsam.
Retirer, v. a. zurückziehen; se —, sich zurückziehen; sich wegbegeben, sich entfernen, weggehen.
Retomber, v. n. zurückfallen.
Retour, m. die Zurückkunft; Rückkehr; être de —, zurückgekommen seyn.
Retourner, v. n. s'en Retourner, v. réfl. zurückkehren; se — vers qc., sich wieder an einen wenden.
Retracer, v. a. wieder zeichnen, schildern, vor Augen stellen.
Retraite, f. der Rückzug; Zufluchtsort, Aufenthalt; die Eingezogenheit, Einsamkeit.
Retranchement, m. die Verschanzung.
Retrousser, v. a. aufschürzen.
Retrouver, v. a. wieder finden; — ses sens, sich wieder besinnen, wieder zu Sinnen kommen.
Réunion, f. die Wiedervereinigung.
Réunir, v. a. wieder vereinigen; vereinigen.
Réussir, v. n. glücken, gelingen.
Réveil, m. das Erwachen.
Réveiller, v. a. wecken, aufwecken, ermuntern; se —, aufwachen, erwachen.
Révéler, v. a. offenbaren, entdecken.
Revendiquer, v. a. zurückfordern, in Anspruch nehmen.
Revenir, v. n. ir. wiederkommen, zurückkommen.
Rêverie, f. die Träumerei, tiefen Gedanken.
Revêtir, v. a. ir. anlegen, anziehen; bekleiden.

Revêtu, ue, part. et adj. bekleidet, angethan, geziert, geschmückt; überzogen; überlegt.
Rêveur, euse, adj. nachdenkend, tiefsinnig.
Revivre, v. n. ir. wieder lebendig werden; faire —, wieder beleben.
Revoir, v. a. ir. wieder sehen, noch ein Mal sehen.
Revoler, v. n. zurückfliegen oder eilen.
Révolte, f. die Empörung, der Aufruhr.
Révolter, v. a. empören.
Révoltés, m. pl. die Empörer, Aufrührer.
Révoquer, v. a. zurückberufen; widerrufen; — en doute, in Zweifel ziehen, bezweifeln.
Riant, ante, adj. lachend, freundlich, angenehm.
Riche, adj. reich, kostbar, prächtig.
Richesse, f. der Reichthum.
Ride, f. die Runzel.
Rider, v. a. runzeln, kräuseln.
Rigide, adj. strenge, scharf.
Risquer, v. a. wagen.
Rivage, m. das Ufer, Gestade, die Küste.
Rival, m. — ale, f. der Nebenbuhler, die Nebenbuhlerin.
Rive, f. das Ufer.
Robe, f. der Rock, das lange Oberkleid; — triomphale, das Triumphkleid.
Robuste, adj. stark, rüstig.
Roc, m. Roche, f. Rocher, m. der Felsen.
Roidi, ie, part. et adj. steif, starr.
Roidir, v. a. steif, straff, starr machen, scharf anspannen, ausdehnen, ausstrecken; se —, steif, starr werden, erstarren.
Rompre, v. a. brechen, durchbrechen, zerbrechen, zerreißen.
Ronger, v. a. nagen, fressen.

Roseau, m. das Rohr, Schilfrohr.
Rosée, f. der Thau.
Rosier, m. der Rosenstrauch, Rosenstock.
Roucouler, v. n. ruchsen, girren.
Rougeur, f. die Röthe, Schamröthe.
Rougir, v. a. röthen, roth färben. — v. n. roth werden, erröthen, sich schämen.
Rouille, f. der Rost.
Rouler, v. a. et n. rollen, wälzen; herab rollen; — cent projets dans sa tête, hundert Entwürfe im Kopfe haben.
Route, f. der Weg, die Straße, Reise.
Rouvrir, v. a. ir. wieder öffnen, wieder aufthun.
Royal, ale, adj. königlich.
Royaume, m. das Reich.
Royauté, f. die Königswürde.
Ruche, f. der Bienenstock.
Rude, adj. rauh, hart, streng.
Rudesse, f. die Rauheit, Rohheit, Härte, Strenge.
Rugir, v. n. brüllen.
Rugissant, ante, adj. brüllend.
Ruine, f. der Untergang.
Ruisseau, m. der Bach.
Ruisseler, v. n. rieseln, rinnen.
Ruse, f. die List.

Sacré, ée, adj. geheiligt, geweiht; heilig.
Sacrificateur, m. der Opferpriester.
Sacrificature, f. das Amt und die Würde eines Opferpriesters.
Sacrifice, m. das Opfer, die Opferung, Aufopferung.
Sacrifier, v. a. opfern, aufopfern.
Sage, adj. weise, klug, verständig.

Sagesse, f. die Weisheit, Klugheit.
Saigner, v. n. bluten.
Saint, sainte, adj. heilig.
Saisir, v. a. ergreifen, fassen, packen; befallen, überfallen; se — de qlc., sich einer Sache bemächtigen.
Salubre, adj. gesund, heilsam.
Saluer, v. a. grüßen.
Salut, m. die Wohlfahrt, das Wohl.
Salutaire, adj. heilsam.
Sanctuaire, m. das Heiligthum.
Sang, m. das Blut; un prince du —, ein Prinz von Geblüte.
Sanglant, ante, adj. blutig, mit Blut befleckt.
Sanglier, m. das wilde Schwein, der Eber.
Sanglot, m. Sanglots, pl. das Schluchzen.
Satisfaire, v. a. ir. befriedigen, genugthun.
Satisfait, aite, adj. zufrieden, vergnügt.
Saule, m. die Weide, der Weidenbaum.
Saut, m. der Sprung.
Sauvage, adj. wild. — m. der Wilde.
Sauver, v. a. retten; ersparen, erhalten.
Sauveur, m. der Retter, Erretter.
Savant, ante, adj. klug, geschickt.
Savoir, v. a. ir. wissen, können, verstehen; erfahren.
Scélérat, m. der Bösewicht.
Sceller, v. a. besiegeln, versiegeln.
Science, f. die Wissenschaft.
Sculpture, f. die Bildhauerarbeit.
Sec, sèche, adj. trocken.
Sécher, v. a. trocknen.
Secouer, v. a. schütteln, rütteln, abschütteln.

18

Secourir, *v. a.*, zu Hülfe kommen, helfen, beistehen; être secouru, Hülfe erhalten.
Secours, *m.* les secours, *pl.* die Hülfe, der Beistand.
Secousse, *f.* die Erschütterung, der Stoß; Anfall.
Secret, *m.* das Geheimniß; en —, *adv.* insgeheim.
Secret, ète, *adj.* geheim.
Secrètement, *adv.* heimlich, insgeheim.
Sécurité, *f.* die Sicherheit, Sorglosigkeit.
Sédition, *f.* der Aufstand, Aufruhr.
Séduire, *v. a. ir.* verführen.
Sein, *m.* der Busen, die Brust; der Schooß, Mutterleib, das Herz.
Séjour, *m.* der Aufenthalt.
Semblable, *adj.* ähnlich, gleich. — *m.* son —, seines Gleichen.
Sembler, *v. n.* scheinen.
Semer, *v. a.* säen.
Sénat, *m.* der Rath, Senat.
Sénateur, *m.* der Rathsherr, Senator.
Sens, *m.* der Sinn, Verstand; die Seite.
Sensible, *adj.* empfindsam, gefühlvoll; empfindlich; être à qlc., Gefühl für etwas haben, etwas fühlen, von etwas gerührt seyn.
Sentier, *m.* der Fußsteig.
Sentiment, *m.* die Empfindung, das Gefühl; die Gesinnung; Meinung.
Sentinelle, *f.* die Schildwache.
Sentir, *v. a. ir.* fühlen, empfinden, spüren.
Séoir, *v. imp. ir.* il sied, es steht an, es schickt sich.
Séparation, *f.* die Trennung.
Séparer, *v. a.* trennen; se —, sich trennen, scheiden; je vais de lui, ich werde mich bald von ihm trennen.
Serein, eine, *adj.* heiter.
Sérénité, *f.* die Heiterkeit.
Serment, *m.* der Schwur.
Serpent, *m.* die Schlange; — d'eau, die Wasserschlange.
Serre, *f.* die Klaue, Kralle.
Serrer, *v. a.* drücken, pressen, klemmen, beklemmen; — les dents, die Zähne zusammenbeißen.
Service, *m.* der Dienst.
Servir, *v. a. ir. qc.*, einem dienen; — à qlc., zu etwas dienen, nützlich seyn; — de qlc., zu oder statt etwas dienen.
Seul, seule, *adj.* allein; einzig; einzig, bloß.
Seuil, *m.* die Thürschwelle, Schwelle.
Sévère, *adj.* streng, scharf, hart.
Sexe, *m.* das Geschlecht.
Siège, *m.* die Belagerung; der Sitz, Sessel.
Siéger, *v. n.* sitzen.
Signal, *m.* das Zeichen, Signal.
se Signaler, *v. réfl.* sich auszeichnen.
Signe, *m.* das Zeichen; faire — à qc., einem ein Zeichen, einen Wink geben.
Signer, *v. a.* unterzeichnen.
Silence, *m.* das Stillschweigen; die Stille; en —, in der Stille, im Stillen.
Silencieux, euse, *adj.* still.
Sillonner, *v. a.* furchen.
Simple, *adj.* einfach, bloß.
Simples, *m. pl.* einfache Heilmittel, Hausmittel.
Simplicité, *f.* die Einfachheit, Einfalt.
Situation, *f.* die Lage, Stimmung.
Soc, *m.* das Pflugeisen, Sech.
Social, ale, *adj.* gesellschaftlich.

Société, *f.* die Gesellschaft.
Soif, *f.* der Durst; la — du sang, des conquêtes etc., der Durst nach Blut, die Begierde nach Eroberungen ꝛc.
Soigneux, euse, *adj.* besorgt, sorgfältig.
Soin, *m.* die Sorge, Sorgfalt; prendre — de qlc., für etwas Sorge tragen, es besorgen.
Soirée, *f.* der Abend, die Abendzeit.
Sol, *m.* der Boden, das Erdreich.
Solennel, elle, *adj.* feierlich.
Solitude, *f.* die Einsamkeit.
Solliciter, *v. a.* et *n.* ansuchen, bitten.
Sombre, *adj.* düster, dunkel, finster.
Sommaire, *m.* der kurze Inhalt.
Sommeil, *m.* der Schlaf.
Sommeiller, *v. n.* schlummern.
Sommet, *m.* der Gipfel; die Spitze.
Son, *m.* der Schall, Laut, Klang, Ton.
Sonder, *v. a.* die Tiefe eines Flusses untersuchen.
Songe, *m.* der Traum; faire un —, einen Traum haben.
Songer, *v. n.* à qlc., an oder auf etwas denken; etwas bedenken.
Sonner, *v. n.* klingen, tönen, schallen, erschallen.
Sort, *m.* das Schicksal, Loos.
Sortie, *f.* der Ausgang.
Sortir, *v. n. ir.* ausgehen, herausgehen oder kommen; heraustreten.
Souci, *m.* die Sorge, der Kummer.
Souffle, *m.* der Hauch; das Lüftchen; un — de vie, ein Athemzug.
Souffrance, *f.* das Leiden, die Duldung.
Souffrir, *v. a. ir.* leiden, dulden, erdulden, ausstehen; gestatten, zulassen, erlauben.
Souhaiter, *v. a.* wünschen.
Souiller, *v. a.* besudeln.
Soulagement, *m.* die Erleichterung, Unterstützung.
Soulager, *v. a.* erleichtern, lindern.
Soulever, *v. a.* aufheben, in die Höhe heben, erheben; aufwiegeln; se —, sich aufrichten.
Soumettre, *v. a. ir.* unterwerfen, unterwürfig machen.
Soumis, ise, *adj.* unterworfen, unterwürfig, unterthänig.
Soumission, *f.* die Unterwürfigkeit, Ergebenheit.
Soupçon, *m.* der Argwohn, Verdacht.
Soupçonner, *v. a.* argwöhnen, Verdacht haben; muthmaßen, vermuthen; être soupçonné, in Verdacht kommen.
Soupir, *m.* der Seufzer.
Soupirer, *v. n.* seufzen.
Source, *f.* die Quelle; prendre sa —, entspringen.
Sourcils, *m. pl.* die Augenbrauen.
Sourd, sourde, *adj.* dumpf.
Souris, *m.* das Lächeln.
Sourire, *v. n. ir.* lächeln; lachen. — *m.* das Lächeln.
Sous, *prép.* unter.
Soutenir, *v. a. ir.* unterstützen, ertragen, aushalten, unterhalten, erhalten, halten; se —, sich (aufrecht oder stehend) erhalten.
Souterrain, *m.* das unterirdische Gewölbe.
Soutien, *m.* die Stütze.
Souvenir, *m.* das Andenken, die Erinnerung.
se Souvenir, *v. réfl. ir.* sich erinnern.
Souverain, *m.* das Staatsober-

haupt, der Oberherr, Herrscher, Beherrscher.
Souverain, aine, *adj.* höchst, unumschränkt.
Spectre, *m.* das Gespenst.
Statue, *f.* die Bildsäule.
Subir, *v. a.* ausstehen, aushalten, leiden, dulden.
Subit, ite, *adj.* plötzlich, schnell.
Subjuguer, *v. a.* unterjochen.
Sublime, *adj.* erhaben, hoch.
Subsister, *v. n.* bestehen.
Subsistance, *f.* der Unterhalt, das Vermögen, Hab' und Gut.
Succéder, *v. n.* folgen, nachfolgen.
Succès, *m.* der Erfolg, Fortgang, das Glück; ses succès, *pl.* sein Glück.
Successeur, *m.* der Nachfolger.
Succomber, *v. n.* erliegen, unterliegen.
Sueur, *f.* Sueurs, *pl.* der Schweiß.
Suffire, *v. n. ir.* hinreichen, zureichen, genug seyn, genügen; bestreiten.
Suite, *f.* das Gefolge, die Folge; à la — de l'armée, hinter der Armee; de —, hinter oder nach einander.
Suivre, *v. a. ir.* folgen, nachfolgen; suivi de ..., dem nachfolgt, begleitet von, mit.
Sujet, tte, *adj.* à qle., einer Sache unterworfen, ausgesetzt, ergeben; zu etwas geneigt.
Sujet, *m.* die Ursache, Veranlassung; der Gegenstand, Stoff; Unterthan.
Superbe, *adj.* prächtig, stolz.
Superflu, *m.* der Ueberfluß.
Superstitieux, euse, *adj.* abergläubig.
Superstition, *f.* der Aberglaube.
Suppliant, ante, *adj.* demüthig bittend.

Supplice, *m.* die Strafe, Leibesstrafe, Lebensstrafe, Todesstrafe.
Supplier, *v. a.* demüthig, inständig bitten.
Supporter, *v. a.* tragen, ertragen, ausstehen, aushalten.
Supposer, *v. a.* voraussetzen, se —, sich in Jemandes Lage setzen.
Supprimer, *v. a.* unterdrücken; abschaffen, aufheben.
Suprême, *adj.* der, die, das höchste.
Surcharger, *v. a.* überladen, zu sehr beschweren.
Sûr, sûre, *adj.* sicher, gewiß.
Sûreté, *f.* die Sicherheit.
Surface, *f.* die Oberfläche.
Surmonter, *v. a.* übersteigen, überwinden; le casque était surmonté d'un sphinx, auf dem Helme stand eine Sphinx.
Surnom, *m.* der Beiname, Zuname.
Surpasser, *v. a.* übertreffen.
Surprendre, *v. a. ir.* überraschen, überfallen; verwundern, in Erstaunen setzen.
Surprise, *f.* das Erstaunen, die Verwunderung, Bestürzung.
Surpris, ise, *adj.* erstaunt; être —, sich wundern, erstaunt seyn, erstaunen.
Sur-tout, *adv.* vornehmlich, vorzüglich.
Survivre, *v. n. ir.* überleben.
Susciter, *v. a.* erregen, anstiften.
Suspect, ecte, *adj.* verdächtig.
Suspendre, *v. a.* aufhängen; aufschieben, aussetzen, anstehen lassen; zurückhalten; être suspendu, hangen, schweben; aufgeschoben, ausgesetzt rc. seyn.
Symbole, *m.* das Sinnbild.
Symptôme, *m.* das Symptom, Zeichen.

Tableau, *m.* das Gemälde.
Tablette, *f.* das Täfelchen; les tablettes, die Schreibtafel.
Tâche, *f.* die Arbeit, das Geschäft.
Taille, *f.* die Leibesgestalt, Größe, der Buchs.
Tailler, *v. a.* hauen, abhauen.
se Taire, *v. réfl. ir.* schweigen.
Talent, *m.* das Talent, die Fähigkeit, Gabe; das Talent (eine gewisse Summe Geldes; auch ein gewisses Gold- und Silbergewicht der Alten).
Tandis que, *conj.* während, als, indessen, da.
Tant, *adv.* so viel, so sehr, so weit; — que, *conj.* so lange als.
Tantôt, *adv.* bald.
Tapis, *m.* der Teppich.
Tarder, *v. n.* zögern, zaudern, säumen, weilen, verweilen.
Tardif, ive, *adj.* langsam, spät.
Tasse, *f.* die Trinkschale, Schale.
Taureau, *m.* der Stier.
Teindre, *v. n. ir.* färben.
Teinte, *f.* die Farbe, der Anstrich, Schein.
Tel, telle, *adj.* solcher, solche, solches; so.
Témérité, *f.* die Verwegenheit, Vermessenheit.
Téméraire, *adj.* verwegen, vermessen. — *m.* der Verwegene.
Témoigner, *v. a.* bezeugen, zu erkennen geben.
Témoin, *m.* der Zeuge; prendre qc. à —, einen zum Zeugen nehmen.
Tempête, *f.* der Sturm, das Ungewitter.
Temps, *m.* die Zeit; en (de) tout —, zu jeder Zeit.
Tendre, *adj.* weich, zart; zärtlich.
Tendre, *v. a.* reichen; ausstrecken; — un piège, eine Falle stellen.

Tendresse, *f.* die Zärtlichkeit.
Ténèbres, *f. pl.* die Finsterniß.
Tenir, *v. a. et n. ir.* halten; — à qlc., an etwas halten, hängen, es lieben.
Tente, *f.* das Zelt.
Tenter, *v. a.* versuchen, wagen.
Terme, *m.* das Ziel, die Grenze; der Ausdruck, das Wort.
Terminer, *v. a.* endigen, schließen.
Ternir, *v. a.* matt oder trübe machen, verdunkeln.
Terrain, *m.* das Erdreich, der Boden, Grund, Platz.
Terrasser, *v. a.* niederwerfen, zu Boden werfen oder schlagen; demüthigen, muthlos machen.
Terre, *f.* die Erde; der Acker, das Feld, Land.
Terreur, *f.* der Schrecken.
Terrible, *adj.* schrecklich, fürchterlich.
Territoire, *m.* das Gebiet.
Tertre, *m.* der Hügel.
Tête, *f.* der Kopf, das Haupt; à la —, an der Spitze.
Tiède, *adj.* lau, laulich.
Tiédir, *v. n.* lau, laulich werden.
Tiers, *m.* das Drittel.
Tige, *f.* der Stängel, Stiel, Stamm.
Tigre, *m.* — esse, *f.* der Tiger, die Tigerin.
Tilleul, *m.* die Linde, der Lindenbaum.
Timide, *adj.* schüchtern, blöde, furchtsam.
Timidité, *f.* die Schüchternheit, Blödigkeit, Furchtsamkeit.
Tirer, *v. a.* ziehen; schießen; abschießen.
Toge, *f.* die Toga (der lange Rock, das Oberkleid der ehemaligen Römer).
Toile, *f.* die Leinwand; das Tuch.
Toit, *m.* das Dach.
Tolérant, ante, *adj.* duldsam.
Tombe, *f.* der Grabstein, das Grab.

Tombeau, m. das Grab, Grabmal.
Tomber, v. n. fallen; — à genoux, auf die Knie fallen; se laisser —, hinsinken.
Tonnant, ante, adj. donnernd.
Tonnerre, m. der Donner.
Torche, f. die Fackel, Pechfackel; les torches funéraires, die Leichenfackel.
Torrent, m. der Strom.
Touchant, ante, adj. rührend.
Toucher, v. a. et n. berühren, anrühren, angreifen, rühren; — à qlc., an etwas rühren, einer Sache nahe seyn oder liegen.
Touffu, ue, adj. buschig, stark belaubt.
Tour, m. der Umlauf; Gang, die Reise; Wendung, Reihe; à leur —, da die Reihe an ihnen war, auf ihrer Seite; auch: faire le — de qlc., um etwas herum gehen; tour-à-tour, adv. nach der Reihe, einer nach dem andern, wechselsweise.
Tour, f. der Thurm.
Tourbillon, m. der Wirbelwind, Wirbel; un — de poussière, ein Staubwirbel.
Tourment, m. die Qual, Marter, Pein, Plage.
Tourmenter, v. a. quälen, plagen, peinigen, martern.
Tourner, v. a. drehen, wenden; — les yeux, die Augen verdrehen; se —, sich drehen.
Tourterelle, f. die Turteltaube.
Tout-à-coup, adv. plötzlich, auf einmal.
Trace, f. die Spur, der Fußstapfen.
Tracer, v. a. zeichnen, vorzeichnen; schreiben.
Trafiquer, v. n. de qlc., einen (unerlaubten) Handel mit etwas treiben.

Trahir, v. a. verrathen.
Trahison, f. die Verrätherei.
Traîner, v. a. schleppen, mit sich schleppen.
Trait, m. der Zug, Gesichtszug; das Geschoß, der Pfeil, Wurfspieß.
Traité, m. der Vertrag, Vergleich, Traktat.
Traiter, v. a. behandeln (en, als). — v. n. unterhandeln.
Trajet, m. die Ueberfahrt; der Weg, die Reise (von einem Orte zum andern).
Trame, f. der Lebensfaden.
Tranchant, ante, adj. schneidend, scharf.
Trancher, v. a. abschneiden; durchschneiden, zerschneiden.
Tranquille, adj. ruhig, gelassen.
Transmettre, v. a. ir. übertragen, überlassen, vererben.
Transplanter, v. a. verpflanzen, versetzen.
Transport, m. die Hitze, Heftigkeit; Erschütterung, das Entzücken.
Transporter, v. a. versetzen, fortschaffen; entzücken, hinreißen.
Travail, m. die Arbeit.
Travailler, v. n. et a. arbeiten.
à Travers (le, la), au Travers (de), prép. quer durch, mitten durch, durch.
Traverser, v. a. quer über oder durch etwas gehen, fahren, reiten, reisen, fliegen ꝛc.
Tremblant, ante, adj. zitternd.
Tremblement, m. das Zittern, Beben.
Trembler, v. n. zittern, beben.
Tremper, v. a. einweichen, einwässern, eintauchen, tunken; durchnässen.
Trépas, m. der Tod.
Trépied, m. der Dreifuß.
Trésor, m. der Schatz; die Schatzkammer.

Trésorier, m. der Schatzmeister.
Tressaillir, v. n. ir. schaudern, beben, zittern, zusammenfahren.
Tresse, f. die Flechte, Haarflechte.
Tresser, v. a. flechten.
Trève, f. der Waffenstillstand, die Ruhe.
Tribu, f. die Zunft, Klasse.
Tribun, m. der Tribun, Vorgesetzte einer Zunft oder Klasse; Kriegsoberster.
Tribunal, m. der Richterstuhl.
Tribut, m. der Tribut, die Steuern, Schatzung, der Zoll.
Triomphateur, m. der Sieger, der einen Triumph hält, Triumphirende.
Triomphe, m. der Triumph.
Triompher, v. n. triumphiren, einen Triumph halten.
Triple, adj. dreifach.
Triste, adj. traurig, betrübt.
Tristesse, f. die Traurigkeit.
Tronc, m. der Stamm.
Tromper, v. a. täuschen, hintergehen, betrügen.
Trompette, f. die Trompete. — m. der Trompeter.
Trompeur, m. — euse, f. der Betrüger, die Betrügerin. — adj. betrüglich, betrügerisch.
Trophée, m. die Trophäe, das Siegeszeichen.
Trouble, m. die Unruhe, Verwirrung.
Troubler, v. a. beunruhigen, stören; trüben.
Troupe, f. der Trupp, Haufen; les troupes, die Truppen, Kriegsvölker, Soldaten.
Troupeau, m. die Heerde.
Trouver, v. a. finden; venir — qc., zu einem kommen, einen aufsuchen; revenir — qc., wieder zu einem kommen ꝛc.
Tuer, v. a. tödten.

Tumulte, m. der Tumult, das Getümmel.
Tunique, f. die Tunica, das Unterkleid, die Weste ꝛc.
Turbulent, ente, adj. ungestüm, unruhig.
Tutélaire, adj. schützend.

Ulcéré, ée, adj. geschworen, voll Geschwüre.
Unanime, adj. einmüthig; d'une voix —, einstimmig.
Uni, ie, adj. vereinigt, verbunden.
Union, f. die Vereinigung, Eintracht, Einigkeit.
Unique, adj. einzig.
Uniquement, adv. einzig und allein, ganz allein.
Unir, v. a. vereinigen, verbinden.
Univers, m. das Weltall, die ganze Welt.
Universel, elle, adj. allgemein.
Urne, f. die Urne, der Todtentopf; — des sorts, der Loostopf, Looskrug.
Usage, m. der Gebrauch, die Gewohnheit; mettre qlc. en —, Gebrauch von etwas machen.
Usurpateur, m. der Ermächtiger, unrechtmäßige Besitzer.
Usurper, v. a. sich anmaßen, sich ermächtigen.
Utile, adj. nützlich, dienlich, ersprießlich.

Vagissement, m. das Kindergeschrei, Geschrei.
Vague, f. die Welle, Woge.
Vaillance, f. die Tapferkeit.
Vaillant, ante, adj. tapfer.
Vain, aine, adj. vergeblich; eitel, leer, nichtig; stolz; en vain, vergebens, umsonst.

Vaincre, v. a. ir. überwinden, besiegen, siegen.
Vainement, adv. vergebens, umsonst.
Vainqueur, m. der Sieger, Ueberwinder.
Valeur, f. die Tapferkeit.
Valeureux, euse, adj. tapfer.
Vallée, f. Vallon, m. das Thal.
Valoir, v. n. werth seyn, gelten, taugen. — v. a. eintragen, einbringen; faire — qlc., etwas geltend machen, herausstreichen, loben; — mieux, besser seyn.
Vanité, f. die Eitelkeit; tirer — de qlc., sich auf eine Sache etwas einbilden, damit prahlen.
Vanter, v. a. rühmen.
Vaquer, v. n. à qlc., einer Sache obliegen.
Vase, m. das Gefäß.
Vautour, m. der Geier.
Végétal, m. das Gewächs; les végétaux, die Gewächse.
Veiller, v. n. wachen; — à qlc., ober sur qlc., über etwas wachen, für etwas sorgen.
Veilles, f. pl. das Wachen, die Nachtwachen.
Veine, f. die Ader.
Vendre, v. a. verkaufen.
Vénérable, adj. ehrwürdig.
Vénération, f. die Ehrerbietung, Ehrfurcht, Verehrung; il est en — parmi eux, er wird bei ihnen verehrt.
Vénérer, v. a. verehren.
Vengeance, f. die Rache.
Venger, v. a. rächen.
Vengeur, m. — eresse, f. der Rächer, die Rächerin. —, adj. rächend.
Venimeux, euse, adj. giftig.
Venir, v. n. ir. kommen; il vient de faire etc., er hat so eben gethan ꝛc.
Vent, m. der Wind
Verdâtre, adj. grünlich.

Verdure, f. das Grüne, die grünen Gewächse.
Verger, m. der Baumgarten, Obstgarten.
Véritable, adj. wahr, wahrhaft.
Vermeil, eille, adj. roth.
Vers, prép. gegen, nach . . . zu.
Vers, m. der Vers.
Verser, v. a. vergießen, gießen; schenken, einschenken.
Vert, erte, adj. grün.
Vertu, f. die Tugend.
Vertueux, euse, adj. tugendhaft.
Vêtement, m. das Gewand, Kleid, die Kleidung.
se Vêtir, v. réfl. ir. sich kleiden; vêtu, ue, part. gekleidet, angethan.
Veuve, f. die Witwe.
Vice, m. das Laster.
Victime, f. das Opferthier, Schlachtopfer, Opfer.
Victoire, f. der Sieg.
Victorieux, euse, adj. siegreich.
Vide, adj. leer.
Vider, v. a. leeren, ausleeren.
Vie, f. das Leben, die Art zu leben; der Lebenslauf.
Vieillard, m. der Greis, Alte.
Vieillesse, f. das Alter.
Vieillir, v. n. alt werden.
Vierge, f. die Jungfrau.
Vieux, eille, adj. alt.
Vif, vive, adj. lebend, lebendig; lebhaft.
Vigilance, f. die Wachsamkeit.
Vigueur, f. die Kraft, Stärke, Lebhaftigkeit.
Vil, ile, adj. niedrig, niederträchtig.
Village, m. das Dorf.
Ville, f. die Stadt.
Violence, f. die Heftigkeit, Gewalt, Gewaltthätigkeit.
Violer, v. a. übertreten, verletzen.
Violet, ette, adj. veilchenblau, violett.
Visage, m. das Gesicht, Angesicht.

Vis-à-vis (de), *prép.* gegenüber.
Visiter, *v. a.* besuchen, untersuchen.
Vite, *adj. et adv.* geschwind, schnell, hurtig.
Vitesse, *-f.* die Geschwindigkeit, Schnelligkeit.
Vivant, ante, *adj.* lebend, lebendig, am Leben.
Vivre, *v. n. ir.* leben.
Vivres, *m. pl.* die Lebensmittel.
Voeu, *m.* das Gelübde; les voeux, *pl.* die Wünsche.
Voguer, *v. n.* rudern.
Voie, *f.* der Weg, das Mittel.
Voile, *m.* der Schleier; le — funèbre, der Trauerschleier.
Voile, *f.* das Segel.
Voiler, *v. a.* verschleiern.
Voir, *v. a. ir.* sehen; revenir — qc., einen wieder besuchen; — d'un oeil d'indifférence, gleichgültig ansehen.
Voisin, ine, *adj.* benachbart, nahe. — *m.* der Nachbar.
Voix, *f.* die Stimme; à voix basse, mit leiser Stimme.
Vol, *m.* der Diebstahl, Raub; Flug; prendre son —, auffliegen.
Voler, *v. n.* fliegen, eilen.
Voleur, *m.* der Dieb, Räuber.
Volontairement, *adv.* freiwillig.
Voltiger, *v. n.* flattern.
Volupté, *f.* die Wollust.
Vomir, *v. a.* ausspeien.
Vorace, *adj.* gefräßig.
Vouer, *v. a.* widmen, geloben, angeloben.
Vouloir, *v. a. et n. ir.* wollen, Willens seyn; je voudrais, ich wollte, ich möchte, ich wünschte.
Voûte, *f.* das Gewölbe.
Voyage, *m.* die Reise.
Voyager, *v. n.* reisen.
Voyageur, *m.* der Reisende.
Vue, *f.* das Gesicht, Ansehen; der Blick, Anblick; die Absicht; Einsicht.
Vuide, *v.* Vide.

Zèle, *m.* der Eifer.
Zéphyr, *m.* der Zephyr, Westwind.

Printed in the USA
CPSIA information can be obtained
at www.ICGtesting.com
LVHW012250221223
767140LV00005BA/507